在废墟上
重生

李春 ◎ 著

四川大学出版社

图书在版编目（CIP）数据

在废墟上重生 / 李春著. -- 成都：四川大学出版社, 2025. 1. -- ISBN 978-7-5690-7546-5

Ⅰ. I267

中国国家版本馆 CIP 数据核字第 2025TB2057 号

书　　名：	在废墟上重生
	Zai Feixu shang Chongsheng
著　　者：	李　春
出 版 人：	侯宏虹
总 策 划：	张宏辉
选题策划：	刘一畅
责任编辑：	刘一畅
责任校对：	周　颖
装帧设计：	墨创文化
责任印制：	李金兰
出版发行：	四川大学出版社有限责任公司
地　　址：	成都市一环路南一段 24 号（610065）
电　　话：	（028）85408311（发行部）、85400276（总编室）
电子邮箱：	scupress@vip.163.com
网　　址：	https://press.scu.edu.cn
印前制作：	成都墨之创文化传播有限公司
印刷装订：	四川五洲彩印有限责任公司
成品尺寸：	148mm×210mm
印　　张：	12.125
字　　数：	281 千字
版　　次：	2025 年 4 月 第 1 版
印　　次：	2025 年 4 月 第 1 次印刷
定　　价：	68.00 元

本社图书如有印装质量问题，请联系发行部调换

版权所有 ◆ 侵权必究

扫码获取数字资源

四川大学出版社
微信公众号

自 序

北川老县城，我曾经的家乡。

"5·12"汶川特大地震已经过去十五年了，随着时间的流逝，这段记忆大都被过往的时光碾压得支离破碎。有人不愿提及，将它永远封存在心底。然而，我之所以能够把发生的故事比较完整地记录下来，一是源于我断断续续写作，在记忆中不停地回想过去；二是由于我的手边一直留有我的丈夫老段和我在病痛中写下的部分日记；三是来自许多人的鼓励，诸如蕾姐、谭楷、祭鸿、成绪尔聃、范老师、茗鸾等朋友或听众。每当我讲述这段不平凡的经历时，很多人都好奇地问我同样一个问题："你在废墟里待了七十五个小时，到底怕不怕？假如是我，两眼一抹黑，急都快急死了，哪里还有勇气活下来！"对于这个问题，我同样也问过自己，到底是什么理由支撑我活下来的？我也说不清。真的，我至今都无法想象当初的自己是怎么熬过来的，现在回想起来都让人觉得不可思议。即便让我回到过去，哪怕叫我在原处待上几分钟，我都觉得难以去面对，更别提长达七十五个小时。

在这里，我想表达的是：现实和想象存在一些差别，二者是不可截然画等号的，后来人的所有想象都无法复原当时的真实情况。当一个人面临险恶环境时，为了求生存，唯一的选择便是坚强。只有坚强，才能迸发出前所未有的力量。想当初，我在死亡面前怕得要命，但为了活下去，我逼迫自己千方百计地寻找逃生的机会，那种求生的本能似乎要比死亡的恐惧来得更加猛烈。在那段希望和绝望交替出现的时间里，我依旧坚持等待救援。每当听到外面有声音，我就拼命地喊"救命"，即使听到的是其他人的名字，也"恬不知耻"地奋力回应。当外面没有声音了，我依然满怀希望，耐心地坚持等待，这或许就是我幸存下来的"秘诀"吧。所幸的是我当时看不到一点亮光，不知道外面是白天还是黑夜，感觉不到时间的流逝，更不知道整个北川县城已经变成了废墟。在黑洞洞的废墟里，幸好还有干女儿的陪伴，我们相互鼓励，不断地坚定活下去的信念。我心里一直放不下的是我的家人，尤其是那个始终长不大、从不让人省心的儿子。我一次次地告诫自己，为了儿子，为了让他拥有一个完整的家，我一定要撑下去，坚强地活着。我们在苦苦煎熬中，一遍又一遍地在拼命自救、呼喊救命、哭诉抱怨、回想过去、诅咒老天、牵挂家人的过程中整理情绪。后来，干女儿获救了，这也给我带来更大的希望。可一觉醒来，发现外面一片寂静，满怀期待的我又一次被推向了孤独和恐惧的境地。在快要彻底绝望的时候，我听到外面传来说话声，一股无穷的生命力从内心迸发，我终于等来了救援人员，也终于获救了。

现在想来，或许对于孩子的牵挂，是一个母亲活着的全部动力，正是靠着这份牵挂，我的内心才强大起来。人只要在精神上不倒，即便遇到再大的困难，也会有足够的底气和力量去同命运抗争。有时我在想，作为在地震中"重生"的北川人，活着，真的需要勇气。家乡的毁灭，亲人的离世，遍野的惨景，肉体的伤残，心灵的嬗变……这些触目惊心的场景猝不及防地发生了。在"5·12"汶川特大地震中，北川死亡一万五千六百四十六人，失踪四千九百一十二人，受伤两万六千九百一十六人，这些惊人的数字，如同残暴的魔鬼，碎掉了一颗颗坚定的心，摧毁着人的意志。记得鲁迅先生说过：真的猛士，敢于直面惨淡的人生，敢于正视淋漓的鲜血。而地震后幸存的老北川人，能以积极的心态、乐观地面对生活，重建家园，不正是鲁迅笔下的猛士吗？

　　时光匆匆划过指尖，转瞬间又是一年。岁月的淘洗，让许多陈年旧事在脑海中变得模糊不清，如同玻璃碎片般无法复原。唯有这段特殊的经历，依然在我心中翻腾，在我的不断拼凑中，被梳理得越发清晰，形形色色地鲜活在内心某个敞亮的角落。我一直有个愿望，希望有那么一天，我能把这段故事完整地、毫无保留地写出来。2016年我辞掉了北川羌族自治县图书馆馆长职务。2019年我放弃了延迟五年退休。仅仅为了这个所谓的愿望，我凭着日记和拼凑的记忆，天天带着伤残的身体坐在电脑前，用右手去敲打键盘，一点一点地拼凑文字，不离不弃地在情感的沼泽中艰难跋涉。转眼之间，时过境迁，"5·12"汶川特大地震过去了十五年，我终于完成了这本书。我可以骄傲地说，我没有辜负自己，而且真的做到了。尽管书中的文字略显粗糙，内容表述得有些肤浅、语言平淡无味，但我坚信，真实的故事，它包含着一颗岁月的种子，因为经历过风霜，所以会打动人心。

　　此时此刻，大地弥漫着浓浓的年味，在新县城城区街道高挂的一串串红灯笼中，在窗外闪烁的霓虹灯下，车流如潮，人头攒动。我的脑海里浮现出来的，却依然是那个老县城：云淡风轻的街景，整洁宽敞的县委大楼，围着火堆跳起的萨朗……过去的场景是那样的清晰，仿佛可以用手指沾水去临摹下来，但那街上却空无一人，什么都没有了。

2023 年 2 月 10 日凌晨于佳星

目录

自序

引子　不平凡的北川

地震前的县城 / 1
过去的图书馆 / 6
当上馆长 / 9

一　"5·12"汶川特大地震

被埋废墟 / 15
结成母女 / 19
艰难地活着 / 22
救援者来了 / 26
废墟中的呼喊 / 33
干女儿获救 / 38
孤独等待 / 43
奇迹生还 / 46

二　转院与救治

1　绵阳市中心医院

运送途中 / 51

惊险逃生 / 56

寻找亲人 / 61

住进病房 / 67

家人团聚 / 71

病情诊断 / 77

父亲和大哥 / 80

转　院 / 83

2　华西医院

入　院 / 87

治　疗 / 89

叫　喊 / 91

关　爱 / 94

两个大学生 / 98

离开四川 / 101

3　中大医院

睡个好觉 / 104

病房里的一天 / 107

四川病友 / 112

生死攸关 / 115

见到老乡 / 117

高压氧舱 / 121

做手术 / 124

浙江大学的李老师 / 130

唱起生日歌 / 133

倡议书 / 136

疯狂地喊叫 / 139

高烧控制住了 / 144

"跳水女皇"高敏 / 150

"图书馆家园" / 154

按摩和营养跟上了 / 156

有温度的书信 / 158

在病床上当老师 / 164

远方的问候 / 167

回四川 / 171

三 康复与训练

1 四川省人民医院地震伤员康复中心

分　诊 / 174

北京奥运会 / 179

一面镜子 / 183

平躺着的小英 / 186

佛山康复医生 / 190

训练走路 / 196

一周岁 / 198

好朋友 / 204

iii

难忘的一天 / 207

2 绵阳市中医院

离家更近了 / 209

针灸室 / 213

回家过节 / 215

滑囊炎 / 219

准备发言稿 / 225

重庆第三军医大医院 / 227

3 绵阳市中心医院

入　院 / 232

皮瓣转移手术 / 233

血　泡 / 237

4 在家里康复的日子

回老县城 / 240

私人诊所 / 242

冯翔轻生的消息 / 244

我学走路 / 246

地震一周年 / 250

四　上班那些事

1 重返工作岗位

上班的失落 / 253

护照和签证 / 256

记忆中的文化人 / 261
体　检 / 266
忙　碌 / 269
板房图书室 / 274
北京录节目 / 279
高校图书馆人 / 281
参加国际图联大会 / 283
广西年会上 / 299
荷兰 RTL 国际新闻电视台 / 301

2　图书馆在我心中

山东援建 / 304
启动仪式 / 307
图书馆建设 / 310
新家园 / 313
揭牌开馆 / 317
去北京培训 / 322
中规院捐赠 / 327
涅槃重生 / 330
两位老人 / 338
兰辉走了 / 342
中山大学志愿者 / 347
荷兰克劳斯王子基金会 / 350

3　兜兜转转一大圈

辞去馆长职务 / 356

文明办 / 358
大哥还活着？ / 362
退　休 / 366
蕾　姐 / 368

后　记 / 374

引子　不平凡的北川

北川羌族自治县位于四川盆地西北部，古名"石泉"。根据文献记载、现存遗迹、民间传说故事等，北川为华夏始祖大禹诞生之地。1914年，因与陕西石泉同名，改名为北川县，属茂州管辖。1935年红军到达北川境内，同时建立苏维埃政权。1950年1月，北川解放，隶剑阁专区。1953年3月，隶绵阳专区，1985年5月隶绵阳市。1987年11月，四川省人民政府批准"自1988年1月起北川按少数民族县待遇"。2003年7月，国务院批准设立北川羌族自治县，同年10月25日举行自治县成立庆典。北川作为全国唯一羌族自治县，以厚重的文化底蕴和山清水秀而闻名。2008年5月12日，有人说那天的太阳白得亮晃晃的，有人说中午过后阴沉沉的，就是在这种诡谲多变的天气中，爆发了一次惊天动地的地震，整个北川老县城成了一片废墟，抹上了永远难忘的灰色记忆。

地震前的县城

北川县城坐落在龙门山断裂带上，东接江油，南邻安州区，西靠茂县，北抵松潘和平武。从安昌出发，途经擂鼓镇，经过十多里路，就到了任家坪凉风垭，凉风垭是东面石椅山和西面盖头山之间的一个垭口。过了凉风垭，就是一片平地，肥沃的农田向远处绵延。靠山边的农房密集，这里大多住着乔姓人家，叫乔家湾。宽阔笔直的公路上有个任家坪收费站，左前方是加油站。沿着主干公路向前，两边零散地住着一些农户。前方的左边有个岔口，从岔口往里不到一百米，坐落着北川最大的一所学校，叫北川中学，有四十八个教学班，两千多名师生。在学校外墙的拐角处有十几家农户，中间是一所乡村学校，叫任家坪小学。顺着主干公路继续前行，经过一段斜坡，就进入了三道拐。三道拐地势较高，是由三道一百八十度急转弯的曲折公路连接而成的，约一公里。站在第一拐的高处，可以俯瞰北川县城最繁华的老城区。过了三道拐，就是县城入口，这里有两条路可走：一条通往老城区，另一条通往新城区。

北川县城的规模不大，以湔江为界分为老城区和新城区。老城区背靠沈家包和王家岩，人口密度大，高高低低的房屋错落有致。街边明亮的店面一间接一间，大街小巷人声鼎沸，涌动着热闹的人流。沿线的回龙街、曲山街、城池街、文武街、杨家街、禹龙街……承载着北川人无数的情怀和记忆。新城区背靠景家山，是二十世纪九十年代初期开发的，建好的农贸市场、客运站、大桥、北川大酒店、教师公寓等如点点繁星，将县城点缀得更加迷人。街道马路干净整洁，绿树成荫，新老城区连成一片。每逢傍晚或节假日，欢快的萨朗在县城的各个角落洋溢，为这个繁华又宁静的山区小城平添了几分神韵，吸引着外来游客。

湔江穿城而过，形成一个"U"形的回湾。悠悠流淌的湔江，环绕着龙尾山蜿蜒向前。龙尾山附近有片河滩叫龙尾滩，滩上有发电站、水厂、体育场等。横跨湔江有三座桥：上游有座古老简易的钢板铁索桥，是老城区通往龙尾滩的便道；中游有座非常现代的景观吊桥，是小河街连接新老城区通向龙尾公园的主要桥梁；下游有座龙尾大桥，桥长三百五十六米，是通往县内十多个乡镇的必经之地，也是连接绵阳至茂县的交通要道。县城的后面是曲山关，曲山关以内的各乡镇称为"关内"，以外的乡镇则称为"关外"。

2008年5月12日这天，清晨的阳光透过云层越过山坡，覆盖了整个县城，北川依然像平常一样，云淡风轻，安静地横卧在景家山和王家岩的怀抱。景家山上的李子树、枇杷树、桑树挂满了成熟的果实。任家坪公路两边的油菜籽，颗粒饱满，着急地迸裂开来往外跳。中午太阳悬挂在空中，光亮耀眼，空气一下子变热了，赶走了透着的丝丝寒意。新城区古色古香的羌寨酒楼，热闹非凡，办生日宴的、接待客人的、三五好友聚会的、外地过路的食客等挤满了整个酒楼。县政协职工杨明慧在这里为刚举行婚礼的儿子儿媳办答谢宴。不过，我和丈夫老段有些"例外"，我们是吃过酒席的，又一同被邀请过来。宴席上的气氛热烈，大家举起酒杯，满心祝福杨明慧早日抱上孙子。在热烈的祝福声中，杨明慧脸上洋溢着幸福的笑容。

吃过午饭，大家各散"五"方，有的回老城区，有的到茅坝新区。我们一行四人坐小车回县委宿舍，车子走到街道"下十字路口"，我因惦记着北川羌族自治县图书馆（简称北川图书馆）旧馆改造准备工作和打印改造项目招标书后的公证书，就在邮电局路口下了车，老段则直接乘车回家午休。

我走在街边，太阳突然变得很亮很晃眼。街道两旁几株高大挺拔的梧桐树长出的新叶散发着淡淡的清香。几只蝉躲在树梢上，"知了……知了"地叫着，似乎在大声告诉我，夏天来了。酷热的阳光透过树梢投下星星点点的光斑，就像片片金箔洒落在地上，幽静而唯美。我踩着光斑往前走，静静地享受这美妙纯净的一刻。

很快便到了图书馆，我先上楼，在三楼已搬空的阅览室里，中标单位已经进了场，有几个工人蹲在地上，把光滑的水泥地面打出坑眼，为铺地砖做准备。我叮嘱工人戴上防尘口罩小心操作后，就下楼去了期刊阅览室。

期刊阅览室临时建在一楼临街的门面上，不足四十平方米，是上月底收回小卖部后才建好的。这时还不到上班时间，工作人员王明文已经提前到了岗，他在整理书架上的刊物，里面有两三个读者在看书。王明文是图书馆新聘用的人员，是我嫂子的哥，我叫他"王大哥"，他是茶机厂的下岗工人。五十多岁，人长得粗犷，圆盘脸，脸型和模样很像歌手刘欢。他的眼睛近视，却写得一手清秀的字，做事极认真，凡是我交代的工作，都做得巴巴适适的，一点不用我操心。他来图书馆不到三个月，就配合编目人员把茅坝新区文化科技惠民阵地捐赠的几千册图书打上了流水号，做了入册登记。我又派他到老城区图书馆对书库里的图书进行全面清理，标注藏书流水号并登记，这是自建馆以来，对馆藏图书的一次大清理。王大哥在接受任务后，不但上班时间抓紧干，有时周末也在加班。记得有个星期天，我去老城区图书馆办公室写材料，听到楼上的书库传来声音。我走近一看，只见王大哥坐在桌边，借助从窗外透进来的一点微弱的光线，埋头登记图书。那一刻我被感动了。我心疼地对他说："你平日工作就很辛苦，有时周末还要轮流值班，好不容易有个双休日，就在家好好地陪陪家人。"他抬头对我说："女儿上补习班，我闲着没事干，就来这里打发时间。"他的话不多，却感动了我，我为能找到如此敬业的图书馆人而感到高兴，一股暖暖的力量从心底升腾起来，是那么坚定和热烈，我不再孤独，因为有了一个可以并肩作战的挚友。

那天，我在期刊阅览室仔细翻看着图书馆的工作日志，有些惊讶地问:"王大哥,你不是周末值了班吗?今天应该休息呢,怎么又来上班了?"他说:"于老师有事去了绵阳,她叫我帮忙代值两天班。"我听他说完,又顺手拿起读者借阅登记册,认真地浏览借阅记录,从汇总的数据看,期刊阅览室从四月底搬到楼下,只有半个多月时间,但读者借阅量却远远超过了过去四个月的总量。由此看来,北川图书馆并不是没有读者,只是我们过去把期刊阅览室设在了后大门一侧,上三楼才能到达,僻静阒然,导致很多人不知道老城区有个图书馆。期刊阅览室搬到街面上后,知名度大增,读者也多了起来,产生的效果就不一样。我握紧了拳头,更坚定了全面收回图书馆外租房屋以及改造图书馆阅览环境的信心。

我走出期刊阅览室,来到图书馆对面,站在原百货大楼街檐下的走廊上,踮起脚尖,仰起脖子,向曲山小学大门旁的打印店望去。嗨,打印店还没开门。我收回目光,移向图书馆楼下的中餐馆,咦,那个中餐馆没打烊,还有人在吃饭呢。看着中餐馆,我心里又焦虑起来,真是急死人,餐馆老板什么时候才交房啊,我们的工人已经进场了,这天下午图书馆要去办理房屋产权过户手续。过了这天,这个中餐馆门面的产权就全部属于图书馆了,这个让人不敢想的好事,就那么幸运地落在了我们图书馆头上。如果能够说服中餐馆老板在近期交出门面,图书馆的改造项目就可以加快推进了;将一楼改建成像模像样的期刊阅览室,再装上空调,争取在国庆节开放。我相信图书馆经过改造,会有更大的吸引力。想到这里,我的眼前浮现了第一次走进北川图书馆的情景。

过去的图书馆

2006年3月底，我改行从幼儿园调进图书馆。初次踏入图书馆，看到的景象着实让我揪心，简陋狭小的空间，屋顶掉着灰尘。木框窗子变了形，窗户漏风关不严实。排列整齐的阅览桌椅裂着大口子，木椅坐上去夹屁股。阅览室的电线老化，日光灯打不开，书架上的图书泛黄陈旧。借着暗淡的照明，办公桌上几个饮料瓶罐做成的笔筒特别显眼。办公室只剩下一盏电灯，孤零零地亮着，模糊又朦胧，没把屋里照亮。

一楼门面里开着一家中餐馆。每天开锅煮饭，楼道里被弄得乌烟瘴气的，餐馆排放出来的油烟顺着风直往楼道里面灌，在楼道上乱窜，灌满了楼上的各个房间，就像熏腊肉一样。我们在三楼办公，楼下餐馆一日三餐炒什么菜，用不着看，闻味道就可以知道。有时遇上炼熟油或炒海椒，刺鼻的味道呛得人出不了气，只能不停地干咳和打喷嚏。有时遇到餐馆烧肥肠，那个恶心臭味更是难闻得很，令人作呕。

午饭一过，二楼麻将室的门打开了，"哗啦哗啦"的洗牌声，"幺鸡""一筒""六万"嘈杂的报牌声，此起彼伏。"射张""码合子"，输了钱的叫骂声，吵得人心烦意乱。楼上的读者无法静下心来看书，下午只有借书的人，内阅的读者很少。图书馆采取一天一角钱的租借方式，把本该当月内阅的期刊全部外借，才留住了一些长期看书的读者。坚持在馆内看书的只有几位退休老人和楼上个别住户。比如，住在楼上的退休老师郭叔和他上小学五年级的小外孙，还有在茅坝新区的退休老师陈叔等。楼上是图书馆单位的公用套房和教育局一部分职工的住房。这些房屋大都租给了外来户，楼上经常传来租客斗嘴的声音和小孩哇哇的哭声。

过去的图书馆如同大多数县级公共图书馆一样，总是被在这里上班的工作人员当作清闲养老的地方。上午九点过，他们才慢悠悠地打开阅览室，捋捋报刊，掸掸桌椅和书架上的灰尘，每周换一次报刊栏，隔几天打扫一下阅览室。楼道的两边没人清理，到处都丢着垃圾，楼下报刊栏的两扇破损玻璃，没有人提说要修补。有读者上门就登记，没有读者上门，闲得没事干，就在阅览室旁边的办公室里聊聊天，走走跳棋或活动身体来打发时间。中午十一点二十左右，就关门回家了。下午两点过，才打开图书阅览室为读者借书，邮递员下午四点过送来报刊，验收登记上架后，一天的工作就算完成。至于图书馆新书采购、图书编目、图书上架、分类整理图书等流程，那都是猴年马月的事了。图书馆每年购书经费为五千元，只够征订少量的报刊，哪里还有钱来采编图书。对工作人员来说，只是在年初，工作稍微要忙碌一点，整理报纸、期刊，装订合订本。这样的工作环境和状态着实让人担忧。尽管过去我在幼儿园上班，与图书馆仅一墙之隔，但我喜欢去新华书店买书看，没有进过图书馆。在我的意识里，图书馆暗藏在楼上，神秘而幽静，不是谁都可以随意进去的。当我真正进入图书馆大门，成为这里的工作人员，看到眼前的这般光景，心里有种失落感，这和我过去工作的花园般的幼儿园相比，一个是天，一个是地。

带着一脸的困惑，我试图从县志上了解北川图书馆的"前世今生"。原来北川很早就有图书馆了，只不过，那时没有图书馆这个概念，直到二十世纪七十年代末，才挂牌成立了图书馆。

1926年8月在石泉县旧址治城（今禹里镇），设立了图书阅览室和平民读书处。1936年5月在县城南街设立书报室，1942年馆址搬迁到石泉县城东门，隶属县政府第三科，叫民众教育馆。1949年闭馆。1952年县城迁址到曲山，县人民政府文教科下设文化馆，内设图书室。1953年成立了北川文化馆，建有图书室。1969年到1971年，大部分图书散失，图书室一度停止开放。1972年，县文化馆恢复图书室。

1979年，北川正式挂牌成立图书馆，首任馆长是高登秀。当时没有办公场地，租用文化馆办公楼办公。后来又在危家巷与文教局职工宿舍合建图书馆，1989年底图书馆落成开馆，来看书和借书的人排起了长队。到了1993年，开展影碟、录像带、图书租赁等服务。过了两三年，这种服务方式维持不下去了。后来，就把图书馆一楼和二楼的阅览室和四五楼的三套住房对外出租，来保障图书馆的日常运转。2003年在茅坝新区与青少年活动中心合资修建新图书馆，建筑面积为一千二百五十平方米，2005年新馆落成后，划归为文旅局下属单位，因后期资金不到位，新图书馆未交付使用。

当我了解图书馆的发展过程后，深知作为一名图书馆新人，我唯一能做到的就是努力干好工作。我不断地向几位有经验的前辈请教，很快掌握了管理图书的方法和技能。于是，我坚持每天提前一小时上班，把阅览室、办公室、楼梯等全部打扫干净，把图书和报刊摆放整齐，并及时更新报刊。我还利用私人关系，找到一名木匠免费维修好了楼下的报刊栏，经常动员朋友到图书馆来看书或借书，并主动为来馆读者推荐图书。

2006年的5月，我们联系幼儿园，举办了"红五月"读书活动。9月，图书馆向县财政争取了三万元购书经费，买了八百四十五册新书，我们及时将它们编目上架，向读者推介。

10月，我们主动到曲山小学开展"抗日战争"图片宣传活动。

这一年，关于我们的新闻不断出现在县广播电视台，一张、五张、二十张新面孔，走进了图书馆……

当上馆长

2006年12月底，原馆长调离了图书馆。过了两天，主管部门的几位领导来到图书馆，宣布了任命我为北川图书馆馆长的决定，这事来得很突然，让我措手不及，思绪纷乱。

当天晚上，我在床上翻来覆去不能入睡，图书馆无论是在经费、环境、人员和图书管理等方面都存在着一些问题，要想改变这种状况，肯定十分艰难。不仅要花时间和精力，还要去寻求经费支持，管理单位也要得罪人。作为来馆不到一年的新人，我宁愿做个普通的馆员，踏实干好本职工作，不愿当出头鸟。

第二天，我给局领导打电话，说自己的能力有限，请他重新物色馆长人选。领导听了很生气，撂下一句话："服从安排，不当也得当，你自己看着办。"说完就挂断了电话，这句"狠话"把我逼上了"梁山"，让我没了退路。那段时间，我如同背了个大包袱，心里压抑、堵得慌，又不知如何去排解，日复一日地陷入了更深的痛苦之中。

当时，图书馆退休人员倪德君老师，不知从哪儿听说了我的情绪低落，马上打电话叫我去她家，与我谈心，一心动员我勇敢地把图书馆的担子挑起来。还口口声声地夸赞我，说我很有工作激情，来图书馆才几个月的时间，就改变了图书馆的环境，每天把图书馆收拾得整洁干净，接待读者热情耐心，给图书馆带来了不少人气，要我大胆干下去。如果在工作中遇到了什么困难，她愿意和我一起想办法。最后她鼓励我说，她非常看好我，从我身上看到了图书馆的未来和希望。倪老师出面做工作，弄得我哑口无言。因为我从幼儿园调到图书馆，得到了她颇多帮助，我实在不能辜负了她的一片好意。

我没有其他的选择，只好硬着头皮应承下来。俗话说："羊群走路靠头羊。"作为单位的领头人，我要以身作则，才能带动大家心往一处想，劲往一处使。有人给我出主意，人管人累死人，要靠制度来管人。我参与制定了图书馆管理制度，定责定岗，上班纪律与年终考核挂钩。虽然有个别职工极力反对，但最终还是执行了下来。

2007年2月，我到绵阳参加图书馆学会年终总结会，认识了许多图书馆馆长，在与他们的交谈中学到了一些业务知识，在参观了绵阳市图书馆和西南科技大学图书馆后，我才感到图书馆要开展的业务很多。会议结束后，我和新上任的平武图书馆杨馆长又专门请三台图书馆陈馆长到"老茶树"去喝茶，给我们介绍经验，让我们对图书馆的工作有了更清晰的认识。回到图书馆后，我和职工拧成一股绳，拉开了"三个女人同唱一台戏"的序幕。推出免费开放、开展"有奖猜谜"、收集地方文献、送文化下乡、建立"易播宝"试点基地等活动。由于我们的工作落到了实处，给四川省图书馆留下了很好的印象。那年李馆长来视察工作后，把北川图书馆列为绵阳市首批"全国文化信息资源共享工程"试点单位，计划配套价值六十八万元的电子设备，这些设备将在2008年底到位，这真是一件了不起的大好事。高兴之余，我又多了几分不安，因为图书馆没场地，老馆破旧不堪，新馆搬迁无着落。上届馆长接收的八台电脑，仍原封不动地躺在库房里睡大觉呢。

2007年5月初，北川设立了一个新单位，叫政务服务中心，县领导决定暂时借用新图书馆作为政务服务中心窗口。我听到这个消息后，不知从哪儿来的勇气，以"全国文化信息资源共享工程"试点为理由，壮着胆子去找当时具体负责这项工作的杨泽森副县长，请他为图书馆协调场地。一周后这个事情就落实了下来，新图书馆二楼一间面积约为一百二十平方米的大厅和一间约三十平方米的房屋划给图书馆使用，支持我们与科技局共建文化科技惠民阵地。

场地落实后，我去找局领导安排电脑管理人员，懂电脑的唐老师就调进了图书馆。我们仅用五天时间就建成了综合性文化科技惠民阵地。我和唐老师在服务窗口上班。当年北川率先推出政务中心服务窗口，走在了很多地方的前面，备受外界关注，来访的团体和单位络绎不绝，有国内的，也有国外的。在我的电脑中一直保留着一位泰国政府工作人员来访的资料，他在我们服务的窗口打开电脑，浏览网络新闻，当天还有许多政府工作人员陪同。由于我们工作地点远，每天上下班都要打卡，为鼓励大家安心上班，县政务服务中心每月要对出勤率考核合格的窗口工作人员发放两百元个人午餐补助。我们把领来的补助平均分给其他馆员，激发大家的工作热情。图书馆的电脑安装好后，我们就开始设想用电脑管理图书。有一次我到绵阳市图书馆去交基层调查表，顺便带回省图书馆赠送的编目服务器，结果在去的路上，我乘坐的便车在双碑发生了车祸，额头上撞了个大包，引起了市图书馆的关注。

在张馆长的推荐下，我作为绵阳市唯一的代表乘坐飞机前往北京，参加国家图书馆举办的"西部培训计划"。在培训中我学到了更多的图书馆工作经验。记得在当年，我闹出了一个很大很大的笑话。在参观北京西城区图书馆时，我站在书架前翻看图书，发现每本书都编印了一串数字，而我们馆内的图书却没有这样的数字编码，我张口就问：这个数字代表什么？这时，与我一同代表四川参加学习的一位馆长走过来，严肃地对我说："你连这个最简单、最基本的图书馆常识都不懂，还当什么馆长？"我红着脸解释说："我们馆里的图书上没有这些数字，我想了解一下。"他沉下脸对我说："那你就只管看，认真听，不要问。"听他说完，我心里很不服气，理直气壮地说："问个话还有错，难道不懂也要装懂吗？"他说："别说了，你给四川图书馆人丢了脸都不知道吗？"我这才明白，我代表的是一个群体，我的无知影响了大家对四川图书馆人的印象，我不再嘴硬，羞愧地低下了头，恨不得找个地缝钻进去。

　　这时，旁边有位同志拿着图书走过来，指着上面的数字对我说，这是索书号，并仔细讲了怎么生成索书号。这位同志是贵州某图书馆的孔馆长。后来，我在学习中遇到不懂的地方，就暗地里向他请教。在那次学习中，我的收获是最大的，不仅学到了知识，而且交到了贵州的朋友。最重要一点是，通过与班主任陶老师的交流，在她的全力帮助下，我向国家图书馆争取了两千多册下架旧图书和两千册合订期刊，丰富了北川图书馆的阅读资源。后来，我于2007年8月参加了在成都举办的"基层公共图书馆培训志愿者行动"，并认识了浙江大学时任公共管理学院副教授、全国中小型公共图书馆联合会会长李老师和时任北京市西城区图书馆协会会长的郭老师，她们对我的帮助很大，李老师指导我发表文章，郭老师通过"红十字会"，为北川图书馆捐赠了两千册新书。

那一年，我觉得自己很幸运，每走一步，都得到很多人的关心、帮助和鼓励。那些温暖的细节在我心中留下了痕迹。每当我想起那感人的一幕幕，内心总会涌动。于是，我提笔写下了《走出困境中的图书馆》，该文被县委情报内参刊登，县委宋书记亲笔题词，号召大家学习图书馆这种不怕困难的精神。同时还给图书馆解决了拉运图书的费用。《绵阳晚报》和《华西都市报》分别刊登了北川图书馆的事迹，这给图书馆的发展带来了更大的机遇和动力。

有了图书资源，我们的心就踏实了，也更有底气去畅想未来。在老城区图书馆上班的于老师和李老师两位前辈，尝到了工作环境好的甜头，向我提出了改造老图书馆的建议。2008年春节后，我冒出了一个更加大胆的想法，决定收回老图书馆的所有门面，重新改造。于是，我又写下了题为"关于改造老城区图书馆的情况汇报"的申请。县财政局周局长在接到了县领导的批示后，非常重视，了解我们的具体情况后，同意拨付十万元改造阅览室。得知这个重大决定后，我激动得像个孩子一样手舞足蹈。然而，当我们把收回一楼和二楼的营业用房的通知发给租户后，像是往平静的水里投下了一块石头，激起了一层层水花，收回租赁房屋的路变得曲折起来。

当年老城区图书馆房屋虽然陈旧，但占据了"上十字口"的"黄金口岸"，周边紧靠几个单位和学校，做什么生意都有很稳定的客源。我们贴出收回租赁房屋的通知后，开小卖部的老板通情达理，积极地处理货品，很快归还了房屋，正好跟上了我的计划，4月底我们把楼上的期刊阅览室暂时搬到楼下，为改建三楼办公室做好了准备。

但收回租赁房屋的通知发出后，一楼中餐馆和二楼麻将馆的老板迟迟不交房，真应了那句老话："请神容易送神难。"我只好登门去催交房，曾经对我笑脸相迎的麻将馆老板立即变了一副面孔，和她姐姐一起上阵，对我进行辱骂和围攻，把天底下最难听的话悉数灌进了我的耳朵，弄得我在暗地里哭鼻子。老段见我憋得难受，决定出面帮我协调。过了几天后，女老板主动找我交了房屋钥匙。原来这个女老板的丈夫是乡镇的公职人员，我的丈夫老段与他联系后，男人主动做了妻子的工作，将二楼的房屋使用权还到了我们手中。

最棘手的是中餐馆租赁房屋的回收工作。由于房屋产权归属问题，中餐馆迟迟不愿交回房屋，我们与其交涉多次，均未达成一致。幸运的是，时任北川县人民政府办公室主任兰辉和前文提及的杨副县长积极协调，为图书馆解决了该房屋的产权问题。

2008年5月12日的午后，我目不转睛地看着对面的中餐馆，就在心里计划收回门面后，将一楼建成窗明几净的大型期刊阅览室，二楼做成电子阅览室和编目室，三楼改造成图书外借室，分门别类地布局，为读者营造一个温馨的读书环境，吸引更多的读者走进图书馆。想着下一步要走的路，我心里不由自主地美滋滋的，甚至有点"得意忘形"了。

一 "5·12"汶川特大地震

时间如同静止一样，在我感觉自己快要不行了的时候，终于等来了救援者。我被成功救出后，才知道整个县城变成了一片废墟。我的父亲和大哥、张孃、刘叔、杨明慧、王明文、倪德君等，还有被救出的干女儿和杨泽森副县长，他们去了另一个世界。那种心灵的痛真是无法用语言来描述。三天多，整整七十五个小时，我没有想到自己还能活下来。5月15日，对我来说是一个非常值得庆幸的日子，在那天下午，我看到了蔚蓝的天空。

被埋废墟

2008年5月12日下午两点，太阳躲进了厚厚的云层。北川县城突然刮起了一阵大风，天色暗了下来，乌云翻滚，看似一场大雨即将来临。接着，又是一阵大风，吹得树枝乱晃，把乌云给吹散了，天色亮了起来。在北川曲山镇回龙街上，三三两两的上班族迈着轻快的步伐，踩着上班的钟点渐行渐远。一辆大巴车停靠在百货公司门前，从车上陆陆续续下来了一群老人，他们是北川禹风诗社的会员，要到县文化馆去参加研讨会，小妹的公婆刘叔和张孃也在人群中。我和他们打了个招呼后，在十字路口遇见去教体局上班的大哥，大哥当天本来要去绵阳办事，临时被尚局长通知回来参加单位召开的职工大会。大哥看见了我，放慢了脚步，招呼我说："李春，你是去文化馆开会吗？"我说："到打印店去做资料。"说完，我就小跑几步跟了上去。

我们兄妹走在大街上，在相貌上形成了强烈的反差，甚至有些突兀：大哥浓眉大眼、高大帅气，个头接近一米八；我呢，矮小肥胖，身高不到一米五，走路呈内八字状。我们在教体局大门处分了手，他进了局机关，我继续向曲山小学旁边的打印店走去。

走进打印店，我认真地把上午草拟的改造老图书馆招标项目的公证书从头到尾看了两遍，核对之后，就请店主李华打印装订。我万万没有想到，在我与大哥分别不到半个钟头，等待我们的是一场深重的灾难。只听见大地发出了低沉的轰鸣，在这种我们谁也没有在意的声响中，我的家乡和数不清的生命被吞噬了。而我和大哥的这次巧遇竟成了悲壮而永恒的诀别。

在大地发出的轰鸣声中，我感觉地面在微微晃动，便下意识地朝四下张望，只见街对面医药公司的楼顶腾起了一股浓烟，房顶上的青瓦不见了，光秃秃的瓦槽连同整幢楼房在抖动，发出"腾腾腾"的响声，如同工厂里开足马力飞速运转的机器。怎么回事？这声音是从哪儿来的？是医药公司在拆建楼房？怎么却看不见一个建筑工人？是机器的轰鸣声？这四周哪来的工厂？我不明白究竟发生了什么，丝毫没有意识到可怕的灾难即将来临。我好奇地指着医药公司的楼房，像是自言自语，又像是在对李华说："真是奇了怪，刚才对面房顶上的青瓦明明是好的，怎么一下子就不见了，剩下的瓦槽怎么在抖动？"店主李华和她的徒弟低着头，在专心致志地装订文件，没有人同我搭话。

我的话刚落，就听到街上有人惊慌失措地叫喊："地震，大地震来了，快跑！"平静的大街立刻骚动起来，街上的人越来越多，如同热锅上的蚂蚁般四处逃窜。我也慌了神，回头对李华她们喊道："快跑！"说完便撒腿向街中央冲去，刚迈出两三步，精干瘦弱的李华跑了过来,一把将我拽了回来说,"李馆长,别跑了,我们抱成一团,相互有个照应!"又招呼她的徒弟赶快围过来,我们三人正要抱在一起,大地抖动得更厉害了,人根本站不稳,我还来不及攀上她们的肩膀,就被一股巨大的力量推向了地面,在落下的那一瞬间,我瞧见了旁边的电脑桌,便使出全身力气,顺势倒在了电脑桌下。"哐当、哐当",随着山崩地裂的巨响,整栋楼房都坍塌了,我嘴里喊着:"糟了,没命了",眼睛就闭上了。

不知过了多长时间,我渐渐苏醒过来,眼前没有光亮。我惊恐万分地睁大双眼,四周仍然黑洞洞的,什么东西也看不见。我整个人像蜗牛一样蜷在里面,头朝下,离地面很近,不能转动,不知被什么东西夹住了。臀部悬空,两脚分开插在不同的洞穴里,左脚不能动,被东西压住了,右脚可以动。整个身子仿佛背负着千斤重物一般,根本无法动弹。里面的空气浑浊,石灰味重,我的眼鼻口塞满了泥沙。我先闭上眼睛,抬起右手衣袖轻轻地擦拭眼眶边的泥沙,再用舌尖触动嘴唇,大口地吐着嘴里的泥沙,喷出的气流扬起周边的灰尘,呛得我想打喷嚏,我赶紧用右手捂住鼻孔和嘴巴。过了一会儿,再轻轻地呼吸。在当时,我并没有意识到所处的环境有多恶劣,觉得自己活着,算是万分幸运了,决定想个办法爬出去。我用露在外面能活动的右手试着去刨压在身上的东西,但东西太重刨不动。我想伸出左手来配合右手一起用力,但左手不知在哪儿,也没有一点感觉。我把右手撑在地上用力,试图把身体抬起来,可我费了很大的力气,身体却纹丝不动。我只好收回右手,到处摸索,发现身上尽是砖头瓦砾,整个人被埋在里边。"唉,里面空气好闷哦,人待久了,终究是有危险的,得尽快想办法爬出去呀。"我自言自语道。想起了老板李华,我决定找她帮忙。于是，就连声喊了起来："李华、李华、李华……"喊了几声，李华都没有回应。唉，李华去哪里了，怎么不管我了？不，李华绝不会丢下我的，刚才还说要抱成一团呢，说不定她摔到另一个地方去了，可能还在昏迷中，再等等，或许她会来找我的。我在心里不断想着。

地面抖动了起来，余震来了。我感觉额头上很痛，好像有个东西撞了过来，疼得我眼冒金星，我龇牙咧嘴地喊着："哎呀，什么东西，好疼哦。"我随后伸出右手去触摸，发现有个像木方一样的东西顶在额头上，我又用手去触摸额头，发现有个凹陷的小坑。不行，木方顶在额头上，万一被撞出血了咋办？得赶快找个软软的东西垫在上面才行。我在地上摸了一圈，没有找到可用的东西。这时，我突然想起了我的左手，我不相信左手就这样无缘无故地消失了，就伸出右手，在左边地面上，一点点去摸，终于，我摸到了左手中指，就拉着它，从顶着木方额头的缝隙中插进去，垫在额头的疼痛处，形成"肉垫缓冲带"。木方对我丝毫不留情，像紧箍咒一样，死死地抵着"肉垫处"，越顶越紧。十指连心呀，我的左手指钻心地疼，我忍不住"妈呀，妈呀"地叫着，过了一阵，手指已经麻木，我就不晓得疼了。

迎面是无尽的黑暗，周围一切仿佛要把我吞噬了一样，我有些恐惧地蜷缩在废墟里。听到外边不时传来激烈的垮塌声，一连串问题立即浮现在我的脑海里：外面是咋回事？像是在垮山？怎么听不到人的声音？图书馆？王大哥和工人，他们跑出来没有？我的爸爸、老段、大哥、大嫂、小妹、妹夫、侄女……他们都在哪里？到底怎样了？这些问题萦绕在心头，我的心情就像过山车一样起起伏伏，找不到一个确切的答案。

结成母女

"唉……唉……"微弱的呻吟在我耳边响起。是李华,一定是李华,她醒了。我的心激动得要跳出胸膛,我着急地喊了起来:"李华、李华、李华……"可还是没有回应。四周的一切都仿佛停了下来,李华怎么不说话?是昏睡,还是……想到这里,我的心突然"咯噔"一下,一种从未有过的孤独感向我袭来,我不敢再往下想了。我又一次把右手伸向地面,想赶快寻找机会逃离这个地方。我想借助右手力量向上撑,但全身感觉像是被绳子绑住了一样,一动都不能动,心里开始着急起来。这时,忽然有一个声音断断续续地传来:"李华,李华姐,她可能……可能,断气了。"这是一个女孩的声音,声音虽然很小,但我听得很清楚。

"什么?不会吧,刚才还听到她在呻吟呢,或许她晕过去了。"我不相信李华会出事,矢口否认道。

"哦,那是我的声音。她就在我旁边,我摸到她的手已经冰凉僵硬了。"女孩肯定地说。她的话一出,如同惊雷一般,在我耳边炸响。我仿佛看见了一张血肉模糊的脸,心里一阵抽搐,一种说不出的情感在四周蔓延,悲凉把我包围了起来。李华就这样走了?我唯一可以依靠的人,她就这样匆匆地走了,接下来我该怎么办?怎么办?我的心情难过到了极点,泪水抑制不住地涌了出来。我含着眼泪有些结巴地问:"那,那,你是谁呀?"

"我是李华姐的徒弟,就是刚才和她在一起装订文件的那个女孩。李华姐不要我了,在半道上把我丢下了。"她一边说,一边抽泣。

她是李华的徒弟,虽然记不清她的模样,但她的存在让我觉得不再孤独。于是，我把所有希望寄托在她的身上。我像对待老朋友一样，连珠炮似地问道："你受伤没有？能看见外面吗？身体能动吗？还能爬出去吗？"我好想从小女孩的口中得到一点好消息，找到逃生的机会。

"我被水泥板压住了，身体不能动，眼前隐约有一丝光亮。"小女孩的回答，如同翻腾的苦水，淹没了我的全部希望。

我沉默了，过一会儿，然后又问："你的手能动吗？身上流血没有？"

"两只手没有问题，可以自由活动，身上没有出血。"小女孩说。

我又说："不幸中的万幸，我们都没有流血，只要还有一口气，就得想办法一起爬出去。"

"那，我们怎么办？"小女孩着急地问。

外面出奇地安静，听不到人的声音。这时，我想起曾经看过的一篇矿难报道，那篇文章讲了很多在危难中生存的方法，首先要通风。我对她说："我们需要氧气呼吸，先用手刨开一个洞，让空气流通起来，才能活下去。"

我们开始自救，在无边的黑暗中，各自摸着洞里的残碎砖块向远处扔去。"砰砰砰"的声音过后，碎砖块落在了地上，好像离我不远。我连忙提醒她，她也发现了我扔出的砖块落在了她的附近。于是，我停了下来，一边仔细地辨听，一边指点她朝反方向扔。我也改变了方向，反手卖力地将砖块朝身后扔了出去。"砰""砰""砰"，一块又一块砖头扔了出去，落地时发出了刺耳的响声。过了一会儿，我的脸上有股凉飕飕的风吹了过来。小女孩说，她也有这种感觉。

清新的空气"流"进了废墟，令人窒息的状况有了好转，我大口地呼吸，贪婪地享受着新鲜空气。小女孩又说："我好累，我好想睡觉！"

我说："别睡觉，我们的处境很危险，睡觉容易导致机体功能下降。"

为了让小女孩在废墟里保持清醒状态，我决定和她说说话。

我问她："你叫什么名字？今年多大了？"

"我叫侯兰，十八岁。"小女孩说。

"听你的口音，好像不是本地人？"我继续问。

"我是三台的，我大姨在粮食局楼下开快餐店，我来北川玩，觉得这里环境很好，山清水秀的，大姨就叫我跟李华姐学打字，我来这里大概有半月了。"小女孩说。

"快餐店的老板娘是你大姨？那个老板娘可不简单，挺会做生意，饭菜做得好吃不说，为人豁达大度，她开的餐馆，天天坐满食客。你怎么不在她手下干？"我惋惜地说。

"我读大专，学的电脑专业，在李华姐这儿实习。我的运气不好，来到这里就赶上了地震。早知道是这个结果，就不该来北川，我好后悔哦。"说到最后，小女孩的语气带着几分伤感。

"就是嘛，我也是。本来在茅坝新区上班，计划星期四到成都去办事，就赶着把手边的事情做完。今天跑到老城区，结果把自己埋在这里，真是倒霉透顶！也不知道我的家人怎么样了？"我也说出了自己的不幸。

沉默了一会儿，我接着说："我有一个儿子，在外地读书。属虎，比你大，明年大专毕业，为了他，我要想办法爬出去。"

"我不听父母的话，本来可以在三台或绵阳实习的，偏偏跑到北川来，把自己埋在这里。我好后悔啊，好想爸爸和妈妈啊。"女孩说着，伤心地哭了起来。

"孩子，别哭，我们不是还好好的吗？只要我们坚持等待，一定会有人来救我们的。"我想给她打气，便信心满满地说道。

"我好怕，爸爸、妈妈呀，你们在哪儿？女儿好想你们！呜呜呜……"女孩哭得更伤心了。

"孩子，别怕，有我呢，从今天起，我就是你的干妈，你是我的女儿，我们母女俩都要想办法一同走出去。"听到她的哭声，我的心底油然升起一种怜悯之情，不由得以母亲般的口吻，收她为我的干女儿。

"真的吗？我是你女儿，我叫你干妈？"女孩有点不相信地问。

"是呀，老天有眼，我们都活着，说明我们很有缘分。女儿，别哭了，打起精神，拉拉干妈的手。"我温柔地安慰着她。

说完后，我们把手伸了出去，在黑暗中去找寻对方。我的手碰上了她的指尖，我们一起用力，两只手握在了一起。干女儿的手很柔软，我有种恍如隔世的感觉。那一刻，我们这对没有血缘关系的母女就这样相依为命，两颗心连在一起。

艰难地活着

突然，地面摇晃了起来，剧烈的余震又一次袭来，吓得我们"妈呀，妈呀"地惊叫起来，外面又垮塌了，声音特别大，就像大山崩塌，我和干女儿相互牵着的手就这样被无情的余震分开了。余震过后，我们又去拉对方的手。虽然使出了全身力气，却没有再次牵上手。

"干妈,好像离你远了一些,找不到你的手了。"干女儿很疲倦,打着呵欠对我说。

"刚才余震厉害,改变了我们的位置。"我扔了一块砖头,对干女儿说。

她有气无力地说:"我好困倦,好想睡觉啊。干妈,我实在坚持不住了,头昏昏沉沉的,睁不开眼睛。"

我只好对干女儿说:"实在撑不住,就先打个盹吧,但不能睡得太沉。千万要记住:我们随时要喊着对方,你睡着了,我叫醒你;我睡着了,你叫醒我。女儿,你就放心地眯一会儿吧,干妈叫你的时候,你一定要答应我。"

"干妈,知道了,我……困……得很。"干女儿含糊不清地回答道,很快,我的耳边传来了轻微的鼾声。

干女儿睡着了,我也感觉头很沉,怕自己打瞌睡,便振作精神,通过高强度的"劳动"来驱赶睡意,我继续用右手把身边的砖块向后扔。扔着扔着,手中的劲儿越来越小,人也有了倦意,眼皮打起架来。眼睛快闭上了,我又马上条件反射般地防备起来,费力地睁开双眼,不断地提醒自己:"别睡,要坚持住。"为了改变这种嗜睡状态,我不放松地甩身边的砖头水泥瓦块。累了,歇一会儿,叫几声干女儿,听到她的声音,又打起精神,继续甩。有时手指不小心挨着瓦砾的尖角处,被扎得生疼。脸上的汗水就像拧不紧的水龙头,滴滴答答地往下掉。衣服被汗水浸湿又捂干,捂干又浸湿。扔着扔着,实在没劲了,就握紧拳头为自己加油助威。突然,我感觉捏着的拳头湿漉漉的,这才惊慌地意识到,我的手指可能被破碎的砖块扎伤了,好像在流血。这下我害怕了,我提醒自己:不能蛮干下去了,万一指头血流不止，引起细菌感染，出现败血症，那可真没有活着出去的一丝希望了。想着可怕的后果，我停下了手中的活计，侧耳倾听外面的动静，等待救援人员的到来。

我真是"贱皮子"，先前甩着砖头，心中只有"快点出去"的念头在支撑自己。一旦停下来不动了，脑子就开始活泛起来，心里全是焦虑和恐惧。唉，不知我的家人现在怎么样了？七十三岁高龄的老爸住在小妹家，他每天有个习惯，吃了饭要在家中锻炼半个多钟头的身体才去睡午觉。他的左脚无力，走路很慢，地震的时候他在哪里？如果在家睡午觉，房屋不垮塌，他老人家是不会有事的。哦，我的小妹，她在茅坝新区上班，办公楼是新建房，可能危险不大。哎，大哥家和我家都是新建的优质房屋，估计楼房不会塌，大嫂在家应该很安全。但是，大哥，大哥，他上班的单位和我相距不远，还有侄女潇阳，她上学的地方离我很近，他们也是凶多吉少？不，不，教体局中间有块大坝子，小学教室前有个大操场，即使遇到险情，他们都有逃生的地方，不会有事的，他们不会出事。更让我担心的是老段，他在家睡午觉。地震的时候有可能正在上班的路上，如果走电力公司那条街，大概要安全些。如果走我所在的这条街，那就十分危险了，几乎没有生还的可能。当时，我在废墟里看不见外面的情况，一直以为只是我所在的这条街比较危险，其他地方都是安全的。想着老段，我心里不由得恐慌起来，一团不祥的阴云笼罩在我的心头。难道他和我一样处在了危险的境地？不，不，老段是不会有事的，他做事一向沉稳，或许他刚走出县委大门。他，一定不会出事的，不会出事的。我不断地把家人的情况想了又想，老是在找借口，其实是在自我安慰。

图书馆怎么样了？新城区图书馆房屋结实牢靠，用不着怎么担心,况且服务窗口上班的人很多,即使出现危险也有人帮忙。最糟糕的是老城区图书馆,有几个打地板的工人,还有在一楼阅览室上班的王明文和几位读者,他们到底跑出去没有?

"哗哗哗",耳边传来了雨声,外面下起了大雨,伴随着滚滚的雷声和废墟的垮塌声,我从遐想中惊醒,外面传来的呼救声、哭声、喊声、惨叫声,此起彼伏,回荡在北川县城的上空。

"爸爸,妈妈,你们在哪里呀?快来救我。"一个孩子在哭喊着求救。

"天呀,我受伤了,怎么爬出去呀?"一个女人在哀号。

"救命……救命……救命……"男人惨绝地呼喊。

"嘭嘭……嘭嘭……"隔壁发出了求救声,好像在用砖头敲打破碎的砖墙。

顷刻间,风声、雨声、雷声、山崩地裂声,连同无数撕心裂肺的喊叫和号啕,深深地刺痛着我的心,我控制不住心中的悲愤,怒火万丈地咆哮了起来:"老天,你发疯了?听到凄惨的呼救声了吗,难道竟然没有一点同情心?继续作孽吧,有什么绝招全部都使出来,老子不怕你。"

"上苍啊,我一向与人为善,如今我只剩半条命了。大不了我再奉上这半条老命。"我愤怒地说。

"哗哗哗"的雨声,"轰隆隆"的雷声,"哐哐哐"的垮塌声,淹没了我们的喊叫,大地被撕裂,无数鲜活的生命被掩埋于废墟之下。

"大慈大悲的观音菩萨,快发发善心吧,赶快放过我们,放过我们!我们要活下去。来人呐,快救救我们。"我发疯般地喊叫了起来。

"干妈,你怎么了?"我的耳边传来干女儿急促的喊声。

救援者来了

干女儿把我从疯狂的喊叫中拉了回来。我安静下来，发现雨停了，外面有说话声，好像有人来了。

一个男人的说话声传进我的耳朵里："大家分头去寻找，看看哪些地方有人。"来人了，有人来了，我们有救了，我的心"怦怦怦"地狂跳了起来，按捺不住内心的激动，欣喜若狂地对干女儿喊了起来："女儿，来人了，我们一起喊'救命'。"

我们扯着嗓子喊了起来："救命，救命，快来救救我们。"废墟里回荡着我们母女俩凄惨的叫声。

"听，这里面好像有人，在喊'救命'。"有人在外面说，接着那人大声地问："喂，喂，你们在哪里？说说具体的位置！"

"在这里，我们在曲山小学大门旁垮塌的打印店里。"我边说着，边把右手举了起来，举得高高的，我以为别人能看见。

"我们在这里。"干女儿也跟着喊了起来。

"你们在哪里？我们看不见。"有人大声地问我们。

"在这里。我们在这里！"干女儿又高声地大喊起来。

"喂，听声音吧！我们在这里。"我急中生智，在黑暗中摸到一根像是铁棒的东西敲了起来，发出了"嘭嘭嘭"的声音。

"哦，听到了，在那里！得先想办法敲开那个铝合金卷帘门。来，大家一起用力。"我听到有人在指挥。

"一二三，起。"外面的人喊着号子，好像在用力地搬东西。

"好家伙，埋得太深，没有一点反应，喂，再喊几个人，咱们一起来。"还是那个声音。

紧接着,我听到脚踩砖块发出的"咔咔"声,好像又来了一些人。

"大家赶快站好,三二一,起——"话音结束,"哐当……哐当……哐当"我的耳边传来金属落地的脆响声。接着,一个离我们更近的声音再次传来:"快说说,你们在哪里?"

"在这里,我们在这里。"我和干女儿似乎心有灵犀,就像事先演练过一样,不约而同地喊了起来,声音很响亮,也有精神。接着,我又敲起了铁棒,发出了"嘭嘭嘭"的声音。

"知道了,你们等一下,我们去找一些工具来。"匆匆的脚步声渐渐远去。我们在满怀期望中等待。外面很安静,先前的求救声消失了,敲击地面的声音也听不见了。等待是一种痛苦的煎熬,也是一种期盼的动力,在等待的过程中,我们觉得时间特别漫长。干女儿不住地问,怎么还不来呀。

我安慰她道:"别急,再等等!他们去拿工具去了。"

过了一会儿,外面传来一个女人的哭喊声:"李华,李华,你在哪里啊!"

"在这里,李华在这里,就在我们旁边。"我在里面大声地回应。停了一会儿,又低声说:"李华已经停止了呼吸。"

"什么?我们李华才不会有事的,你弄错了吧,不要乱说。"女人生气地冲我喊道。

"大孃,快来,找到李华姐了,她在这里,她,她的身体已经僵硬了。"我又听到一个男孩的声音。

"啊,地上好大一摊血,真是李华呀。李华,我的女儿啦,我的女儿啦,可怜的孩子!年纪轻轻的就走了!你叫妈怎么活啊,怎么活啊……"听到李华母亲发出的哭喊声,一串悲伤的泪水从我脸上无声地滑落。

"大孃,别伤心了!走,我们走,快去找洪润儿(记不清真名了)。"男孩有些哽咽地说。

"李华啊,我的好女儿。妈也顾不上你了,你平时没完没了地挣钱,没个休息时间,现在就好好地睡睡吧,别怪妈妈狠心丢下你,我们还要去找你的儿子洪润儿。孩子,快闭上眼睛,好好地睡睡,好好地睡睡。"老人边哭边说,哭声渐渐远去。

她们走了后,干女儿着急地对我说:"干妈,救我们的人怎么还不来呀,是不是不来了?"

"不会的,他们去拿工具了,一定会回来救我们。女儿,别着急,和干妈聊聊天,我们说着话,或许时间过得要快些。女儿,你知道吗?干妈原先是教师,前年改行调进图书馆的,干妈爱看书,很喜欢这份安静的工作。"我主动和干女儿聊起了家常。

"干妈,干爸在哪里上班?他会不会接受我呀?"干女儿对我说。

"你的干爸呀,在县政协工作。如果他知道我有了一个女儿,高兴还来不及呢。女儿,你喜欢文案工作,等我们出去后,干妈想个办法给你开个打印店。"我认真地说。

"干妈,太好了,我不愁找工作了。"干女儿带着开心和期待的口气回应道。

"放心吧,有干妈在,一切都会好起来的。"我不假思索地说。

我和干女儿说着话,打发着时间,以缓解等人救我们的焦急心情。时间在一点点过去,我和干女儿一边闲聊,一边急切地盼望着拿工具的救援者快点回来营救我们。

我们说着话，突然听到一个年轻人的声音传来："有人吗？这里有人吗？"

"有，我和干妈在这里。"干女儿抢先回答。我把手举了起来，随即又放下，摸到手边的棍子敲打起来，通过声音传递我们的具体位置信息。

"哦，知道了，来，给你们一些矿泉水和面包。"听着东西落地的声音，我在地上摸到了三瓶矿泉水和两袋面包，把它放在我伸手可及的地方。

"先吃点东西吧，填饱肚子，才有精神等待救援人员。"年轻人继续安慰我们道。

"谢谢你，好心人。"我发自肺腑地说。

"你们不要急，少说话，要保持体力，等会儿就会有人来救你们。"年轻人说完，"踏踏踏"的脚步声渐渐远去，四周又恢复了寂静。在我蜷缩的地方，弥漫着一股石灰味，闻着这种味道，我就想发呕，更不想吃东西。我问干女儿："要不要水和面包？"

"我也有，我不想吃东西，只想快点出去。"干女儿的心情好像很沮丧，说话显得有气无力的。

我没有口渴的感觉，在平时的生活中，我有个坏习惯，不太爱喝水。但想到在废墟里待了这么长的时间，还是要补充点水分和营养。我对干女儿说："我们吃点东西吧，才有力气去等待救援人员。"我在黑暗中摸到矿泉水，把它拿在手中，用嘴拧开盖子，刚喝了一小口，水就从嘴里喷了出去，好像空气中的石灰味，一下就窜到我的嘴里去了，心里好一阵难受。我连水都喝不进去，当然就更别提吃东西了。一不小心，手中握着的矿泉水滑落在地。

这时候，听到外面好像又来了一些人，他们问我们在什么地方，当知道我们的具体位置后，他们的回答就像和刚才的救援人员商量过一样，说着同样的话："知道了，我们去找个工具马上就来。"听到他们说着这话，我的心一下子跌入了谷底。难道他们真的不救我们？前面的救援人员说去拿工具，就一直没有回来，难道他们不愿意救人吗？当年，我们被深埋在里面，根本不知道所处的地方有多危险，也不知道整个县城已经变成了一片废墟，有多少人等待救援，更不知道救援人员赤手空拳，手里没有任何工具。我在废墟里还恶狠狠地抱怨他们对待生命麻木不仁，怎么能见死不救。

就这样，我们在废墟里焦急地等待，不断有人来，又很快离去。我们的心都在希望与失望中跌宕起伏，在短暂的惊喜和长时间的等待中经受折磨。听到有人来，就喜出望外；听到来人离去，就忧伤难过。虽然很多时候盼来的救援人员都说去拿工具，令我们有些失望和难过，但这种低落的情绪很快就在新一轮的等待中烟消云散。求生的本能让我们丢掉了做人的尊严，很多时候听到外面喊其他人的名字，我们也跟着回应。

"嚓嚓嚓"，由远及近，听到来人的脚步声，我不顾体面地喊了起来："救救我们，我叫李春，是图书馆的馆长。我和女儿都被困在里面，求求你，救救我们吧！我们快不行了。"我迫不及待地说着我们的情况，声音有些颤抖。

"我们是救援人员，说一说你的具体位置。"听到有人答应了，我的心里一阵高兴，先是举起右手，马上又意识到外面的人看不见，就摸起地上的铁棒敲打起来，发出了很响的敲击声。

"好，我们知道了。"话音落下，旁边传来了搬石块的声音。看来,我们真的有救了,不知老段活下来没有?老段呀,你该不会有事吧,你可要活着啊。老段呀,听到了吗?我们很快就要见面了!等着吧,我会给你带来一个"惊喜"。

我的眼前出现了这样一幅画面:我和干女儿得救了,我们手牵着手,走在县城十字路口的红绿灯下,在拥挤的人群中,我一眼看见了老段。他还活着呢,而且活得好好的。我飞快地跑过去,不顾周围的人群,踮起脚尖,紧紧地抱着他。然后又气愤地将他推开,两手捶打着他的前胸,大哭起来,边哭边抱怨:"老段,你是不是巴不得我死呀。你从来不关心我,为什么不来救我?害得我在黑洞洞的废墟里苦苦地待了那么长的时间,你坏,你坏,你真坏……"随后又拉起他的手,对他说:"你看,我给你带来了谁?"不等他回答,我急忙对他说:"这是我们的女儿,是我在废墟中相依为命的女儿。"老段眼里满是惊喜,拉着我们一起回家去……

"干妈,干妈,你在说什么,我怎么听不明白呢?外面没有声音了,是不是救我们的人又走了?"恍惚中,我听到了干女儿的声音,睁开疲倦的眼睛,眼前仍然一片漆黑。唉,我们还在废墟中,刚才相逢的一幕,原来只是自己的幻想。

"哎,哎,我们在这里呢,你们听到了吗?"我大声地喊,外面没有回应,死一般沉寂。

"女儿,这是怎么回事呀?他们真的又走了吗,怎么能见死不救呢?看来,我们要想活着出去,就只有听天由命了。"我垂头丧气地说,刚才与丈夫见面的美好场景,一下子被残酷的现实打得粉碎,我的心头掠过一阵无言的悲凉,一种被抛弃的感觉油然而生,心情一下子跌落谷底。

"干妈,怎么不说话了,是睡着了吗?"干女儿对我说。

"女儿,干妈心头着急呢!不知什么时候我们才能走出去。"我有点心灰意冷地说。

"干妈,别担心,他们是不会见死不救的,一定会再来的。"干女儿安慰着我。

这时,听到外面有响动,一个声音传了过来:"这是我们刚做好的标记,她是县图书馆的馆长李春,还有一个女儿,母女俩都被埋在这里。"

"我身上好重哦,叔叔,帮我把压在身上的东西挪一挪。"干女儿着急地说。

"小姑娘,这里堆着水泥板。别急,我们正在想办法。来,大家一起用力,把她们身上的水泥板拉开。"接着,来人一边安慰干女儿,一边好像在用力。

"谢谢叔叔。"干女儿感激地说。

"来,预备起,大家一起用力。"外面的人像是掀开了什么东西,我听到东西"咣当""咣当"落地的声音,一时间,我似乎感觉自己身上压着的重量减轻了许多。

"你们看,刨开上面一层,里面还有几大块水泥桩,大家一起用劲推,哎,地方太狭窄,站不下几个人,推不动,走,我们分头去找几件工具来。"一个低沉、沙哑的说话声传来。

"叔叔,别走,救救我们吧!"干女儿说。

"小姑娘,别急啊,要把你们救出来,没有工具是不行的,我们去找棍棒和绳子,马上就回来。"还是刚才那个人的声音。

救援人员走了,我们又一次在等待中煎熬。这样的等待啥时候是个头呀？我不禁在心里问自己。

废墟中的呼喊

"干妈，醒醒，快醒醒……"干女儿急促的呼喊，把我从昏睡中叫醒。

我这才记起，自己还在废墟里。我试着扭动了一下身体，但身体重如千钧，一寸都无法移动。我慢慢地活动了一下右手，伸了伸已经完全麻木的右脚，左边的手脚纹丝不动，还是没有一点感觉。我用右手摸了摸额头，还好，左手的指头没有移位，安稳地垫在额头上，我顺着左手指往上摸，整个左手臂找不到了，我吓了一大跳。

"完了，我的左臂不见了，我的左臂不见了。"我急得喊了起来。

"干妈，你说什么呀？不会的，可能被压住了！"干女儿对我说。

"女儿呀，我的手臂不见了，可能，可能……我的手臂被弄断了。"说到这里，阴霾便包围了我，我的情绪沮丧，内心脆弱得像是个无助的孩子，眼前晃动着半截血淋淋的手臂，鲜血直往下淌，身上的血好像快要流干了，只剩下一副干枯的躯壳。我看到妈妈在天堂向我招手，听到了她在呼喊着我的名字，我泣不成声，莫名其妙地把心中的所有愤怒全部撒在老段的身上。

"老段呀，你在哪里呀？怎么不来找我？呜呜呜，说起你比我大七岁，应该很懂事，会体贴人，可你总像个长不大的孩子，从来不心疼人，每次我遇到难事，你都不在身边。在儿子满四岁的时候，我意外有了身孕，就自己到医院里去做手术，你不在身边陪着我。这几年，我犯上眩晕的毛病，每次在家中发病昏厥，你总是在外面应酬。

那天早晨我在上班路上发病了，你自顾自地说去下乡，要我自己上医院。如今，我摊上了这样大的灾难，已经处在生死的边缘，你却不问不理，不来救救我，叫我好心寒！好心寒呀！呜呜呜，呜呜呜……"

我又想起了在天堂的妈妈，不住地流下眼泪。

"妈妈呀，你在天堂还好吗？女儿就要来陪你了。想想女儿这一生，过得好清苦，好累哟。1981年我高中毕业，才满15岁的我，就顶替病退的你，考上了小学教师。你送我到武安（现在为墩上）小学教书，好多人都羡慕，小小年纪就有个稳稳当当的饭碗。这么多年来，女儿听你的话，一直在努力，从来没有给你丢过脸，参加全省中师函授考试，我的语文考了89分，全县排名第二，第一名你也认识，她是王老师，是韩老师的女儿，一个教中学的语文教师。

"妈妈呀，1983年我进修培训一年后，调到武安青坪小学教书，迈进了人生最艰难的时期。那年秋季开学，我背着冒梢尖的被盖卷，手里提着沉重的木箱，一个人走在高高的山梁上，边问路边抹眼泪，走得上气不接下气，一脸汗水，一脸泪水，一脸疲惫。青坪小学是个村小，由武安管辖，距武安远，离中心（现在为坝底）近。那时北川小学普遍实行五年制，青坪小学开齐了五个年级的课程，有一百多名学生，比现在的一些乡镇学校的学生还要多，我们三名公办老师和一名民办老师顶起了这所学校，我们除了搞教学，中午还要给学生蒸饭，放学后备课和批改作业。当时的青坪小学分布在两处，一处在坎上，一处在坎下，坎上和坎下相隔不到五十米，中间有个斜坡小路，路的两边是老师的菜园地。坎上是一座大木屋，有两间教室、两个小寝室、一个灶房，房前有个大坝子，既是学生的运动操场，也是周边农户的晒场。我和杨老师在坎上，教了三个年级，我包班教一年级，杨老师教二、三年级复试班。所谓的复试班,就是把两个年级的学生混合在一个课堂里教学,用一节课的时间完成两个年级的课程内容。坎下是四、五年级,王老师在左边的木屋里包班教四年级,李老师在右边的木屋里包班教五年级,两座木屋都有学生教室、老师寝室和师生厨房,中间有个小坝子。

"那一年,我白天忙教学,煮三顿饭,中午还要给学生蒸饭。杨老师是民办老师,家就在附近,他每天放学后忙完第二天的课堂准备就回家,剩下我独守着这座大木屋。每天杨老师走后,我就把大门关上。煮晚饭时计划多煮点,留下足够第二天的两顿饭。每天吃过晚饭,就把自己关在寝室里,坐在电灯下,先是准备好明天要上的课,把学生容易做错的地方挑出来,第二天在课堂上统一讲解。然后就开始自学中师函授课和教材教法。那些年的老师,除了教学,培训任务也相当紧,每学期都要定期参加几期培训,还要进行教材教法考试。每天晚上,我把所有的心思都用在学习上,每解出一道几何题或者三角函数,或者背完一篇古文,就高兴得手舞足蹈,心里很满足。远在擂鼓的你最爱给我写信,家书的传递,给了我很多力量。后来,在文教局招办工作的邵老师当媒人,介绍老段给我。我在青坪小学教书的那一年,老段在遂宁学习,一封封恋爱信,成为我们情感交流的唯一方式。后来,我把处对象的这事告诉了你和父亲。父亲不同意,觉得我们之间年龄相差太大,他家在农村,负担重。你倒是很支持我,只提出了一个要求:我必须拿到中师函授毕业证书,才能谈婚论嫁。所以我把学习看得非常重,学到疲倦的时候,倒在床上就睡。

"那时候的周末只放一天半假,周六逢单周上半天课,逢双周教师集中在完小学习。每隔一个周六,我们都要风雨无阻来回走上十余里路，到武安小学集中学习半天，下午回学校洗衣物，周日花上大半天，到中心街上去购买一周的生活用品。记得当时班上有位姓夏的学生，十一岁才上一年级，他的个头比我还高。他家住在山下的公路边，我很多次买了东西遇见他，他就主动帮我把东西背上山。有一次，我到中心赶场，买回两斤肉放在篮子里，还没来得及下锅，就被附近村民家养的狗给叼走了，我心疼得直跺脚。妈妈呀，在青坪小学的那一年，尽管生活条件艰难，工作辛苦，但我从来没有在你面前说一声累，叫一声苦。那个时候，我最开心的是每周都能收到你和老段的来信，家书和恋爱信的传递给我带来了很大的慰藉，让我学会了独立去应对艰苦的环境。

"妈妈呀，女儿从来没有辜负你的期望，一年后调到桂溪光明（现在为杜家坝）小学，这个学校也是村小，在公路对面、离家近，我教五年级毕业班语文，当年父亲在擂鼓小学教毕业班，经常给我找来试卷练习题。那年的毕业班升学考试，班上有八个学生考上了初中，打破了这个学校过去升初中年年'剃光头'的局面。当年6月，我拿到了中师函授毕业证。

"妈妈呀，1985年秋我调到擂鼓麻柳湾小学教书，那年底，在你和父亲的支持下，我和老段结了婚。1986年秋季开学，我挺着大肚子调到了擂鼓小学，担任一年级两个班的数学老师。面对许多学生家长不信任的眼神，我顶着压力，从头钻研低段数学教学教法。生下儿子刚满四十天，我就走上了教学岗位。你经常当学生，我当老师，在你的帮助下，我的教学水平得到了提高，先后四次承担了全县低段数学教学改革公开课的任务，参加全县中青年教师教学比赛并荣获了三等奖，所教班级年年统考成绩名列前茅，获得了家长的认可。

"妈妈呀，为了照顾家庭，1992年我改行调到县直机关托儿所，这个由县妇联分管的学校，工作时间跟行政一致，老师轮流公休，没有寒暑假。我从小学老师变为幼儿老师，心理落差很大。我从来没有抱怨过谁，把所有的不快压在心头，去适应新环境。我很快熟悉岗位工作，满以为可以就这样平平静静地过完下半生。然而，命运总是那么爱跟我开玩笑，不断地设置障碍，叫我不能停下前行的脚步。曲山小学办起了学前班，拉走了不少曲山幼儿园的学生。在这场大鱼吃小鱼、小鱼吃虾米的生源竞争中，县直机关托儿所被无情的现实淘汰，被合并到曲山幼儿园。

"妈妈呀，女儿在曲山幼儿园负责学前部的管理工作，经过一番努力，终于在幼儿园挺起了胸膛。过了几年，园领导发现我工作认真，还有点文字功夫，就把我调到幼儿园总部，负责全园后勤服务、档案管理、新闻撰写等工作，并承担三个半天的教学任务，我整天忙得团团转。有一年为申报省级示范幼儿园，整个暑假我没有休息，按照评估细则整理资料。开学后，我白天上班，晚上写申报材料，忙了近一个月，一度对文字产生厌倦情绪，看见文字就想吐。好在我的辛苦付出有了回报，省级示范幼儿园申报成功了，但我却没有看到挂牌的那天，因为我离开了幼儿园。

"妈妈呀，2004年8月的一天，你被查出了胆管癌，全家人的心都碎了，我们甚至觉得天都塌下来了，我和小妹无数次在暗地里流泪。白天嫂子陪你输液，夜晚我和妹夫轮流在医院里陪你。接近一年的时间里，你都那么乐观坚强地接受治疗，当徐医生告诉你真实病情后，我也没有看见你掉过一滴眼泪，你总是那么坚强。直到2005年的春天，你无牵无挂地走了。

"妈妈呀，你在天堂里一定很惦记你的儿女吧！2006年3月，我调到了县图书馆，年底当上了馆长。我时刻都没有忘记你的教诲，一贯遵从'认真做事，踏实做人'的工作态度，一年多的时间里，我让小小的图书馆变了样，就连在你眼中最优秀的大哥都十分佩服我的举动。没有想到的是，今天到老城区来做招标公证书，遇上了这场灾难，险些丢了性命。妈妈呀，您要保佑女儿，帮女儿渡过这道难关，让女儿好好活下去，那个你一直疼爱的孙儿，他还没有长大成人，还需要我的庇护啊。

"老天爷呀，常言说，坏事不过三。1983年我和王老师从青坪小学到武安小学开会，步行转过一道弯，在我们身后约三十米远的地方发生了泥石流，好险啊，我们差点儿被活埋；1994年我和托儿所的同事一起到绵阳听课，在返程的路上遇到车祸，车头被撞得稀巴烂，张老师的腿受了伤，我和其他老师也安然无恙；2007年，我乘便车到市图书馆去拿省图书馆配送的图书管理服务器，刚走到绵阳双碑的口子就遇上了车祸，我的额头撞在挡风玻璃上，留下一个大包块。没有想到，今天遇上了更大的灾难，我被埋在了废墟里。老天呀，你要慈悲为怀；老天呀，你要普降恩泽，让我和干女儿能够活着走出去……"

在废墟里，我伤心地号啕着，把多年来隐藏在内心深处的话语，滔滔不绝地向母亲倾诉着。

干女儿获救

在哭喊声中，我几乎把自己的人生经历复述了一遍。干女儿被惊醒，动情地对我说："干妈，想不到你会遇到这么多的困难，你太坚强了。"

我停止了哭喊，故作坚强地说："人的一生就是这样，曲曲折折，有欢乐也有痛苦。我们都是善良的人，老天会保佑我们的。"

"干妈，我渴得很，想喝水。"干女儿咕噜咕噜地灌了一大瓶水。

"干妈，不知咋的？我越来越渴，还想喝，你那里有没有水？"干女儿对我说。

"有，有，来，给你。"我试着把矿泉水丢过去，干女儿说我丢得太远，她没有找到。

"还有一瓶，拿去吧。"我摸到手边最后一瓶矿泉水，小心地扔了过去，这次干女儿终于拿到了。

我边打呵欠边说："省着点喝，我们在废墟里待久了，解手（如厕）不方便。"这时，我感觉鼻孔里还有石灰的味道，肠胃又开始难受起来，想吐，但吐不出来。眼睛睁不开，人困倦得要命。

"我困，先迷糊一会儿，女儿，你慢慢喝，等会儿再喊我。"说完，我的意识渐渐模糊，想睁开眼却又睁不开。迷糊中，我又产生了幻觉：咦，前面是一家漂亮的商店呢！商店的货架上，整整齐齐地摆满了各式各样的商品，青幽幽的雪碧、黄澄澄的鲜橙汁、深紫色的葡萄汁、咖啡色的百事可乐、乳白色的营养快线。王老吉、奶茶、娃哈哈、农夫山泉……琳琅满目，我走进去，从货架上取了一大堆。

"女儿，鲜橙多，拿去解解渴""快喝王老吉""还有百事可乐，干妈都给你。"我边拿饮料边对干女儿说。

"干妈，你醒醒，这里哪里有什么鲜橙多、王老吉、百事可乐啊！"干女儿对我说。

"哦，刚才不是给你了吗？"我有些不解地说。

"根本没有，干妈，你是在做梦吧！"干女儿对我说。

"哦，女儿。"我使劲地睁开眼睛，似梦非梦地说道。

"干妈，你有没有电话？我给干爸打个电话，叫他来救我们……"干女儿又对我说。

"啊，电话？电话？我的电话在哪里？我真是个糊涂虫，怎么没有想到给家里人打个电话呀？"这时，我才记起身上背了一个斜挎包，包里有个电话。可是挎包连同我的身体都被死死地卡住了。

"电话，拿不出来了，拿不出来了……我们没救了。"我就像泄了气的皮球，垂头丧气地说。

"干妈，不着急，慢慢找。"干女儿对我说。

"电话，哪里去了？电话，哪里去了呢……刚才不是好好的吗，怎么一下子就不见了。"我在黑暗中不停问自己。

"哦，电话，电话在这里。"我自言自语后，又对干女儿说。

"来，女儿，给你……快拨电话，哦，我家的号码是4822123，快。"

"干妈，哪有什么电话呀，干妈，干妈……你怎么了。"听到干女儿惊慌失措地喊声，就像是魔咒一般，在我的耳边回荡，我一下子清醒了过来，发现手中根本没有手机。心里一着急，小腹胀痛了起来，憋得想解小便。我用右手去试着脱裤子，根本脱不下来。没有办法，只好选择将小便流进裤裆，人蜷在废墟里的情况下，拉尿的确很难。我运作了很久，一点点地用力，才将臭烘烘的小便拉在了裤裆里。后来我被送进医院，医生对我说，幸好当时把尿排了出来，如果憋了回去，几天不拉尿，肾脏就会发生病变，出现急性肾衰竭，甚至出现生命危险。

"干妈，干妈，我的腿好像没有感觉了？"干女儿惊叫了起来。

把我从迷糊的状态中拉了回来。我睁开双眼,一股寒气涌了进来,我就像没穿衣服一样,冷得发抖!

"女儿,别吓唬自己,我们的腿压久了,血脉自然不通,轻轻地动一下吧!"我吸了一口冷气说道。

"干妈,真的,我的腿没有感觉,我使了很大的力气,都抬不起来。干妈,我的腿真的没法动了。我的双腿残废了,我的双腿残废了,我该怎样办呀?呜呜……爸爸,妈妈呀,女儿怎么面对你们啊?要是我真的残废了,我一定要想办法躲起来,躲得远远的,永远不与你们见面。"干女儿哭得很伤心。

我连忙安慰她:"女儿,不要着急,你不会残废的,现在科技发达,不会有事的。"

"爸爸呀,妈妈呀,女儿完了,两腿没有感觉,将来怎么办?干妈呀,我这辈子真的完了。"干女儿哭得更伤心了。

"哇,哇,哇……"一股酸臭味飘了过来,干女儿开始吐了起来,而且吐得很厉害。

"女儿,咋了?怎么会这样?"我问道。

"我也不知道是啥原因?明明刚才还是好好的,心里突然难受起来,恶心,只想吐。"干女儿有些虚脱地说道。

刚开始我还傻乎乎地问:"你是不是有小孩了?"我只知道自己怀小孩或晕车的时候,才会出现这种没完没了的呕吐。

"我连男朋友的手都没有拉过,怎么会有小孩?"干女儿十分肯定地说道。话音刚落,她又"哇哇哇"地吐开了。这时我意识到干女儿的身体出了大问题。于是,我使出全力不停地喊:"来人呐,救命,救命,我的女儿快不行了……"我的声音十分嘶哑,显得有气无力，但我不放弃，仍然放声高喊着。一股风吹了过来，我的背上就像被泼了一盆冷水，冷得我直打哆嗦。"冷……好冷，救命！救命！救命！……"我打了一个寒战。干女儿一直吐，不停地吐，吐得昏天黑地，完全止不住了，听那架势，像是把黄疸水都吐了出来。

"快，有人不行了。"外面有人回应了，听声音，好像是去拿工具的救援者。

"女儿吐得不行了，快点救救她！"我对他们说，又打了一个寒战。

"大姐，不要说话了，说话消费体力，我们先救出你的女儿。"外面的人提醒我道。继而，他又对其他的救援者说："快把绳子套好，大家一起用力往下拉。"接着，我听见身边传来猛烈的石块垮落声。

"还有一大坨水泥桩，继续用力拉，一二，起。一二。"

"砰砰砰"，外面发出一阵闷响，像是一大坨东西滚下去了。

"唔，把这块木板取走，还有那几根水泥桩。"救援者说着普通话，从他们的对话中，我知道救援的情况紧张，也很艰难。

"嘿，能见到女孩了，快把她抱起来，抬到担架上去。"还是那个声音。

"救救我干妈，叔叔，她快不行了。"干女儿小声地对他们说。

"我们知道，先把你送出去，再回来救她，快跟你干妈说，叫她一定要坚持下去。"另一个救援者的声音传来。

"干妈，再见了。叔叔送我出去，他们回来……救你，你……一定要挺住。"干女儿说得断断续续，好像很累的样子。

我叮嘱干女儿："放心去吧，听医生的话，好好接受治疗，我很快就出来了，一定去找你。"

干女儿得救了，我获救的希望也大了起来。他们救了干女儿，一定会回来救我。干女儿出去后,也会喊人来救我的。想到即将见到自己的亲人,我的心里快活极了,身上热乎了起来,感觉自己好似躺在一张温暖的大床上,身上盖了一床暖暖的被子,好暖和,好舒服啊。

孤独等待

时间悄悄过去,我睁开眼睛,眼前黑漆漆的。四周出奇地安静,没有任何声音。哎,我还在废墟里?女儿……女儿,哦,女儿被救走了,只剩下我一个人了,我试着抬抬身体,可还是不能动。唉,我得想个办法出去,再这样耗下去,真的就没命啦。

我不顾一切,扯着大嗓门,在废墟里有一搭没一搭地喊了起来:"救命,救命……我是图书馆李春。"嘶哑凄惨的求救声在空旷的大地回响,就像绝望的悲鸣。

"好像有人在喊救命!"我听到外面传来了说话声,从对话中,我断定是两个人。

我赶紧抓住这根救命稻草,几近哀求地喊道:"救救我,救救我吧。"

"好。我们马上去喊人。"有人对我说道。

"不行,不行,你们得留下一人在旁边和我说着话,另一人去通知我的家人。我在图书馆工作,我的丈夫叫段本武,我们单位的领导是川局长,我的大哥叫李剑波,小妹是李晓春。你们都认识吗?帮我捎一个口信,叫他们一定来救我。"我害怕他们像前几次来的人一样,一旦离开这里,就再也不回来了。我一开始说话口气有点霸道,后来觉得不妥,便放缓了语气,一口气报出我的至亲和领导的名字,希望能博得外面人的同情,得到他们的帮助。

"我们是北川消防队的,段本武我认识,他是片口人,与我是同乡,川局长是文旅局的,我也认识。好,我去报信,你守在这里,如果有了来人,就叫人来营救。"外面的一个人对另一个人说道,后来,就听到渐渐远去的脚步声。

"喂,怎么没有声音了,都走了吗?"我在废墟里喊了起来。

"大姐,别说话了,要保持体力,救援部队马上来了。喂,这里有人,她是图书馆的馆长。"那个留下的人一边安慰着我,一边好像在招呼人。接着,又来了一队人马,听他们说话的口音,像是外地人。

"人在哪里?"一个说着普通话的人在问。

"具体位置我也不太清楚,像是从上面这堆废墟里发出的声音。"那人继续说道。

听到外面有人在打探我的位置,我连忙大声地说:"我在这儿,我在这儿!"我边说着话,边抓起一个东西,敲打了起来。

"用玻璃对着阳光反射,弄清里面人的具体方位。"一个说着普通话的人对其他人下了一道指令。

"看见了,就在上面那个地方,被几块厚厚的水泥板压住了。"有人回答道。

"哦,再仔细看看,有没有办法撬开那堆水泥板?"还是那个人的声音。

"埋得太深了,两手撬不动,需要工具才行。"那个人接着说。不久,我又听见了另一个人的声音说:"大家分头去找几样工具来。"

过了一会儿,又来了一队人马。我不断地喊:"救命,救命,我在这里。"

"搜救犬，去寻找目标。"这次是一个女人的声音。

"汪，汪，汪。"搜救犬听到我的求救声，在我的头顶上叫个不停。

"大家动作小心，赶快去救人。"还是那个女人的声音。

"报告，上级有令，堰塞湖快要决堤了，威胁着县城群众的生命。请马上离开这里，快速列队到前面的岗哨，去疏通流动的人群马上离开这里。"有人急匆匆地报信。

"赶快集合，收队。"我在废墟里，听到发出的指令和远去的脚步声。那一瞬间，一种无力的孤独感涌上心头，我失去了活下去的信念。我垂头丧气地对自己说："唉，别喊了，喊了别人也不会来救你。还是认命吧，就在这里等死。"

外面很安静，我闭上了双眼，有了一种很奇怪的感觉，我的身体好像失去了重量，感觉自己整个人都漂浮在云端，难道我真的死了吗？原来死了就是这种感觉，竟然没有一点有什么悲伤和痛苦。

"张阳，告诉我，你在哪里？张阳，爸爸找你找得好苦哦。"外面传来的哭喊声，如同抛下了一根拯救我的绳索。

哎，我还能听见声音呢？我还活着，还没有死？我慢慢地睁开双眼，眼前却什么也看不清，该死的，我还在废墟里。不，我不能就这样轻而易举地放弃，干女儿在等我，我要活着出去。想到这里，我主动跟他说："你好，我是图书馆的李春，救救我吧。"

"大姐啊！你不知道哦，我们县城的房子全都倒了，曲山小学和幼儿园被王家岩垮塌的山全部掩埋了，人死的死，伤的伤，县城如同一座坟场。听说堰塞湖的水要下来了，时间紧得很。大姐，我顾不上救你了，我要去找我的孩子，他在曲山小学读书，至今下落不明。

那边有人，我去喊他们来救你。"从男人带着哭腔的话语中，我才知道整个县城遭受了巨大的灾难，比我预想的还要严重，我没有想到人员伤亡严重到了如此的地步，老段一定不在了，我心里又急又害怕，家没了，亲人没了，我活着还有什么意思呢？不，我要活下去，儿子在成都读书，他不能再失去母亲，我抱着最后一线希望和对生命的渴望，扯着嘶哑的声音继续喊了起来："救命、救命。"凄凉、哀怨的音调，在静谧的大地上回荡。

奇迹生还

"李春，我来救你。"一个强有力的声音在我的耳旁响了起来，点燃了我求生的欲望。他是怎么知道我的名字的？是刚才那位学生家长喊来的，还是以前拿工具的人？我顾不得多想了，集中精力，振奋精神，全力配合他。

"谢谢你。你是谁？我怎么称呼你？"我不禁问道。

"我是安县人，当过兵，你就叫我志愿者吧。快说说你在哪里？"来人对我说，我摸到一根棍子敲了起来，在废墟里发出了很响的声音。接着，我听到了砖头瓦块下落的声音和他急促的喘息声，感觉他好像来到了我头顶的那片废墟上。

"我好像在你的脚下。"我对他说道，停了一下，接着又说："先从我的头部着手，我的头不知被什么东西夹住了，不能动弹了，要把上面的东西弄开才行。"我抬起右手指着头部说。

"上面是砖头。嘿，下面是电脑桌呢。"志愿者边说边动手，他好像在我头部的位置上揭开了一个东西，我额头上顶着的东西不见了，头上轻松了一点，我可以朝前轻轻地动一动，但不敢大动，后脑勺上好像顶着块木板。

他对我说："头上的东西去掉了，脑袋可以动了。"

"不行啊，后脑勺上有块板子，要在后面顺着颈部，把板子锯成半圆形，头才能转动。"我轻轻地动了动头，絮絮叨叨地向志愿者讲述营救的办法。这时，外面又传来更多人的说话声，大概又来了一些救援者。

"工具来了，先把她头上的木板弄开。"一个说普通话的人对其他的人说道。

由于我所处的空间狭窄，我感觉头上像是有把锯子在锯木板，锯子似乎不快，拉动起来有些慢。志愿者一边在我的头部后面拉动"锯子"，一边反复地叮嘱我："把头低一点，再坚持一下就好了。"我低着头，紧张地屏住呼吸，尽力保持静止的状态。我看似冷静，心却"怦怦怦"地跳个不停，生怕拉动的锯子一不小心撞在我的头上。

"李春，终于找到你了。"是川局长的声音。我按捺不住内心的喜悦和激动，热泪盈眶地说："川局长，可把你盼来了。"听到他的声音，我浑身有了力气。

接着，有人在旁边低声地说："春春，我来晚了，你受苦了。"啊，好温柔哦，是老段的声音吗？他可从来没有这样叫过我呀，是他，就是他。听到亲人的声音，我惊喜万分，提高嗓门说："老段，你还活着？快来救我！我要出来。"

"春春，别太急，大家正在想办法。"老段提高声音安慰我。

这时，我又听见川局长在说："这是北川图书馆馆长李春，她是一个非常优秀敬业的同志，在全省的影响力很大，我们一定要想法把她救出来。"

只听见"咔嚓"一声响,连同"你可以抬头了"的说话声,我一直紧绷的弦终于松懈了下来。我猛地抬起头,不由得"哎哟"一声,我的后脑勺上被某种带尖角的东西磕了一下,疼得我叫了起来。我下意识地用手摸了摸,原来是志愿者担心锯的时间太长,怕我坚持不住,只把头上的桌面锯了一个角,我的后脑勺正好碰在尖角上,疼得我眼冒金星。

"我来试试看。"另一位救援人员叫我低下头,慢慢地锯着我头上的木板。有了刚才的教训,我保持不动,等到有人告诉我可以抬头了,我才慢慢地把头抬起。成功了,头上的紧箍终于被去掉了,我放心地吐了一口气,头可以自由地活动了,我前后左右地转动着已经僵硬的脖子。

"春春,要挺住,马上开始挪动你的身体了。"也许我的处境相当危险,从来对我粗声粗气说话的老段,竟然用这种温柔的语气跟我说话,让我好感动哦。

"来,我们一起抱着她向上拉。"一位说着纯正普通话的救援人员在指挥。后来我听老段说,当时没有什么锯子,消防战士是用小刀在一点一点地磨。他们还采取前拉后推的方式,企图将我的身体移动到合适的位置,再把我从废墟里抱出来。但是由于我的身体被东西压着,左手臂和左脚被东西夹住了,人根本抱不出来,第一次营救以失败而告终。

当时,我的头脑异常清醒,连忙用普通话对救援人员说:"这样向上拉是不行的,我的两只脚是分开插在里面的,右脚在一个空洞里,可以移动;左脚在另一个地方,上面压着东西,得先把左脚上压着的东西弄开才行。"我细致地介绍我在废墟里的被困情况。

"哦,这里有千斤顶,先用千斤顶顶住有可能垮塌的部位,然后用铁锹、铁锤将压着废墟上部的碎石板一点一点砸烂。"听他们说完,好像又来了一批人员加入了营救。大家一片忙碌,搬动着我身上压着的碎石板。

"快闪,大石头滑下来了。"随着一声惊呼,"哗——哗——哗",好像有一个笨重的东西滚了下去,发出了刺耳的响声,第二次营救又遇到了困难。

"好险,大家要注意安全。包括记者在内,我们分成四个小组,轮流用小刀,把木板一点一点划开!"又是刚才那个声音,听语气,这个人好像是指挥员。救援现场突然静了下来……只听见小刀划着木板的声音,后来,我身上的障碍被清除,感觉轻松多了。

"可以了,来,把李春抬起来。"我铆足力气,跟着大家一起用劲,可是不知怎的,我一点力气都使不上来。

这时,川局长领头高声喊了起来:"李春,加油!"所有的人跟着一起喊:"李春,加油!""李春,加油!"这喊声,犹如冲锋上阵的鼓点,激励着人的斗志。我铆足一股劲,右手撑着废墟边沿,跟着大家一起用力,拼命稳住向上撑。

"这里是救援现场,消防人员和武警部队正在忙着救援。看,被救者的头部出来了,胸部……出来了……腰部出来了……成功啦……成功啦……北川图书馆馆长李春被困七十五个小时,终于成功获救。"我听着外边传来的说话声,好像是记者在解说我被营救的过程。后来,我才知道她们是凤凰卫视的记者,在救援现场作全程跟踪报道。

他们把我抬出洞口，我许久没有见到亮光了，迎面而来的阳光，特别刺眼，晃得我睁不开眼，我下意识地伸出右手挡住正面来的阳光，回眸向身后看，天啦，堆积的废墟足有四层楼那么高，就像一个金字塔，而我被埋在废墟的中部，上面压着厚厚的砖头和水泥桩，救援现场太危险了，随时都有可能垮塌下来，我真的不敢相信，自己是在这样险恶的环境中获救的。看来，我幸运的获救背后，不知融入了多少救援者的血汗，想着他们冒着生命危险全力营救的画面，我的眼睛湿润了。

"快蒙上她的眼睛，把她送上担架，分两组换岗轮换抬送。"那个指挥员说话了。老段赶紧脱下迷彩服，迅速地盖在我的脸上。

救援人员抬着我向前走。我躺在担架上，听着天空中传来的轰鸣声，透过从迷彩服线缝中射出来的点点光斑，我似乎看见在北川湛蓝的天空中，漂浮着几朵轻悠悠的白云……

二　转院与救治

在废墟里，我的脑海里不断地出现自己走出废墟的画面，可是这样的画面，它仅仅只是存留在我脑海中的一个虚幻场景。而事实上，我所经历的，并非像心里所想的那么浪漫而美好，充满诗情画意。我被送进医院后，整个身体无法动弹，左手左脚失去了知觉，左边臀部和右边大腿的肌肉坏死，高烧不退，我又一次在生死边缘徘徊，所遭受的不仅仅是肉体上的折磨和生死的博弈，更是一场惊心动魄的心灵洗礼和震撼。我辗转了六家医院，从最初的活下来，到后来的站起来，差不多花了整整一年的时间。我无时无刻不庆幸自己生在一个美好的时代，不管在哪儿，祖国没有抛弃我，也永远不会抛弃我。

1　绵阳市中心医院

运送途中

我躺在担架上，激动得满脸绯红，更有一种脱胎换骨、重新做人的感觉。阳光透过遮盖在我脸上的迷彩服泛起一片流光溢彩，北川那个特别的夏日，在我的心上铭刻了一幅生命依然存在的美好画面，我的眼前似乎飘浮着五彩的云朵，像棉花，像蘑菇，像海浪，像轻纱……仪态万千，打开了我的心扉。噢，人活着就好，活着就好。听着救援人员因抬着我匆忙行走而发出的喘息声，我从心底发出一声又一声呼喊："谢谢，谢谢，人民解放军，我的恩人，是你们给了我第二次生命。"救援人员一次次地安慰我:"大姐,要保持体力。别说话了,这是我们应该做的。"

　　后来,我听老段说,当时的县城已是一片废墟,老城区的楼房已经不见了。当初发现我的地方并不是曲山小学旁的打印店,而是在铁业社那个方向。这真是让人难以置信,我居然越过了街对面的房子,跑到另一条街去了!如果按直线距离来测算,大概有三百米远。这让我感到有些费解,街对面是一幢接一幢的房屋,有食品公司、川剧团、医药公司、王爪子餐馆等,房子与房子全是紧挨着的,难道我真成了铁腿战神,具有超凡的穿越能力?可是我从来没有感觉自己跑了路,右手还能摸到周边像电脑桌一样的东西,光溜溜的地板砖完好无损,没有一点裂口。后来有人猜测,可能是在地震发生时,地震波将人连同房屋整体向对面推了过去,把我从打印店推到了铁业社,可见当时地震的威力有多大。这种诡异的现象竟然魔幻般地发生在我身上,而我却没有一点感觉。后来我在医院里听人说,很多人跟我有着同样的经历。我一个朋友的经历更奇特,她说,地震来时大地就像故意跟她玩游戏一样,地面先是裂开了一个很大很大的口子,把她抛起来装了进去,很快就合拢了,还没有等她反应过来,合拢的地面又张开,把她从地里抛了出来。她还说,地震来了人就像在炒豆子一样,就看你落在什么地方,她的运气最好,落在了安全地带。当年老段对我说过,当时街上的路全部被垮塌的废墟掩盖了,根本没有路可走。是凉山州和江苏某地的消防战士,踩着高低不平的废墟,分成两组轮流抬担架,架着人梯把我从废墟里抬了出去,安置在北川大酒店临时设置的救助站。而我却觉得那个时候走了好远好远的路,过了好长好长的时间,像是到了任家坪。我至今都弄不明白,垮塌的废墟让我

"跑"了很远的路，我还一遍一遍地说我在曲山小学旁的打印店，老段一直以为我在图书馆，几次到图书馆附近去找我，喊我的名字，南辕北辙地找人，越找心越凉。当时他对很多朋友说过："李春彻底没救了。"他根本没有想到，有人在另一个地方发现了我。

消防人员把我抬到救助站，连同担架把我放在地上，我的身体没法动，只听见医护人员一片忙碌的声音。"把手术包拿来。""咔嚓"，一位医生撕开了我的裤腿，接着开始处理我腿上的擦伤。老段对我说："你先躺着，我去找一辆救护车。"后来我才知道，老段在路上遇见了身穿交警服的小杨，小杨在狭窄的公路上拦截了一辆救护车。医护人员把我抬上车，老段也跟着坐上了救护车，一起送我去绵阳市中心医院。后来，有人把他离开我找车的这段时间，说成他丢下我不管。人言可畏啊，我们算是真正领教了。

我躺在救护车上，如同得到一张阎王爷让我活命的免死牌，情绪格外高涨，不停地向老段打听其他家人的情况，车上的医护人员一再叮嘱我，要我闭上眼睛安静地休息。可我哪有心思睡觉呀，能活着出来见到自己的亲人，已经是一种莫大的安慰，再加上我过去就有晕车的毛病，最怕坐车，车子一发动，我的脸色就不好看，心里发慌，直冒冷汗，反胃想吐，吐起来就止不住，直到把肚子里的东西吐个干净才罢休。每次乘车我都有点畏惧，如同小死一道，因此很少外出。

那天的救护车像抛了锚一样，忽而向左，忽而向右，忽而上下摇摆，车子在颠簸的道路上不时发出"哐当哐当"的响声，就像找不着方向的醉汉，东一窜，西一颠，走得歪歪扭扭的。我的整个身体都在颠簸的车轮中剧烈地摇晃起来，随时都有可能从摇晃的担架上掉落，我不敢有丝毫怠慢。左手没法动，就用右手死死地拽住担架，不敢松手，我的胃里犹如翻江倒海般难受，汗水一个劲儿地流淌，涌进了我的鼻孔。蒙在我脸上的衣服把我憋得喘不过气来，我闷声闷气地叫老段赶快掀开衣服，露出我的鼻子和嘴巴，让我喘口气。

救护车在公路上就像蜗牛一样在爬行，不停地摇晃和震荡，把我紧贴在担架上的臀部弄得钻心地疼，我忍不住"哎哟、哎哟"地呻吟。老段一面小心地看护，一面安慰我："别怕，忍着点，公路不好走，景家山滚下的巨石把通往县城的公路全部损毁了，有的石头横卧在公路上，有的路面压塌陷了，救护车在临时开通的路上绕道穿行。过了擂鼓，公路就好走了。"

县城距擂鼓不过十多里，但我却觉得是那么遥远，像没有尽头。我躺在担架上，头被摇得昏昏沉沉的，身体像被掏空了一样，干瘪着肚子，想吐又吐不出来。紧张、眩晕、疼痛、难受，让我痛苦不堪。唉，救护车咋个走得这样慢哟，就像在原地打转一样。我不停地问老段："走到哪里了？""还有多久？"

过了很久很久，救护车不再抖动了，估计过了擂鼓地界。随着车子在公路上平稳地行驶，我心头的那个难受劲儿比先前好多了。"老天，我逃出了鬼门关，终于活了下来！"想到这一层，我忍不住对身旁的老段说："我实在无法想象自己是怎么熬过来的，整个人蜷缩在里面，唯一能动的只有右手，如果救援者再晚来一点，我就会撑不住，可能再也见不到你了。"于是，我开始喋喋不休地向他讲述我被困在废墟里的情景和等待救援的过程。絮叨完了，我问老段："爸爸、大哥、小春、涛姐、刘涛、阳阳、王大哥……在什么地方？他们都好吗？"

老段安慰我说："放心，家人都好着呢。"从他的话语中，我感觉他似乎有意在回避什么。说完,他答非所问地岔开了话题:"今天是15号,你在废墟里整整待了三天三夜,算一算,大概有七十五个小时吧。"

"啥,三天三夜?我不吃不喝,还能活了下来?"起初我以为自己听错了,不相信地反问了一句。

老段把手机拿到我的面前,低声细语地说:"我怎么会骗你,你看嘛,15号,快要六点了。"这下我愣住了,天呀,简直没有想到,我甚至不敢相信,我的生命力是如此的强大,在废墟里不吃不喝度过了七十五个小时,还能活下来,真是不敢想。

我接着说:"唉,我在废墟里,两眼一抹黑,根本不知道天地白日,我好像听干女儿说过,她能看到一丝光线,后来就看不见了,我一直以为自己在里面只待了一个夜晚和一个白天。哦,差点忘了,在废墟里我认识了一个干女儿,她叫侯兰,是她陪着我度过了最艰难的日子,她先被救出来,不知道她被送去了哪家医院。到时候你帮我找一找,如果当初没有干女儿的陪伴,或许我早就去见阎王了,不会撑到现在。"于是,我开始讲述我们在地震中母女相认、相互鼓励和自救的过程。由于我的话说得太多,引起了一阵轻微的咳嗽,老段劝我不要说话了。我哪能平静得下来呢?我在废墟里一直牵挂的家人,他们到底怎么了?逃过这场劫难没有?老段是怎么跑出来的?这些问题,我都想知道。于是,我好奇地说:"地震那天幸好你没走教体局的那条街,说心里话,当时我一直担忧你,不敢叫人去给你带信,就怕得到你不幸遇难的消息,让我失去活着的信心,正是抱着这种我先走出去,再去找你的想法,才让我在废墟里煎熬了这么长的时间。我太糊涂了,早知道你活着,我就应该叫人给你带信。那天你应该在上班途中吧，走的是电力公司那条路吗？那条路没什么危险吧！"

老段低声说："我走哪里都没有活路，幸好当时我在家里，还没有出门，不然的话，我早就变成孤魂野鬼。"老段在我期待的目光中，锁紧了眉头，犹豫了片刻，向我讲述了他逃生的经历。

惊险逃生

"5月12日那天中午，我和你在下十字路口分了手，就回家去午休。由于中午白酒喝多了，没有听到闹铃响，一觉睡过了头。醒来一看，离上班的时间还有几分钟，我慌忙起身穿衣服。刚把红T恤套在身上，正要穿裤子下床，突然感觉床在摇晃，最先我并没有在意，因为这种情况北川经常发生，我们都习以为常了。我穿上裤子坐在床边找拖鞋，整个房子又剧烈地抖动了起来，我还没有弄明白是怎么回事，就从床上摔了下去，家里的衣柜'嘭'的一声倒了下来，斜躺在床尾。吓得我从地上爬起来，一把扯起枕巾顶在头上。这时候，外面传来一声巨响，我惊魂未定地向窗外望去，只见县委大院浓烟滚滚，尘烟四起，天黑得根本看不见周围的楼房了，浓烟中是一片哭喊声。有人在大喊：'地震来了，快躲到县委草坪上去吧。'我看见眼前的可怕场景，第一个念头就是快点跑出家门，我吓得脚炝手软地趿上一双拖鞋，跌跌撞撞地走到门前，两手发抖地扭动门把手，门像被什么东西堵住了，我使出全身力气都打不开。唯一的逃生通道被堵死，我急得汗水直往下淌，一股热血冲向脑门，脚下站立不稳，我无力地靠在沙发上。两眼无神地望着安装了防护栏的玻璃窗户，找不到逃生的出口。'一定要想法逃出去！'我自言自语地说，给自己打气。情急之下,我转眼看见阳台上的玻璃窗没有安装防护栏,喜出望外,似乎看到了逃生的希望,我慌忙从客厅走向餐厅,餐厅的地板上有个大窟窿,我靠着墙边小心地绕到阳台上。

"阳台上的玻璃窗户不见了,地板全是玻璃碎片,余震不时把玻璃碎片弄得'叮当'响,我担心地上的玻璃碎片会刺伤我的脚,低着头选了一处相对安全的地段。站在阳台上往外看,可把我吓坏了,半天没回过神来。此时的县城,如同遭遇了世界末日,在昏暗、布满灰尘的天空下,整个县城已经分不清东南西北。王家岩和景家山垮塌的山体倾泻下来,形成了巨大的饺子皮,把县城的房子当作肉馅包了起来。老街的楼房不见了,上面全是土堆。我们家原本在四楼,楼层陷下来后,离地面不足五米高,地上堆积的全是水泥块,我看了又看,实在没有勇气跳下去,即便是跳下去,最后的结局也会是遍体鳞伤。面对着这般险情,我不知该怎么办才好。在我犹豫不决的时候,听见有人在下面喊:'还磨蹭什么,拉着天然气管道往下滑。'他的话提醒了我,我低头向周围看去,只见墙边转角处的天然气管道直通地面,管道上缠绕着密密麻麻的铁钉。看来没有其他的选择,这是唯一可以走出去的路了,我打定主意顺着天然气管向下滑。这时,我看到隔壁的李叔眼巴巴地站在阳台上,我叫他别急,我找人来救他。

"或许每个人在遇到危险的时候,都有一种逃生的本能吧,平时十分胆小的我,真不知道从哪儿来的勇气和力量。我一把拽住了布满铁钉的管道,手脚并用地滑了下去,铁钉抓在我的手里,竟然没有一点疼痛的感觉。我的脚踩在地面后,才发觉手很痛,我顾不得查看被铁钉刺破的双手,而是赶紧观察周围的情况。我站在废墟上,才发现县委宿舍楼完全倾斜了,一楼和二楼埋在地下,三楼扭曲成了一堆大窟窿，我们家所在的四楼顺势落下来，变成了二楼。家瞬间没有了，我的心凉了半截，脚下步子变得沉重起来，不知该迈向哪里。这时，我的耳边又传来了一个男人急促的喊声：'快到前面的草坪上去。'听到喊声，我的神志清醒了，弓着身子爬了起来，踉踉跄跄地从废墟上逃了出去。

"我逃到县委大院，四周仍然黑沉沉的，县委的办公楼全部成了一片废墟。草坪上站满了人，有的光着上身，有的赤着脚，哭的哭，喊的喊，叫的叫，一片混乱。我直愣愣地站在人群中，看见了李叔，他也站在人群中，不知被谁救了下来。这时，我才感觉脚下一阵火辣辣地刺痛，低头一看，我赤着脚站在草地上，脚上的两只拖鞋不知在什么时候弄丢了。有个熟人见我光着脚板，在地上捡起了一双鞋子给我递了过来。

"县委大院的草坪上笼罩着一片悲哀和恐惧。聚集着上千名逃难的人，每个人都面如土色，一脸的惊慌，有不少人在喊天叫娘地诅咒老天。人群中迅速地传播着一个个不确定的坏消息：幼儿园的房屋塌了？教体局的房屋塌了？曲山小学的房屋塌了？茅坝中学房屋垮塌了？……通往外界的公路被滑下的巨石堵死了，更加可怕的是景家山和王家岩两边的山体在滑坡，北川瞬间变成了一座孤城。我越听心越急，越听心越沉，挤在拥挤的人群中到处寻找我的家人。我意外地遇见了小妹和侄女丽丽，在大难中见到了生还的亲人，那是一种劫后余生的庆幸，我们无所顾忌地抱在一起，悲喜交加地哭成一团。

"这时，县委宣传部韩部长大声地喊了起来：'是共产党员的，请立即站出来，带领受灾群众向任家坪转移。'组织的召唤，在我的心中荡起了一股暖流，我的热血在奔涌，在灾难中我们找到了可以依靠的主心骨了。我连忙叫小妹和侄女赶快离开这里，随大部队马上向任家坪转移。很快我们的抢险和自救队伍就成立了，我奔走在队伍间，组织群众有序向任家坪撤离。

"大家把现场群众按身体强弱、年龄大小、有无受伤进行搭配和分组，轻伤的自己走，五个大人带一个孩子，为防止途中大人自顾逃命，每一组人员在离开时都录了像，每隔五分钟放一组出去，场面极为悲壮。

"我和县上的其他机关干部一起，组织临时救护队，救援被困的群众和伤员。我的个头瘦弱，吃力地搀扶一个大个子孕妇往前走，小王紧跟在旁边帮我使劲，我们疲惫不堪地带领群众向任家坪转移。通往任家坪的路上，布满了从景家山上滚下的石头，有十几块像小山一样的大石头横在路中央。随着不间断的余震，从山上不时有飞石掉下来。我们在乱石堆里像蚂蚁搬家一样，一点点地向前移动。不停地选择前行的道路，还要随时躲避从山上滚下的石头。有时没路可走，就从乱石堆里一点点地向外爬，那个逃难的场面十分惨烈和悲壮，就像当年红军翻山越岭一样艰险，每挪动一步都十分困难，惊吓和恐惧不时袭来，整个人都麻木了，有时冷不防踩上一具遗体，也没有害怕的感觉。我们走走停停，停停走走，只有三里多的路却变得越来越长，先前走路半个小时就到达的地方，无望得没有尽头，直到下午五点过，才到达任家坪指挥部报到。

"我们逃生的所有人都以为任家坪位于高处，离县城很远，应该会相安无事，哪知我们到了任家坪，发现那里的灾情更是让人揪心和伤痛，简直惨不忍睹。北川中学的教学楼塌陷了，一条条鲜活的生命被无情的地震掩埋了，到处都是遇难学生的遗体。还有很多初中和高中的学生被埋在垮塌的房屋下，呻吟声、呼救声、哭叫声，此起彼伏。所有逃难的群众看到眼前的惨景，顾不得休整，立即投入紧张的救援中。但是，由于垮塌下来的楼层堆积的废墟太高，我们没有机械器具，救援学生的工作开展得非常困难。大家都含着眼泪，伸出双手在废墟里掏，把那些露在外面的遇难学生抬到旁边，把有生命体征的学生一点点地从水泥堆里掏出来，放在临时搭建的帐篷内，等待救护车来拉运。"

听到老段说到这里，我忍不住流下了眼泪，突然想起了图书馆和北川中学的亲人，急迫地问："王大哥、杨老师、王老师、几个读书的侄儿……他们都还好吗？"

老段用手给我擦了脸上的泪水，继续对我说："图书馆的情况我不太清楚，在北川中学读书的侄儿都安全地逃了出来，杨老师和王老师一家人也很安全，只是杨老师的儿子受了一点皮外伤。杨老师是最幸运的，几乎与死神擦肩而过。当时杨老师在办公室批改作业，发现楼房在摇晃，他一边招呼办公室的同事赶快跑，一边百米冲刺往楼下跑。他刚跑到草坪上，就听到一声巨响，回头一看，整座教学楼都塌了下来。与他同在办公室的其他同事，由于慢了一步落在后面，被垮塌的房屋掩埋了。曾经教过我们儿子的曾老师和代老师，都没有逃脱这场悲惨的灾难，不知埋在哪个废墟里。"

"那天晚上，我找到了侄儿，他们都没有受伤。我还看见了涛姐和阳阳，她们也到了任家坪。阳阳也算是捡回了一条命，小小人儿才七岁，就遇上了这场灭顶之灾。阳阳在曲山小学二年级四班上学，那个班级的教室恰好在一楼末端。在地震中，她从教室往外跑时，没有向操场中间跑，要是那样的话，肯定就活不出来。她逃到了操场的边角上,只有逃到那块空地上的学生才是最安全的。他们班的五十四个学生,遇难四个。与她挨着的两个班的学生可惨了,一个班留下二十八个,另一个班只有四个活着。"

我听到这里,心头一阵痛,后来看到老段5月12日的日记,我更是义愤填膺,当年那个时任绵阳市委书记的谭某,他对待险情的漠然态度,令北川人恨之入骨,老段在日记里是这样写的:

> 宋书记安排我和川局长去市委办、市政府报信,北川中学的赵老师送我们到绵阳来去十分危险,在火炬大厦前,绵阳市委常委、政法委陈书记等接待了我们,我们把大概情况汇报后立即返县,在"1.29"基地前遇上了市委书记谭某,他怕死,走到此地不再往北川了,向他们汇报情况紧急后,他一个"知道了"就完事,这样的官,还要他干吗,我恨不得用石头砸去。

我清楚地记得,北川后来剪辑了一部纪实片,叫《孤城自救》,当时北川的一些干部还遭受了谭某的打压,后来谭某以受贿罪被判处无期徒刑,北川人拍手称快,有的人放了很多鞭炮来庆祝。

寻找亲人

我躺在担架上,认真地听着,老段突然停下来,问我想不想喝水。我摇了摇头,要他接着讲下去。

"地震的那天晚上,气温很低,冷得人直发抖。县城里全是一片废墟,根本没有东西吃,手机信号中断,无法向外界传递消息。在黑灯瞎火中,我们完全处于寒冷、饥渴、疲惫、悲愤、恐惧的状态。一个学生看见我穿得单薄,把在县城里捡到的一件衣物和一把香蕉交给了我。我手里拿着香蕉,虽然感觉背上发冷,肚子饿得'咕咕咕'地叫,可哪里舍得留给自己,直接给了侄女阳阳。阳阳那晚全靠那件衣服和那把香蕉抵御了寒冷和饥饿。那一夜,我和民政局王局长等人疲惫不堪地背靠着背坐在操场上,心情沉重地等待天亮。当时我的心空落落的,神情是恍恍惚惚的,一夜几乎没有合过眼。地震后的通信全部中断,找不到你,又联系不上儿子,我的心里焦躁不安,只能睁着眼睛盼天亮。

"地震后的第一天,天麻麻亮,下起了毛毛雨,我在北川中学操场的四周走了一圈,到处打听爸爸、大哥和你的下落。大家说法不一,有人说地震前在图书馆的门口看见过你,有人说看见了逃难的爸爸和大哥。

"老县城陷入了无法生存的绝境中,没有吃的喝的,县委领导要求机关干部人员立即组织所有群众向绵阳九洲体育馆转移。我叫小妹带着阳阳跟大部队转移。这时,侄儿明明来了,我叫他把他妈接回绵阳,我和县上许多干部继续留在县城,做群众转移的宣传动员工作。

"在组织转移的人群中,我四处打听爸爸、大哥和你的消息,但仍然没有看到你们的身影。到了下午,我冒着大雨走进县城。路过小河街,惨状让人不敢细看,巨石把车辆砸成了铁饼,车子里的人血肉模糊。被砸扁的车前面有个人被压在高高的废墟里,外面露出半个头,营救人员想了很多办法都弄不动他身上的东西,直到他咽下最后一口气。

"在大地震的面前,老县城城区的房屋就像纸糊的一样,完全消失在王家岩的黄土和景家山的乱石之下,很难找到原先的街道和单位,我只能凭着记忆去辨别图书馆的大概方向。在寻找亲人的人群中,到处都能听到凄惨的哭喊声。我当时还看到有位女干部趴在教体局的那片废墟上,捶胸顿足地喊着丈夫的名字,哭得死去活来的。我在附近叫着大哥和你的名字,后来走到工商银行宿舍,又大声喊着爸爸的名字,都没有一点回应。

"我心灰意冷地回到了绵阳九洲体育馆,在来来往往的人群中四处打探爸爸、大哥和你的消息,得到的音讯仍然是模棱两可的。有的人说看见了你,有的人说看见了大哥,还有的人说看见了爸爸。我饿得没有力气,实在走不动了。从地震后的那天晚上起,我就没有饭吃了,白天啃了几根人们从超市废墟里捡来的火腿肠。

"当天晚上,儿子从都江堰乘车赶到了绵阳,我们在绵阳九洲体育馆见了面,看到健健康康的儿子站在面前,我焦急的心有了一丝安慰。想着没有找到你,我们父子俩抱在一块痛哭了起来,我流着眼泪对儿子说,'你妈她完了,如果当时在图书馆的话,神仙都救不了。'

"儿子听说还是没有爷爷、大舅和妈妈的一点消息,就像疯了一样,哭闹着要到县城去找你们。我哪敢放他进去啊,那时候县城随时在余震,山上不停地落石头,我已经没有了你的消息,如果再搭上儿子的一条小命,真不知道我的后半辈子该怎么过下去。儿子是头不安分的犟驴,好说歹说都听不进去,我没有办法劝阻他,只好叫小哥、方姐和小妹,通过电话给他做工作,坚决制止他这一危险的行动,我又叫从成都赶到绵阳的侄儿守住他,不准他回老县城。

"我们坐着车在绵阳的城区找饭馆,街道冷冷清清的,很多商店、餐馆都关着的。那个时候余震不断发生,听说唐家山堰塞湖要决堤了,人们逃命要紧,哪个还有什么心思去经营店铺呀。我们找不到餐馆吃饭，饿得心里发慌。县委司机张师傅在他的一个亲戚的家里，泡了几碗方便面给我们。我拿起筷子就吃，不晓得烫，一口气就吃完了面，还把碗里的汤汤水水喝了个精光。那是我吃得最安逸、最舒服，一辈子都无法忘记的一顿饭，至今想起那个味道仍然回味无穷。我这才明白，人在饥饿的时候，啥子食物都是好吃的。

"说实在的，今天是地震后的第三天，我已经心灰意冷了，完全没有指望你还活着。本来组织部通知我上午带队下乡查看灾情，由于我每天啃面包、吃火腿肠、喝矿泉水，引发了严重的肠炎，腹泻不止，上午在安昌的药摊上弄了一点药，准备下午出发下乡去查看灾情。到了临出发前，接到宋书记的通知，叫我不要下乡了，继续留在指挥部，负责接待救援部队。

"下午三点，川局长突然拖着两条红肿的腿，一瘸一拐地来找到我，说你还活着。听到这个惊人消息，我连忙跟宋书记做了汇报，宋书记叫我马上组织几名人员全力救援。当时县城遇难者的遗体腐烂太多，怕引起大面积的疫情，为了人民群众的安全，老县城开始实施严格的管制，所有过往的人员只出不进。武警部队封锁了通往老县城的各个路口，我们四人进不了县城。同行的两位人员也觉得去县城危险，劝阻我和川局长不要进去了，并死死地拖着我和川局长往回走。我们好不容易才有了你的一点消息，哪能就此放弃？即便是刀山火海，我们也要往里闯啊！我和川局长趁着武警岗哨劝阻其他过往人员的时机，躲过了岗哨盘查，快速地进入了县城警戒区。

"那时候的县城里，大部分救援部队都已撤离现场，只有零星的几支部队在搜索受伤的人员。我们根本弄不清你的信息和方位，看见几个救援人员在一处废墟前忙碌，我们问埋在废墟里面的人是不是李春,他们说不是。我们又到另一处去打听,还是没有你的消息。

"我们仍然不死心,只好原路返回之前问过的地方,继续去打听,果然还真是你呢。我知道你还活着的一刹那,听到你的声音,我的心在颤抖,心'咯噔''咯噔'地跳个不停,都快要被提到嗓子眼儿了,生怕你挺不过来,和我们说着话就闭上了眼睛。我心里充满了紧张、害怕和恐惧,使劲呼喊着你的名字,不断安慰你要配合救援人员。真的,我现在都不敢相信你能活着出来,三天三夜不吃不喝,太了不起了,创造了生命的奇迹。倘若换作我,肯定撑不下来,早就在里面急死了。真的,你的确不简单,有顽强的意志力,值得我佩服。不过,话说回来,那样高大的废墟,谁来救你都有生命危险。川局长脚上打了许多的血泡,听到你还活着,不顾余震的危险跑来救你。还有志愿者和那些消防救援人员,他们都是可敬的人,不顾危险把你救了出来。这些都是你不能忘记的恩人,这辈子你可要记住他们,千万千万要努力活着,用行动去回报他们的恩情。"

听完老段的一番讲述,我点着头,坚定有力地说:"嗯,我一定要好好活下去。"说完,我的心里好像有汹涌的波涛在翻滚,是啊,要是我当时不及时地呼救带信,要是那天没有志愿者、消防人员、川局长、记者等一批勇敢的救援者,要是那天老段下了乡,或许我真的就没有一点生还的可能了,我这条老命就永远地留在了老县城。这些如同"天时地利人和"的机遇,落在了我的身上,让我捡回了一条命。劫后余生,是幸运者的福音,而赐予我福音的人是关心我的亲人和同胞,我努力地活着,才是对他们最好的回报。当听到老段说家人都比较安全,我的心放了下来,紧张的情绪减了一些,心里轻松了下来,就有了困倦的感觉,眼皮在打架,眯成了一条缝。

睡梦中,我迷迷糊糊地听见车上医护人员在说:"嗨,你爱人太牛了,三天三夜不吃不喝,还能活着出来,真是奇迹。"听他们说着话,我的眼睛睁不开。老段接着说:"是呀,我也没有想到,特别是看到她被救出的那一刹那,整个人就像一尊泥巴雕塑,两只手全是密密麻麻的血口子,我的心里既难过又紧张,担心她会出现不好的症状。我看见身边的人,也听见一些被救的人,当时还睁开眼睛躺在亲人的怀抱中喝着水、说着话,过了十多二十分钟,就没有生命迹象了,他们亲人发出的那种撕心裂肺的哭喊,一想起来就感到凄惨和难受。我还不敢对她说,地震那天中午招待我们一起吃饭的杨时慧遇难了,还有住在我们楼下的毛洪志、盘成英也遇难了,这些都是她认识的熟人,还有我们县的常务副县长杨泽森,他也被埋在县政府大楼里,他的上半身露在外面,腰部以下全部被埋,经过十个多小时的救援,在14日下午五点多钟他被救了出来。当时他的神志是清醒的,医护人员在现场给他挂上了液体,他说了句谢谢。但很快,在短短几分钟后,他的神志突然模糊起来,生命体征完全消失,救出大约十分钟后,就不幸离世了。说句真心话,我的心到这个时候还绷得紧紧的,生怕她遭遇同样的事情。从目前看,李春的身体不错,没出现精神萎靡不振的迹象。"

老段和医护人员在车上的对话,我听得一清二楚。其实我睡得并不踏实,一闭上双眼,就在废墟里挣扎,要么眼前黑黢黢的,整个身体被压在下面,动弹不得;要么就像被绳子死死地捆住了一样,拼命地挣扎。我不时挥动着右手胡乱抓一通。老段在我耳边说:"别动,绵阳市中心医院马上就到了。"一路上我反复地出现这种情况,一次次陷在梦境的废墟中,睁眼发现自己躺在救护车上,又放心地闭上双眼，整个人完全在半梦半醒的状态中游离。

住进病房

"李春，绵阳市中心医院到了，我们可以下车了。"老段的喊声把我从迷糊的状态中唤醒，我强迫自己睁开了双眼。落日余晖从车窗外透了进来，刺得我睁不开眼。我下意识地把右手放在额头上，遮挡强烈的光线。绵阳市中心医院（简称中心医院）里熙熙攘攘，就像揭开的蜂巢，我眼前晃动着密密麻麻、闹嚷嚷的人。

后来，我才从新闻报道中得知，地震发生后的几天，绵阳各大医院床位出现了前所未有的紧张局面，始建于1939年的中心医院，创下了建院六十九年以来患者就诊人数之最，入院、挂号、就诊的窗口都大排长龙，人们像蚂蚁一样，一点点地朝前移动，黑压压的，老段在日记中如是记录当时的场景：

> 绵阳市中心医院的病员真多，临时救助站到处都是地震伤员，躺在车床上的，坐在轮椅车里的，斜靠在墙角边上的，由家人搀扶着的，抬着担架上上下下的伤员……再加上志愿者、病人家属、找人的、问询的，把整个医院围得水泄不通，好人（这里指未受伤的人）和病人都跟着一起受罪。

早已等候在医院的小妹、儿子和侄儿明明，还有大学生志愿者，一起把我从救护车的担架上抬下来，放在接收病人的担架推车上。原来一直处于绝望和痛苦不堪中的儿子，一见到我，像三岁的孩子一样，一头扎进我的怀中，抱住我不松手，"妈妈、妈妈"地喊个不停，边喊边哭，我也跟着一起流泪。小妹比较镇静，连忙拉开情绪激动的儿子，叫他控制好自己，别让我过分伤感和激动。

初夏的黄昏，太阳投射出最后的光芒，天很热。我疲倦地躺在担架推车上，裹满灰尘的身体被汗水和泪水浸泡后，我这尊"泥人活雕塑"被弄成了大花脸。起先小妹开始还耐着性子用纸给我擦脸，可擦着擦着，她"扑哧"一声笑了出来，其他家人看到我的这副模样，也跟着大笑起来，我不知所措，直愣愣地望着他们。小妹边笑边拿出包里的小圆镜，照在我的脸上。我从镜子里看自己，除了两只眼睛在转动外，满脸都是黑色的印子，黑得不成人形。接着，小妹用手边剩下的一点矿泉水，打湿了纸巾，继续帮我擦洗尘土。她边擦边说："怎么搞的，越擦脸越花，好像没有起多大作用呢，我去接点自来水。"侄儿明明见我的情绪平稳下来，便说回家去拿东西，开着小车走了。几天后我才知道，其实当时并没有爸爸和大哥的确切消息，大家见我的身体极其虚弱，怕引起我的过度伤感，在我面前尽说好话瞒着我。

老段见我的嘴巴干得起了皮，去领了一瓶矿泉水，他和儿子轻轻地搀扶着我，让我慢慢地喝上一小口。矿泉水从嘴里滑进喉咙，我就不舒服起来，一阵反胃后，我把喝进去的水吐得一干二净。呕吐过后，我的身心都极其难受。

时间一点一点地过去，排队办理入院手续的队伍慢慢地向前挪动，据说，我们前面还有几十号人。太阳缓缓向西边沉下去，天边留下了如同火焰般灿烂的晚霞，落在医院大楼的院墙上，红彤彤的。过一会儿，就看不到红色的影子了。我躺在急救担架推车上等待入院。眼前不停地晃动着来来往往的人群，耳边不时传来各种不同的喊声。"来，领矿泉水了。""口罩，口罩，要不要？""领馒头了，一人两个。""让一让,伤病员来了。""矿泉水没有了,大家等一等。""快,救护车要过来啦!大家快去帮忙。"

那天,"李春"被救出的消息迅速在北川传播开来,吸引了很多前来打探消息的人,因为在北川老县城,跟我同名同姓的男男女女就有好几个,有的至今下落不明。很多人听到"李春"被救了出来,满以为我就是他们要寻找的亲人,有的人兴冲冲地赶来,又失望地离去。给我们留下印象最深的要数一对曾经在北川工作,后来又双双调离北川的夫妻,听说"李春"被送进了中心医院,满以为我就是他们正在苦苦寻找的胞妹,急忙赶了过来,当看到躺在担架车上的我并不是他们要找的亲人后,那种失望和焦急的心情一下子就表露在脸上。女人情绪低落,当着我们的面很不高兴地嚷了起来:"咋回事呀?打电话的人也没有弄清情况吗,她哪里是我们的妹妹呀,走,我们再到前面去看一看。"说完拉着她的丈夫扭头就走。可以理解,在那个特殊的时期,人们对自己的家人是多么的重视,找到家人的心情是多么的迫切。特别遗憾的是,那个才三十多岁,温柔、漂亮,和我同名的李春,的确没有活着出来,她永远地留在了老县城。

过了很长时间,去外面找水的小妹回来了。她说,天太热,医院的水龙头前站满了等待用水的人,根本挤不过去,附近街上的商店关着门。听人说唐家山堰塞湖的水位不断上升,城区里的人大都转移了,绵阳几乎成了一座空城,生活用品成了紧俏物。小妹跑了好几条街,才买到矿泉水、毛巾、内衣和内裤。她用矿泉水淋湿了毛巾,继续为我擦拭脸上的灰尘。

天空的黑色渐渐漫了过来。排队入院的队伍还在缓慢向前移动。加之流血的重伤病员必须优先入院,我们只好耐心等待,眼瞧着前面还有几十号人,当天住进医院的可能性比较小了。我奄奄一息地躺在担架推车上,周围一些好心人见我的脸色越发苍白,越来越难看,不断地劝我的家人赶快想办法,让我尽快住进医院。好心人的不断提醒,让原本就有些担忧我的老段,心情变得更加烦躁,他走来走去,急得团团转,就像热锅上的蚂蚁!

天色已经黑了下来,我几经辗转,终于被推进了地震伤员的专用病房,护士动作麻利地为我铺上了干净的床单,家人抬着虚脱的我放在了病床上。我满身都是灰尘,护士拿来了病患服,老段想搀扶我坐起来换衣服,但让他预想不到的是,原本不过九十斤重的我,饿了三天瘦了一大圈,他竟然抱不动了。主要是我的左边身体失去了知觉,无法配合用力,整个人死沉,他用尽力气也抱不动我。站在一旁的小妹和儿子见状,赶紧上前来帮忙,抱的抱我腰,抬的抬我手脚,大家一起用力,帮我脱下了熏得人难受、满身尿味的衣裤。小妹一趟又一趟地端来热水,给我擦洗裹满灰尘的全身,再换上新买的干净衣服。

医生戴上听诊器检查了我的身体,发现我的左手左脚不能动,身上多处磨破了皮,额头、臀部、大腿、左手腕、手指、左腿膝盖、右大腿等似乎只是一些皮外伤。医生告诫我的家人别让伤口沾上生水,以免感染。我留着齐背心的长头发,由于几天没有打理,乱成了鸡窝,满头都是沙石泥土,手摸到头部就有一种黏糊糊的感觉。医生发现我的头部有几处凝固的血口,用酒精做了消毒处理,叮嘱我们不能用清水洗头或用梳子梳头。小妹只好用手轻轻地帮我把头发一绺一绺地弄顺,把头上的大块泥沙清理干净。我的左手左脚在废墟里失去了知觉,中指关节上为保护额头的"肉垫处",有一小块皮肤磨成了红色。右手在自救过程中由于长时间地刨砖头,每个指头都是黑乎乎的血斑，一道道血口子里填满了泥土，没有一处是好的。儿子拿来棉签蘸上药水给我做消毒处理。左手不管怎样涂抹药水都不痛，右手一沾上药水就钻心地疼，痛得我龇牙咧嘴。

护士挂上了一瓶液体葡萄糖为我补充营养，又用碘伏处理我臀部磨破的伤口。医生对我的家人说，要随时活动我的手脚，白天至少两个钟头按摩一次，晚上睡觉之前按摩一次，不然没有知觉的手脚肌肉会萎缩，进而无力，长时间下去身体就会瘫痪。

家人团聚

晚上八点，妹夫来到中心医院，在地震伤员专用病房找到了我们。妹夫累得已经不行了，走路有点拐，他捞起裤腿给我们看，小腿已经肿了。他对我们说，地震把苦竹坝检测点震垮了，水往上漫。他和几个工人一起逃到了山上，翻了几座山走到擂鼓，又从擂鼓一路赶车到绵阳。由于长时间走路，再加上电话不通，收不到家人的信息，妹夫心急如焚，累得筋疲力尽。

小妹一家三口脱离了危险，家人相见，这是天大的喜事，我也替他们感到高兴。情不自禁地对妹夫说："你们一家人还算幸运，特别是你的女儿阳阳。真是太能干了，从曲山小学那个危险的地方走出来，她才七岁呢，小小的年龄就历经了一场生死考验，还冒着山体滑坡的危险，跟着同学和老师一起走到了任家坪，真是不简单啊。"

小妹也接着说："我做梦都没有想到女儿还活着。那天我看到老县城在瞬间变成了一片废墟，感觉就像天塌下来了一样。一时间，我的脑袋一片空白，不知道自己该干啥，懵懵懂懂跟在一群人后面向县委跑,我在县委草坪上,先看到了段哥,又看到了婆婆,然后就拉起年迈的婆婆向北川中学逃难。走到北川中学,看到那么多遇难的学生,我才想起女儿。后来,当女儿活生生地站在我的面前,我不敢相信,以为是幻觉。阳阳,快跟爸爸说一说,你是怎么逃出来的?"

阳阳很可爱,短头发,人长得瘦小,红扑扑的脸蛋上嵌着一双水汪汪的大眼睛,忽闪忽闪的,透露出了几分机灵样。她平时很爱说话,但那天,她捏着衣服的边角站在那儿,似乎不想提这个话题,在小妹的一再催促下,阳阳嘴里嘀咕了一句:"有什么好说的。"然后就低下了头。又过了一会儿,才慢吞吞地说:"那天我们正在上课,突然觉得房子在摇晃。老师说:'快跑。'我坐在前排,跟着同学就从教室里冲了出去,我看见很多人一窝蜂地向操场的中央冲了过去,我觉得来不及了,就跑到操场的边角上。只听见'轰'的一声响,一座山塌了下来,学校的教学楼、操场就不见了,只有我们站着的那个地方露在外面。我们班上几个往操场中间跑的同学,也不见了。后来清点人数,我们班少了四个人。"

"老师带着我们从废墟中走了出去,看到周围的房子不见了,我们边走边哭。到了县委沙茅街,我见奶奶家的房子还是好好的,就跑到楼上找去奶奶,我使劲地喊,使劲地敲门,家里都没有人答应。我就跟着老师和同学一起上了任家坪,在北川中学就找到了妈妈。"

听到阳阳说到这里,我接过话说:"阳阳的奶奶和爷爷我见过,那天禹风诗社召开研讨会,他们是下午两点坐大巴过来的,车停在原百货公司的楼前,他们和许多老人下车到文化馆去开会,我还和他们打了个招呼。"

小妹低着头说:"据说文化馆房子塌了,在里面开会的所有人,没有一个能活着出来,也包括妈妈和刘叔。"小妹忘了女儿在场,将妹夫的母亲和继父遇难的消息说了出来。

阳阳听了,用手揉着眼睛,大声地哭了起来:"呜呜呜,妈妈是大骗子,你不是说奶奶和爷爷逃了出来吗?他们死得好惨哦!"小妹和妹夫跟着流泪,我的眼泪也流了出来。小妹抹了一把眼泪说:"阳阳,别哭了,我们能活下来谁都不容易,我也差点没命。要说那天呀,我的运气实在太好了,冥冥之中仿佛有老天爷在保佑……"小妹怕女儿再伤心,马上转移话题,说起了压在心头的那段逃生经历。

小妹哽咽了一下,擦了擦眼泪说:"那天中午,我在家里吃了午饭,就准备走路到茅坝保险公司去上班,刚出家门,突然想起税务局有一项业务需要衔接,还有前天收到几笔钱需要存入银行,便临时决定先办好这些事,再到保险公司。我看了一下时间,离上班还早,就转身回家在沙发上闷了半个钟头瞌睡才出门。当时爸爸在客厅的沙发边锻炼,我叫爸爸早点午休后,便急忙向税务局走去。快到县医院那段路,我又改变了主意,觉得还是先到银行存了钱再去税务局,就从原路返回农行储蓄所。小李在上班,她说很久没有看到我了,我们就多聊了几句。随后我把填好的存款单据和现金放在窗口,等着小李清点入库。这时房子摇晃了起来,小李在里面喊:'地震了!赶快跑。'我一把抓起钱向农行露天小花园跑去,小李也跟了过来。只听见'轰隆'一声巨响,整座房子坍塌了下来。我没站稳,一个趔趄摔在地上,手中的钱散落一地。'不能丢失公家的钱。'我的念头一出来,就不顾危险赶紧去捡钱。殊不知,一块砖头从我的头边砸落,磕破了一点皮,不是很严重。我捡完钱一抬头,只见漫天灰尘,烟尘滚滚。在离我们不远的地方,矗立着一大堆废墟,吓得我脸青面黑。在场每

73

一个幸存的人，都说自己逃过了一场劫难。

"农行街面的营业厅坍塌了，周围堆满了高高的废墟。我们家住在工行楼顶，它就在农行宿舍旁，如今却根本看不见。我想起在家午休的爸爸，就顺着一个缺口往废墟上爬，刚爬了几步，就听到县人大李主任在喊，别过去，那里危险。我边爬边说，我找爸爸。李主任说，不要命了，工行营业厅的楼房塌了，到处都是废墟，根本进不去。说完他快步走过来，就把我拽了下去，叫我去县委草坪。我只好跟着人群慌忙往县委方向跑，一路上，原本在街道两旁的房屋不见了，好些人都在哭。在县委草坪上，我见到了段哥和丽丽，我们抱在一起痛哭了一场。后来我看见了刘涛的外婆和姐姐，不顾别人的阻拦，拉起七十多岁的外婆，跟着逃难的队伍向任家坪方向走。或许每个人在突如其来的灾难面前，思维都很愚钝，整个人处于麻木、脆弱和恐惧的状态，但求生的本能却很强大。

"到了任家坪，看到北川中学的惨状，一朵朵含苞待放的鲜花就这样枯萎了，我才猛地意识到这场灾难是多么的血腥和可怕。我的头脑发涨，悲哀顿时涌向心头，想起刚满七岁的女儿，她是那样的活泼可爱，她究竟在哪里？会不会受伤？是不是也如同他们一样，沉睡在废墟中？我真的不敢想下去，后悔自己只顾逃命，咋个愚笨得连女儿都不顾了。这时候，听到有人说，曲山小学被掩埋了，我的心里更是悲伤至极，发疯似的在逃难的人群中到处寻找女儿。正当我感到灰心失望时，就听见背后隐约传来了'妈妈，妈妈'的喊声，好像是女儿。她还活着？我屏住呼吸转过身去，果然是我的女儿阳阳！她朝着我跑了过来，我惊喜万分，幸好女儿还活着！我急忙跑了过去，一把抱起女儿，紧紧地把她搂在怀里，生怕她又走丢了。女儿高声地喊着：'你把我弄疼了。'我才意识到自己过于激动，弄疼了女儿的胳膊。我松松手，眼泪忍不住掉了下来。望着女儿瘦弱的身体，我不停地问她伤着没有，是怎么逃出来的。女儿惊魂未定地回答了我。这时，涛姐也走了过来，还有邻居张老师。张老师说她去敲过我家房门，喊过我爸爸，但屋里没有任何声音，她以为爸爸没有在家。后来我们不断地打听情况，有人说看见了爸爸和大哥。

"到了第二天，县城的人员全部向外面转移，侄儿开车过来把涛姐和涛姐的哥嫂接回了绵阳。我、外婆、姐姐和阳阳挤不上拉运人员的车，只好步行，朝着绵阳方向走。那天下着大雨，我们没有任何遮挡的东西，和其他人一起撤离，我拉着外婆走。一路上，有的人搀扶着老人，有的人背着伤员，有的人牵着小孩，有的人裹着一身泥……那个场面凄惨得很，我们就像战争年代逃难的难民。我们冒着大雨走了十多里路，到了擂鼓，完全没有力气了，幸好赶上了一趟到绵阳的班车。当天，阳阳的舅爷从成都赶了过来，把外婆接去了成都。绵阳市保险公司的领导联系到了逃难的我们，给我们安排了住所，我、女儿和姐姐终于有了落脚的地方。

"哎，人的命哦，有时候真说不清。假如那天我先到保险公司，或者先到税务局，那这世上就没有我了，这两个地方都危险，房屋垮塌不说，还没有逃生的地方。那天在保险公司上班或租房住家的人，没有一个是活着出来的。"

小妹说到这儿，在场的所有人都沉默了。

"馒头，馒头，领馒头了！"病房外传来喊声，大家才发现，已经晚上八点钟了。老段去领了馒头，小妹则带着一家人回了住处。

小妹一家刚离开，涛姐、明明及小刘一家人又来看我了。小刘的父亲给我们送来了一张躺椅,这样一来,照顾我的家人有了睡觉的地方。我躺在床上,看到涛姐面容有些憔悴,精神萎靡不振,便体贴地问:"涛姐,身体还好吧!爸爸和大哥有没有消息?"涛姐小声说:"正在找呢,暂时还没有联系上。"说完,便捂住脸走出了病房。那时我真的很傻,宝里宝气的,完全没有察觉涛姐急剧变化的情绪,满以为她离开病房是因为闻不惯医院的药水味。殊不知,我的问话犹如在涛姐的伤口上撒了一把盐。

老段送他们去了,我躺在病床上,突然感觉病床在摇晃,余震又来了!我的心再次提了起来,怕得要命,好像我的生命随时都会被阎王爷拿走。

地震已经过去了八十多个小时,我几乎没有安心睡过觉。困在废墟里的时候,我不敢睡,生怕闭上眼睛就再也醒不过来。住进了中心医院,本该安稳地睡上一觉,补一补几天来欠下的瞌睡,我却睡不着,好像患上了地震恐惧症,整个人依旧处于极度紧张和焦虑的状态。后来,在很长一段时间里,我都无法从废墟的阴影里走出来。我的睡眠极少,一闭上眼睛就觉得自己还蜷缩在狭窄的废墟里,头顶上方似乎被压着,背脊骨濒临断裂,整个身子动弹不得。干女儿被救走了,我的手机找不到,联系不到家人,这些场景如影随形,时时刻刻威慑着我,让我不能闭上眼睛!

夜色更浓了,窗外不时传来救护车的警笛声,走廊上时而传来病患痛苦的呻吟和医护人员疾步穿梭的声音。病房里安静了下来,大家进入了梦乡。儿子躺在马架凉椅上发出了轻微的鼾声,老段在我的身边疲倦地沉入了梦乡。可我依旧没有半点睡意,平躺在病床上,腰杆撕裂般地疼痛,我没有办法自己翻身,只有睁大着眼睛熬到天亮,盼着新的一天快点到来,医生帮我减轻疼痛,我能尽快坐起来。

病情诊断

翌日早上八点。

一群穿着白大褂的医生来查房,走在前面的几个人说着纯正的普通话,听那口音好像是外地医生。接我入院的医生在旁边介绍说,这个伤病员是北川人,深陷废墟七十五个小时,昨天傍晚才入院,她的神经损伤严重,导致左手和左脚没有一点知觉,身上有多处小伤,左边臀部和右边的大腿上有两块大的擦伤。

听完医生的介绍,带队医生从口袋里掏出一把医用小铁锤,在我的脚掌上敲了几下,再一点点移到小腿和大腿,每敲打一处,都细心地问我:"疼不疼?"

我摇了摇头,说:"不疼。"

带队医生继续用小铁锤从我的左手背,一点一点地向上敲打,从小臂敲到大臂,再敲到肩膀,我还是说着同样两个字:"不疼。"

带队医生收起小铁锤,像是得出了结论,对陪同查房的其他医生说:"病人由于左手和左脚压迫时间过长,神经机能受到严重损伤,需要一段时间的治疗并配合按摩,神经才能慢慢恢复。还是先给病员的头部、胸部、肝胆胰等部位做个检查吧,看身体的其他部位有没有内伤。"然后,他环视了一周,问道:"病人家属呢?"

"在这里。"老段边回答,边从医生的背后走了出来。

带队医生扶了扶眼镜,对老段说:"由于病人几天没有吃东西,过度进食会导致胃肠道痉挛,因此要缓慢进食。随时帮她翻翻身,防止病人背部长褥疮。翻身的时候尽量朝右边,她的左手和左脚没有知觉,不能再增加左边的负荷。她的手脚不能动弹,是周边神经严重损伤造成的血脉不通畅,供血不足。家人要坚持做好护理工作,每两小时按摩一次,以免肌肉萎缩,发生其他病变。适当给病人喂食,多给她补充一点水分,让她的小便顺畅起来。"

"好,我知道了,一定做好病人的护理工作。"由于我长时间憋闷在缺少空气的废墟里,身体很虚弱,加之一直没有吃东西,肚子干瘪瘪,肠道是空的。或许因为饿过了头,损伤了肠胃功能,我没有一点饥饿感。家人按医生的吩咐,不敢给我大量喂食,先喂了一点水。但我喝水都成问题,动不动就呛入气管,引起一阵强烈的干咳。老段和儿子非常着急,他们喂给我少量米汤,可我一点儿都不想喝,米汤流进嘴里,就"哇哇"地作呕,那个难受劲儿呀,要过上好一阵子才能缓解。

家人见我休息不好,食欲不振,担心我的身体吃不消。为了让我早日痊愈,他们开始轮流为我按摩手脚。这种方法果真见效,能帮助我很快入眠。当时还发生了一件无法解释的"怪事":他们给我按摩,我就很快睡着了,并响起有节奏的鼾声。他们见我睡着了,轻轻停下来,我立马就醒了,傻傻地望着他们。我的家人说,我这是在故意"装怪"折腾人。

老段给我翻身,我很想配合他一起用劲,但身体总是不听使唤,用不上力。老段拨弄了半天,我还是不动。直到儿子过来搭了一把手,我的身子才侧向右边。最难办的还是在床上解手,每次解小便,得三个人一起动手,左边一人扶着我没有知觉的手脚,右边一人抬着我的臀部,中间一人把着尿盆。每次解完小便,不仅我被折腾得够呛，照顾我的家人更是累得满头大汗。

5月16日上午，医生开出检查单，准备对我身体的各个重要部位进行检查，护工把我抱上担架推车，推着我去做CT检查和X射线检查。和昨天一样，狭窄的过道上住满了地震伤员，还有一些家属。我的推车在人缝中走走停停，护工边走边吆喝："请让一让，有重病伤员要检查。"就这样边走边喊，出了住院楼。

医院的每个角落都是人，CT检查室门前排着长队。强烈的太阳光照在大地上，明晃晃的，让我睁不开眼。周围的人来来往往，喧闹不止。受伤的孩子在哭闹，找人的在大声喊叫，还有的人在打听病人情况……我的耳边突然发出了一声"轰鸣"，四周顿时安静下来，人们的嘴巴一张一合，却听不见人的声音，我像个聋哑人一样躺在检查车上，睁着两只大眼看着周围过往的人群。三四分钟后，我的耳朵才恢复了听力，七嘴八舌的嘈杂声又灌进了我的耳根。

曾经的学生家长走了过来，他对我说："李老师，你哪儿受伤了？"

我平静地说："左手和左脚压伤了，你呢，家人都安全吧？"

"我和老婆没事，就是我家那个小儿子，你教过的那个调皮蛋，腿杆骨折了，疼得不停地喊叫，我们在排队等检查，马上就轮到我们了。李老师，慢些哈，好好养伤。"学生家长的安慰，让我有点小感动。算算时间，已经过去了五六年，他还记得我。

在护工的帮助下，医生对我的头部做了CT检查，胸部拍了X光片。检查结果显示，我的颅脑没有出血的预兆，身体的各个部位均没有骨折。回到病房，医生继续用碘伏对我身体擦伤的部位进行消毒处理，带血的口子一沾上碘伏就引起一阵刺疼。 为防止臀部与床单摩擦破皮发生感染，又特意包扎了敷料，对其他带血口的地方用酒精做消毒处理。我失去知觉的手脚似有千斤重，每次家人帮我翻身，必须有个人在旁边帮我把左手左脚放好才行。特别是我的左脚，损伤严重，不但没有知觉，脚后跟也不起作用了，人躺在床上，整个脚板和腿杆呈一条直线，脚掌失去了勾和翘的功能，就像跳芭蕾舞的尖尖脚，整条左腿打得笔直。看到我这个样子，家人都替我难受。

下午，小哥哥一家人从江油赶过来，送来了旧衣服和钱。

父亲和大哥

当年救援我的现场，凤凰卫视拍了视频，并在电视上播放了我获救的消息，也引来了更多人的关注。从5月17日起，陆续有人到医院来看我。市文化局、市图书馆等单位的领导来看我，了解我受伤的情况。张馆长说：郭老师为打听我的消息，发出了几百条短信，都可以汇成一本小册子了。还有在北川挂职的省政协领导曲大哥和薛大哥也从成都赶了过来，带来了丰厚的慰问金。看到我左边几乎瘫痪的身体，他们的表情十分复杂，透露着焦虑和担忧。他们一边听老段介绍我的病情，一边鼓励我要坚强。朋友的真诚关爱，暖到了我们心窝里。

图书馆职工李老师和她丈夫到医院来看我，不住地感谢我无意间的一次安排救了她一命。说来事情发生得有些凑巧：李老师本来在老城区图书馆上班，我在新城区文化科技惠民服务窗口上班。"5·12"那天，我计划到老城区去办理招标公证书，并顺便检查图书馆二楼改造工程的准备情况，于是，便安排李老师在新城区服务窗口临时顶替我。新城区的房屋没有垮塌，李老师因此捡了一条命。

作为单位领头人，在灾难面前，我心里始终牵挂着图书馆。李老师的到来，对我了解图书馆的情况提供了很好的帮助，我急切地问："图书馆怎么样了，有没有人员伤亡？图书还能挖出来吗？新城区的服务窗口有许多地方文献，采取了保护措施没有？"

她说："图书馆有遇难人员，聘用人员王明文在上班时被坍塌的废墟掩埋了，他的女儿在小学遇难。退休人员倪德君夫妇遇难。于老师因为陪儿子在绵阳考试捡回一条性命。图书馆近五万册书全部被掩埋，新城区的地方文献正在想办法抢救。这次地震后上报图书馆的伤亡人数是两死一伤。哦，还差点忘了，退休人员刘老师在前两天病故了。"

听到李老师带来的不幸消息，我心急如焚：王大哥遇难了，他是我嫂子的大哥，我怎么向嫂子交代啊。李老师离开病房的时候，我对她说，图书馆成了这个样子了，几代人的努力一下子就没有了。我一时半会还站不起来，你是单位老职工，要费心做好家属安抚工作。李老师走后，我的情绪很低落。心里的痛远远超过了身上的痛，家园毁了，亲人走了，图书馆没有了，什么东西都没有了，将来的日子该怎么过呀？一想到图书馆发生了这么大的事，我却只能躺在病床上干瞪眼，就恨自己太无能，有时会莫名其妙地向家人发脾气。其间，我发现我的家人说话总是神神秘秘的，有时在背后小声地嘀咕着什么，从他们这些反常的举动中，我猜测到家里发生了大事情。爸爸和大哥究竟是咋回事？我到医院两天了，还是没有他们的确切消息。

17号的上午，小妹和妹夫没有露面。他们去打探爸爸和大哥的消息了，却对我说进县城去拿家里的东西，我的心里忐忑不安，为他们的安全而揪心。这时,我想起了干女儿侯兰,就叫老段到绵阳的医院去查一下,找一找住院名单里有没有叫侯兰的。他说早就去问过了,没有查到她的住院信息。

下午,小妹两人回来了,他们的眼圈是红肿的,我一再追问发生了什么事,他们才告诉我爸爸遇难、大哥失踪的坏消息。

我流着眼泪说:"小妹,你告诉我父亲到底是怎么走的?还有大哥,他会不会被送进了其他的医院?"

小妹伤心地说:"我们回家去拿东西,看见爸爸趴在地上,手掌磨破了,爸爸当初应该在地板上挣扎过,可能他试图向门边爬,但失血过多。我们把爸爸抬下了楼,准备让他入土为安。可是由于当时唐家山堰塞湖快要决堤了,救援部队在清理现场,叫我们马上撤离。我们只好找了一床棉被盖在父亲的身上。后来,父亲到底被拖到哪里去了,我们也不知道了。我好后悔啊,如果'5·12'那天下午我晚一点出门,地震发生时我或许还能帮父亲逃过这场灾难,以往爸爸在这个点早就睡午觉了,那天我出门时,他还在客厅里做运动。可能强烈的震动让他摔倒在地上,头被撞破了。张老师喊他那阵子,大概爸爸正处于昏迷状态。"没有想到,爸爸就这样无声无息地离开了我们,我的心里好疼、好难受哦。大哥更冤枉,本来要去外地出差的,偏偏要把他叫回来开什么会,当时在教体局四楼开会的五六十名职工,全部被王家岩垮塌的山体掩埋了,到现在都没有传出任何人获救的消息,也没有看到任何遗体,大哥就这样失踪了。对于爸爸和大哥的不幸遭遇,尽管家里的每个人都有心理准备,但得到确切消息后,我们又都忍不住哭了起来。后来,我听小妹说,涛姐在得知大哥失踪的确切消息后,悲痛欲绝,当时就哭晕过去了,被送进帐篷医院输液,她苏醒过来后，正遇上胡锦涛总书记来北川看望遇难家属，他握着涛姐的手，鼓励她："要坚强起来，好好地活着，很快会好起来的"。对于大哥的离去，我始终难以接受，不太相信那个近一米八高的铮铮硬汉会狠心丢下我们。多少年来，我都不能接受大哥已不在人世间的事实。多少回，我梦见大哥还活着。

中午，我硬着头皮喝了一点点米汤，精神状态好转了一些。但手脚还是老样子，医生取下包在臀部的纱布，发现我擦伤的地方已经红肿，就说夏天的皮外伤要晾着，被子不要捂得太严，只有皮肤表面的水汽干了，伤口才会好得快。护士坚持每天用红外线烤灯烤3～5次，预防患处深度溃烂。

中心医院的伤员越来越多，床位紧张，药品更是紧缺，就连最简单的外用药水碘伏都变得十分紧俏。医生给我挂了一小瓶补充能量的液体，就再没有其他的药品了。

转　院

住进医院后，我的病情牵动了无数朋友的心，问询电话接连不断，老段的电话几乎成了热线。我的表妹夫从梓潼中学来绵阳看望我，帮了一个大忙，按摩、翻身都是他出大力。老段的大妹也从云南赶了回来。一大家人围着我转。但更多的时候，他们围在一起谈北川，说地震，议论堰塞湖决堤的险情，讨论我的病情……有时候身体不舒服，想翻身却不能动。我的心里烦躁，情绪总是失控，平时比较温柔的我，总无缘无故冲着家人发脾气。

到了18日上午，医生查完病房，通知所有病人做好转院到重庆的准备。病房里围绕着伤员的转院问题,讨论不断,无论是家属、伤病员还是看望病人的亲人,都顾虑重重,一时间,病房里舆论四起,大家很不理解,认为我们在本地医院治疗得好好的,为什么要转院呢?转到远天远地、不熟悉的地方,又不认识人,有苦没法说。有个不了解情况的家属气愤地说:"哼,把我们往重庆转,分明是故意找借口想赶我们走?或者是政府不管我们了?像扔包袱一样,把我们往外边推。"

有的伤病员叹气道:"重庆,那么远的地方啊,人生地不熟的。我们包里没有钱,万一医院不管我们咋办?"

还有一位老人上气不接下气地说:"我都这把年纪了,还要转院。跑得远天远地的,我偏不走,就赖在这个医院了,就是死也要死在这里,看医院敢把我怎样?"这些言语,同样也影响着我的家人。

我极力配合医生,很想转院到重庆。因为绵阳离北川太近,余震连续不断,地震的阴影始终得不到驱散,折磨得我甚至不能安稳地睡上一个好觉。有几次发生余震,病房剧烈地摇晃,吓得我脸色惨白,心狂跳不已,产生了不愿待在绵阳的念头,恨不得马上离开。但我的家人却不同意,老段、哥嫂和小妹都叫我冷静下来,一次又一次地给我做思想工作,叫我一定要慎重考虑,留在绵阳治疗最好,离家近,家人照顾起来更方便。

嫂子芳姐坐在我的床边,耐心地对我说:"妹子,你不要太任性了,重庆那边远天远地的,家人不可能放下工作去照顾你,何况你转去的重庆涪陵医院,也是市级医院,医疗条件和绵阳差不多,你还是安心地留在绵阳吧,我们每周放假轮流到绵阳来照顾你。"

我情绪低落地说:"芳姐,我不是故意想为难我的家人,这里离北川太近，经常余震，每天听到救护车的警笛声，我的心里无端地生出一种恐惧和焦虑感，心里堵得慌，这种情绪压得我喘不过气来，我只想赶快离开，换个环境。不然我真的会窒息而死。"那个时候，我特别固执，坚决不同意留在绵阳，直嚷着要转院到重庆。

芳姐无可奈何地说："既然你这样说了，我们也只好尊重你的意见。那就再等等吧！看看能不能联系到条件更好的医院。"

老段仍然坚持让我留在绵阳，他找主管病房的夏医生，请他帮我们做医院的工作，争取让我能继续留在中心医院接受治疗。通过他的多方努力，医院同意把我留下来。夏医生安排我做了肌电图检查，主要是看我桡神经损伤的程度。检查结果出来以后，夏医生暗地里告诉老段，一定要有思想准备，我将来瘫痪的可能性很大。而这一切，我都被蒙在鼓里。

那天上午，主管医生来看我，发现我臀部擦伤的地方溃烂越来越严重，便立即使用双氧水和碘伏进行消毒。为了保护臀部的患处不感染，我不能平躺或左侧躺，家人需要每隔一段时间就帮我改变睡姿，向右侧身睡、趴着睡、臀部悬空睡等姿势通通都用过，而每种睡姿我只能坚持一小会儿。家人必须隔一段时间就帮我翻下身，这加大了护理的难度，搞得他们疲惫不堪。

下午，主管医生打开我臀部患处的敷料，发现情况并未明显好转，便不再用敷料包扎。从治疗上看，我的病情一直没什么进展，每天只打一小瓶点滴而已，红外线的烤灯仍在继续烤患处。医生说，左手左脚的知觉需要慢慢恢复，主要靠家人坚持按摩，还要自己锻炼才行。夏医生的母亲来看我，见我顶着一头乱糟糟的头发，理也理不顺，心善的老人找来一把剪刀，把臭烘烘的长发剪成了短发。

重庆图书馆那边的很多人,还有老段的朋友得知我要转院的消息,都非常关心,不断打电话来询问我的行程。

5月19日,我住进中心医院已经四天了,由于食欲不振,我吃饭很少,天天都是水和米汤,人越来越没有精神。中午,侄儿振振的父亲来看我,听说我吃不进饭,不知从哪儿搞了一碗酸汤粉,大大激发了我的食欲,我一口气吃了个精光。从那天起,我的食欲打开了,可以大口地吃东西了,精神状态也好了起来,家人的眉头舒展开来。但我心里仍莫名地感到烦躁,动不动就发火吼人。

"我要转院到重庆。"每次见到医生,我就对他们反复说着同样的话,家人对我的一意孤行毫无办法,只好接受了我的想法,开始收拾东西,准备按医院的统一安排,到重庆去接受治疗。

当年国家对地震伤员非常照顾,出台了很多安置政策,将伤员分流到其他医院去治疗便是其一,起初很多人不理解,反对之声颇多。17号晚上转院到重庆第一批伤员,18号到了重庆后,立即打来电话给我们报信,说重庆那边的医疗条件好得很,根本不是那些传言所说的那样。医生对病人照顾周到不说,医疗费不用自己掏,家属和病人的吃饭问题由医院解决。这样的好消息传来后,很多人放下了心理负担,我更坚定了走出绵阳的决心。

19号整天,我们都在等待转院。走不走,到底什么时间走,医院里迟迟没有通知。医院的药物紧缺,我躺在床上,既没有打点滴也没有吃药。

几经辗转,5月20日凌晨,我们到了四川大学华西医院(简称华西医院)。

2 华西医院

"5·12"汶川特大地震过后,余震就像无头的苍蝇,风暴般地侵袭着灾区,肆无忌惮地乱窜。四川乃至西南地区最权威的华西医院,也遭受了余震的波及。时而摇晃的建筑和救护车急促的鸣笛声搅得我惶惶不安。地震时与死神共舞的阴影,始终在我的脑海中挥之不去。我担心华西医院经不起余震的折腾而垮塌,这种恐惧并未因离开绵阳而消散,我仍旧彻夜难眠。最后,我只好再次选择逃离,我要转院,离开四川。当时的我固执得听不进任何劝告,当再次通知我转院时,我几乎没有片刻的犹豫,匆忙告别了华西医院,坐上了拉运伤员的飞机,把自己的生命交给了另一座陌生的城市——南京。

入 院

到了华西医院,我们才发现,那里同绵阳中心医院一样,人满为患,我的耳边充斥着救护车的鸣笛声和人群的嘈杂声。

进入病房前,为防止交叉感染,医护人员对我的全身进行了消毒处理,把我穿在身上的所有东西丢进了垃圾桶,还包括几天前小妹给我新买的内衣,一百五十元,那可是我身上唯一值钱和值得纪念的东西,也跟着一同进了垃圾桶,我心疼了好半天。一身光溜溜地进了华西医院,医生对我的头部进行了CT检查,然后安排我住进了病房。

我压根儿没有想到,自己就这样顺利地住进了华西医院,躺在干净的病床上,心里有种飘然的小兴奋,觉得自己真是太幸运了。我住进了在国内数一数二的华西医院,如同为我戴上了一道更加牢靠的护身符,让我的家人好不欢喜。一个人的精神状态和情绪变化在很大程度上受到周围环境的影响,这道护身符就像一缕曙光,照亮了我的生命。我的心里又一次涌起了浪涛,仿佛化作轻纱般的雾,把我包裹了起来,我恍恍惚惚地感到,我的身体正在这梦一般的迷雾中升腾,地震以来那种紧张不安的心绪暂时被抛诸脑后,我的心开始平静下来。

我还来不及打量病房,就进入了嗜睡状态。突然,病床剧烈地抖动了起来,病房里有人在喊:"地震,地震了。"我猛然惊醒。只见病房里,有几个轻伤病员和家属迅速从床上爬了起来,毫不犹豫地跑出了病房。而我瘫软地躺在病床上,动弹不得,只能眼巴巴地望着别人往外逃。这时候,我发现照顾我的老段还稳稳地躺在床边的椅子上,闭眼睡大觉,我控制不住心里的颤抖,大声地喊了起来:"老段,你咋个不动,快跑呀!往安全地带跑!"老段慢腾腾地站了起来,瞌睡兮兮地打了一个呵欠说:"华西医院四周都是林立的高楼,往哪里跑都逃不脱。再说,如果这些高楼都坍塌了,成都平原还有救吗?你要相信,华西医院比较安全,经历过'5·12'特大地震都毫发无损,更别提这小小的余震了。来,我帮你翻个身,这段时间你一直没有休息好,快闭上眼睛睡一觉!还有几个小时天就亮了,医生来查房,你才有精神去应对。"老段说完,帮我翻了身,就抱着手臂躺在椅子上,身体才挨上椅子就响起了鼾声,这段时间他一直为我担忧,身心很疲惫。外面又响起了救护车的叫声,过了一会儿,跑出去的人陆续回到了病房,病房里又安静了下来。

望着窗外,我陷入了沉思,尽管觉得老段说得有几分在理,但心里始终放不下,不怕一万,就怕万一,以我目前的身体状况,我不敢有任何侥幸心理，想到这里，一种莫名的悲伤占据了我的心，我惶恐不安起来。

过了很长时间，我慢慢地镇静下来，开始犯困，在睡梦中，我进入了荒野。我拼命地跑啊跑，可总是跑不出去，前面的路不是被水隔断了，就是被山挡住了……最后，我终于跑到了一个悬崖上，脚底一滑，就从山顶上摔了下来，重重地跌落在山谷中。睁开双眼，我满头冷汗，腰杆疼得难忍。看到守护在床边的老段酣睡的样子，心里才稍许平静下来。从噩梦中醒来，我没有一点睡意，迷茫地望着窗外泛起鱼肚白的天空。天快亮了，医生来查房，或许过不了几天，我就会爬起来，想到这里，我的脸上露出了开心的笑容。

治　疗

20号早晨，医院送餐车早早地来了，病人和家属都在医院免费就餐。老段起身打了饭，就忙着给我洗漱，给喂了半碗稀饭。一大队医生就走进了病房，听口音他们不太像四川人，更像北方人。我听到有个家属小声地对床上的病员说，医生来查房了，你可要向医生好好说说你的伤情。

带队的医生查看了其他病人，就来到我的床前，他打开电筒看了看我的眼底，问询了我在地震中被困的情况，捏了捏我的左手左脚，问我疼不疼，我说不疼，然后他对一同来的医生说："这个病员的左边神经严重损伤，造成左侧肢体暂时性瘫痪。由于病人在废墟里待的时间过长，体能消耗过多，需要补充微量元素。病人脸色呈黄色，肝功能有一定的损伤，要注意保肝。目前病人大小便正常，说明肾功能还没有受到损害，但要防止出现突发性的肾功能衰竭，注意观察小便的量和次数。加强对病人手脚的恢复训练，及时通知康复医生，指导家人坚持活动病人的手脚，进行按摩训练，防止肌肉萎缩。"

我趁机对医生说："我感觉臀部很疼，具体在哪个部位上，我又说不太清楚。"

医生和蔼地对我说："你的左边没有知觉，刚才我使劲地捏你左边手脚的各个部位，你完全没有一点反应，神经的恢复有一定的时间和过程。你所谓的疼，那只是神经的一种敏感性反应，就像被截过手指头的人，明明没有手指了，还叫着手指在疼痛是一个道理，这就是人们所说的幻肢痛。"

我天生反应迟钝，医生的话我听得不太明白，我小声地说："我的臀部真的很疼很疼嘛。"

医生查过房后，根据凌晨检查的各种数据，给我开出了药单子。随即护士推来了药液。华西医院不愧是四川的顶级医疗机构，配备的药物非常齐全，吃药、打针、输液、红外线治疗等一个都没落下。老段看着药单子对我说，保肝的、消炎的、补充营养的药物全部用上了。我的输液架上挂了十多种液体，瓶瓶袋袋的。至于我身体的情况，医生诊断的重点仍然同绵阳中心医院差不多，主要是左手和左脚的神经恢复问题。身上的小伤口以及左右臀部的擦伤已经是次要问题了，只需要涂点碘伏、盖上纱布或者用红外线灯烤烤即可。

"滴答、滴答"，液体一点一点地进入我的血管，滴答声如同一首美妙的催眠曲，我双眼迷糊，睡意沉沉地眯上了双眼，看似在瞌睡，实际上睡得并不踏实，神志清醒得如明镜似的，心里老是在惦记着换液体。尽管有家人在身边陪护，但我还是不放心，总觉得小瓶小袋的液体流得快，生怕自己睡过了头，或者家人因听别人摆谈地震而错过了换液体的时间。于是，我神经紧绷，刚眯上眼睛，又马上睁开，瞟一眼液体，见液体没有了，就赶紧提醒家人。眼瞧着换了液体，再眯一会儿，又一下醒来。一直等到换上了另一组大瓶液体，才觉得可以睡个安稳觉了。刚放心地闭上眼睛，护士又过来测血压、量体温、抽血，或者家人又要给我翻身，有时还要应对前来探望我的各界人士。到了下午，康复医生和志愿者来到了我的床边，手把手地指导我的家人按摩要领。后来又来了几位心理辅导志愿者，对我进行心理测试。由于每次测试的分值很高，心理辅导志愿者都说我的内心比较强大，没有受到地震阴影的过多影响，对未来生活更是信心满满。

白天输着液体，接待一批又一批的问询者，时间过得快。到了晚上，没人打扰，日子就显得漫长了。天黑了个透，液体终于输完了，由于右手保持了十多个小时不动的姿势，我右手肘的关节特别酸痛，弯曲起来都有些吃力，手指麻木得已经握不起拳头了。我不停地在床上活动右手，上举、甩动。老段和儿子按照康复医生的指导，轮流给我做手脚的康复训练，还按时给我翻身，变换睡姿，然后盖上毛巾被。做完这一切，老段在床边的躺椅上很快进入梦乡，发出浅浅的鼾声。我的心中泛起丝丝缕缕的惆怅，说不清道不明，恍恍惚惚，似梦非梦。

叫 喊

"呼"的一声，惊得我睁开双眼，只见病房门被打开了，两个护工推着一个伤员回到了房间。那是一个中年男人，住14床，好像刚做过手术，面色苍白，年龄不过三十多岁，身上插着几根管子。他被推进病房的那会儿，两眼是闭着的。护工把他抱上床，护士为他戴上生命体征的监测仪，观察了一下仪器上的数据，向他的家属叮嘱了几句注意事项，提醒有什么问题及时按呼叫器，就离开了，病房里恢复了安静。外面不时响起救护车尖锐的鸣笛声，传递着一种紧张的气氛，搅得我没有一点睡意。我睁大双眼望着窗外映射的灯光，希望它像舞台上的魔术师一样，给我带来催眠的作用。夜已经很深很深了，14床的男人苏醒了过来，开始在床上闹腾，先是小声地哼哼唧唧，后来喊叫声越来越大，整个病房都是他的声音。

"哎哟，哎哟，好疼哦，尿管在渗漏，在流血呢，快去找医生。"男人冲着陪护他的女人喊了起来。

女人按响了呼叫器，值班的护士马上走了进来，对病人问道："14床，哪里不舒服了？"

"好疼呀，想屙尿，尿管堵着的，屙不出来。"男人难受地回答。

护士低头检查尿管，然后耐心地对男人说："14床，你的尿管是畅通的，没有一点问题。只是你刚做了手术，麻药过了，疼痛反应比较强烈。躺在床上屙尿，开始都不习惯，慢慢地就适应了，放心！你尽管往外拉，不会有问题！"

见男人不吭声，护士便离开了病房。但没一会儿，他又叫了起来。

"哎哟，哎哟，憋得难受极了，贾琼，去叫值班医生，我难受，屙不出来尿。"

"护士已经来过了，检查了你的尿管，一点问题都没有。"这个叫贾琼的女人对男人说。

"我撑不住了，快去给我喊医生。"男人对着女人吼了起来，女人磨磨蹭蹭地站起来，喊来了值班医生。

医生对男人的情况进行了反复检查，没有发现什么异常，便对男人说："14床，你的尿管确实没有一点问题，还在疼吗？实在熬不过了，那就吃一颗止痛药吧。"医生开了止痛药，叫女人到药房里去拿。

男人吃了药，吆喝了一阵，安静了下来，我好不容易要睡着了，他的叫声又在病房里响了起来。

整个下半夜，病房里全是14床的哭喊声，他如同得了狂躁症，不停地叫喊。当时的我觉得他太没素质，太过分了，甚至对他产生了强烈的厌恶感。后来，当我接受了几次手术，尝到了那种疼痛的滋味后，也多多少少能够理解他的行为。磨难和痛苦如果不发生在自己身上，我们是根本无法体会的！

后来，不知是镇静药起作用，还是号叫累了，男人终于停止呼喊。窗外依然喧嚣，我转过头朝外望去，天还没有亮，霓虹灯闪烁着疲惫的光彩，但依旧照亮着夜空，整个城市被笼罩在梦幻中，夜色下的灯火虚幻浮华，比白天的城市多了一分缥缈的希望。我在心里说："漫漫长夜啊，你能不能回答我，我什么时候才能站起来？"

老段躺在椅子上，睡得很沉，男人的大喊大叫和救护车的鸣笛声没有吵醒他。而陪伴我的其他家人，也因为连续的焦虑和疲劳在走廊上熟睡。我好羡慕，他们总能随遇而安，似乎与这个喧闹的场面没有一丁点儿关系，仿佛置身于另一个世界。而我却是如此的疲惫，平躺在床上，背部疼痛难忍，想翻个身又无能为力，睁着眼睛盼天亮，那种滋味真是好难、好难哦。

关 爱

天空缓慢地睁开了浅蓝色的眼眸,新的一天来了。

5月21日,医生给我的治疗方案与昨天没有两样,在我的右手打上了吊针,挂上了相同的液体。我的情况比较好,尽管昨夜没有睡好觉,但精神仍然很好,脸色红润,头脑异常清晰,医生的询问我都能自如回答。医生告诉我们,手脚神经的恢复,是个未知数,得慢慢来,急不起来。从这天起我的体温开始上升,当时谁都没有意识到这是一个危险的信号……对于我的臀部的表皮擦伤,护士继续使用红外线烤灯处理,根本没有想到左边臀部埋着一颗即将爆炸的炸弹。医生还说,因为我的臀部受挤压时间过长,利用红外线烤灯会使皮肤温度上升,促进血液循环,促进新陈代谢,对伤口恢复有很好的帮助。

躺在床上,我望着输液架上的一大堆液体,内心感慨万千。从发生地震到我被成功救出,我的病情一直牵动着很多人的心。大家纷纷通过老段对我表示关心和问候,鼓励我要坚强。重庆那边的很多图书馆同仁,对我没有到重庆治疗而感到遗憾。四川省图书馆还专门安排了辅导部的程老师负责与我的家人对接,每天通过电话了解我的情况,得知我已经到了华西医院,程老师20日上午就赶了过来,对我进行慰问,详细了解我被埋在废墟里的情况和现在的身体状况,并连夜就我在废墟里经历七十五小时并成功获救写成专访,连同搜集到的四川灾区图书馆的情况,以地震特刊专栏的形式,刊登在《四川省图书馆学报》上,还通过省图书馆的网站进行了公开报道。网络媒体的传播速度快得简直没法说,具有很大的影响力。很快中国图书馆学会网站转发了相关文章,引起全国一部分公共图书馆和高校图书馆人的关注，广州中山大学图书馆陈馆长通过博客转发了相关文章，发起了"图书馆家园"行动的募捐活动。一时间，我被埋废墟里七十五小时活下来的故事，震惊了国内外图书馆界，被图书馆界称为"不倒的图书馆精神"，我因此成了图书馆界的知名人士，得到了无数同仁的热情关怀和问候，很多人不断打来电话或发来短信，关心我的情况。祖国大江南北及海外图书馆人纷纷解囊相助，为四川遭受特大地震、失去家园的图书馆人开展了爱心募捐活动。

下午，省文化厅、省图书馆和成都市图书馆等单位的领导到病房来看望我，大家看到我的手脚动不起来，忧心忡忡，不断鼓励我要好好活着，配合医生接受治疗，早日恢复健康。领导殷切的希望犹如清澈的春江水，在我的内心掀起了阵阵涟漪。与此同时，我还收到了程老师转来的通江县图书馆的第一封慰问信，我读到它，心中升起了一股力量，增强了我战胜病痛的信心和勇气。还有一位曾经在北川卫生局工作的老领导，专门打电话来问我在废墟里拉过小便没有，听说我有过一次，就放下心来，提醒我的家人要随时给我喂水，保持小便通畅。

晚上，省图书馆副馆长陈老师在百忙中给我送来了一罐鸡汤，那是我这辈子都无法忘记的味道。陈老师还未进病房，大老远就飘来一阵香味，令我食欲大开。鸡肉吃在嘴里，有一股党参和黄芪的淡淡香，混着鸡肉的独特味道，在唇齿间荡漾着，久久不能散去，暖在我心头。

第二天中午，省图书馆的一位老师来看望我，也给我带来了美味可口的饭菜，我却没有记住她的名字。在华西医院住院的那几天，我们经常都会收到陈老师从家里送来的饭菜。曾经在北川下派过的省政协领导屈大哥、薛大哥、钟大哥等，对我更是关怀备至，想方设法在华西医院后门给我和县政协罗副主席的家人租了一套房子，还添置了米、油等生活用品，方便家人为我们开小灶。患难见真情，在华西医院住院期间，成都这座有温度的城市，给了我无穷的爱。来看望我的人，把最真挚的关爱放进了我的心里，他们的话语如同一抹灿烂的阳光，抚慰着我的心，给了我坚强力量，我找不到更加合适的语言来表达心中的谢意，愧疚之情与日俱增。

在这期间，我还见到了一位在20世纪90年代红极一时的男艺人。有天下午，钟大哥带演艺人员汤镇宗来看望了我，老段告诉我，汤镇宗是第一个到内地发展的香港影视演员，我最喜欢看的电视剧《外来妹》里的香港老板江生就是他扮演的，该剧获得电视剧飞天奖及金鹰奖。听了老段的介绍，我的脑中虽然完全失去了对汤镇宗的记忆，但出于礼貌，我认真地点了点头。

22日，我的病情加重了，脸上热乎乎的，说话有气无力，喉头如同一团火在燃烧。我明显地感觉我的身体状况远不如前几天了。护士测量我的体温，发现比昨天高了一些，在37.7℃上下浮动，医生说，对于伤病人员来说，这种情况是常有的。我的低烧症状没有引起医生的注意，治疗的方案没多大的变化。由于时常出现低烧，我食欲不振，老段见我吃水果还行，平时比较节俭抠门的他，突然买来了我以前没有吃过的水果。那是一种像樱桃一样，但又比樱桃甜脆的水果，我后来才知道那种水果有个好听的名字，叫车厘子，二十多元钱一斤。在当时，这样奢侈的举动着实让我感到意外。他还给我买了火龙果和芒果，这些水果在当时都属于比较奢侈的品种。

到了傍晚，我的病情比下午还要糟糕，胸中就像郁积了一团火焰，在心里燃烧着。体温上升到38.5℃，我麻木地躺在床上。文化部的赵副部长在省文化厅厅长的陪同下，来华西医院看望我。他们见我一脸通红，上气不接下气，便贴心地叫我尽量不要说话。赵副部长听了老段的介绍，神情凝重地征求我的意见，叫我们去北京接受治疗。一声声亲切的关怀，像一汪温暖的甘泉滋润着我的心，我的眼眶一热，泪水不由自主地涌了出来，轻轻地滑落在嘴边。老段一边用纸巾擦去我的泪水，一边对赵副部长说，谢谢领导的关心，还是先等李春在华西医院治疗一段时间再说。我当时也表示，要努力配合医生治疗，争取早日回到岗位，让北川图书馆重新"站"起来。

在那个特殊的时期，人的情感丰富，特别容易感动。一句简单的问候或一个关切的电话，都像冬日的阳光一样温暖。连老段都没有想到，我，一个普普通通的图书馆人，能得到这么多人的关爱，这的确是一种难得的福气，而我唯一要做的，就是在心底默默地为自己打气，一定要站起来。

一天中最难熬的日子又来了。晚上，我的喉咙痒酥酥的，胸口堵得慌，老是不停地咳嗽。这天轮到儿子守夜，他才不管我心里是啥难受滋味，嘴边只有两个字："睡觉。"他拿着一根不知从哪里搞来的小棍子，严厉得像个没有人情味的监工，站在我的病床边，一直盯着我，见我的眼睛睁开了，马上用棍子轻轻地敲着床，说："快闭眼睡觉。"我只好乖乖地听从，佯装睡觉的样子，听见周围没有了动静，马上睁开眼睛，但很快被儿子发现了，跟着又是一顿数落，强迫我闭上眼睛。在他的"高压"下，我真的睡着了呢。

两个大学生

华西医院真不愧是全国数一数二的医院，我们住的病房属于地震病人专用区，是个大开间，非常干净整洁，房间里住有8个病员，但一点儿也不拥挤。病房里除了我是北川人，其他都是从成都附近送来的伤员，轻伤的、重伤的混杂在一起。与我相邻的病友是个五十多岁的中年男人，彭州人，受伤较轻，总是跟没事人一样在病房里进进出出，开初我以为他是家属，后来才知道他是病人。他的腿上有几处皮外伤，每天只用敷料进行简单的换药处理，他说过两天就可以出院了。

21日下午，老段突然接到一个陌生男子的电话，那人在电话里说，他是一名大学生，一个月前和我打过交道，听说我受伤了，问我住在哪个病房，他要过来看望我，老段在电话里向他告知了我的病房号，放下电话后，就问我是怎么回事。我说："哦，是他呀，搞测绘的，专门研究北川李家大院房屋结构的大学生，因为一本测绘图和我打过交道。"

地震前的一个月，我到县局机关开会，无意间看见纸箱旁边扔着本大册子。我好奇地拿过来翻看了一下，原来是一本名为"巴蜀遗韵——北川李家大院测绘研究"的图册，我觉得这本图册很有用，便拿到打印店去复印了一份，收藏在图书馆地方文献的专用柜里。这本册子的作者是个男大学生，他不小心把原稿弄丢了，心里很着急，四处打听。他的一个朋友从北川图书馆地方文献的书目里发现了这份资料，就告诉了他。他得到了这个消息，通过114电话查询台，找到北川图书馆办公室的电话，工作人员把我的手机号告诉了他。他因此找到了我，我们加了QQ好友。当时，我的电脑水平还停留在入门阶段，连最基本的鼠标都无法控制，对QQ的操作更是一窍不通。他叫我给每张设计图拍照，分别编成序号放在电脑文件夹里，打成压缩包后，通过QQ发给他。

这可给我出了难题，我平时很少玩相机，起初拍出的照片要么模糊不清，要么显示不完整。在他的指导下，我反复实践，拍出的照片才勉强过了关。我把图片传了过去。他对我说，您拍摄的设计图照片，有的看起来还是有点模糊，有的照得不全，照片效果始终没有原稿理想。

我只好自作主张地要了他的地址，到局办公室找到了那份原件，在打印店里花了三十多元钱，复印了一整套设计图，又花了十元的邮寄费，给他寄了过去。

小伙子收到资料后高兴极了，千恩万谢地说等几天把复印费和邮寄费给我寄来，这一等便没了音信。同事都笑我太相信人，上了别人的当。费了一肚子劲，帮一个陌生人干了一件好事，结果自己还倒贴了钱。但我并不后悔，不就是花了几十元钱吗？至少别人拿到了他想要的东西。

我刚把这件事的前因后果告诉老段，那个大学生已经站在了我们面前，他手里提着一篮子漂亮的水果，怯生生地问："您是李春馆长吗？"

"你是？"

"我是李家大院的测绘人，在电视上看到了北川图书馆变成了一片废墟，看见你被人从废墟里救了出来，就到处打听您的消息，后来才听说您到了华西医院。你的身体还好吗？"老段听后，就简单地把我的身体状况告诉了他。小伙子看到我的样子，眼睛红红的，叫我一定把心放宽些，保养好身体。

接着他十分感激地说："李馆长，上次的事真要谢谢您，要不是您伸手相助，我的设计图就永远找不回来了。前段时间我在外地实习，您垫付的钱也没有及时给你，真不好意思。您是个好馆长，北川图书馆离不开您，您一定要站起来啊。"临走时他硬要给我拿钱，我坚决不收。结果他趁我不注意，把钱塞到了枕头下，掉头就走。等到我发现后，赶紧叫老段拿着皱巴巴的几百元钱撵过去，但他已经消失在茫茫的人海中。

这位大学生前脚刚走，后脚儿子就跟了进来，还带着他从小玩到大的同学小君。我能在这里看到小君，感到既高兴又意外，小君考上大学后，我就没有见过他了，他长得很结实，已经成了大小伙子。我和小君的父母比较熟悉，他的父母原来都是北川县土产公司的职工，下岗后挣了钱，把小君送到绵阳中学读高中。小君学习用功，高中毕业后考上了一所重点大学，他父母的脸上多了几分光彩，逢人就夸儿子如何听话，如何有出息，读大学不要大人操心。真是令人羡慕！还有一年的时间，小君就大学毕业了，可他的父母却在地震中双双遇难。可怜的孩子，他一下子就成了无依无靠的孤儿，我的心里难受得像被针扎过一样，不知用什么语言来安慰他。唯一能够做到的，就是表达我们的一点点心意，我让老段往他的衣兜里硬塞了五百元钱。

当天晚上，余震又一次向我们袭来，这次房屋的摆动幅度很大，老段还是坐着不动，我的心里干着急。地震太可怕了，我躺在病床上，不时听到救护车的鸣笛声，心里极度恐慌。我想，是不是该考虑离开华西医院了。

离开四川

病房里，邻床的病友出院了，那个叫得特别厉害的男人，也转到其他科室去了。病房里来了两名来自汶川的新病友。华西医院的病床开始紧张起来，病房里临时加了两个床位，走廊上塞满了伤员，还有大批伤员正在转运途中，病房里的病员要向外地输送。

我整天躺在床上，时常感觉房子在颤抖、摇晃，病床每摇动一次，我的心就紧缩一下，紧张和压抑的情绪不能释放，就像即将爆发的火山，随时要喷出熊熊的火焰。我一闭上眼，就在黑洞洞的废墟里挣扎，背脊骨似乎要断裂。伴随着低烧，胸部就像一团烈火在燃烧，咳嗽越来越严重，一咳起来就停不住，把胸口子咳得很痛。

22日，医生查房时通知我将转院到南京，我也期盼着早一点离开华西医院，因为余震不断，救护车的鸣笛声不断，入院病人不断。在这样的环境中，我憋得喘不过气来，整个人惊恐万分，我害怕地震，很想尽快逃离，却不知道老段在私下里已经做了留在华西医院的决定。当年老段在日记中写道：

> 我一直比较矛盾，因为医生查房时通知我们转院到南京。到外地人生地不熟，生活也不方便，从内心讲我不愿意。查房时医生说没有什么可治疗的，神经的恢复是时间问题。我想既然这样，何必转那么远呢？我决定留在华西，但李春对此一点不知，她一直想转院。

5月23日上午，医生在查房时公布了转院到南京东南大学附属中大医院（简称中大医院）的名单，却没有我的名字，老段才告诉我他已经决定让我留在华西医院治疗。我听说了后,气愤极了,哭闹着要离开华西,坚决要求转院到南京。那时候,我天真地认为,只要我离开了四川,心里就会放松下来;只要静静地休息几天,睡上几个好觉,身体就会快速恢复。如果我很快站起来,我要立即实现我心里藏着的两个愿望,先到南京长江大桥上走一走,看一看在小学课本上读过的南京长江大桥到底是个啥样子,再到南京图书馆去看一看,据说它是清朝光绪三十三年创办的,是中国第一所公共图书馆,承载着厚重的历史。这些都是我所向往的地方,我特别想去看看。

打定转院的主意后,我拉着老段的手,哀求道:"我要转院,离开华西医院。"老段对我说:"你可别捡了芝麻丢了西瓜,华西医院是四川最有名的医院,不仅在中国数一数二,而且在全亚洲都是赫赫有名的。你可要想好。不要凭着自己的性情瞎闹一通,到时候要想回来可就难了,过了这村就没这家店了。"当时我不知道是怎么回事,固执得要命,非要离开这么好的医院,老段说什么我都不听,态度十分坚决。老段没法说服我,动员了很多人来劝,但我根本听不进去,他拿我实在没办法,只好尊重我的意愿,同意转院。医生说当天到南京的名额已经安排满了,只有等明天。我们做好明天出发的准备后,医生突然通知我立刻转院,原来有位确定转院的老人,到了临出发时,却坚决不走了,因此腾出了一个名额,医院通知我补上。因家属只能去一个,老段请示单位后,决定先陪我到南京,把我安顿好后,再回北川上班。

老段和他的大妹很快帮我收拾好行李。出发前大妹对我说:"到南京只有武哥一人照顾你了,你可不要任性,凡事要多忍让和包容一点。"

我十分爽快地点头说,"这个我明白,你放心吧,我知道自己该怎么做。"

医护人员用救护车把我们送到飞机场,机场打开特殊通道,安排我们直接上飞机。在登机前,我闹了一个大笑话:我的小便出了问题,从昨天下午起,就没有解小手,小肚子胀得圆滚滚的,还伴随着轻微的疼痛,敲起来硬邦邦的。我坐车和坐飞机有个毛病,每次出行前,神经都绷得很紧,一紧张就想上厕所。那天也是如此,刚说要上飞机,突然想解小便,机场的跑道附近哪有厕所,老段急得团团转,恰好有人带了小便器具。两位送我的男医生和老段一起扶着我,我也顾不得什么羞耻了,在医生的指导下开始解小便。肚子胀得很难受,小便却解不出来,医生一边安慰我不要着急,一边帮我揉肚子,登机的那边不停地催我们动作要快点,马上轮到我们登机了。足足运作了十多分钟,小便出来了,就像堵塞后突然畅通的水龙头,一倾而泻,装满了小便器具,所有的人都松了一口气。其中一位医护人员说:"幸好上飞机前解决了问题,若是坐上了飞机,麻烦就大了。"机场跑道宽得看不到边际,老段傻傻地站在远处,跑了很远的路,也找不到该倒小便的地方,只好很不文明地把小便器具放在跑道的边角上。

运送我们去南京的是一架特殊的飞机,右边的座椅被撤除了一部分,腾出了一块大空间,再安放躺在担架上的病员,乘务员把我抬上飞机,在我身上盖了一床鲜红的新毛毯。接着其他的病人和家属也登上了飞机。当年,国家对地震伤病员的治疗确实花了很多心思,付出了很大的代价,采用分流各地救治的形式,缓解了四川各级医院的压力。

"一方受灾,八方支援。"这次抗震救灾证明了祖国强大的重要性,再次体现了社会主义制度的优越性。对此我体会尤其深刻。

3　中大医院

南京是中国四大古都之一。南京的朝天宫、夫子庙、秦淮画舫、中山陵、莫愁湖、长江大桥、市图书馆都是我十分向往的地方。在去南京前，我的心中就萌发了一个愿望：我要快点站起来，一定要到这些地方去看看。然而，所有人都没有料到，我的病情发生了变化，可怕的臀部肌肉坏死、细菌感染和高烧不退，就像魔鬼一样缠上了我，渗透我的每一寸肌肤，差点要了我的命。当我又一次在死亡边缘挣扎的时候，是中大医院的医护人员用温暖有力的手，把我从死神手中拉了回来，为我重新点燃了生命的火花。经此一事，我更加深刻地感受到了生命的宝贵和顽强。

睡个好觉

我怕坐飞机，并不是有恐高症，而是晕机，坐上飞机心里就无缘无故地发虚。乘务员小心地把我抬到机舱里。我躺在担架上，沉闷的空气和浓浓的皮革味钻进我的鼻孔，心里有种不舒服的感觉。飞机起飞了，在慢慢上升的那个过程中，我的心跳加快，心好像要掉出来一样，随后，一阵剧烈的恶心感袭来，额头上全部是冷汗。我的耳朵突然疼痛起来，然后就听不到任何声音了。飞机在高空盘旋，我张大嘴巴，打了几个呵欠，耳边才重新出现"嗡嗡嗡"的声音。飞机上的声音很响，不知是空调的呼呼声，还是窗外的气压声。接着，我听到有人在说话，但说的是什么，听得不太真切。飞机冲入云端，在高空中平缓飞行，我心里难受的感觉才稍微有了好转，接着，一丝寒冷的感觉立刻蔓延全身。我挥动右手，大声地对老段说："冷，冷得很！"坐在身边的老段，把红毛毯折叠起来盖在我的身上，却没有解决问题，我还是发冷。乘务员又拿来了一床红色毛毯，老段折叠后盖在我的身上，我才又暖和了起来，眼皮慢慢沉重……

醒来后，飞机已经降落在南京禄口国际机场。乘务员把我从飞机上抬了下去，接机的救护车开了过来，上面坐着中大医院的两名医生和一位护士，其中一个医生姓李，四川泸州人，另一个医生是尼泊尔人。我第一次接触的外国人竟然是一位医生，心中平添了几分好奇和害怕。他的头发卷曲乌黑，全身黑得发亮，露出一口雪白整齐的牙齿。他伸出手来帮我盖毛毯，我看到他那双黑乎乎、毛茸茸的手，生怕他的手接触到我的皮肤，妈呀，吓得我赶紧闭上眼睛，心里直打哆嗦。后来，我发觉他用流利的中文说话，对人很友善，才慢慢地消除了对他的畏惧心理。医生和护士把我抬上救护车，见我的脸色苍白发青，问我是不是有晕机的毛病，我点了点头，李医生拿出一瓶藿香正气液叫我喝下去后，就把我抬上了车。救护车向中大医院驶去。我躺在救护车的担架上，脑子一片混沌，感觉自己还在飞机上，在原地打着转。一路上，医生和护士不时地询问我的情况，还向老段打听北川在地震中受灾的情况，大家听了老段讲述救援我的惊险场面，都说我创造了生命奇迹。

黄昏时分，救护车把我们带到了中大医院。等候已久的医护人员立即迎了过来，把我放上担架车推入病房，将我安置在床上，其他五位四川伤员已经到了。病房里很温馨，每个病床边都站满了迎接我们的医护人员，要不是看见他们身上的白大褂，我还以为住进了宾馆呢。病房的墙上挂着一串串五颜六色的气球，形成了一道拱形门，下面摆满了鲜花，每个床边的医药柜上都放满了日用品，诸如茶杯、牙刷、盆子、帕子、肥皂、抽纸、卫生巾、汗衫等。知道四川人爱吃辣椒，还特意配备了两瓶老干妈。看到这样的场景，我有种到家的感觉，心里涌上了几许温馨。医护人员热情地把我们安顿好后，还在病房里举行了一个简单的欢迎仪式，一位领导代表医院致了欢迎词，他说："我们真诚地欢迎四川的伤员和家属来到中大医院，医院里安排了最好的医护人员尽力救治伤员，所有的费用大家不用担心，由医院全部解决，家属住宿安排在学院研究生楼。病房里我们派了专业护工照顾病人。你们需要什么，有什么要求，都要毫无保留地提出来，医院会尽最大努力满足大家的要求。南京和四川一家亲，我们就是你们的家人。"一番体贴入微的话，打消了曾经积压在我们心头的顾虑，有如春风化雨般的慰藉。

接着，医院后勤人员招呼所有的家属，带大家熟悉医院周边环境。过了好一会儿，老段闷闷不乐地回到了病房，我见他的情绪低落，便问他出去转了一圈都看到了什么。他低头沉思了一会儿，才慢声细语地说："这个医院的性质与华西医院相同，是一所集医疗、教学、科研为一体的综合性的三级甲等医院。我们住的病房在四楼，是四川地震病人专用区，安排了主任医生、副主任医生、主治医生、住院医生，有保安人员二十四小时守候。我们是第一批来这里的四川伤员，听说过几天还有第二批。"老段停顿了一下，说："我反复地想了想，还是有必要提醒一下你，你要有个思想准备，这里的医疗条件、设施和周边环境，是无法和华西医院相比的，生活习惯也有天壤之别。这是你自己选择的，怨不得谁，如果你心里有什么怨气，可不能由着自己的性子再胡闹着要转院,我们没有可回头的余地了。"

我抬头望着老段那张焦虑的脸,愧疚地说:"这条路是我自己选的,有什么苦,我都会自个儿往肚里吞,绝不会抱怨你。"那天晚上,我给在北川上班的妹妹打电话说,中大医院虽然很远,但我没有一点陌生感,医护人员对四川伤员热情,想得周到,我们特别感动。

舟车劳顿,到达医院后,我们都很疲惫。医生与每个伤员进行了简短的沟通后,对伤情做了一些简单的处理,根据病人的身体情况,安排了明天检查的具体项目。

我躺在病床上,望着窗外的一小块蓝天,那种紧张、焦虑和压抑的情绪自动消失了,不知是因为远离了四川地震带,没有了余震的威胁,还是因为来到陌生的环境,对一切充满好奇与憧憬,总之那一夜,我的心情平静又舒畅,得到了彻底放松。即便有时老段离开病房很长一段时间,我躺在床上腰杆疼得没法翻身,也没有什么可抱怨的。我不断地设想:这里安静、没有余震的烦恼,好好地睡个觉,或许过几天就可以站起来了。带着这份美好的期许,我很快就睡着了,睡梦中我完全摆脱了地震的阴影,在废墟里拼命挣扎的情形也不复存在了,住进中大医院后的第一晚,我睡得既踏实,又舒服,无牵无挂,一觉就睡到了天亮。

病房里的一天

南京的天似乎比四川亮得还要早些,我们还在睡梦中,就听到有人在喊:"打饭了,打饭了。"十足的南京腔把我们惊醒。送餐车好像停在离病房不远的走廊上,一个女人亮着金嗓子,继续大声地吆喝着。这时,我听见病房里有人在小声地嘀咕:"才6点过呢,送饭的也太早了。"我看了看天,这个点在我们的家乡四川,天不过大亮。但在这里,病房里冒着亮晃晃的热气,感觉太阳似乎快要晒到屁股了。听到女人的吆喝声,家属们不敢怠慢,都不约而同地起床去打饭。

躺在椅子上睡觉的老段伸了个懒腰站了起来。他快速洗了脸,然后去排队打饭。早饭有鸡蛋、包子、馒头和稀饭,还有咸得要命的大头菜和老酸菜。那天我的胃口比较好,和着大头菜吃了一个鸡蛋,喝了大半碗稀饭。由于昨天在温度很低的飞机上睡了觉,喉咙发痒,我又开始不停地咳嗽了。

早饭过后,还不到七点半,两位护士就走进了病房,边询问病人昨晚睡得好不好,边麻利地整理床单。她们离开后不久,就有六七位医生来查房了。我的主治医生是李医生,听说在外地开会。我的治疗方案暂时由他手下的一个研究生来代管。带队的是四川伤员病房管理的负责人,像是个权威的医生,他询问了我的详细情况后,对身边的医生说,要对我的头部和胸部进行CT和X射线检查。医生又仔细看了看我的臀部、中指、额头、膝盖等多处表皮擦伤的部位,然后说,病人患处开始变黑,看样子在开始结疤了。我说,不知是怎么回事?我的咳嗽很厉害,一咳起来就收不住嘴,胸口都咳痛了。

带队医生对我说,咳嗽的原因可能有两个,一是感冒,二是挤压综合征,因为你长时间困在垮塌的废墟里,呼吸道和肺部都会沉积一些灰尘。但咳嗽并不是一件坏事,病人可以通过咳嗽的方式,将呼吸道或肺部的灰尘随着痰液一起向外排出。只是病人在咳嗽时,家属一定要把病人轻轻扶起来,用力拍打背部。拍背的手应微微蜷起,形成空心掌,下手要稍微重一点,震动性地拍打后背,才能产生一定的效果。还有,病人咳嗽后,要用温开水漱口,这样,可以把残留在口腔里的灰尘进行一次清洗。他刚说完,其他医生已经把我从床上扶了起来,开始示范,向照顾我的老段传授拍打背部的基本要领。

医生检查了我的手和脚,说是先要给我"挂水"。我不太明白"挂水"是怎么一回事,直到护士给我输上了液体,才知道"挂水"其实就是输液。我想这大概是南京的方言吧。后来每次听到护士喊"挂水"了,我就在心里偷偷一笑,在这个江南大都市,居然还保留着这样一个简单通俗的词语。

医院食堂一天三顿都来得早,上午不到十点半,送午饭的餐车又来了,中午提供的菜品很奇特,一个狮子头和一个大鸡腿。对于狮子头,以前我压根儿没有听说过,也没有见过。当我第一次看见饭盒里拳头那么大的肉丸子,十分惊讶地叫了起来:"啊,超大肉丸子,分量挺足呢,差不多一个要顶上我们家的十个,这样大的肉丸子咋个吃得完呀?"老段对我说:"我看你还是一个文化人呢,说话没有一点见识,别人听了会笑话你。这是江苏的一道传统名菜,叫做红烧狮子头。"老段站在我的病床边,用筷子夹了一块狮子头塞进我的嘴里,对我说:"味道怎么样?"我快速地咀嚼了起来,肉质细嫩,满嘴都是油,我摇了摇头说:"味道太淡,肥肉过多,油腻味太重,没有四川的瘦肉丸子好吃。"对于四川人来说,外省的菜大多寡淡无味,吃不上口,不好下饭。加之我当时食欲不振,就更爱品尝味道,吃得斯文、挑剔。为了我能吸收营养,老段不管不顾地硬往我的嘴里塞饭菜,逼着我吃下了半个狮子头和小碗米饭。老段的饭量好,大口地吃着肉,嚼着米饭,像是饿了三天,吃得特香,很开心,似乎满嘴在冒油。

下午，护士来测体温，发现我在发低烧。随后就在我的额头上贴了一个什么东西，凉幽幽的，后来我才知道是退烧贴，说是什么物理降温，这是我第一次使用这种东西。过了一会儿，我的体温降了下去，精神好了一些，觉得可以站起来了。我突发奇想：自己能不能站起来？便央求老段扶着我。老段心里没有底，便叫来一个家属帮忙。两人轻轻地把我从床上扶起来，我在床上躺了近二十天，从来没有站立过。他们扶着我坐起来，我只觉得耳边发出一阵轰鸣，他们没有拉住我的左手，也未意识到人站起来，没有知觉的左手自然落下，反向别在身后，左脚软塌塌地不受支配。我右脚着地，金鸡独立，象征性地站了不到五秒钟，身体便全然招架不住了。我感觉病房在不停地转动，转得人心里发慌，浑身没有一点力气，身子一个劲地往下坠。他们见我这个样子，赶紧扶我躺回床上。我不敢睁眼，一阵猛烈的反胃感袭来，我把中午吃的东西吐了个精光。我叫老段使劲掐我的虎口，过了很久，房子不再转动了，心里舒缓了些，我才慢慢地睁开了双眼。

第一次站立计划以失败而告终，但我不甘心。当时，我完全没有往坏处想，而将其轻而易举地归咎于自己吃得过少，没有休息好。我暗自下定决心，必须多吃饭，养足精神，积蓄力气，过几天再试一次。殊不知，这一次躺下后，差不多就是两个多月，直到离开了中大医院，我终究没能站起来。

中大医院给每个四川伤员病房配备了两名专业护工，她们的到来，减轻了家属照顾病人的负担，也带来了一些好经验。老段很少麻烦她们，仍然细心地照顾我。他从护工身上，学到了一些护理方法。

比如，帮助病人在床上"方便"。我在四川住院时，每次大小便，都要好几个人抬着我在便盆上完成，每天五六次，不仅搞得家人劳累不堪，我也折腾得难受，稍不注意还会把尿液弄到床单上。在这里，护理病人大小便一个人就能应付。热心的护工帮我们找来了一个干净的大饮料瓶，先把瓶子的上半部分剪掉，再从瓶口一半的地方往下剪，形成半个椭圆形。接着把瓶口剩下的部分剪成"舌头"状，然后把整个瓶口修剪整齐，用封口胶沿着剪掉的口子包一圈，一个接小便的容器就做好了。病人要小便，就拿着瓶子把"舌头"的那一方，直接垫在尿道口，小便就顺着"舌头"流进了瓶子里。

老段拿着护工替他做好的小便器给我接小便。我开始不习惯，小便排不出来。护工一边叫我放心解手，一边叫老段不要着急。她拿起杯子里的冷开水，在尿道口滴上几滴，冷水的刺激下，小便自然而然地流了出来。有了这个小便器，护理病人就显得轻松多了。在护理病人大便时，护工使用的办法也简单实用：在便盆上套个干净的大塑料袋，把便盆包裹起来，一只手将病人臀部轻轻地抬起，另一只手迅速将便盆放在屁股下。病人解完大便，先用纸巾清洁，再抬起臀部取下便盆，提起塑料袋丢进厕所。这样床单不会被便盆弄脏，病人也不会沾上便盆上的脏物，更不用天天去冲洗便盆。

临近黄昏，病房里来了一群技术员，他们忙着在房间内安装闭路线和电视，当天晚上，病房里就可以收看电视节目了。从此以后，病房里天天都在播放与抗震救灾相关的新闻，特别是唐家山堰塞湖惊险泄洪的场面，更是扣人心弦，直到6月10日成功泄洪，大家才松了一口气。

当天的晚饭是大鸡腿，还有稀饭和干饭。

四川病友

我们住的病房，原本是中大医院的骨科住院部。我们到来后，医院调配了一层楼，作为四川地震伤员的专用区。病房里有六张床，住着来自北川、绵竹、汶川、彭州的伤病员，大家的伤情各有不同。

病房右边住着一位五十多岁的中年女人，她是绵竹人，最先是护工在照顾。她的伤情严重，整个身体的骨头都是碎的，起初病房里有人说她是被"吓炸了"。据说女人在5月12日那天，吃过午饭就到田间去收割菜籽。地震来了她没有站稳，倒在地里，抬头看到周围的房屋全部倒塌，自家的房子也不见了，吓得趴在地上起不来。被人发现后送进了华西医院，治疗了几天后，又转入中大医院，和我分在同一个病房。开始几天还能听到她谈吐自如。过了几天，医生通过各种检查，发现她得了癌症，处于晚期，就把她调到楼上的危重病室，并通知了家属。我当时还以为她病好出院了。女人离开病房后，又来了一位六十五岁的汶川病员。大概过了十多天吧，我们又听说那个女人去世了。

女人旁边是我，我住70床。由于当时我的病症尚未全部表现出来，只是神经损伤和几处皮外伤，中大医院医生根据华西医院的结论，一度认为我只是需要恢复神经损伤，没有多大生命危险，和其他的断腿、断手、半边瘫痪的伤员比起来，相对要轻松点，因而暂时没有把我归入重症患者之列。

挨着我的是一位老妇人，她姓曾，八十三岁，是绵竹人。她的腿被倒下的房屋压断了，医生给她接了骨头，打了外固定。最难过的是老人因为卧床时间太久，家属照顾不周，转院过来的时候，背部尾椎长了褥疮，已经红肿溃烂了，约有一指长，看着就疼，不知老人是怎么挺过来的。老人整天躺在床上，眼睛微微闭着，不哼不哈的，很少说话。她的大儿子五十多岁，虽然个头长得高，但好像没有长心眼。挺着粗脖子，对人横眉竖眼，说话声音大，就像吵架一样。他的心态不好，认为我们来自灾区，医院就该无条件地帮助他。他经常给医护人员出难题，抱怨医院的饭菜不好吃，住的床太硬，双人床太短，他一米八高的个子腿伸不直，医护人员没有及时给他妈换药、翻身、护理大小便等。他完全把照顾老人的任务交给了护工。说起来他是来照顾老人的，却整天像根木桩，几乎不过问老人。病房里安装电视后，他的两眼只盯着电视，或者坐在病床边打瞌睡，眼里完全没有老妈。一日三餐，他打好饭菜，让他妈自己吃。他则从包里掏出一小瓶"二锅头"。病房里的其他四川老乡实在看不下去了，有人好心好意地提醒他，他还跟别人吵，我们都替老人难过，说她的儿子是个"现世报"，给四川人丢脸。

老妇人对面的病床是小叶，她是彭州人，比我小两岁，说话声音小，有点大舌头，我的耳朵有点背，有时听不清楚她在说什么。小叶左腿被水泥桩砸断，伤口严重感染，接受了高位截肢手术，大腿包有绷带，伤口在恢复阶段。颈椎骨折，做了手术，打了石膏固定，每天只能平躺着，头颈需要保持在一条直线上。有时我在想，她伤口疼不疼？脖子酸不酸？背部痛不痛？她是怎么把一口口饭菜咽下的？小叶伤情是病房里最严重的，但她很坚强。每次看到医生为她处理伤口，我都替她感到难过。记得有一天，她的儿子心不在焉，边看电视边给她喂饭，把饭朝她的鼻孔里塞，差点把她呛着了，她才小声地哭了一场，过后又信心满满地说："我这个样子，再难都要活下去，等颈椎好了，我坐在轮椅上要学会做饭，让在外打工的丈夫和在学校读书的儿子，回家有口热饭吃。"小叶每天强迫自己吃饱饭，保持平和的心态。她的颈椎和截肢的左腿愈合很快，医护人员经常夸她勇敢、乐观，她是我们学习的榜样。

小叶左边是杜大姐，杜大姐的名字跟我的高中同学只相差一个字，我天生对名字缺乏记忆，常常闹笑话，张冠李戴，动不动就把她叫成了我同学的名字。快六十岁的杜大姐，头部受伤，脑子时好时坏。她清醒的时候，说话跟正常人没有两样；糊涂的时候，说话颠三倒四。有一天，她的男人去洗衣服，她硬说他去偷人了，惹得病房的人哄堂大笑。有时闹腾起来，就不管不顾地要从床上爬起来，幸好她的男人把她看得紧，发现不对，马上把她按住；她的大小便失禁，所以穿了成人尿不湿，但稍不留神，她就把夹在裤档里的尿不湿扯掉，把屎尿弄在床上。她的男人被弄得筋疲力尽，经常为她洗裤子。

靠门边上的是小王，她是病房里最年轻的，三十九岁，在地震时，她被倒下的房屋砸伤，肋骨断了三根，固定了胸带，小王断了左手两根指头和左脚三根趾头。做了截肢手术，伤口很疼，经常不分白天黑夜"哇哇哇"地哭，说自己的两根手指和三根脚趾头痛得很。起初她的丈夫在家安顿家人，最先陪护她的是一个说普通话的外省人，我以为是她家的亲戚。后来才知道，她们素不相识，陪伴她的那个是志愿者。志愿者是个外省人，自费坐飞机来的，像家人一样，精心地照顾小王，用她的行动，把社会大家庭的一分光和一分热，投在了这个小小的病房里，尽管我没有记住她的名字，但她的故事却刻进了我的脑海，暖到心窝里！

生死攸关

在中大医院，我平安地度过了一天两夜。

到了25日，我的病情开始朝着不好的方向发展，成天咳嗽不止，喉咙就像一团火在燃烧，持续高烧，贴退烧贴、吃退烧药、打退烧针、往屁股里塞药、液体消炎等治疗手段全都用上了，体温仍然悬在偏高状态，总是控制不下来。我好像是个另类，所有的退烧药在我的面前都失去了疗效，起不到一点作用。

下午，我仍然高烧不退，刚从外地学习完回来的李医生反复检查，却找不到发烧的原因，急得焦头烂额。医院组织专家会诊，也没有找到问题的根源，李医生意识到病情的严重性，给我下了病危通知。当然，最难受的是老段，他心里承受着很大的压力，十分害怕我就这样一声不吭地走了。后来，我听到病房里的其他病人家属说，表面上坚强的老段，那段时间时常躲到病房外面擦眼泪，把我病情恶化的消息告诉我远在四川的家人和朋友。

那天晚上，我的体温到了39.5℃，护士拿来了两只冰手袋，叮嘱老段贴在我颈部两侧。过了一会儿，我感觉全身的肌肉好像松弛了，一种从未有过的悲凉感猛然向我袭来。我意识到自己可能走到了生命的尽头，到了该向老段交代后事的时刻！我的眼里噙着泪水，深情不舍地望着他，紧紧地拉着他绵软的手，无限悲凉地说："老段，我们就此告别了。我，我可能今晚活不下去了，我把生命留在了南京。你要告诉儿子，就说我已经尽力了，不能陪他走下去。如果，如果，你将来有了新家，千万不要忘记咱们的儿子，他是我割舍不下的心头肉啊！"说完，我感觉死神在召唤，疲倦地闭上了双眼。那天夜晚，我不知道向来十分胆小的老段，他是怎么撑过来的，又是怎么熬到天亮的。

第二天早上五点，当我从昏睡中醒来，吃力地睁开双眼，对着洁白的天花板，以为自己升了天，好像看到了小说中描绘的天堂。这时，我的耳边传来一个熟悉的声音："李春，你终于醒了，想喝水吗？"嗯，好像是老段的声音，我循声望去，只见老段站在床边，一边弓着身体给我盖被单，一边轻声地对我说。

"我还活着呢？这是真的？不是在做梦吧！"我不相信眼前的现实是真的，惊奇地问。

老段面带笑容，和我开起了玩笑："昨晚你睡得好沉，好安逸哟！这一夜，可把我整惨了，我几乎没有合过眼！生怕你睡过头了，丢下我这个糟老头子，自顾跑到阎王殿报到，到那边去过清闲的日子。"听了他的玩笑话，我隐约地感觉到了他心中的悲苦，我用温柔的眼神凝视着他，歉疚地笑了笑，暗自庆幸自己又挺了过来，闯过了一道鬼门关。尽管我的体温仍旧在38℃左右，但是我的头脑比较清醒，想起昨晚流着眼泪与丈夫话别的场面，我竟然有些不好意思起来，我笑了笑，在心里对自己说：李春呀李春，你可要争口气啊，你在废墟里不吃不喝都能熬过三天三夜，怎么到了这会儿就没有一点活下去的勇气了？还好，你最终挺了过来，没有放弃自己。你要丢掉心中所有消沉的情绪，好好地活着，勇敢地活下去，挺起胸膛往前走！还有那么多亲人和朋友在等待你站起来的好消息。要不然你就会愧对自己长达七十五个小时的苦苦等待，对不起在废墟中与你相伴的干女儿，更对不起把你从废墟里救出来的消防员，还有每天守护你的亲人、所有关心和帮助你的朋友！你还说过，要让图书馆"站"起来，千万别辜负大家对你的期望。

"我渴,想喝水。"老段听到我主动要水喝,连忙把病床摇了起来,给我在背后垫上枕头,放好左手,扶着我靠着枕头坐起来。他去倒水,我歪歪斜斜地滑了下去。他在水杯里倒上水,试着喝一口,觉得水温合适,便插上塑料吸管,端到我的嘴边,小心地扶着我,我太渴了,含着吸管猛吸了一口。由于喝得过猛,我一下子呛住了,顿时咳嗽不止。老段立即放下杯子,伸出手来拍我的后背。这一咳起来就没完没了,老是觉得有一丝黏痰卡在喉咙上,始终下不来,越咳越想咳,咳得眼泪都流了出来。老段给了我一张纸巾,继续拍打我的后背,痰液终于咳了出来,吐在纸巾上,原来是一坨黑乎乎的硬东西。和医生之前判断差不多,我的喉咙和肺部积淀了一些灰尘。吐出发黑的痰后,我右手接过老段拿来的杯子,漱了口,喉咙清凉了一些。医生见我咳嗽厉害,又给我拍了胸片,幸运的是我的肺部没有感染。

更为严重的是,我的肚子胀得圆鼓鼓的,小便解不出来,医生给我插上了尿管。下午一点左右,解了大便,肚子胀痛有了一些好转。右脚开始出现麻木和抽筋的现象,更为奇怪的是,左手和左脚出现了烧乎乎的疼痛感,而且越来越强烈了,有时痛得招架不住,就叫老段用东西去刺我的手脚,又没有一点感觉。我把这种情况告诉了李医生,他给我开了止痛药。他说,这是神经痛,有痛感是好事,说明神经在复苏,还需要一把木梳来刺激神经的快速恢复。

见到老乡

26日早上,李医生来查房,谈到用木梳来刺激神经的办法,平时不爱逛街的老段把我托给护工照顾，很快买了一把普通的横排木梳带回来，向李医生请教用木梳刺激神经的方法。李医生看了木梳说，这种不行，要买那种带气垫的，大板头的按摩木梳，那种木梳一头是椭圆形或长方形，头部梳齿大，排了好几排，用那种木梳来敲打脚板，会对神经的恢复起到一定的促进作用。

老段挠了挠头，根据李医生的描述，似乎明白了，又一次上街，去买大头梳子。回来后他说，跑了好几条街，还走进理发店问了理发师，才找到了那个商店，买了一把按摩梳回来。李医生看了后说，这种按摩梳是塑料的，梳齿太坚硬，病人脚上没有知觉，敲打时容易伤着脚。用这种塑料梳敲打脚板，力度要拿捏合适，用力不能太重。然后李医生又仔细地讲解敲打脚板的方法。李医生说，在盆子里倒入不烫手的热水，加上一小把盐，把病人的双脚放在里面泡上半个钟头后，擦干脚上的水，用大板梳对着受伤的脚板，敲打不低于五百下，再敲打另一只脚。这样，可以促使脚部血液循环，刺激神经。李医生说完，就离开了病房。

这时，门口传来了一个熟悉的声音："请问，李春住在哪个床位？"只见一个中年男人走了进来，我连忙回答："我在这里呢。"

来人走了过来，我定睛一看，原来是我们的熟人，我叫他小雷，他背着一个挎包，身上穿着工作服。这是我们远离四川后，见到的唯一一个家乡的朋友。"老乡见老乡，两眼泪汪汪"，人在外地遇见家乡人真的很开心，那种自然的亲切感瞬间迸发，我和老段都有点激动，眼睛都潮湿了。

望着眼前的小雷，老段说："你怎么穿的保安服装？咋还印有'江苏物业'的字样？"

"我在附近的小区打工，今天刚下班，听说你们住在中大医院，就过来看看。"小雷不紧不慢地说。

"啥？打工？你把北川的工作辞了，跑到这里来工作？"我惊愕地问。

"哦，小杨在地震中受了伤，转院住在江苏省人民医院，我和女儿照顾她。平时她有女儿陪伴，我觉得闲得慌，就出来找份工作干。现在家里什么都没有，总得想办法挣点钱，才能生活下去。"他平静地说。

这句话说到我们每个人的心坎上了，我们一无所有，今后的日子到底怎么过？我们心里没有底，一时间都不说话了。沉默了一会儿，老段接着说："是呀，我们活着的人，还得打起精神过日子。小杨的情况怎么样？伤得重不重？"

"她的手臂和小腿骨折了，已经动了手术，腿上安的外支架固定，几根小钢管支撑在外面，照顾起来有点麻烦。我白天去医院，晚上值夜班。"小雷回答道。

老段的眼神中带着歉意，他对小雷说："小杨受伤住院，我想去看看她。过几天等李春的情况稍微好一点，我就去看她，你先代我向小杨问声好。"过去小杨在老段手下工作，那是在2001年，北川刚挂牌成立旅游局，老段担任首任局长，小杨是他签字同意调过来的。当时县旅游局只有三个编制：局长，副局长和办事人员，他们共同撑起了一个新单位，开发了北川小寨子沟等多个旅游景点。

小雷关切地问："李春伤在哪里？严重吗？"

"她的左手和左脚神经损伤，只能整天躺在床上，没法动，医生说她的病是个慢慢恢复的过程。从她目前的状况来看，高烧一直不退,还没有找到病情发生的原因。这几天她的神经开始疼痛了,医生要我天天用这个大板梳敲打脚板,促进血液循环,我跑了好几条街才找到了这种梳子。"老段慢条斯理地说。

我接着补充了一句:"可惜是塑料的,医生说最好买木头的那种。"

"那我出去转一转,看看大超市里有没有这种大头木梳?"小雷说完,还没有等我们做出回应,就转身走出了病房。

见到了老乡,我的心里甚是欢喜,光顾着说话,觉得没啥不适,等到病房里安静下来,只觉得喉咙像是进了毛毛虫,痒得我想咳嗽,一咳上了,就停不下来,喉咙咳得要破了,眼泪哗哗地流,心窝子隐隐作痛。再加上持续的高烧,整个人感到乏力、胸闷,气喘吁吁,不想多说一句话。老段见我这般痛苦,就私自跑到街面上去找医生捡中药,花了几百元钱带回来几服药,准备找地方去熬制。李医生听说后,来到病房对我们说:"李春的病症表现得极为复杂,我们正在尽全力查找原因。她刚从华西医院转过来的时候,我们仔细阅读了她的病历,结论是神经损伤。我们对她身体的各个部位进行了检查,通过按摩、针灸、中频等方法进行治疗,刺激周围神经的恢复。谁都没有料到,她又出现持续高烧,病情越来越严重,这就给我们敲响了警钟,对于李春的病情,我们不能掉以轻心了,每走一步都得小心翼翼,千万不要把外面买来的药随便弄给她吃,如果病人因此发生意外,我们医院承担不起责任啊。"这时候我们才明白,医院接收我们这种地震伤员都承担着较大的压力和风险,医生不敢有丝毫的懈怠,生怕因为自己的一时疏忽出现医疗事故,引发强烈的社会舆论。听了李医生的话,老段选择听从他的建议,将中药全部扔进垃圾桶。

傍晚时分，晚霞烧红了天空。小雷拿着一把大板木梳兴冲冲地走进了病房，木梳完全符合李医生讲的那种式样。老段喜形于色，委托护工帮忙照管我，主动邀请小雷去外面吃饭。老段回来后告诉我，他们在街边找到了一家正宗川菜馆，叫了几个下酒菜，喝了几杯白酒，人晕乎乎的，在酒精的作用下，所有的疲惫、忧愁和苦闷，一下子被撵跑了。

　　那天晚上，我的高烧基本上退了下来。老段满脸通红，迷瞪瞪地看着我，反复问我"今天感觉怎么样"。他喝醉了我心里很明白，自从我住进了医院，他一直没有休息好，我叫他到家属宿舍去睡。当晚他给我喂了药，盖好被子，摸摸我的额头，才不舍地离开病房。第二天自然醒来后，他说，这是他在地震后睡上的第一个安稳觉，一夜无梦。

高压氧舱

　　高烧有了一点好转，我的耳朵又出了问题，"嗡嗡嗡"的耳鸣声响一个不停，李医生建议我进行高压氧舱治疗。高压氧舱这个新事物，我们第一次听说，对它的认知几乎为零。李医生耐心地对我们说，高压氧舱就像坐飞机一样，在超过一个大气压的环境中吸入纯氧，对病人身体擦伤部位的恢复和缓解突发性耳聋、神经损伤等症状有极大的帮助，还可抗感染。听李医生说这个治疗的过程，感觉像坐飞机，我的心里就发怵。我怕晕，但为了治病，我同意了这个方案。

　　27日下午一点过，护工带我去做高压氧舱治疗。他和老段把我抬进高压氧舱里。我好奇地睁大眼睛环顾周围，高压氧舱内密闭的空间有大舱和小舱之分。小舱可以坐四人,大舱可以坐八人。我的担架占据了大舱的中间位置,老段作为陪护人员也跟着一同进入,舱内还有其他病人。对于有晕车毛病的人来说,最怕的就是这种闷闷的、不通风的环境。舱内设有观察窗,医生在舱外可以看到我们,我们在舱内也可以看到医生。

医生手里拿着一个对讲机,通过它向我们发出了指令:"各位病员,请注意,舱内开始加压了,大家不要乱动。"医生的话音刚落,我就听到机器启动的声音,忽然有种失重的感觉,伴随着心慌,人仿佛在一点一点地上升。医生提示我们,这个过程有头昏、耳鸣的感觉,叫我们捏鼻子吹气,或者咽唾沫、打哈欠,把耳膜鼓起来等,慢慢地,机舱里有点冷,好像穿过了厚重的云层,置身云端深处,耳畔嗡嗡作响,又涨又疼,还伴随恶心的感觉。这时,机舱里又一次响起了医生的指令:"舱内升到了两个大气压,请大家戴上氧气罩。吸氧的时间大约是一个钟头,中途我会提示大家休息。"老段先帮我戴上氧气罩,接着他也戴上。我们按照医生的指令,闭着眼睛,大口大口地吸氧,吸氧需要很大的肺活量,这样的活对卧床很久的我来说,感到非常吃力,累得我的汗水顺着脸颊往下淌。但没有医生的指令,我们是不能随意停下来的。中途,医生叫我们取下氧气罩休息五分钟,过后又叫我们戴上氧气罩继续吸氧。过了一会儿,医生发出指令:"吸氧结束,可以取下氧气罩,机舱开始减压。"我们摘下了氧气罩,机舱里减压了,人好像从云端不断往下沉,我的耳朵奇痒无比,恨不得立刻把它挖掉。随后,人像是落在了地面,机器发出了刺耳的声音。医生对我们说:"减压达到了正常值,再等一下可以出舱了。"减压的声音停了下来,医生打开了舱门,我的头晕乎乎的,就像还在云端上游走一样，其他人走出了舱门，护工和老段把我抬出了高压氧舱。顿时，新鲜的空气扑了过来，令人神清气爽。老段看了看时间说，刚好四点过，我们从进舱到出舱，大约有两个钟头。

按照医生最先制定的方案，我要做一个疗程（即十天）的高压氧治疗，就意味着我还要坚持九天的高压氧舱。但为了早日康复，我不得不硬着头皮一关关地去闯。28日上午，老段事先准备了口香糖，进入高压氧舱后，我嘴里不停地咀嚼，耳朵的疼痛感减轻了很多，没有昨天那么强烈。不知是心理作用，还是治疗产生了一定的效果。我的左手和左脚开始发烫，烧乎乎的痛感越来越强烈，疼得厉害的时候，就靠吃止痛药来缓解。疼得最厉害的地方，我叫老段用力去掐，还是没有感觉。李医生了解到这个情况，对满脸疑惑的老段说："神经的恢复是个循序渐进的过程，前三个月是黄金期，每天可达到一毫米。三个月后恢复的速度减缓。现在病人过敏性神经疼痛的表现尤为强烈，我们要抓住这个黄金期，每天坚持对神经末梢进行刺激，采用按摩、针灸、中频、木梳敲打脚板等方法来加速刺激神经。从目前病人的症状看，最让人担忧的还不是神经的恢复问题，而是可怕的高烧，病人的体温始终无法停留在正常的范围内，到底是由什么引起的，我们必须查清楚。"李医生说完，对我的手脚进行了检查，然后不置可否地说，要尽快排除这个"毒瘤"，不然引起病变就麻烦了。李医生的话引起了我们的警觉。

我的体温一直居高不下，身体似乎被魔鬼下了咒语，医生用了很多退烧的药物，但体温总是降不下来。李医生觉得有些奇怪，他反复研究了我的病情，再次详细询问了我在废墟里的情况。听了我的叙述后，老段面色凝重地说："当时我发现李春的时候，她的脚下有一名遇难者，好像是李华，她和死人待了三天三夜，但她本人并不清楚。"听老段说完，我接过他的话说："当时我的两脚是分开蜷在废墟里的，身上压着重重的砖头和水泥板，左边臀部不能动弹。但我总觉得臀部有些疼痛，但具体在哪个位置，我又说不清。"我们的一番话，引起了李医生的注意，他用手按了按我的左臀部，恍然大悟地说："看来，李春的病根我们得从两个方向去寻找，一是细菌感染，李春被困时离遇难者比较近，病人可能遭受了某种细菌感染。二是臀部肌肉损伤。李春被压在废墟里，身体尤其是臀部不能动弹，由于受到长时间的挤压，臀部血液供应不足，从表皮看它虽是好好的，但有可能里面出现了问题。"李医生说完便为我开了检查单，对我的臀部进行了CT检查。

李医生和老段经常在一起讨论我的病情，从来都不避开我，完全把我当成了空气。我当时的心也太大，对病情的发展想得比较简单，觉得反正在医院里接受治疗，医生总会想到办法的，第二天或许就会好起来。正因为如此，我没有任何心理负担，尽管有时感到痛苦和无奈，但也影响不了我对病情好转的期盼。我坚信：明天一定会好起来的。到了明天，我又盼望着下一个明天的来临。明天，又一个明天，又一个明天，未知的明天总是值得去期盼，或许正是因为有了对明天的期许，我才能一次次从病痛的魔爪中逃脱。

做手术

5月27日，望着窗外白得发亮的天空，我的肚子"咕咕"地叫。昨晚在研究生宿舍睡觉的老段，一大早就急匆匆地赶到病房，他手里端着一碗馄饨,准备喂给我吃。上午,我的体温趋于正常,精神也不错。中大医院宣传科的小杜,曾经在绵阳827研究一所当过几年兵,算得上是半个四川人。我和她比较投缘,我们大概谈了一个多钟头,病房里有人提醒我不要说太多的话,因为我的身体还很虚弱。通过那天的交流,小杜深知我被病痛折磨的痛苦。从那以后,凡是来采访的媒体,她都替我挡住,安排其他病人接受采访,让我在没人打扰的环境中安心养伤。

我的检查报告出来了,正如李医生所预料的,我的臀部由于长时间的挤压,里面的肌肉开始发黑,加之遭受细菌感染,肌肉出现了大面积的坏死。李医生立即申请专家会诊,修改了我的治疗方案,将我纳入重症病员之列,决定暂时把神经康复治疗方案放到一边,把治疗的重心转向因肌肉坏死和细菌感染而引发的高烧上。

晚上十点,我吃了镇静药。老段叫我闭上眼睛,什么也不要想,好好地睡一觉。在护士的强烈建议下,他回研究生宿舍休息,准备养足精神,迎接手术后的守夜战。

5月28日,因术前需禁食,我连一口水都没喝。凌晨五点过,老段冒雨来到病房。上午,他陪着我去做了最后一次高压氧舱治疗。

由于一直在"挂水",我的右手布满了密密麻麻的针眼,手背上的主血管严重损伤。这天,护士第一次试着在我没有知觉的左手上打上了留置针,挂上了液体。我躺在床上,仍然满脸通红,仍然在发烧,想着下午要做手术,静不下来,老是慌慌的,觉得心就要跳出来。李医生说,肌肉坏死引发高烧,必须进行手术,要把里面的坏死组织清理干净,病情才能好转。不要怕,是个小手术。

老段看着我眉头紧锁,表情复杂。他拉住我的手担忧地说:"有点紧张吗？"

"嗯，有点怕。"我十分脆弱地回答，心里真的有些害怕，倒不是怕疼或者怎么样，而是担心手术以后自己能不能站起来。如果后半生真的不能站起来，每天要人来伺候，自己活得难受不说，家人也会嫌弃、厌烦。毕竟没有谁愿意在他的后半生，负担一个需要长期照顾的瘫痪病人。

老段安慰我说："别担心，李医生说了，是个很小很小的清创手术，只要把臀部里面的烂肉取下来，你就不再发烧了。"听了这话，我咬紧下嘴唇，不由得想起妈妈2004年做手术的情景。

那年的秋天，妈妈在绵阳中心医院确诊胆管癌，医生说要动手术，手术前给我们说了很多风险，其中有一句："麻醉中可能发生并发症和意外死亡，手术后也会造成很多风险。"这句话被我牢牢地记在心里。由于病情较严重，做了手术的妈妈在第二年初夏时节就离开了我们。后来大哥说，妈妈不做手术或许还能活得久一点。正是由于这个心结，医生说要给我做手术，我的心里无端地生出一种莫名的惆怅。

下午三点，一个高个子男护工走进来，对我说："李春，你的手术准备得差不多了，我们该进手术室了。"我点了点头，护工把我抱到推车上，老段站在旁边说："我陪着你过去。"

他们推着我来到了手术室门前，手术室的护士接过推车，对老段说："放心吧，她不会有事的，你在外面等着，有什么事医生会叫你的。"

老段站在我身边，摸了摸我的额头说："李春，我在外面等你。做手术的时候不要怕，闭上眼睛睡一觉就结束了。"没有做过手术的人，总是把事情想得很简单，说得很轻巧。

当年进手术室的那个场面，我至今想起来都还有一种心悸的感觉，想掉眼泪。当时我的心里害怕极了，感觉自己就像被押上刑场的囚徒，脸吓得煞白了，泪水在眼眶里打转，我强忍着不让它流出来。护士似乎看出了我的心思，为了缓解我的心理压力，打趣地对我说："李春，你好幸福啊，你的爱人像小情人一样陪着你，关心你，你可要坚强啊，做了手术病就好了。"我被护士说得有些脸红，但同时也忍不住握紧了拳头，默默地在心里说：我一定要好起来，一定。

进入手术室，护士把我身上的衣裤全部脱去，抱着光溜溜的我上了手术台。然后打开手术包，给我盖上手术专用被单，那种被单跟我在电视中见过的一模一样，是医院特有的墨绿色。护士在我的左手打上留置针，挂上液体，在计划实施手术的位置做了一个标记。手术室里很安静，只听见仪器响个不停的"嘀嘀"声和护士不停穿梭整理器械的声音。我心跳得更厉害了，耳边不时响起两个自己的说话声，一个说："哎呀，那把手术刀好可怕呀，要把身上的肉活生生地割掉，血淋淋的，不知带给我的会是怎样的痛？"听到这里，我感觉身上的每块肉都在颤动，没头没脑地沉郁和哀怨起来。另一个说："呸呸呸，别听她的，你不是很敬佩刘胡兰吗？刘胡兰在敌人的铡刀面前面不改色。你是治病呢，医生在帮你赶走身上的病魔，不怕，打了麻药就不疼了，你要像刘胡兰那样刚强，做个勇敢坚强的人。"

护士在我嘴里插上管子，只听见器械碰撞的声音，我的眼皮越来越沉，估计是麻醉药的作用，我什么也不知道了。等我醒来，迷迷糊糊中听到有人在说话，我使劲地睁开眼睛，原来我已经回到了病房。鼻子上插着氧气管，胸口连着心电监测仪，一只手上扎着吊针，另一只的手指夹着心电监护仪,胳膊上绑扎着血压计,下身插着尿管。床头柜上放了一台心电监测仪,不断发出轻微的"嘀嘀嘀"声。我还听见病房里发出了另一种机器运转的"嗡嗡"声,我斜着眼睛看去,声音好像是从床边传过来的,一根软管子里有血水在流动。我不由得问,在干什么呀?这是哪里来的血水?老段说:"这是一个医疗器械,叫什么电动负压引流设备,管子插在你的左臀部里,对伤口部位进行了密封,通过机器,把你伤口里面的残渣和脓血从管子里吸了出来,以免这些坏东西停留在伤口里捣蛋,在里面引起发炎和溃烂。"

麻醉过后,伤口疼得我大喊大叫,我就像一头发怒的狮子,疯狂咆哮起来,嘴里不断地骂着老段和医生。李医生说,腐烂的肉很深、掏得很多,幸好伤口在没有知觉的臀部上,不然李春可没有这样轻松,还不知道会疼成啥样子呢。他见我疼得厉害,为我安上了镇痛泵,我又迷糊了过去。晚上,我再次清醒过来,麻醉引发恶心呕吐的症状特别明显,嘴里不停地吐着白沫,一直吐,吐到我没有了力气。第二天早上八点,我喝了一点水,吃了一点稀饭。不敢张嘴说话,嗓子疼得要命。我不清楚左臀部的创面到底有多大,左手不能动,右手摸不着。由于神经损伤严重,我手术后感觉整个左边身体都在痛,但实际上只是臀部创面在痛。翻开老段这天写的日记,他是这样叙述的:

李春麻药过后,肯定疼得厉害,大喊大叫,并且大骂我和医生,说我们把她的屁股弄到哪里去了,一直持续近一个小时,然后就昏睡,直到晚上八点钟才醒来。手术后的第二天,李春的食欲不怎么好。因为是第一次手术,我十分紧张,也不懂,因此不知道情况如何，还好听医生介绍还算可以，总算打消了顾虑。李春今天情绪还可以，大概她自己还不知道自己的伤口有多大，如果她知道了，她肯定有一点恐惧和心理负担。

手术后，我的身体虚弱，无力，出汗多。老段买了一大堆毛巾，一些用来擦我头上的汗水，还有一些用来垫伤口部位。垫毛巾很麻烦，必须把伤口亮出来。没有动手术前，老段帮我翻身还挺顺利。动了手术后，左边插有引流管，翻身就很不方便了。医生反复强调，左边的伤口创面很大，不能向左侧躺，平躺的时候也要注意，臀部尽量靠在右侧。老段隔一段时间就要帮我翻身、擦汗，忙个不停，冒着青筋的额头上全是汗水。第二天，我对伤口的疼痛没有多大感觉，只觉得背部痛得就像要断了一样。可是，再疼也只能咬牙忍受。实在不行，就让老段或护工帮忙翻下身。

第一次手术后，各方面的情况都比较好，吃饭有了一点胃口。我的体温比前两天稍微降了一点点，医生说手术后发烧是正常现象。连接臀部伤口的负压引流器，从里面引出的引出来的血水越来越少。李医生说："由于臀部创面大，密封覆膜处已经完全被血水浸透了。臀部还要连续做清创手术。"

仅仅过了三天，李医生计划对我实施第二次手术，不但要对左臀部的伤口进行清创，还要对右边的大腿进行手术。李医生担心我吃不消，有些犹豫不决，专门来征求我的意见。我对李医生说："没什么，我不怕，你尽快安排手术吧，溃烂物多待一天就多一分危险。"老段也同意我的意见，很果断地在手术单上签了字。

我虽然嘴上说得硬，表现得很勇敢、很坚强，其实内心在打鼓，心中仍然潜藏着一种不安的情绪。不过，人在经历过一次手术后，内心的恐惧和害怕已经没有先前那么强烈了。麻醉过后虽然有点疼痛和恶心，甚至呕吐，但这些都不是大问题，我完全能够忍受。

5月31日要做第二次手术，当天零点，我停止进食。

浙江大学的李老师

早晨醒来，我仍然是高烧，体温38.5℃。值得高兴的是，在上海打工的侄女燕燕和她的丈夫赶过来看我。上午9点，我就像一个真正的勇士，在亲人的护送下，浑身是胆、雄赳赳地进入了手术室。大约十一点，我下了手术台，并很快醒了。医生对我左臀部进行了清创，伤口覆了膜，恢复了负压引流。右大腿上实施了手术，这个位置的伤口小，腐烂深，可以放下一根小指头，医生进行了敷料包扎，暂时停止了负压引流。我的右腿是有知觉的，伤口有多痛，只有我自己知道。心里作呕的难受劲没有上次手术那么剧烈，嘴里吐着小泡沫，不一会儿就昏睡了过去。

听老段说，浙江大学的李老师在杭州开会，专程赶过来看我，她从医生那里了解了我的伤情后，就一直守在床边等我醒来。我清醒后看到了李老师，眼前就出现了我们第一次认识的情景。

那是2007年的盛夏。太阳就像个大火炉，把成都平原烤得发烫，就连空气也是热烘烘的。中国图书馆学会的志愿者来到了成都，举办为期三天的"基层公共图书馆培训志愿者行动"培训班，这是个千载难逢的学习机会，各地图书馆人都争先恐后地报名。当了几个月馆长的我，在接到通知那天，心里如同暑天喝下了一碗冰粉，甜到嘴里凉到心底，舒坦极了，好几年没去过省城了，我想借此机会逛一逛大都市。

报到那天，我觉得培训课程安排得紧巴巴的，抽不出时间玩耍，所以决定静下心来好好学习。培训班上，志愿者老师用图文并茂的PPT为我们讲解"公共关系""图书馆推广务实"等专题讲座。我听得入神，被精彩直观的PPT吸引，从理论和实践相结合的案例中，懂得了图书馆人所担负的责任。我突然眼前一亮，脑子里产生了很多奇奇怪怪的想法，对未来图书馆的发展方向有了新构想。当天晚上，志愿者老师召集学员，共同探讨基层图书馆面临的问题和应对措施。会议安排了几位馆长发言，他们的发言很精彩，让人大开眼界。讨论会进入互动环节，李老师问，哪些图书馆在开展免费服务？大部分人都沉默不语。我忍不住在下面小声地说："北川在免费开放。"话音刚落，有人就用疑惑的眼光看着我，还有人在后面小声嘀咕："讨论发言的人不是事先就安排好了的吗？这人是从哪儿冒出来的？怎么这样不知天高地厚地乱说一通呢？来讲课的老师可都是全国图书学界的专家和泰斗。免费开放是个新鲜话题，她懂什么？老天，千万别给我们四川图书馆丢脸呀。"后排的议论声自然传进了我的耳朵，我的脸不由得烫了起来，马上意识到自己闯了大祸，吓得赶紧缩脖子把头埋了起来，不让李老师瞧见。

然而，人怕什么就偏来什么。完了，李老师听到了我的声音，就跟了过来，她轻轻地拍了拍我的肩，亲切地说："这位学员，你们怎样搞免费服务的，就像平常跟别人聊天一样，讲一讲你们馆是怎么做的就行。"我犹豫了片刻，在李老师期待的目光中，硬着头皮走上了发言席。此时，潮热的空气凝固了，整个会场鸦雀无声，大家屏住呼吸,担心我的发言会对四川图书馆界带来一些不利的影响。

这种紧张空气让我有种不知所措的感觉,一股热血直冲脑门,引起一阵头晕目眩,感觉台下的学员在旋转,冒着冷汗的脑袋更像一团"浆糊",拿起话筒不知从哪里说起。李老师见状,给了我一个提示:"来,对着话筒先介绍一下自己,你叫什么名字?是哪个图书馆的?"我深吸了一口气,努力平复情绪,强迫自己镇静下来,先是做了自我介绍,然后就近期北川图书馆开展免费宣传、引导读者走进图书馆、开展基层服务的几件案例,做了仔细介绍。没有想到,看似普普通通的故事,却深深地打动和感染了在场的每一个人。我讲完后,经久不息的掌声响了起来,李老师高兴得当场就拥抱了我,还连声说道,三个女人撑起一片天。

从此以后,北川这个小得不起眼的图书馆,开始有了一点小名气。因为这次志愿者行动,我认识了李老师和郭老师,在我们之间搭建起了一座默契和牵挂的桥梁。李老师鼓励我把所讲的故事写下来,我以《三个女人撑起了一片天》为题目写了一篇文章,经李老师推荐,学术期刊《图书与情报》专门开设了"馆长故事"栏目,把我的文章登了上去,李老师在文章开头写了这样一段话:

> 我是在2007年中国图书馆学会志愿者行动——四川省基层图书馆馆长培训班上认识李春的,她向我们大家作自我介绍,她是四川省北川羌族自治县图书馆馆长。对李春,我做了两件事,一件是精神上的,我成了她的粉丝;另一件是行动上的,在她发言后,我拥抱了她。

这篇文章在图书馆界引起了很大的反响,很多没有见过我的人,都知道北川图书馆有个馆长叫李春，在经费极其紧张的情况下，致力山区公共图书馆的发展。郭老师还通过红十字会，帮助北川图书馆争取了 2000 册捐赠图书。特别可惜的是，图书刚编目登记，还没来得及上架，就被垮塌的楼房掩埋了。

"李春，李老师看你来了，你咋不说话呢？"老段对我说。我从沉思中惊醒，我从来没有想过还能见到李老师，而且是躺在中大医院的病床上，以这种特殊的方式和李老师见面，我激动得不知说什么好，含着泪水反复地说着："谢谢，谢谢，李老师。"临走时，李老师一再叮嘱我要好好养病，早日恢复身体，让北川图书馆重新"站起来"。在李老师期待的目光中，我肯定地点点头。

老段送走了李老师，回到病房，用一种羡慕的眼神对我说："你呀，真是太幸运了，你可能做梦都没有想到吧，浙江大学的教授会专程来看你。"老段说完，把李老师带来的 8000 元慰问金交到我手中，并告诉我，这里面包含着李老师和她朋友的一片心意。其中有位我未曾谋面的八十多岁的老人，她叫章子仲，是湖北大学的一名教授。后来她远隔重洋的女儿蕾姐和我有了联系，并成为无话不说的姐妹。

唱起生日歌

医生通过检测过敏原，发现我感染了病原菌，进而引发了较严重的大肠杆菌化脓性感染。我的高烧退不下来，其原因是对一般性的退烧药、消炎药产生了抗药性。李医生说，只能使用进口的抗生素——重症感染的王牌药"泰能"才能解决问题。医生重新改变了用药方向，由于几次手术，我失血过多，他们还增加了两袋血浆。

手术后,躺着对我来说就更艰难了。左边臀部是一个大伤口,右大腿上也有一个小伤口,左右两边一起夹攻,可以想象,怎么躺都很难受。但多数情况下,我还是选择侧向右边,尽量不挨着伤口斜躺。但这种躺法持续十几分钟就不行了,得换一种姿势。后来又想了一个办法,左边侧躺,用枕头固定支撑着身体,可是躺一会儿,颈椎就受不住了,浑身酸痛得要命。然后又平躺,平躺必须把伤口的位置亮出来,在伤口附近的上下垫上毛巾,伤口部位不能与床单接触,这样的睡姿过不了多久,腰下像断了一样疼。我怎么躺都难受。白天几乎每隔半小时要翻一次身,每次翻身都要垫东西,护理起来相当麻烦。为了减轻老段的负担,有时即便难受得很,我都皱着眉头忍着。为了保证伤口不出现任何意外,老段晚上几乎没有睡觉,每隔两小时为我翻一次身。到了下半夜,我吃了一点稀饭,体温仍在38℃左右,心情却相对平稳了一些。由于几天来连续高烧,加之手术后一个劲儿地出汗,我的身体虚弱,心情烦躁,一天只吃一碗稀饭和六颗枇杷。

6月1日儿童节,是我们来到中大医院的第九天,老段迎来了五十岁的生日,而我却躺在床上不能动弹。早上燕燕和小郭从上海赶过来照顾我,老段才有了休息时间。他打算不吃午饭睡上一整天。他早上只喝了一袋奶,关了手机,就到研究生宿舍去睡觉。下午小郭回了上海,燕燕留下来照顾我,她给我喂了晚饭后,老段才回到病房。我就催促老段去外面找个川菜馆,让侄女陪他喝两杯,过个简单的生日。

晚上大约9点过,从走廊上传来了脚步声,估计他们回来了。我听到病房里有人小声在说:"来了,快把灯关了。"眼前顿时漆黑一片,我一脸茫然,不知所措。只听见打火机"咔嚓"一声响,那闪烁的烛光，给病房里送来了光亮，只见烛光下出现了一个大蛋糕。老段走进病房，几个家属就拥了上去，拉着他来到了生日蛋糕前，叫他闭上眼睛许个愿。原来，大家知道了今天是老段的生日，病员小王带着几个家属一起筹了钱，悄悄地给他买了一个大蛋糕，为老段送上一份生日祝福，这是多么令人感动又温馨的画面啊。

我侧着身子望去，蛋糕上的烛光在闪烁，映红了老段那张黝黑瘦瘦的脸。他的眼睛闪射出了一道异样的光彩，瘦削的脸颊上升起两片红晕，像个孩子一样，跟大家一起拍手唱起了《生日歌》。歌声在病房里荡漾，引来了值夜班的医护人员，她们一起高唱起来。我也受到了感染，一边不停地咳嗽，一边使劲地扯着嘶哑的嗓子，跟着大家唱。我的声音高八度，不像在唱歌，像是在吼歌。歌声结束后，老段闭上了双眼，双手虔诚地合在胸前默默许愿。随后吹熄蜡烛，切生日蛋糕，把蛋糕分给病房里的每个人。然后老段手里端着一大块蛋糕，眼眸里闪烁着泪花，几乎有些哽咽地说："今天对我来说，意义非常重大，是我五十岁的生日，大家在病房里为我举办了一个最特殊、最难忘的生日，这是我一生都无法忘记的夜晚。希望我的妻子和病友们，一定要努力，早日恢复健康。"说完，他激动得哭了，然后伸出一只手擦拭眼角的泪水，吞下了第一口生日蛋糕。

老段的一番话，久久地萦绕在我的耳边。夜已经很深了，病房里响起了鼾声，我却无法合眼。仍然在发高烧，老段用冷毛巾为我敷额头降温。对着黑洞洞的窗户，我想起病故的母亲和"5·12"汶川特大地震中遇难的父亲和大哥，流下了悲伤的眼泪，我不知道自己是否能够活下去，也不知道今后的日子到底是个什么样子。我不敢去想。但不管未来的路有多难，我都要坚持走下去。为了家人，为了感恩，为了明年还能亲手给老段点上生日蜡烛，哪怕还有一口气，我也要活下去。

倡议书

那天晚上，一夜高烧，一夜沉思，一夜坚强。我几乎难以合眼，丈夫和侄女累了一夜。

第二天，燕燕赶早班车回上海上班。早晨6点，老段帮我梳洗完又喂了早饭，我安静地躺在床上，觉得背上透彻地凉，不由得打了一个寒战，感觉人像是一下子掉进了冰窟窿里，冷得直打哆嗦。我用手裹紧被子，使劲把背贴着床，慌忙喊道："冷，冷得很，快，快帮我捂上被子。"话刚落地，我的上牙和下牙冷得抖了起来，两排牙齿碰在一起，发出了明显的响声。老段赶紧从柜子里拖来一床被子给我盖在身上，但根本不顶事，我就像遭受了强烈的电击一样，整个人不停地抖，越抖越厉害，几乎要从床上跳起来。老段一把将我抱住，但根本控制不住我，我不停地抖动，病床被振动得"嘭嘭嘭"地响。我禁不住失声哭了起来，这是这么多天来我第一次号啕大哭。地震被埋、高烧、病危、诀别、手术、疼痛等一次次的折磨，我都能隐忍，从来没有这样放声大哭过，也没有放弃过，唯独这次"打冷摆子"，真让我失去了活下来的勇气。老段强忍着泪水一边抱紧我，一边安慰我"不要怕，不要怕"。医生连忙跑过来，给我打了一针镇静剂。药物很快起了作用，我停止了剧烈的抖动，老段扶着我慢慢地躺下，我闭上了眼睛，安静地躺着。李医生说我的身体虚弱，又在液体里加了一瓶白蛋白和两袋血浆。老段在当天的日记中这样写道：

由于昨天晚上高烧折腾得够呛，我今天上午也替李春忧心，虽然没有精神，也只能强打起精神，一边继续耐心护理，一边安慰，但由于确实被"高烧—用药后出汗—发冷—再高烧"，若干次折磨，李春的身体十分虚弱，连大家一直都认为十分坚强的她，今天早上7:00都禁不住失声痛哭，这是她从废墟里出来之后第一次放声大哭，我一边强忍着自己的泪水一边小心劝导，让她有所发泄，她经受的折磨确实太多了，我都无法替她承担，在她面前，我不得不故作坚强。

病情的一次次恶化，让我觉得这样苟且地活着，实在太艰难了。我在内心深处突然萌发了一种急迫想逃避现实、去往天国的念头。我麻木地躺在床上，完全失去生活的信心，彻底地把自己封闭起来。那天，我对周围的一切没有任何反应，从一个极端走到了另一个极端。我不想跟人说话，不愿接亲人的电话，对医护人员的问询敷衍了事，对老段的照顾心不在焉，木讷地接受治疗……周护士见我整天扛着，默不作声，担心我患上抑郁症，便引导我说："李春，你不能这样憋着，闷着不说话，再这样下去的话，不但对你的身体恢复起不到作用，反而会伤害你的身体。你可以大声哭，高声喊，大声笑，把心中所有的伤痛、烦恼和忧愁等情绪，全部宣泄出来。你的身体恢复以后，才能报答你的救命恩人。"听到她说"救命恩人"，我的眼睛眨了眨，一串晶莹的泪水流了出来。在她的几次开导下，我开始尝试转换情绪，后来一段时间，病房里时常响起我的歌声。那时有很多人都知道在四川来的伤病员中，有个爱唱歌的女人，其实我的心里很苦很苦，又没法诉说，只有用忧伤、缠绵或雄劲的歌曲来宣泄内心的孤独，驱赶肉体的疼痛和心中的不快。

这天下午，老段做了一件值得骄傲的事。他发现从四川到南京的护理家属和病员，有的因为不习惯清淡口味，每天把医院为我们提供的免费饭菜倒进了垃圾桶；有的因情绪控制不好，对自己的亲人不理不睬，为一点小事和护士吵闹，经常找医院的麻烦；有的情绪低落，在治疗中不配合医生……老段有些坐不住了，觉得应该站出来做点事，鼓励大家。他以饱满的热情，奋笔疾书，把在5月29日起草的《感谢信》和《倡议书》重新梳理了一遍后打印出来，分发到每个病员和家属的手中，在征求大家的同意后，当天下午，他用毛笔把《感谢信》和《倡议书》分别写在两张大红纸上，贴在中大医院外科大楼四楼赈灾爱心病房区的墙上，我至今还保留着他草拟的一份《倡议书》原稿，上面是这样写的：

> 我们都是"5·12"汶川特大地震的伤员和家属，我们为我们是中国人而骄傲，我们为我们是四川人而自豪，我们为有江苏人民和东南大学中大医院全体员工的关爱而欣慰。我们倡议：我们要挺住，要坚强，要坚信党中央，信任中大医院；我们要团结，要自尊，要自强；我们要积极配合医生的治疗，以利早日康复；我们要爱清洁、讲卫生，遵守社会公德和医院的制度；我们要互相关心帮助和鼓励，能做的事我们要自己做，尽力减轻医护人员的沉重负担；我们要节约用水，不浪费饭菜。总之，我们要以实际行动来感谢全国人民！

当年，有记者来采访中大医院刘院长，他说，看到四川灾区的伤员和家属自发张贴的《感谢信》和《倡议书》，我们非常感动，觉得更有责任和义务照顾好这些远道而来的同胞。后来，医院专门找了个四川厨子给我们开小灶。《倡议书》发出后，四川的病员和家属也积极地行动起来，谁都不甘落后，谁都想为四川人争一分面子。大家团结得更加紧密了，饭菜吃不惯就少打点，有了困难先相互帮助，尽量做到不给医院添麻烦。

当年的老段很有正义感，他在我的眼里像个激进的青年，也是个极有责任心和担当的男子汉，他成了四川家属的主心骨，中大医院的医护人员都很敬重他。我时常为他的无私行为而感到自豪。南京图书馆及附近图书馆等处领导来医院看望我，给我带来一些食品，他全部分发给了同病房的人。有时遇到医院没有及时派发生活用品，就主动掏钱买来发给大家。四川伤员中有一名"无名氏"男子，地震造成他的左脑骨折，神志一直不清，老段用四川话与他交谈，在端午节前帮他找到了亲人。原来，这个病人姓王，是北川都坝乡柳坪村人。

那天，老段的幺妹从上海赶来看我，老段抽空休息了一个下午，晚上仍然陪在我的病床前。他打算第二天回北川，便计划让他幺妹接替他照顾我。但县政协领导非常关心我的病情，在听了他对我病情的汇报后，让他暂时先不要回北川，等我完全度过了危险期再说，并嘱托他要好好照顾我。那天晚上，打完所有的点滴，已经是凌晨四点半了。凌晨五点，老段才打了个盹。

疯狂地喊叫

6月4日下午两点半，医生给我的左臀部和大腿分别进行了第三次和第二次清创手术。老段跟着护工把我推到手术室门前，和幺妹一

起在外面等我。当天老段在日记里这样写道:

> 下午2:30,护工来推李春去手术室,我一直在手术室外焦急地等待。等了一会儿,医生突然叫我进手术室,我的心一下子紧张得出不过气来,但也只好强装镇静进入手术室,我有不祥的预感,因为非特殊情况一般不会通知家属到手术室的。当我走进手术室,主刀医生(也就是李春的主治医生)叫我看一下李春伤口情况,我的心才平静一点,但是看到李春的伤口,我的心就像刀割一下,整个创面大约有两个手掌那么大,其深度有近两寸深,已经看得见骨头,估计从整个里面取出的腐烂肉有一公斤多,真是残酷至极,令人惨不忍睹。特别令人揪心的是,腐烂部分已经伤到了神经,我给李医生说,一切都听医生的,一是希望用最佳方案,二是尽量保护神经,三是把坏死的东西取出。大约5:30,李春从手术台出来,而后长时间处于昏迷状态,苏醒过来就说胡话。监控器显示她各方面指标正常。大概是麻醉药的缘故,清醒后李春一直呈半梦半醒状态,不是骂人便是唱歌背诗,吃不下东西,直到半夜才稍进了一点水。

那天,不知是麻醉药给得过少,还是医生把伤口挖得太深,一种从未有过的疼痛感向我袭来,那种疼痛绝对可以摧残掉一个人,如同把我的腿倒挂在绳索上一样,用刀子在我的臀部上一点一点地剔肉。我在手术台上疯狂地叫了起来:"疼,疼,医生,不要弄了。"为了减轻痛苦,我甚至唱起了抗日歌曲:"大刀枪,向敌人砍去,杀杀杀……"手术台上是我疯狂的叫声和歌声,我在疼痛中昏了过去。

到了下午五点半,我才从手术室出来,整个人仍然处于昏迷状态，一会儿说胡话，感觉身体向上飘浮，自己在高高的云端飞翔，有种飘飘然的感觉；一会儿又突然掉在地上，在地上爬行；一会儿又开始朗诵儿歌：云儿飘呀飘／船儿摇啊摇啊／树叶跟着风儿跑……我的情绪不断在绵柔和亢奋中交替，亢奋起来就不停地骂人，绵柔起来就诗兴大发。

情绪激荡起来，我一遍又一遍地朗诵叶挺将军那首《囚歌》：

为人进出的门紧锁着／为狗爬走的洞敞开着／一个声音高叫着／爬出来吧／给你自由／我渴望着自由／但也深知道／人的躯体哪能由狗的洞子爬出……

然后又唱起了《英雄赞歌》《娘的眼泪似水淌》等歌曲，病房成了我闹腾的舞台，唱歌、念诗、狂笑、呼喊，我闹得欢畅，无拘无束，直到凌晨才勉强喝了一点水，昏沉沉地闭上了眼睛。

第二天清晨，我的声音嘶哑了，喉咙疼得连咽口水都是痛的，不停地反胃和呕吐，整个上午几乎没有吃东西。很多人都在问老段：昨晚李春怎么了？是不是让病痛给逼疯了？由于最近一段时间，我身体随时出现这样那样的问题，也有医生猜测：有可能病人在精神上出了问题。就连李医生也以为我最近不断手术，心理压力过大，出现了精神方面的症状。因此他一早就匆匆来到病房，第一句话就问："李春，你醒了？还记不记得昨天在手术中你都做了什么？"我的脸不由得红了起来，怀着一丝愧疚的心情对他说："昨天的麻药不知是怎么回事，好像是没啥作用，疼得我实在控制不了自己，在手术台上不断地折腾。对不起，李医生，我还骂了你。"李医生摇了摇头，和蔼地说："没什么，只要你能记得就好了，说明你的意识清醒，这下我就放心了。"其实，我的心里很明白，都是麻醉药在给我壮胆，所有"狂叫"都是它惹出来的。

手术后，医生又给我换了一种电动负压引流器。李医生对我们说，把负压引流管埋在伤口内，再用宽大的覆膜将整个伤口创面密闭，能保护伤口不受到外部细菌的感染，持续的负压封闭引流，不仅可以及时清除伤口里的渗出物和坏死组织，还能改善局部微循环和促进组织水肿消退，刺激臀部里面的肉芽组织生长，加快创面的愈合速度。我们听了他的介绍，似懂非懂地点头。

由于我连续做了三次手术，再加上臀部创面很大，我的身体极度虚弱，汗水流个不停。刚换上的病员服，不到几分钟，就被汗水打湿了，换下来的衣服捏在手里，感觉就像在水里泡过，湿漉漉的。我每天都要换七八次衣服。床单打湿又捂干，捂干又打湿，散发着一股浓浓的汗臭味，护士隔几天就要换床单和床垫。因为床垫被汗水浸透了，太厚捂不干，也要换下来拿去晾晒。由于我不能动弹，每次换床单或床垫都很麻烦，要几个护士来协助。

尽管老段呵护有加，我还是不可避免地出现了新的状况。背部尾椎骨由于持续受压，与被汗水浸湿的床单发生了摩擦，先是奇痒无比，后来就莫名其妙地疼痛。李医生发现我勾股之间稍靠右侧的地方长了个小褥疮。褥疮是长期卧床患者的最大"敌人"，抗感染能力较差，容易加速皮肤组织的坏死。幸好这个褥疮发现得早，它离创面很近，一旦磨破了皮，就会溃烂，到那时真的就很麻烦了。李医生一再叮嘱王护士，要尽量想办法把我的褥疮治好，家属也要全力配合，做好护理工作。

王护士技术高明，我听人说过，她曾经在地方医院当过医生，后调到中大医院，成了一名护士。她在基层待过，技术过硬，李医生非常信任她。以后的每天清晨，王护士都会提前来到病房，为我治疗小褥疮。她叫老段在我的身后垫上枕头，在不触碰伤口的前提前下把我的身体向左侧。她给我消毒后拿起氧气枪，蹲在地上，对着我的褥疮吹起氧来。老段站在一旁，边看边好奇地问，给褥疮吹氧，真能治好吗？王护士对他说，氧气冲击创面，可以使表层静脉及皮肤毛细血管扩张，促进局部的血液循环，让创面形成一层较干的薄痂，有利于褥疮的愈合。她吹着氧，我感觉背上很舒服。接着她对老段说，哦，你来学学看，如果我忙起来忘了时间，你也可以帮着吹一吹。方法很简单，在吹氧前，先用生理盐水把褥疮创面清洗消毒，然后打开吹氧开关，将氧气管末端对着褥疮创面的外围吹氧。吹氧过程中，不能直接对着褥疮，要采用螺旋式的方法，从外向内慢慢靠近。说完，王护士站了起来，由于蹲的时间过长，她有些头晕。老段说，我来试试。他接过氧气管，模仿着王护士的动作，给我吹氧。他一招一式比较到位，得到了王护士的肯定。我们病区里的病人多，王护士上班就像打仗一样，有时忙得腾不开手，老段就上阵，每两小时为我治疗一次，每次吹上半小时。

我在接受了三次手术后，高烧得到控制，医生又回过头来，把我没有知觉的左手和左脚纳入主要治疗范围。针对我左脚不能上翘的严重问题，李医生找了一家假肢公司，做了一个像鞋子的肢具，戴在我的脚上，专门支撑我的脚掌，使之可以往上翘。此外，他吩咐护士对我的左手和左脚每天上午和下午各进行一次中频治疗。

6月初，天空连日阴沉，时大时小的雨水连绵不断。我躺在床上，每天对着窗外的雨水发呆。而原有的到南京长江大桥和南京图书馆看看的念想，已经被病魔折腾得不敢想了，我的愿望变得越来越小，只愿自己能端端正正地坐起来。我白天盼日落月升，夜晚盼月落日升，只希望在新的一天，我的身体有一点点好转。

高烧控制住了

从6月6日起，我能大口吃东西了，早上一碗馄饨，中午半碗干饭、肉和蔬菜，晚上一碗肉末粥。为了补钾，老段买了很多水果，我每天坚持喝三杯橙子水。我的体温基本保持在38℃左右，精神渐渐好转了一些，开始说话了，偶尔哼唱几句歌曲。李医生高兴地说，这是个很好的现象，这都是因为手术取出了腐烂的肉，感染在慢慢地消除。他还说，这几天仅用于治疗发烧的"泰能"，就已经花去了一万多元，这种药物的价格很贵，一瓶就是好几百元。

端午节快到了，来看望四川伤员的南京市民越来越多，要不是医院坚决控制人数的话，可能要把我所住的病房挤破。即使这样，每天来看望我们的南京市民也不下十拨，粽子、咸鸭蛋、盐水鸡、杨梅等特产堆满了病房。病房里随时都有来人，送东西的，看病人的，还有帮病人擦身的。有个姓张的女志愿者，经常来给我按摩。病房里不断有人来，多了些嘈杂声，但我没有因此而感觉得烦躁，反而多了亲切感。

我左手疼得厉害，晚上必须吃止痛药才能入睡。还是不住嘴地咳嗽，李医生不放心，又给我照了片，肺部没有阴影。由于我的病情特殊，他在用药上非常谨慎。李医生给我开了甘草合剂，吃了仍然没多大效果，不但咳得厉害，胸部和喉咙还痛得像火烧一样，人静的夜晚尤其明显。一同来的四川伤员陆陆续续站了起来,而我不但没有好转,反而变成危重病人。我心里急得慌,就不停地暗暗骂自己:可怜的倒霉蛋!

6月8日的端午节,中午我吃了半个咸鸭蛋和一小块盐水鸭,随后开始反胃。老段和病房里的其他人倒是吃得津津有味。热情的南京市民送来的节日食品堆成了小山,我们哪里吃得完,觉得放坏了太可惜,就叫么妹拿了一些,送给楼下的其他病人。但是放在病房里的一箱箱杨梅,由于天气太热,还是烂掉了。

由于每天要输含钾离子的药液,刺激了血管,我的右手剧烈疼痛,皮肤微微发红。医生给我"松了绑",将输液时间由过去每天十多个小时,减少到了四五个小时。吃的药主要是修复神经、补钾和化痰的,还配有引流、电疗、氧疗等其他治疗。我的胃始终不见好,经常作呕,很多时候感觉肚子空落落的,却不敢多吃。吃点稀饭,就停在胃中不消化。6月7日取了尿管之后,小便还算正常,只是有些频繁,尿道有灼烧感。大便正常,一天一次。

左臂的疼痛感越来越强烈,尤其是晚上,几乎不能入睡。这段时间,左手臂有了一点变化,臂肩能拖动整个手臂动一下。王护士叫老段每天坚持用40℃左右的热水,加醋或盐浸泡我的双脚半小时,再用大板梳敲打脚板去促进血液循环。后来,还增加了针灸。我的治疗方案是整个病房里最全面的,几乎达到"全副武装"的地步。老段护理我相当辛苦和细致,一个小时翻身一次,两小时吹一次氧。医生和护士对我特别关照,常来查看、了解我的病情。郭老师从北京打来电话,听说我的身体开始好转,她要我们再做详细观察。

么妹来到医院,像是藏着什么心事,总是一副心神不宁的样子,又进进出出地接打电话，在医院待了三天就走了，气得老段"哼哼唧唧"地叫唤——老段原指望让幺妹接替他照顾我，他则回北川上班。

直到后来我们回到北川，才弄清了其中的缘由。原来幺妹的身上挑起了另一副担子，她要去帮助在地震中失去女儿的恋人，让他从痛苦的沼泽中走出来。

那年的5月初，离异单身的幺妹，在她二姐的撮合下，与二姐同学小陆有了感情。小陆去了上海，与在上海打工的幺妹见了面，两人有许多共同语言，确定了恋爱关系。5月12日上午小陆从上海回到北川县城，当天中午，小陆又同再北川中学读高中的女儿一起吃了午饭，向女儿袒露了重组家庭的打算，女儿很高兴，满口支持父亲。

父女俩在同一个窗口买了两张车票。送走上学的女儿后，小陆踏上回家的车，在上车的那一刹那，他突然感觉头昏脑涨，就下了车，靠在候车室的座椅上睡着了。想不到这时就发生了地震，他从摇晃的候车室里冲出来，第一个就想到了女儿，冒着余震的危险，下午四点赶到北川中学，从废墟中找到了女儿，女儿已经没有了生命体征。这对小陆来说，如同掏走了他的心，他放声大哭。十六年前，小陆的妻子因难产去世，后来，女儿就成了他唯一的期盼。为了不让女儿受委屈，他没有考虑重组家庭，默默地把女儿拉扯大。女儿很懂事，学习成绩优秀，初中统考分数上了绵阳中学的录取线，只因北川中学刘校长的苦苦挽留，才选择留在北川中学火箭班读高中。女儿的突然离世，让他生不如死，在痛苦中煎熬。幺妹为了安抚他的情绪，只好放下了在上海报酬丰厚的工作，回到了北川，来到小陆身边。她帮助小陆从痛苦中走了出来，后来他们组建了家庭，生了一个女儿叫蕊蕊，如今蕊蕊已经上初中了。

当年，我的身体像带有沙眼的气球，可谓百孔千疮，不是这里出问题，就是那里有毛病，一点都不争气，搞得老段都不知道该怎么去应对了。幸好李医生的思路很清晰，提出把伤口治疗放在第一位。李医生考虑到伤口里的肉芽生长需要一个过程，计划几天过后再做清创手术。但强烈的反胃、咳嗽、气喘，搞得我连说话的力气都没有了，值班医生见我喘得厉害，就给我挂上氧气。他们使用的是鼻塞式供氧装置，护士用湿棉签为我清洁了鼻腔，把鼻导管的一端连接在床头墙上的供氧装置的湿化瓶上，又把另一端插入我的鼻孔并固定，调节好氧气流量，然后打开装置，我就开始吸氧了。接着医生又检查了我的钾指标，发现超过了正常值，就立即停止了含钾的药物。补钾对肠胃刺激很大，这种药一停下，那效果真是立竿见影，到了下午我就不再反胃了。原来我住进医院后反复出现恶心想吐的症状，并不是胃的原因，而是含钾的药物引发的。王护士见我咳嗽不止，推荐我吃黄连上清丸，我服用了几天药后，有了一点好转。接着，高烧退了下来，心情固然也好了一些。值得欣慰的是，听老段说，通过四天多的氧疗，小褥疮有了明显好转，患处的肤色变淡了，肌肉有了弹性。医生说，只要坚持氧疗，并且做到不擦压，很快就会彻底好起来。

住进医院一个多月，我一直没有洗过头和澡，尽管每天老段都用湿帕子给我抹身体，但因为出汗太多，头发明显有了汗臭味。周护士找来两位经验丰富的护工给我洗头。我的身上插着引流管，两位护工小心地把病床拉出来，把我的头悬空在床边，一个洗头，一个打下手，老段换水。吹干头发后，就把我轻轻地放回原位。头洗干净后，人清爽了很多，我突然觉得头上有点刺痛，我用右手去触摸，发现头皮里藏着一个硬邦邦的东西。这引起了医生们的重视，他们顺着我手指的方向,刨开头顶上的头发。他们说,看上去没有什么,但用手去触摸,好像有个长长的硬东西。于是初步推测,我的头皮里藏了小木签。

6月13日,我接受了第四次清创手术。手术前我对麻醉师说,不能使用上次的那种麻醉药了,那种药让人有种腾云驾雾的感觉。同时我也告诫自己,不能在手术台上睡觉。在手术中,我的意识一开始很清醒,就连医生在清创过程中发出的各种声音都听得一清二楚。清创结束后,医生又开始捣鼓我头上的东西,这下我的眼睛就睁不开了。回到病房后,我昏睡了6个小时,喝了一点水,凌晨3点吃了几勺稀饭。那时我的样子真够凄惨、可怜:剃了光头,头上缠着绷带,戴着手术网帽;左臀部有个大伤口,贴有封闭膜,负压引流器暂时停了,右大腿的伤口包有敷料;躺在病床上腰酸背痛。那时候神经复苏的疼、几处伤口的疼和背部的疼,一起向我"进攻",让我实在招架不住。我不停地大声吆喝,看起来惨兮兮的。老段有时用手垫垫我的背,有时帮我抬抬屁股,我才感觉稍微好一点。整整一个晚上,我都在疼痛中度过,老段则几乎没有合眼。

6月14日是个阴雨天,我有点发低烧,虚汗出个不停。昨天手术后,医生说我的肌肉腐烂得到了有效的控制,反复高烧的现象得到了一些缓解。由于伤口里的血水太多,撑破了封闭膜,血水一直往外涌,把床单浸染得绯红。值班医生换了覆膜和敷布敷料,仍然不起作用,封闭膜和敷料被血水浸透了。当天李医生休假去安徽办事,听了值班医生的汇报,下午就赶回了病房,等不及上手术台,在病床上给我打了局部麻醉药、清理了伤口,重新接上引流管,进行贴膜封闭。那天协助李医生的值班医生对我说,麻醉药用多了,记忆力可能会下降，下次做手术，你要忍住尽量不用麻醉药了。我点了点头，同意了他的建议。后来每周星期一的清创手术，我都坚持不打麻醉药。

护士小朱见我吃饭有些困难，就叫她妈妈给我送早饭。小朱的妈妈长我几岁，我叫她江姐。6月15日早晨，不到7点，江姐就把早饭送进了病房。绿油油的菜叶浮在面上，看着就让人食欲大开。那天我吃了大半碗饭，剩下的放在不锈钢保温桶里，老段用冷水冰着，准备中午加热后再吃。保温桶是江苏省政协领导来看望灾区病员时赠送的，每个病人都有一个。这个保温桶可帮了我大忙，后来老段每次都把江姐送来的饭分成两份，一份拿来当早饭，另一份留到中午用微波炉加热吃。

"泰能"停了，液体在慢慢减少。李医生说，"泰能"是一种治疗病菌混合感染的常用药物，这种药不能用得太久，一是怕我对药物产生依赖性，二是怕引发其他的负面影响。李医生见我体质很虚，给我加了白蛋白，来补充营养和增加抵抗力。康复科王医生给我扎了四天针灸，效果很明显，在针灸时我的脚趾偶尔有麻木感，老段用手抓挠我的脚，脚掌内侧和脚背处有了一点轻微的感觉。我用力抽动左大臂，能带动整个手臂动一动，这在以前是从来没有过的现象。

最让人奇怪的是，在废墟里被木条顶过的地方，结了一层硬硬的黑疤并且已经自然脱落，还有当时为保护额头而充当肉垫的左手中指，其受伤的部位也结出黑疤掉落了，两处都长出了红红的新肉。医生根据以往的治疗经验，以为它们已经完全好了，可是过了几天，这两个地方竟然莫名其妙地长出两个透亮的大水泡。这也太奇怪了！谁都解释不清。李医生说，不要弄破它们，等它们自然消散。

由于老段每天忙着为我擦汗、翻身、换衣服，忽略了对我左手左脚的按摩，很快，左边的手脚出现了萎缩，比右边小了很多。尤其是看到同病房的病友在一天天好转，自己却总是不断地出现新问题，心里惭愧得要命。精神压力过大、伤口痛、背心痛、手脚神经痛和咳嗽心口疼等因素，严重影响了我的睡眠，很多个晚上，我都是睁着眼睛等天亮。

6月16日，我需要输的液体更少了，只有一大瓶和一小瓶。周护士说，等到伤口部位再好一些，就可以确定植皮时间。植皮后再经过三四个疗程的治疗，就可以出院了，大约还有两个月。李医生也明确表示，近期不打算将我转到整形科，一是整形科的人手不够，每个医生都在超负荷"运转"；二是整形科多负责外部整形，对内部腐烂物清理不太擅长，他担心腐烂物未清除干净而急于植皮，会产生后遗症。李医生最后说，看样子，李春可能是最后一个出院。他叫我安心养伤，并保证会把我治疗好。李医生的话，听起来就让人感动。但伤口恢复的缓慢过程，仍然成了我的一个心病，我的情绪就像股票指数一样，随时在上下波动，时好时坏。

"跳水女皇"高敏

我从病危中挺了过来，老段打算回北川上班。他和我商量，决定叫他的二妹来医院照顾我，因为灾后重建工作启动了。

6月18日下午，二妹从北川赶到中大医院。她从结婚后，就和丈夫长期住在禹里镇，一直没有上班。地震发生后，禹里公路坍塌了，交通堵塞，出行要翻山绕道，山上不断落石头，一路非常危险，二妹从禹里翻山到擂鼓，再从擂鼓赶车到中大医院。走进病房，二妹放下行李就立即接替老段,承担起照顾我的重任。

老段忙里忙外地安顿我,向二妹交代护理流程。我由于个子矮小,且很长一段时间都没有见阳光了,脸色苍白,剃着光头,晃眼一看,像个小男孩子。一些来帮忙照顾病人的志愿者,看到我的样子,都对二妹说,你的孩子伤得可不轻啊。二妹本来没有孩子,这么一说,弄得她特尴尬,不停地向来人解释,病人是我的嫂子。这种张冠李戴的误会,严重地夸大了二妹的年龄,气得她直跺脚。不停地问我,李姐,难道我真有那么老吗?我说,你一点不老,只是我这个样子看起来确实很狼狈。你这个误会算啥子哟,当年我和你哥刚结婚,有个认识他的熟人,还把我和跟我走在一起的妹妹,当成了你哥的两个女儿呢,你说荒唐不荒唐?

6月20日,李医生怕再次引发细菌感染,特意给我们协调了一个单间,把我从四楼的地震专区病房,安排到了五楼。这个病房属于另一个病区,有两张床,但只住着我一个病人,房间里有独立的卫生间。这个特殊的病房,给我们带来了沉沉的爱和温暖,二妹照顾我十分方便。推开厕所边的窗户,空气清爽,透过窗户可以看到天空中的一小块云彩,听到清脆的鸟叫声。

医生说,我的细菌感染控制下来了,可以多吃油腻的东西。老段临走时反复对二妹强调,李春的营养要跟上,再贵的东西都要买来吃。当天下午4点,司机小刘开车送他到南京机场,老段乘坐晚上的飞机回了成都。

老段离开医院后,我陷入了离别的痛苦与失落中,泪水溢满眼眶,突然听见有人在喊:"来了,'跳水女皇'高敏到了。"话音刚落,只见高敏在许多人的簇拥下走进了我的病房。我连忙收住泪水,强颜欢笑。高敏是奥运会跳板跳水的冠军，是我们人人都敬佩的运动员。

但偶像并不像我们想象的那么高高在上。在我的印象中，高敏当年大概有三十多岁，人很瘦，笑容灿烂，对人热情。她来到我的病床前，向医生了解我的伤情。当听到医生介绍我接连做了几次手术，表现得很坚强时，就拉着我的手，亲切地说："大姐，您受苦了。听医生说，你的伤情在往好的方向发展，希望你活得更坚强，勇敢地向困难挑战，活出自己的风采，积极配合医生治疗，早日康复。"接着她讲起了她的经历："在11年跳水生涯中，我经常受伤，靠着坚强的毅力，边配合医生康复治疗，边努力训练，克服种种困难，站在奥运会领奖台上。"她还说，每次参加比赛前，心理压力都很大，为了夺冠，经常带着伤病训练。有一年在训练中，肺上的毛细血管破裂，吐了很多血，当天晚上打了止血针，第二天又去参加训练，练了一个月后，痰中还带血，吓得教练赶紧停了训练。对于一个运动员，伤病是家常便饭，但为了拿到冠军，再疼都咬牙坚持……她的故事让在场的人都很感动，原来在世界冠军光鲜的背后，埋藏着许多不为人知的痛苦和艰辛。接着高敏拿出一张签着她名字的玄武湖风景区门票送给我，对我说，希望你站起来后，到玄武湖去看看，它在紫金山脚下，那里很美，是国家级风景区。

平时我们只能在电视里仰慕的世界名人突然走进了病房，引来一大批记者。小杜及护士、医生都来病房看高敏，小小的病房挤满了围观的人，我在心里不由得为老段感到惋惜，他要是再晚走几分钟，就能亲眼见到他心中最为崇拜的"跳水女皇"了。

老段离开中大医院，似乎把我的心带走了，对于我这个经历过死亡、躺在病床上不能动弹的人来说，那种痛苦真的是无法用语言来形容。我想放声大哭，又怕二妹多心，经常在夜晚蒙着被子哭泣。当时我的内心非常脆弱，完全把老段当作我唯一的靠山，我不知道这次离别后，什么时候才能见面，我的未来将是个啥样子，我感觉自己像是一叶飘忽不定的孤舟，不知该在哪儿靠岸。那个晚上，窗外下着小雨，无情的风带着无情的雨，也带着我的伤心和泪水，飘向了远方。那一夜，我没有合眼，在伤感中思念亲人，等待天亮。从此这一发不可收的泪水，融入了无尽的夜色中。

地震后，绝大多数单位受灾惨重。地震后老段一直坚守在北川抗震救灾的第一线，转移受灾群众，外出报信。因为我的伤情严重，老段一路护送我到中大医院，并义务安抚在中大医院接受治疗的伤员。待我刚刚脱离危险，就毅然选择回到家乡参与灾后重建工作。我的病情不断加重，不仅连累了家人和医生，还拖了四川伤病员的后腿。

在中大医院病区，我听到这样一个故事：有个中年男病员，他的背部受了伤，医生给他动了手术，打了护腰带，叫他在床上静养三个月。可手术一周后，他就慢慢站了起来，天天坚持锻炼。二十多天后，他凭着顽强的毅力，步行到了南京长江大桥，见到了这座由中国自行设计和建造的第一座双层的铁路和公路两用桥梁，激动地大喊起来：长江大桥，我来了。听了故事的那个夜晚，我凝视着窗外朦胧的月色，不由得哭了起来，为自己的无能而伤感，哭过之后，突然觉得有一股力量在心中升腾。后来，听说大家都以这位病人为标杆，纷纷走出病房去锻炼。

"图书馆家园"

老段走后,我的心里空荡荡的,委屈、伤心、难过,脸上动不动就挂着泪水,成了个地地道道的"哭龙包"。二妹心疼地问我,哪里不舒服?我去叫医生。我说,以前很麻木,不太爱流泪,现在好像恢复了哭的能力。二妹开玩笑地说,该哭就哭吧,只是不要太过火了。她说得风趣,弄得我破涕为笑。

侄女燕燕和敏敏来看我,敏敏给我送来了一个MP3,里面大都是邓丽君的歌,我最喜欢。她的歌曲细腻绵柔,富有深情,正符合我当时痛苦的心境,敲打着我内心落空的地方。我迫不及待地按下播放键,温柔哀伤的曲调,藏着撕心裂肺的痛,那些似曾相识的感觉,带着一丝丝温暖的抚慰,轻轻地触碰我心底最柔软的部分,漾起了一圈又一圈波浪,让我在情意绵绵的歌声中暂时忘掉了痛苦。

6月23日上午,南京大学图书馆的志愿者受中山大学图书馆陈馆长的委托,代表"图书馆家园"来看望我,送来了鲜花、三万元慰问金和陈馆长的亲笔书信。读着陈馆长的来信,一股暖意在我心头静静流淌,久久不能散去。志愿者的一声声鼓励,像一缕缕温柔的风,抚平了我内心的伤痛。"图书馆家园"是由广州中山大学图书馆陈馆长发起的一个民间抗震救灾慈善机构,以重建精神家园为目的,旨在援助"5·12"汶川特大地震中受灾的图书馆人,得到了全国及海外图书馆人的积极响应,给灾区图书馆人带来了心灵的慰藉。

下午,我要接受清创手术,即便心里不安定,也决定勇敢去面对。护工拉我去做手术,二妹在病房等我。手术过程没有以前时间长,这次手术我没有用麻醉药,感觉还不错。李医生说,伤口里长出了新肉芽，以前的负压引流器坏了，又换了一台更先进的设备。

6月26日，医生宣布不挂水了，我终于得到了解放。上午，我与图书馆副馆长唐老师取得了联系，了解图书馆的情况。说到工作，我一下子就忘记了身体上的痛苦。第二天，一位我以前不认识的美籍华人秦健来看我，给我带来了一大口袋芒果、鲜花和慰问金。芒果吃不完，二妹送给了值班的护士。因为更换负压引流设备，我认识了推销员小金，我们谈得很投缘，她给我送了一本叫《健康高速路》的书，叫我经常读一读。

6月30日，李医生再次为我做了清创手术，还说我的伤口长得很好，问我这段时间吃了什么。我在心里笑开了花，赶紧告诉他，这段时间呀，我的营养全部跟上了，早上有江姐送饭，午饭和晚饭都是二妹到外面一家川菜餐馆去买的，有鸽子汤、团鱼汤、排骨汤等，二妹不断地给我变换口味，强迫我吃下各种营养餐。

那个时候，为了长伤口，为了坐起来，我差不多把自己变成了一个"疯狂的吃货"，凡是有营养的东西，哪怕再难吃，我也能咽下，这跟我最初进入医院时"品口味"的吃相已经迥然不同了。二妹与我不同，二妹因吃不惯南京的饭菜，顿顿吃泡面，人消瘦了一大圈。

为了让伤口里的肉芽有个很好的生长期，李医生宣布，以后每周一做一次清创手术。于是，我把星期一的手术日。定为"黑色日"。就这样，我一次次地上手术台，每次做手术前，我就拿英雄人物的事迹来鼓舞自己。这都是源于小时候英雄人物的故事读得太多，听得太多，他们不屈的精神渗透我的骨髓，我始终认为：人只要精神不倒，什么都能扛过去。我每天都尽力打起精神，去对付眼前的一个个困境。有时残肢疼得难忍，就一遍一遍地哼唱抗日歌曲，为自己加油助威；有时情绪低落，就用一些悲伤的曲调，去缓解内心的伤痛和失落。我一次次地尝试这个笨办法，艰难地熬着，慢慢地撑着，闯过了一个又一个"黑色日"。

按摩和营养跟上了

二妹虽然嘴巴硬，但做起事来一点儿不含糊。她按照老段教的方法，每天上午、下午和晚上，从手臂到脚腕，坚持为我按摩三次，晚上用盐水给我泡脚，用大板梳敲打我的脚板，还要给我接屎接尿。每天做完这些，她看起来都特别累，再加上吃不惯医院的饭菜，人一天天消瘦下去，我心里着急，特别恨自己不争气。

二妹过去的生活可谓衣来伸手，饭来张口。她在家也是十指不沾阳春水的人。妹夫把她宠"坏"了，生活变得"懒散"起来。她没有小孩，从来不做家务，哪里受过这般的苦。有时候听到她给妹夫打电话诉苦，我的心里越发感到不安，我一边自责，埋怨自己拖累了她，一边叫她去休息。每次见到她疲倦的样子，就关切地说："二妹，快去咥一棒。"二妹自然明白我说的是什么意思，她喜欢抽烟，可以不吃饭，但烟不可离手。每当这个时候，她就先关好病房门，坐在墙角或窗边，从包里掏出香烟，跷起二郎腿，燃起一支烟，深吸一口，吐出一串烟雾。烟雾在空中弥漫、飘散，二妹离家的愁苦和照顾我的辛劳，都随着烟雾一起飘出窗外。

二妹的手法很到位。在按摩中，她发现我左手的五根手指僵硬弯曲，如同铁钩一样。每次帮我做完手脚按摩的规定动作后，她就开始活动我的指头。先是仔细揉搓左手的手指，捻动指间关节使它变得柔软，再不停摇转每个指头，然后把如同铁钩的指头一点一点地扳直，最后，把我整个左手指握在手中，让所有指头在一定的时间内保持伸直状态。她天天如此地训练，从来没有间断过。有时我疼得皱紧眉头，她却没大没小地跟我开起玩笑来："李馆长，忍着点，快点好起来，如果你将来瘫痪在床，我可要动员我的哥哥换个新嫂子了。""不想让我照顾就早点说，免得我费了一肚子劲，到头来你却不是我的嫂子了。"这些玩笑话，让人哭笑不得，我只好大声地"回敬"她："二短命的，你真不是个好东西，我是嫂子呢，长嫂如母，有你这样对长辈说话的吗？""哎呀呢，跟你开个玩笑嘛，难道你还当真了不成？你可是我们家的好嫂子，我们才舍不得你离开我们呢。"

为了让我臀部上的肉芽更快地长起来，江姐每天给我送营养餐，她早晨五点多钟起床，去菜市采购新鲜蔬菜，为我送来各种开胃的营养早餐，如肝片番茄汤、虾米黄瓜汤、肉圆子汤、鲫鱼粉丝、小米粥……这些早餐营养足，味道又美。每天早上七点，无论天晴下雨，她都像闹钟一样准时送到病房。中午时间，二妹在一个固定的川味馆，轮番给我买来小炒肉、香菇饭、猪肚汤、骨头汤、团鱼汤、鸽子汤等。有一天，她顶着白花花的太阳去买午饭，很久才回来，过后才告诉我，好像是中暑了，差点晕倒在路上。我听了有些后怕，叫她中午不要去了，她却不听，好说歹说，她才同意在晚上去买饭。由于营养不断增加，再加上每天三次的按摩，原先萎缩的左手左脚慢慢地长出了肌肉。左臂有了一点力量，很多时候我用大脑指挥肩膀，能拖动着左臂上下抽动。但手指仍然僵硬得如同铁钩一样，大拇指的虎口粘连着，张不开。李医生联系肢具厂，给我做了个分开大拇指的手指具，李医生吩咐二妹每天做完运动后，就帮我把肢具戴上。左边手脚戴上肢具后，显得很笨重。过去我一直喜欢弯腿睡觉，现在不得不把双腿伸直了。

随着时间的推移，伤口和左臂神经的痛感、麻木感越来越明显，有时胀痛得没法忍受。医生拍了片，排除了骨折的可能，我悬着的心终于放了下来。李医生说，应该是神经在生长期间的疼痛。听了他的话，我的信心倍增，就叫二妹把床摇起来，扶着我靠着床，歪歪斜斜地小坐几分钟。

7月4日是南京出梅的日子，随之而来的是高温伏旱天气。那天，我僵硬的拇指和食指像电针一样，不停地跳动。做针灸的王医生看到这一幕，十分满意地对我说，看样子，手指神经在快速恢复。听到这里，我惊喜不已，紧锁的眉头舒展开来。

有温度的书信

7月5日，中国图书馆学会在上海成功举办了第四届"青年论坛"，会议结束后，秘书处孙副秘书长一行来到中大医院看望我。给我送来水果、DVD和一大摞信件。北京大学的李教授站在我的病床边，声情并茂地为我朗诵带有墨香的祝福语，听得我泪眼涟涟。他们还拿来钢笔叫我写几句感言，我打起精神坐起来，斜靠在床边，许久没有写字了，拿着笔的手不停地抖动，当时写了什么，我记不太清楚了，只记得字写得歪歪扭扭的，连小学生都不如。几个字写完，我浑身都是汗，身体虚脱无力，有点撑不住了，但我不想让他们看到我痛苦的一面，还是艰难地忍着，尽力坚持，与大家说话、拍照。

那天下午，推销员小金给我带了芝麻粉和葡萄，曾经我们因为负压引流设备的问题发生过激烈的争执,而今,她却成了我的心理辅导师,真是"不打不相识"。

到了晚上,在二妹的帮助下,我开始锻炼。这段时间,我的手臂更痛了,难以入睡。而这一大摞信件,就像一剂良药,给我带来了心灵上的安慰,每当我感到迷茫和难受时,就拿出来读一读,一封封真挚的信件,打开了我的情感闸门,点亮了我的心灯。

致李春:

  当你被瓦砾掩埋时,
  你的心和图书馆在一起,
  当你在黑暗中呼唤光明时,
  我们的目光和你在一起。
  你是中国最柔弱的女性,
  你是图书馆最坚强的馆员,
  无论过去和现在还是将来,
  我们都会永远是你的兄弟。

国家图书馆 詹福瑞
2008年7月2日

李春馆长:

  当你在黑暗中与死神搏斗时,图林在呼唤,李春你在哪里?

  当你获救的消息传遍图林时,图林人明白了,这是对大爱的回馈和礼赞!

  千万图书馆人关注着你,为你祝福!

中国图书界是北川图书馆坚强的后盾！

北京大学　李国新
2008年7月2日于上海长宁第四届青年学术论坛会场

李春：

图林的温暖不仅温暖着你，也温暖着我们大家。

你的坚强和你的康复，就是对大家的回报。

你的朋友　李超平
2008年7月2日于上海长宁"青年论坛"

……

这些信件，在我情绪低落、思念家人的时候，就成了我的精神支柱。我把它们放在枕边，心累了，读一读；心疼了，看一看。每每读到这些信件，心中都会升起一种自豪、骄傲之感。无数图林人站我在身后，为我鼓劲，为我加油，给我力量，教我坚强，我不再是个孤独的患者。

7月6日，我叫二妹拿来日记本，决定开始写日记。老段以前天天写日记，记录我的病情，他走后，二妹接着记录，但她写得很短，就只有三五两句，无法触及我的内心。"从今天起，我想自己写日记。"我对二妹说。二妹帮我把床摇起来，我歪歪斜斜地半卧在病床上，拿起笔，先以二妹的口吻补上昨天的日记，接着以我的感受，记录当天发生的事。那一整天，我都开心不起来，讨厌的左手老是跟我过意不去，钻心地疼。我在日记里这样写道：

二妹给我按摩后，左脚和臀部的灼烧感依然如故，疼得我伸脚不行，弯脚也不行，不知该怎么办才好。身体一疼痛起来，就感觉时间过得太慢，好不容易熬到天黑，又开始盼着新的一天：明天还是原来的样子吗？不，明天或许会好的。明天我要接受第七次清创手术，迎接我的又将是什么？这时，窗外传来小鸟"叽叽喳喳"的欢快叫声。二妹说，有两只小喜鹊站在树枝上，你一声我一声地鸣叫。我说，哎呀，真是个好兆头，也许它们是来报喜的，说不定伤口里的肉芽已经长出来了。

7月7日下午两点，护工把我推入清创室。这段时间经常做手术，我好像习惯了，内心没有先前那么恐惧。我的清创手术还是李医生主刀，朱医生和其他护士在旁边配合，听到他们对伤口恢复情况的肯定声，我的心里颇为欢喜。李医生说肉芽上长了一层膜，必须把它刮掉。手术刀在伤口里面刮动，发出"哧哧"的声音，痛胀感随之而来，我咬紧牙，皱着眉头，足足忍了一个多钟头。回到病房我又痛又疲倦，小睡了一会儿后，在二妹的搀扶下，我硬撑着身体坐了起来，端起江姐下午送来的一大碗肉稀饭，用筷子大口大口地往嘴里刨，囫囵吞枣似地咽下肚，不到几分钟就吃了个精光。我大口大口地用筷子将饭往嘴里塞，饭吃到嘴里还没有经过细嚼，就囫囵吞下肚去了。很久以后，回忆这段时间，我为自己有如此大的饭量而惊奇不已。没办法，为了让伤口尽快愈合，我只有通过食补来吸收营养。那天晚上，手术后的伤口疼了一夜，我睁着眼睛熬到天快亮了，才有了一点睡意。

第二天早晨五点过，我就被护工余阿姨吵醒，她来给我洗脸和擦身。等她给我梳洗完后,我就开始锻炼,摆手、弯腿、跷脚。这是医生教我的意念锻炼法,用大脑去指挥手脚摆动。实际上,我的手脚并没有动。接着,江姐送来了早饭,那天的早饭是黄瓜虾米汤,味道好极了,我喝了一大碗。

朱医生一大早就来了,幸好他所担心的术后发烧并未发生。上午,杭州图书馆的领导到病房来看望我,我从素不相识的同行身上,感到了亲人般的爱。下午,伤口的疼痛有了一些好转,楼下病房的医生和护士都来看我,查看负压引流的情况。左侧的自动引流器倒是正常,右边大腿上的简易引流设备,需要人来操作,二妹当上了"操盘手",不停地挤压简易引流设备,少许带血的水从管子里流了出来。我臀部的伤口创面很大,就像老牛拉破车一样,愈合起来慢得很。根据伤口的长势,李医生又一次进行了推测:还有一个多月才能植皮,植皮后还有一段恢复期。我在心里算了算,前前后后差不多需要两个多月,这样的日子真难熬。如果我们继续住下去,真要把二妹逼得脱一层皮。

下午,王医生在我的手上脚上扎了二十多根高高矮矮的银针,来打通我的经络。到了晚上,四楼的病友来看我,他们真是一批幸运者,这周星期五就可以出院回家了。看着他们满脸的笑容,听到病友小叶坐起来的好消息,我为她感到高兴。

7月10日,我想坐起来,就叫二妹把我挪到床边。我面向护栏靠着,背部就像断了一样,钻心地疼,不但直不起腰来,头也抬不起。我右手抓住床边的护栏,整个人趴在上面,让二妹敲打我的背部。这个时候,食堂工作人员在走廊上喊:打饭了,打饭了。我想再坚持一下,便装作轻松的样子,催二妹去打饭,实际上我的背部已经疼得受不住了。突然，我的电话响了，是北川图书馆唐老师打来的电话，听他说到图书馆的一些事，我就忘了痛。等我放下电话，衣服已经被汗水浸透了，我想爬到床边躺下，但这个简单得不能再简单的动作，我试了几次也做不到，左边身体使不上劲，挪不到床上去，急得我直想哭。这时，护工余阿姨来了，她扶着我躺下来。我把头埋在被子里，捂得严严实实的，想到自己连最简单的生活都无法料理，将来怎么去办，一阵心酸袭来，我不由得抽泣了起来。人在痛苦时，都会选择一种发泄的方式，我曾经尝试过强颜欢笑，也试过沉默不语，结果把自己弄得更累。后来干脆选择大哭一场。有人说，哭鼻子是懦弱的表现。我觉得这也不全对，哭是一种对苦难的发泄和宣战，每次哭过以后，我擦干眼泪又挺起胸膛。

昨天的坚持给我带来了沉重的代价，大概是因为伤口受到了重压，负压引流管移了位，里面的血水无法流动。我为自己逞一时之强而后悔。设备厂家来人为我调试了一个钟头，也没有解决问题，只有等到下个星期一上手术台后，打开覆膜重新接管。

那段时间我最怕接到电话，最怕被问起"手能动了吗？""脚能走路吗？""伤口好了吗？"哎，神经的恢复可是个漫长的过程，哪里是我们能左右的。两个多月了，我的左手左脚还是无法抬起来，无论是躺着还是斜靠床坐着，我的家人必须先帮我把左手放在床边。如果左手没有放好，就会很自然地反到背后，就更别提脚了。

或许二妹察觉到了我的心思，在外面买了一大摞DVD回来，试图通过放映影片来分散我的注意力，改变我急于求成、拔苗助长的锻炼方式。但我只关心自己的身体，对影片丝毫不感兴趣。

在病床上当老师

7月13日下午,南京汉江路小学的几位老师带着十多名小学生走进了我的病房。纯真的孩子们,围在我的床边,把他们想说的话,一一说给我听,把他们精心制作的贺卡送到我的手中。

看到这群天真、可爱的孩子,当过老师的我一下子就回到了课堂上,心底油然升起一股疼爱之情,萌发了一种责任感,我打起十二分精神,用生硬的普通话,向他们讲述了我在地震中是怎样自救和被救的过程。在讲述中,我采用互动的形式,教育孩子遇到危险的情况时,先不要惊慌,要冷静,想办法自救,尽量保持环境周围通风,及时呼救。在等待救援的中,不要昏睡,要保持体力等。还讲了我的几次手术经历,向孩子们传递坚强的力量。讲完这些,我就对孩子们提问:在我们的日常生活中会遇到哪些困难、危险和灾难?你是怎么解决的?孩子们争先恐后地抢答问题。带队的老师没有想到,我在身体极其难受的情况下,把病房当课堂,结合自己的经历,给孩子们上了一堂生动的安全教育课,传递坚强的力量。他们倍受感动地说:这是一堂难得的、特殊的安全教育课,您以亲历者的视角讲述,带给了孩子们不一样的感受,加深了他们的记忆,比平时我们在课堂中空洞的讲述更精彩,更具感染力,十分有意义。师生们走后,病房里安静下来。我由于斜靠着床太久,大伤了"元气",豆大的汗水直淌,臀部和背部痛得我直喊。上月的例假象征性地来了三天就停了,这月没有任何响动,难道真要停经了?我才四十四岁呢!

7月14日上午,左手的两根指头还在不停地颤抖,左脚的脚掌感觉有血液在流动。令人欣喜的是,在中频治疗中,触电针刺的感觉越来越明显。下午，护工把我推进了八楼手术室。我感到纳闷，前两次手术，不是在清创室进行的吗？咋个又来到了手术室？难道……看着来往的医生，听着监测仪器的"滴答"声，我心里不免有些紧张。医护人员把我挪到手术台上。李医生为我打开伤口覆膜，开始消毒、清创、接负压引流管。李医生对他手下说，清创并没那么简单，因为病人伤口过不了多久就会结一层膜，这层膜对伤口里肉芽的生长有很大的阻碍作用。每次清创时，必须用手术刀刮掉这层膜，要看到新鲜的肉芽才行。我躺在手术台上，能听到手术刀在伤口里搅拌、刮动所发出的声音。刮膜很疼，幸好当时我的神经受损严重，不然每次不打麻醉药的清创手术，我是绝对坚持不下来的。手术刀在臀部的伤口里刮动，起初没有什么感觉，后来越来越痛。我发出了"哎哟、哎哟"的叫声。李医生说，忍住，里面有块坏死的肌肉组织。接着又说，万主任，你看伤口收缩了许多，肉芽长势很好。哦，我明白了，原来整形科的万主任也在，在观察了解我的伤口情况。万主任说，里面的肉芽生成还需要时间，伤口的创面太大，还不具备植皮的条件。

回到病房，床单换了，厂家及时接好负压引流器，效果非常好。我中午没有吃饭，到下午有点饿了，江姐及时送来了番茄面，我胃口大开，一口气吃了一大碗。

二妹天生就会搞关系（即经营人际关系），到了中大医院也不例外。她吃不惯医院为我们提供的清淡饭菜，觉得倒掉太可惜，就把自己的那份饭菜给了护工余阿姨，她顿顿吃方便面。我叫她去外面的川菜馆吃，她又嫌麻烦。二妹这个举动，让护工余阿姨很受感动，对我照顾得非常贴心。每天早晨六点不到，余阿姨就来帮我擦身，给我换上干净的病服。

几次清创手术后,我的体温控制得很好,保持在37.6℃左右,虽然有一点低烧,但医生说是正常现象。左臀部上的负压引流器管道通畅,能看见管壁上的液体在流动,右边大腿上的简易引流器不通,二妹隔一会儿便用注射器来抽。李医生查房时对我说,你的伤势在往好的方向发展,一是伤口的脓液越来越少了;二是通过食补和按摩,左手左脚萎缩的肌肉基本恢复了正常;三是针灸疗法和各种锻炼刺激了神经快速生长。

7月的盛夏从云彩里走来,读大学的儿子放暑假了,决定到医院来看我。他在火车上打来电话,向二妹问询中大医院的具体位置。那时的手机是棒棒机和翻盖机,只有打电话和发短信的功能,不像现在,在微信里发个定位就可以解决问题。

7月16日早晨六点半。我打电话提醒儿子别误了下车。可怜天下父母心,儿子第一次自个儿出远门,总是放不下心。可儿子并不这样想,觉得我的关心和问候都是多余的,话语中流露出不满的情绪。

二妹照顾我吃完饭,刚收拾完毕,虎头虎脑的儿子就走进了病房,我悬着的一颗心终于落了地。儿子一脸的疲倦,见了床倒下就睡,母子相见,场面并没有想象中那样热烈。儿子来后,我叫他每天安排好生活,找个四川饭馆,买点酒和肉犒劳他二孃。二妹照顾我辛苦不说,还吃不惯当地的饭菜,更不适应高温天气。还不到一个月,她就消瘦了二十多斤。

时间一天天过去,我的左肩更有力量了,能够推动整个左手臂向前移动一点点,但向后移动却不行,感觉左臂很重。我总想在出院前坐上轮椅,自从有了这种心思,就像给自己套上了一把枷锁,不愿把时间花在看DVD或书报上,我担心自己一旦对这些产生了迷恋,就会忽视锻炼，耽误身体恢复的大事。我不时地提醒自己，不能有任何惰性的想法，只有不断地坚持运动，身体才能出现转机。夜深人静的时候，手上的灼烧感越来越厉害，中指头开始像电针一样不停地抖动，但用东西去刺激它，还是没有什么感觉。

王医生对我身体恢复的信心越来越足。不知是心理作用，还是针灸的作用，每次治疗时，前三个手指头时常有种血液涌动、经脉流通的感觉，只是无名指和小指头还有一些阻力。王医生对我说，要细心地观察病情的变化，行针前要把身体的病症说出来，比如睡眠不好、拉肚子、头昏、咳嗽等，以便她及时调整针位，达到更好的治疗效果。听她说完，我觉得太不可思议了：一根小小的银针，居然藏着这样奇特的功效。我说了指尖的问题，她加了几根银针，顿时我觉得指尖有了发麻的感觉。我不得不佩服，王医生的针灸手法确实高超，的确很不一般。

晚上，我在锻炼时无意间发现我的左肩膀不仅能够拖动整个左手臂向前、向后平移了，还能用劲把大臂抬起来一点点。省图书馆的程老师打电话来了解我的恢复情况，我抑制不住心头的喜悦，把这个发现告诉了她。她也为我高兴。

远方的问候

7月19日，引流管无法自动排液了，只有用针管注射器来抽。早上医生来查房，见负压引流器渗漏，立即换了一个模块，过一会儿，模块又不起作用了，便又更换了一个模块。二妹用注射器继续抽右边伤口的脓液，嘴里不住地夸自己，快要成为一个专业护士了。我坚持用意念锻炼法，左手中指还在颤抖，左手左脚的麻木感更强了。

下午，我接到贵州孔馆长打来的电话，他说在这次图书馆志愿者行动中见到了郭老师和李老师，两位老师又分到一组了，她们在讲课中都提到了我，孔馆长这才知道我受伤的情况。孔馆长是2007年我在参加国家图书馆培训时认识的，后来差不多有一年没有联系了。当年，在参观北京西城区图书馆时，是他帮我解了围，教我认识了索书号，还教给我了一些图书馆的其他知识，满足了我的好奇心。他听到两位讲课老师提到我在地震中受了伤，就马上给我打电话，收到来自贵州的朋友的问候和鼓励，我甚是感动。

7月21日，星期一，我第九次上清创手术台。李医生打开伤口覆膜，一边用手术刀在伤口里搅动，一边对他的助手说，里面结了一坨坨脓液，靠近肌肉的肉芽拔起来了，靠近骨头的肉芽却始终拔不起来。李医生大概是为了帮助骨头上的肉芽生长，刮着膜，发出了很响的声音。我隐隐有种疼痛的感觉，后来，疼痛感越来越强烈，我忍不住叫了起来。李医生安慰我说，再忍一下，马上就好了。李医生处理好臀部上的伤口后，又对伤口进行了封闭。李医生说，李春呀，为了你的伤口生长，我们给你连接了一台新的负压引流器。接着，李医生又站在右边，打开了我右大腿上的伤口。他说，肌肉腐烂处形成了一个很深的洞。说完他就伸出戴有消毒手套的指头，在洞里反复搅动，向外挖脓血，将碘伏灌进伤口消毒，又用双氧水消毒，疼得我一阵抽搐。他把纱布引流条放进伤口里，又用敷料包扎伤口。这个治疗的过程我是看得见的，而且我的右腿是有知觉的，他这一系列动作，使我的疼痛感更强烈了，我忍不住大喊大叫了几次，一个半小时后，我下了手术台，虚弱得不想吃饭，晚上手脚疼得要命，便"哼哼唧唧"地呻吟，让二妹和儿子难以入睡。我连续吃了四颗止痛药，折腾了一夜，天快亮了，方才进入睡眠状态。

7月22日，吃过早饭，我迷迷糊糊地小睡了一会儿，打起精神在床上锻炼。这次换了一个厂家的负压引流器，一开始声音很大，经过调试后，声音变小了。到了下午，左边的管子不起作用，厂家来的推销员用生理盐水清理后，管子里还是没有脓液流淌。我说，既然没有东西流出，是不是可以把它取了，机器的响声吵得人心烦意乱。推销员说，安装负压引流器的目的，不仅仅是引流伤口里的脓液，还兼具另外一个功能——帮助伤口肉芽的生长。我这才明白，原来负压引流设备有如此大的作用。我觉得自己在使用负压引流器方面还是累积了一些经验。我先后使用了四个负压引流器，还是觉得第一种好，声音小，功能都很到位。但厂家说，第四种最好，有个什么泡沫模块是进口的，能帮助肉芽生长。厂家还用了一个三通管连接负压引流设备，在左右两边伤口同时接通负压管，但三通管的负压引流并没有给我带来多少好运，左边管道始终不通。

周护士来病房看望我，意外发现我的大脑能指挥左手反掌了，直夸我有了进步。李医生走进病房，对我说，我的病历已经移交整形科。

前段时间，在头顶上做过手术的部位，伤口很快就愈合了，二妹联系了隔壁的护工，帮我洗了头。尽管天气仍旧很热，但汗水比原来少多了，一天只换一次衣服即可。除了二妹帮我锻炼手脚，我还每天坚持自己锻炼。我叫二妹将我的左手放在床上，我用大臂带动小臂前后抽动，左右摆动，正反翻手，用力向上抬等，接着又试着将左腿向上抬起。每次都要做上百个。对神经损伤的人来说，坚持按摩和针灸的作用很大,每次针灸后做运动,手脚都感到无比轻松。

7月25日,又有一批病友出院了,原先和我同病室的小叶坐上了轮椅来和我告别。而我呢?——还不能独立坐起来,成了地道的留守伤病员。我来时被视为轻伤,中途升为重伤员不说,不幸的事情还接连发生,左边臀部的伤势没有愈合好,右边大腿又烂了一个洞。在等待整形的过程中,偏巧整形科医生要去参加一年一度全国性的交流和学习会。这就意味着,我下周也不得转科,还是一个"等"字。周护士倒是个热心肠,一直在帮我联系。

每次针灸后,我左手的感觉越来越好,五根手指就像在比赛似的,不停地抖动起来。原来弯曲的手指经二妹弄直后,又出现了新问题,伸直的手指硬邦邦的,又无法弯曲了。医生叫我把放在床上的左手抬起来,我使出很大的力气,手臂微微颤抖,但只离开了床单一点点,抬起的手想停留一下,但手臂却不受控制直直地栽了下去。我试着坐起来,但身体稳不住,直往一边倒。

7月28日,我进入九号手术室,做第十次手术。李医生打开臀部的伤口,对助手说,肉芽长势良好,已经将骨头包了一部分。又打开右侧大腿上的伤口,叫助手观察,然后对他们说:"肉芽颜色不鲜红,感染灶始终未清除。"李医生说完,就开始用手在伤口里搅动,疼得我直哼哼。整形科的万医生对伤口进行了拍照,准备为我制定整形方案。当时万主任撂下话,说等几天或许就有床位了。

我终于盼来了整形科的医生。7月29日晨,整形科的熊主任来看我的伤口,由于伤口是封闭的,透过覆膜,只能瞧见表皮上的刀口,熊主任说,植皮前,还得对伤口进行一段时间的治疗,现在的床位太紧张了。他离开病房后,我在心里揣测,或许整形科觉得我的条件不够成熟，还要等一些日子。等待让人心神不宁，我感觉时间过得太慢，日子太长。

听二妹说，四川伤病员只剩下我了，原先的病房已经打扫出来清理干净了，准备开始接收本地病人。周护士忙得不可开交，只有下了班，她才有时间来病房看我。我现在住着的单间，还是属于楼下负责的病区，我的治疗方案的落实、与整形科沟通、联系床位等事宜，全部落在了周护士身上。

回四川

在异乡待久了，心里特别挂念家乡。根据医生的预测，我又一次估算了一下，至少还需要两个多月才能出院。真要是再在这里待上两个月，二妹首先吃不消。儿子来后，她才有时间正常吃饭。因为这个原因，我心里有了负罪感，人到了靠人过日子的地步，心里极其敏感，短时间还能撑过去，日子长了，心里特苦、特难。我的负罪感与日俱增，但只有忍着。即使二妹和儿子有时在言语上不慎刺痛了我，我也只能装作不在乎。

7月29日，我无聊地躺在床上，脑袋里突然冒出了想回家的念头，这个念头一出来，连我自己也吓了一跳。在外地住了两个多月，地震的阴影早已随着时间的流逝和病痛的折磨烟消云散了。之前医生说，伤口还需要治疗一段时间时，我们都没有想过这个问题。"回家"这个念头一冒出来，就再也收不住了。尽管我还不能坐起来，尽管我的伤口还没有长拢，但我已经坚定了这个想法。

吴主任来查房，我同他谈了自己的想法，他说向医院领导汇报了再说。我打电话问在江苏省人民医院治疗的小杨,小杨说他们那批病人已经全部回了四川,这更坚定了我回去的决心。我又给老段打电话,说了我想转院回四川的打算,老段不同意,一再地强调四川的余震如何的厉害,有时甚至高达6级,很可怕。他担心我没有长好的伤口在颠簸的回程途中再次撕裂,劝我继续留在中大医院治疗。我在心里反复掂量后,义无反顾地选择了回四川。

二妹和儿子听说我想要离开这里,欢喜得不得了,马上去找周护士。周护士听说后感到很意外,连忙来到病房给我做工作,劝我留下继续接受治疗。见我的主意已定,周护士在请示领导后,为我们办理了出院的相关手续,联系了回四川的车次,帮我们买了卧铺火车票。在填写后续医疗申请的时候,我犹豫了:回绵阳吧,离家近,有亲人照顾,可又担心创面大,后期植皮有困难;到成都的医院治疗吧,离家太远,家人护理起来比较麻烦。经过反复思考掂量,我最后选择留在省城医院治疗。我在出院的相关文件上签了名。中大医院没有收一分钱,我们感动得不知说什么才好,从心底里对伟大的祖国充满敬意。

8月1日建军节,我的眼前浮现了消防战士抬我走出废墟的画面。想起我在中大医院的点点滴滴,内心非常不平静,我控制不住离别的情绪,缓缓地举起了右手,泪水顺着脸颊流下来,我喃喃道:"谢谢你们,人民的子弟兵,是你们给了我第二次生命;再见了,中大医院的医护人员,是你们给了我第三次生命。"二妹和儿子忙着收拾行李,听见我咕噜地说着什么,抬头看到我满脸挂着泪水,先是吓了一跳,以为我哪里不舒服。听了我的解释,他们也倍受感动。

李医生对我出院的决定感到十分诧异。但还是马上安排了一次清创手术，对我的臀部和大腿上的伤口进行了一次清理，并安装了两个简易的负压引流器，密封了伤口。他反复强调，一定要保护好伤口，千万不能再感染了，还同我合了影。李医生对我无微不至的照顾，就如同一缕阳光，我面向朝阳，心中不再彷徨。

我们把一些吃的和用的送给了护工余姐，余姐是个离异的妇女，靠着在医院当护工过日子。她觉得我们太大方，流着眼泪与我们告别。江姐也赶了过来，她顶着大雨，送来了热腾腾的茶叶蛋和新鲜的水果。雨水浇湿了她的衣服，她站在过道上为我送行，身上在滴水。我眼眶里的泪水像天空中的雨水一样流个不停，在我住院的这段时间，真难为了我这个异乡好姐姐。

我流着眼泪说："江姐，谢谢你的照顾，回到四川我一定好好锻炼身体，将来回南京来看你。"

我离开中大医院的那天傍晚，瓢泼似的大雨下个不停。护工抱着我坐上轮椅，我顿觉天旋地转。旁边的蒋医生问我说："身体感觉怎么样？还能承受吗？"人到了这个时候，再难也得上，我打起精神说："没什么？我能行。"

我回到四川以后，在相当长一段时间里，记忆还始终停留在中大医院，我时常在想，如果没有中大医院医护人员的精心治疗，或许我就战胜不了二次死亡的威胁，走不出地震所带来的阴影。他们就像一盏盏明灯，照亮了我的世界。

三　康复与训练

从中大医院出院后，我转到了离家更近的医院继续接受治疗。自地震发生以来，我承受着肉体上和精神上的双重折磨。地震后的生活对于我来说就像一张白纸，我跌跌撞撞地开始迈向人生的许多第一次，我记不清自己到底经历了多少个第一次。比如，第一次抬手、第一次站起来，等等。这些看似简单的动作，对于我来说却非常艰难，费尽了心思。而我唯一能做到的，只有不放弃，一次不行，又来第二次。无数次的跌倒，无数次的爬起，无数次的坚持。慢慢地，生活向我重新敞开了大门，脚下的路愈走愈宽。

1　四川省人民医院地震伤员康复中心

分　诊

到了南京火车站，雨停了。晚霞从天边漫了过来，染红了西面的天空。

儿子知道我有晕车的毛病，拿来晕车药叫我吞下，我们在候车室停留了十多分钟，就优先进入了站台，护工把我抱上了车厢，帮助我躺下来。临别时，我两眼噙着泪花。

躺在从南京开往成都的火车上，我心情总是难以平复，我十分留恋给予我帮助的很多人，中大医院的医护人员如同守护神，重新给了我生命，让我有机会踏上回家的路。在飞驰的火车上，我向窗外望去，夕阳渐渐隐去了仅有的光辉，夜幕笼罩大地。儿子帮我盖好被子，叫我闭上眼睛睡觉。我的左手疼得厉害，在哼哼唧唧的呻吟中，渐渐进入梦乡。啊，到家了，走进县委大楼，老远就看见了老段站在大门口等着，我张开双臂跑了过去，却发现是一场梦。

晨曦中的列车在深山中伴着朝阳，拉响了汽笛。不一会儿，又在平坦的轨道上飞驰而去。儿子回四川的劲头十足。刚到六点，就从床上爬了下来，到餐车里买来稀饭和蛋炒饭。我惦记着江姐临走前给我准备的东西，叫儿子拿出来，喝了一袋奶，吃了一个茶叶蛋和一块蛋糕。

早饭结束后，我靠在床上犯困，儿子来到我身边，兴致浓厚地对我说："妈，我想抱你站起来。"

"不行啊，我坐车犯晕，更别提站起来了。"我摆着手，对儿子说。

"妈，别怕，你看我多有力气。"儿子自信满满地握紧拳头、肘拐弯曲，对着我做了一个强劲有力的动作。那时，我瘦得已经不成样子了，脸色苍白，体重大约八十斤。儿子说完，还没等我回应，就躬下身子，叫我用右手抓住他，他两手搂住我，把我从床上抱起来，让我的双脚踩在他的脚背上。由于我的左大臂比以前有了一些力量，人站起来的时候，能控制手臂自然下垂，不再随意向身后摆动了。我的双脚踩在他的脚背上，整个人无力地趴在他的肩上。儿子抱着我，嘴里小声念着"一二三，一二三"，一边慢慢地带着我小心地移动。

我有些发晕，在他怀中艰难地站着，不到一分钟就感觉天旋地转、头晕恶心。我说，快，扶我躺下，我感觉车厢在转动。儿子不慌不忙地抱我平躺回卧铺上，十分高兴地说："妈妈，你真了不起，有进步，可以站起来了。"

时间的长河不觉已流淌 15 年，但那天在火车上的情景，至今都清晰地印在我的脑海里。儿子带着我，重新双脚站立，在震后我人生的白纸上标注了一个小圆点，我围绕这个小圆点展开遐想，想把它变成一个更大的圆点。我想坐起来，去开始尝试人生的无数种可能。

头晕症状消失后，就叫儿子抱着我试着坐起来。儿子把我的身体移到床边，用被子支撑我的后背，再给我穿上鞋子，帮我放好左脚，把双脚踩在车厢地面上。起初我想离开被子坐起来，但一移动起来就觉得头沉发晕，于是儿子又把他床上的被子卷起来，放在我的右边，让我把右手靠在被子上。过了一会儿，头不再眩晕，我就自己试着离开被子，伸直腰杆，慢慢地坐了起来。火车上的床位比较低矮，人坐在下铺床上，脚落地，高度刚好合适，不觉得累，也很稳当。坐上几分钟后，我感觉有些累了，就斜靠着被子闭目休息。过一会儿再伸直腰杆坐起来，经过这样反复练习，我可以不依靠被子的支撑，很长时间稳当地坐在床边，这个变化让我自己都感到有些吃惊。

过去的两个多月，我一直被困在病床上，就像被关在笼子里的鸟，几乎与外界隔绝。我叫儿子打开车窗，扬起脸，凝眸远眺，似乎想把过去两个多月的遗憾全部弥补回来。纯净空气、高楼大厦、农舍炊烟、山川河流、花草树木从我眼里不停地晃过，竟是那么的新鲜和迷人，我仿佛置身于一片草坪，享受着青草的芳香，感受着风的轻柔，聆听着鸟的叫声。

上午很快过去了，我的肚子"咕咕"地叫起来，不知吃了什么东西，好像要拉肚子，只好叫二妹来帮忙解决。一路上，我臀部和大腿上的简易负压引流器还算争气，一直保持着良好的状态。前行的火车进入了四川省界。二妹归家心切，建议我们不下车，干脆坐这趟火车直接回绵阳。她打电话征求老段的意见，老段不同意，叫我们在成都火车站下车。因为他昨天已经和先回四川的小杨联系上了，小杨一再建议我留在省城医院接受康复治疗，最好是和她同在一个医院，相互有个照应。

　　火车要到站了，针对如何下车的问题，二妹和儿子分了工。二妹背着我下车，儿子拿着东西跟在后面。我们没有想到，火车站还有专门的接待人员，列车刚到站，便有工作人员立即赶了过来，热情地帮我们拿行李。接待人员边走边告诉我们：从6月份开始，在外省治疗的伤员，陆续回到四川，病员途经的各个站点，都设有专门的接待人员和医疗鉴定小组，对于申请留在医院继续接受治疗的病人，首先要进行分诊，由鉴定小组对伤员进行病情评估。对于轻伤病员，安排在家乡附近的定点医院免费接受治疗；对需要后续治疗的重病伤员，根据本人提出的申请，结合原诊疗医院的建议和接待点现场医生的检查结论，安排在省一级医院进行免费治疗。这种很有温度的安排，为地震伤员增强了恢复的信心。经过医疗小组一对一的鉴定，我如愿留在了四川省人民医院地震伤员康复中心（简称"省康复中心"），继续接受伤口治疗和手脚的康复训练。救护车很快来了，直接把我们送到省康复中心。

　　到了医院，已经过了中午。我很快住进了病房，老段坐长途班车赶了过来。我看到老段的第一眼不由得大吃一惊，在我们分开一个多月的时间里，他竟然变得又黑又瘦，我真担心他得了什么病，急忙问他是怎么回事。他说灾后重建任务繁重，有时吃饭没个定数，饥一顿饱一顿的。再加上一直焦虑我的病情，他心理压力很大，有时半夜醒来就睡不着了。听他说完，我的心里隐隐作痛。

　　那时候，北川老县城作为地震遗址被保护起来，政府分区域搭建了很多板房安置点，县城里的居民都得到了妥善安置，有的住在绵阳永兴，有的住在安昌竹林社区，有的住在擂鼓。县上的公职人员，或自己租房，或由单位安置，或自己在异地购房。很多人在突然遭受失去家园和亲人的双重打击后，一时难以接受，焦虑不安，出现了情绪低落或行为反常的现象。为关爱干部，各单位安排职工轮流休假、疗养。老段的休假时间正好赶上我回成都，他叫二妹和儿子回绵阳休息，自己则留下来照顾我。那天，我不停地腹泻。尽管这样，我还是能轻松地靠在床上坐几分钟，随后再躺下。小杨知道我跟她在同一个医院，就坐着轮椅来看我，她和我一样，留着男式平头。她的面色蜡黄，右手打着绷带托在胸前，左脚顶着一个钢架。那钢架形状怪异，既像化学里的分子结构图，又像星罗棋布的立体几何图形。我们都是从死人堆里爬出来的，震后第一次见面，看到对方的这个样子，心里都难过，说话也变得谨小慎微的，生怕哪一句多余的话，就触碰到了对方心灵上的那根痛弦。

老段挑起了话头，他问小杨是怎么受伤的。小杨说，她当时在农发行住宿楼，房屋垮塌下来，把她的手脚砸断了，被人发现送到了医院，在南京医院治疗了一段时间，才发现手肘关节没有接好，临出院的前几天，又重新做了一次手术。我指了指她的腿说，那么多的钢架撑在腿上累不累？她说，小腿骨折了，医生做了接骨外固定手术。这种手术比较好，可以减少二次手术的痛苦，钢架是钛合金的，很轻。只是撑起的钢架看起来很囊框（笨重），护理起来有点麻烦，穿脱裤子不方便。开头几天不习惯，现在好多了。小杨说完，又问我，李姐的身体恢复得怎样？我情绪很低落地说，手脚神经损伤了，有疼痛感，左手比原先要好了一点，放在床上可以指挥它稍稍动一下，脚还是老样子。左臀部和右边大腿上的伤口始终不愈合。唉，我们这个样子，将来生活自理都成问题。

小杨安慰我说，别想那么多，我们都会好起来的，听说医院来了一批康复医生，要不了多长时间，我们都会站起来。你看和我住在同一间病房、来自都江堰的小英，做了盆骨手术后，到现在还躺在床上不能动，伤口流脓水，医生说搞不好还要瘫痪。听了小杨的话，我明白自己总归还是有希望的。

我们所在的省康复中心，是地震后省医院临时布置的病房。它是一座独立的旧楼小院，楼层不高，一楼一底，专门收治地震伤员。我来得比较晚，运气还算可以，被安排在靠里间的30床，单人间，窄溜溜的。

来看望我的省图书馆的领导觉得空间太狭小，建议我们找医院重新调配一间，但我觉得有个独立的单间已经不错了，十分满足。老段买了一张单人钢丝床，白天收起来，晚上打开与病床并排放在一起，虽然病房看起来有些拥挤，但总归能容下我的家人，让他们有个睡觉的地方。和家人同在一个房间，他们照顾我就更方便了。

北京奥运会

来到省康复中心的第二天，主管杨医生查了房，看了我的伤势，见我有点低烧，又给我挂上了液体。从我受伤入院以来，每到一个医院，都逃不脱输液这一关。因为发烧，我得打吊瓶，输消炎药。我的右手由于长时间输液，手背上的两三根静脉主血管已经看不见了，护士在我的手背上找不到血管，只好在我的右脚上找地方输液。

在中大医院临出发前安装的一次性负压引流器，终于完成了它的使命。省康复中心没有电动负压引流器，医生给我换上了简易的手动负压引流器，按一下盖子，才能吸进一些渗液。老段充当护士，时不时地按一下引流器，到了下午，这个负压引流器便不再工作了。来自广州的志愿者护士用注射器通了一下管壁，一点点渗液才流出来，但只坚持了半天，就起不到作用了。

为了防止伤口再度感染，上午护士挂液体，医生把负压引流器撤下来，直接在病床上对伤口进行消毒处理。杨医生指导实习生小杨给我换药，小杨掀开了我臀部上的覆膜，"啊"，在场的一个护士发出了惊讶的叫声，从她们的表情中，我已经猜到了我的伤口创面情况可不是一般的严重。实习生小杨的胆子还不小，第一次面对我这样大的创面能很快镇静下来，动作麻利地进行消毒处理，真是初生牛犊不怕虎！简易的负压引流器起不到任何作用，杨医生叫小杨把一个如尿不湿一样大的厚纱布敷料垫在我的臀部，再给大腿伤口换了一个小敷料。

护士特别重视病人翻身，白天和晚上都时不时地来到病房，提醒家属及时帮病人翻身。康复医生对我格外关照，每天按时为我针灸，做康复训练，帮助我捏捏拳头。后来，护士长说专门给我派了一个换药的专家，结果还是一个实习生。在这里，我得申明一点，我绝对不是看不起实习生，只是担心实习生的经验不足，害怕因消毒不严而引起伤口感染。

四川省人民医院神经内科的医生对我的左手左脚进行了观察，给我做了肌电图检查，得出的结论是周围神经系统功能几乎没有恢复。我在跟吴医生讨论检查结果时，情绪十分沮丧。吴医生说，神经的恢复本来就是一个缓慢、细微的过程，它的变化相当微妙，必须有信心和恒心，平时要多留意观察它的变化，经常与恢复前期的情况进行详细对比，才能及时掌握它的变化。听了她的话，我仔细地回忆，发现左脚麻木的感觉比先前更强烈了，大腿可以摆动，只是小腿以下的部分依然笨重，就像被什么东西给压着或捆住了一样，动起来很困难。

8月8日，阳光格外明亮，第29届夏季奥林匹克运动会在北京如期举行，这是中国人民盼望已久的大事。为了让我能在病床上看到点燃奥运圣火的画面，老段一大早就上街张罗，他买来天线接收器，将信号线插在DVD上，接通了中央一台，我们急切地等待晚上的开播时刻。老段对我说，为了能看到这次奥运会，很多家属买了小电视，护士站也专门安装了一个大电视，还在电视机前安放了几排椅子。

到了晚上八点，我靠在病床头，手里挥舞着志愿者给我们送的小国旗，以这种特有的方式，庆祝北京奥运会的开幕。开幕式很有感染力，由两千零八人组成庞大方阵在场上击缶，气势威武壮观。"有朋自远方来，不亦乐乎？"这是脍炙人口的句子，演员击缶吟诵，拉开了开幕式的序幕。由二十九个焰火组成的巨大脚印，穿过天安门广场，沿着北京的中轴线，一步步走向主会场鸟巢。顷刻间，巨大的脚印化作漫天繁星，聚拢成闪闪发光的梦幻五环。在夜空中徐徐上升。夜幕下的鸟巢，华灯灿烂，流光溢彩。八名护旗手抬着五星红旗缓缓走来，一名儿童唱响《歌唱祖国》，五十六个身着民族服装的儿童簇拥着国旗走向主会场，升旗手接过国旗，在国歌声中将其升起。接着，精彩的文艺表演开始了，三千名演员在场上诵读《论语》，镜头中出现中国造纸术和活字印刷术、文房四宝、丝绸之路等文化景象，上千名水手手持黄色巨桨，组成巨大船队。刘欢站在舞台中央高高升起的如地球形状的设备上,和英国歌手一起演唱北京奥运会主题曲《我和你》……几千名志愿者和孩子的笑脸展现在屏幕上,会场传递着主火炬,李宁点燃奥运圣火。最后,各国运动员纷纷入场,看到中国队入场,我们在病房里拍手欢呼。开幕式气势雄伟,令人震撼,让每一个中国人热血沸腾。那天晚上,我在沉静中回味,久久不能入睡,感慨祖国的伟大!

我的病情一直受到图书馆界的关注。听说我回到了四川,省图书馆的领导来看我,还给我带来了一台电风扇。他们看见我放在床边的左手指在微微颤抖,就问我,手是怎么回事?我兴奋得像个孩子,得意洋洋地说,这是神经在恢复的表现,你们看,我的手可以动了。说完,我用大脑去指挥左手:上下抽动,左右翻掌,左手用力一点点向上抬起,尽管左手离开床后摇摆了几下就掉了下去,但看到这一好转的迹象,大家都欣喜地为我鼓劲。

当天下午,我的小哥和芳姐从江油来看我,开江大哥也带着一家人来看我,亲人相聚,甚是欢喜。

省图书馆辅导部的程老师和省图书馆文化共享工程分中心的陈主任带来北川图书馆为争取荷兰克劳斯王子基金会资助而撰写的实施方案来征求我的意见,我看了看所写的内容,跟我过去写的一些资料大致相同,觉得没有多大问题。老段也很积极,主动拿起笔来,针对文稿的几个语病进行了简洁的修改。因为资料要得急,还要找人翻译成英文,文稿的内容不需要写得太复杂。

回到了四川,我很想念中大医院的医护人员,我给周护士打了电话,告诉她我的近况,周护士反复叮嘱我,一定要保护好伤口,千万不要再感染了。

一面镜子

儿子在绵阳没待几天，就回到了成都。

一天，儿子带着他的同学小刘来看我，原来我们都在同一所医院。小刘是坐着轮椅来的，手里抱着一篮漂亮的水果。在见到他的那一刻，我惊呆了，他的两腿高位截肢，但脸上洋溢着灿烂的笑容。想起他所遭遇的，我的心情异常沉重，那天我和小刘没聊上几句，儿子就推着他离开了病房。我不知道该用什么语言来表达内心的痛楚。在他临走时，我用眼神示意老段给小刘送上五百元钱，来表示我们的一点心意。

人生就像舞台，每天都是直播。小刘走后，我的心情就像滔滔江水，激起了千层波浪，脑海里总是不断浮现他坐在轮椅上的模样和他一脸的乐观相，这个可爱男孩的笑脸带给我的不仅仅是阳光雨露，还有不屈服命运的坚定。他的坚强长久地刻在我心中，时时撞击我心，我不得不承认，在小刘面前，我是个可怜的懦弱者，我憎恨自己无能，整天只能躺在床上。人的好胜心和攀比心就像是一把双刃剑，虽然让我失落，也给我带来了前行的动力，我决定丢掉了心中那分杂念，鼓起勇气去战胜自己。我的脑海里浮现出一个念头：绝不能再窝在病房里，要学会坐轮椅，像小刘一样，坐着轮椅去户外晒晒太阳，去看一下外面世界。想到这里，我的心在沸腾，一刻钟也等不及了。尽管臀部伤口里的分泌物不停地往外渗漏，尽管我坐上轮椅一定会出现那种天旋地转的感觉，我却没有丝毫犹豫，我对老段大声地嚷了起来：我要坐轮椅。

老段吃惊地说，这怎么行呢，你的臀部有伤，一旦坐上了轮椅，上半身的重量都集中在屁股上，会影响伤口生长，这可使不得啊！

我勾着头想了想说，试试吧，侧着身子，用右边屁股坐！

老段拗不过我，只好把轮椅推到床边，固定好按钮，抱着我坐上了轮椅。由于长时间的卧床，体位发生了改变，我就会冒冷汗，头晕目眩。我坐在轮椅上，不敢抬头，就把右手放在轮椅扶手上，艰难地支撑着脑袋。实在有些受不住了，就想想小刘，他没有了双腿还能坐上轮椅到处跑，为什么我就不行？小刘就像一面镜子，给了我无穷的力量。为检测我坐轮椅的耐力，我叫老段看着时间，要在轮椅上坚持五分钟，然后才回床上休息。在床上躺一会儿，感到头不再晕了，就又坐上轮椅。由于第一次有了实质性的突破，第二次坐上轮椅的时候，我心里不再那么难受了，很快就挺了过去，甚至还超常发挥了。当然，有了前两次的经验，第三次坐轮椅就更轻松了。这次成功地坐上轮椅，给了我很大启发，万事开头难，人只要挺过了艰难的第一次，第二次、第三次就不在话下了。但迈过第一次，真的需要很大的勇气。

能坐轮椅了，我想走出病房，去呼吸户外的新鲜空气。8月11日下午，轮到儿子照顾我，他把我抱上轮椅，推着我在走廊上来回地溜达。我看见几位双腿高位截肢的十多岁的学生，他们用手推着轮椅，在走廊上你追我赶，轻快的笑声在走廊上回荡。儿子对我说，这里住了六十多名重症病人，都是在地震中受伤的。听了儿子的介绍，在经过每个病房时，我都特意伸出脑袋向里张望。我看见有的人拄着拐杖在练习走路，有的则直挺挺地躺在床上，他们的面部表情平静，仿佛在告诉我，能逃脱死亡，就算是幸运的了。

在二楼过道上，我们又一次遇见小刘，他满头大汗，手里抱着一个篮球，还是那张笑脸，依旧是那样的阳光帅气。他的上半身露在外面，整个人看起来像个不倒翁。看到小刘，我的心里又一次掠过一阵忧伤，想起了他所遭受的苦难，不禁为他未来的生活而焦虑。小刘所遭受的打击是我们常人都无法想象的。我从儿子口中得知，小刘的父亲早年因癌症去世，他和母亲相依为命。

"5·12"那天，小刘在县交通局上班，只听见"轰隆隆"的响声传来，房屋剧烈地摇晃，整座办公大楼坍塌了，三层小楼转眼间变为一片废墟。在房屋倒下的那一瞬间，小刘一把抓过女友压在身下保护起来，女友毫发无损，可他双腿却被倒下的主梁压住了，无法动弹，继而没了知觉。到5月16日晚上十点，经过了一百零二个小时的救援，小刘被救了出来。由于受挤压时间太长，他的双腿没有保住。更为伤心的是，与他相依为命的母亲在地震中遇难，女友也离他而去。在短时间里，他遭受了三重打击，但他并没有因此而沉沦，而是拿出了超常的拼劲。经过刻苦训练，他不但坐上了轮椅，还走上了运动场，天天坐着轮椅去打球。

我们这时见到的小刘，刚从球场回来，他坐在轮椅上对我们说，为了尽快恢复手臂和腿部的力量，他每天坚持接受两次残肢塑形训练，每次三个小时以上。再过几天，他将接受一次针对义肢的修复手术……小刘说起他的身体，表情轻松，脸上没有一点愁容，听着小刘谈论他的康复训练计划，我们竟忘了时间。照顾他的志愿者在旁边提醒说，轮椅坐得太久，该回病房休息了。他十分歉意地说，李孃，我们下次再谈。

望着他的背影，我的心情更加沉重，不知道该用什么语言来表达内心的痛楚和震撼。我在心里想，这是从哪儿来的力量，在承受着失去母亲和恋人的痛苦中，还能坦然地接受高位截肢这个残酷的现实，这得需要多大的勇气和毅力。我不禁问自己，如果换作是我，会不会早就被残酷的现实压得没了人形？我能像他一样，开心而坦然地面对生活吗？

平躺着的小英

"我能坐轮椅了，我能坐轮椅了。"这个小小的进步，对于我来说，犹如一针兴奋剂，刺激着我的每根神经，让我高兴得喊了出来。激动的心情难以控制，我恨不得把这个好消息及早地告诉身边的人。吃过了晚饭，我坐上轮椅，催促老段带我到小杨的病房，想带给她一个惊喜。

刚走到病房前，就听到一个年轻女人的说话声："小杨，别哭了，我发觉你的心思太重了，总爱把事情往坏处想，腿上的骨头没有长好，就多吃点有营养的东西补一补嘛。今晚的饭菜整得好巴适哦，太合我们的口味了，别伤心了，赶快吃一点吧。"

"好吧，听你的，多吃点，争取早点好起来。"小杨带有哭腔的说话声传来。

老段推着我走了进去，小杨见我们来了，连忙把眼泪收了起来，强装笑脸招呼我们。她看到坐在轮椅上的我，惊喜地说："李姐，你能坐轮椅了，进步好大呀。"接着，她指着对面床上的病人对我说，"给你介绍一下，她就是前几天我给你说过的小英。"

"是李姐吗？我早就听小杨说过，你太了不起了，在废墟里待了75个小时还能活下来。太不简单了，换作是我，早就没气了。"小英热情地和我打招呼,她的性格开朗,我们第一次见面,但她一点都不认生,对我就像老朋友一样轻松、自在,侃侃而谈。

我仔细地打量小英,她穿着一身病号服,眼睛又大又亮,肤色白腻,笑起来很漂亮,说话直截了当,是个爽快人,是我喜欢的类型。她平躺在床上,胸前放了一张报纸,报纸上放着一个陶瓷碗,碗里装满了饭菜。由于人是平躺着的,饭碗高于视线,她的眼睛够不上碗,很难看清饭碗里的东西。吃饭就像瞎子摸象一样,凭着感觉走。只见她拿着一把勺子在碗里舀来舀去,舀了一勺饭菜,将勺子向嘴边移动,不小心在碗边碰了一下,饭菜又掉回了碗里。她不着急,又重新在碗里舀了大半勺饭菜往嘴里送,几粒饭从嘴边掉了下来,她腾出手来,捡起落在胸口上的饭粒,丢进嘴里。

看到她吃饭很费劲的样子,我心疼地说:"照顾你的家人呢?咋不叫他给你喂饭?老段,你去帮她把床摇起来,在背上垫上一个枕头,这样吃饭更方便些。"

小英连忙说:"别,千万不要动床,我只能这样平躺着,才有利于伤口的恢复。我不太喜欢别人喂饭,喂饭的人掌握不好分寸,吃起来费劲不说,很容易被呛着。自己吃饭方便,吞咽起来能把握尺度。"

看她吃饭艰难的样子,我不由得想起在中大医院住院的小叶,她也是这样平躺着吃饭的,唯一不同的是,她有家人喂,小英是自己吃。从她们身上,我看到了和病魔斗争时所爆发出来的一种能量。而她们正是靠着这种能量,勇敢地面对苦难,乐观地与病痛抗争,我不由得对她们充满敬佩。

我们不再打扰她们吃饭,老段推着我走出了病房,来到医院侧门的花台边。薄暮的夕阳余晖淡淡地洒在高楼上,街道两旁店铺橱窗的霓虹灯亮了，闪烁着耀眼的光芒，红红绿绿的灯像是节日里的烟火。公路上穿梭不停的车辆，人行道上匆忙行走的人群，给眼前这一片繁盛的成都晚景增添了几分朦胧诗意。我好喜欢这种场景。三个多月了，我第一次坐在轮椅上出了病房，尽情地呼吸户外清新的空气，闻着周围香甜的花香，感受城市的繁华和喧嚣。夜色更浓了，老段见我没有离开的意思，为我披上了大毛巾。

伤口不易愈合仍然是困扰我的主要问题，等待了一段时间我们苦苦盼望的专家终于"登场"了。她耐心地坐在旁边，指导实习生小杨给我换药，她一边夸小杨的动作正规，一边叫小杨换药的时候一定要用力搅动伤口。我当时心都提到嗓子眼上了，生怕小杨真的把手伸进去搅动。幸好当时小杨没有听专家的，我悬着的一颗心终于落地了。

那天晚上，川局长来看我，他说我创造了生命的奇迹。还说对图书馆的工作人员进行了统一安排。我说这样很好，对职工也是个极好的锻炼机会。临走时，他叫我安心养病，不要考虑单位上的事。

伤口和手脚的疼痛，让我养成了皱眉头的习惯。比较活跃的护士小吴每次见到我，都会主动提醒我不要皱眉头，要开心点，把眉头舒展开来，保持愉悦的心情。态度温和的康复医生小郭，每天抽出时间为我推拿按摩，她的手法独到，缓解了我的疼痛，感觉挺舒服。

老段每次抱我上下轮椅都十分吃力，看着就叫人心痛。我决定学会自己上轮椅，我叫他把轮椅放在床边，站在旁边护着我。我用右手撑着轮椅，慢慢地挪动笨拙的身体，右脚单跳几步后，屁股一扭，就坐上了轮椅。那一刻，我很开心，脸上笑开了花。那天上午，老段推着我来到一楼，只见天空乌云翻滚，外面快要下雨了，我们坐在医院大门口。这时又来了一些坐在轮椅上的病友，大家静守在大门口，目视着大街上密密麻麻的来往车辆，心里真有种说不出的滋味。那天是8月15日，是地震后的第一个中元节（俗称"鬼节"），我们却无法祭拜亲人，想到这个，我不觉潸然泪下。

由于我坐轮椅的时间过长，伤口受到挤压，敷料不顶事，渗液流满裤子和床单，加之天气闷热，床上的护垫极不透气，原定两天换一次敷料，不得不改成天天换。

8月16日，我很想给一直关心着我的李老师和郭老师打电话，说说我的病情。我拿起电话，却犹豫起来，向她们说什么呢？我觉得自己身体没有多大起色，随即又放下了电话。医生检查了我的伤口后，对我说，肉芽长得慢，凹凸不平。为了加快肉芽的生长速度，他为我换了一种助长敷料。这种敷料包上后，伤口有种灼烧感，渗液特别多，几寸厚的棉垫很快被浸透了，下午又换上新棉垫。

最不方便的是吃饭，病床没有配套餐桌，每次在床上吃饭都需要把饭碗放在右腿上，腿也不能动，坐久了，腿就发麻，吃一顿饭中途要停下好几次，活动一下腿才行。老段买了一张小桌放在床上，才把我的腿给解放了出来。为了给我补充营养，居住在成都的侄女小勇和她丈夫经常在倒休日，乘坐近一个小时的公交车，给我送来饭菜，每次都会端来一大撂盆盆碗碗。陈主任也经常给我送鸡汤，让我心里很过意不去。我说这样太麻烦，叫他们别送了，但他们就是不听。

老段的假期结束，要去上班了，只有到周末再过来。儿子接替了照顾我的任务，尽管他爸一万个不放心，但也是没有办法的事情。那段时间，儿子单独照顾我，我才发现，平时说话很冲、爱顶撞我的儿子，在独当一面的时候却表现出了同龄人少见的能干。他虽然个子小，但做事情用心又细心。他把一天的时间安排得有板有眼，早晨起来就给我洗脸、擦身、换上干净的衣服。等我吃完饭，就扶着我在床上躺下。趁我自己做运动，他就去洗衣裳，然后陪着我一起等待医生查房、输液、换敷料、针灸治疗等。中午儿子陪我睡午觉，再推着我在走廊上走一走。下午，倘若太阳收住了刺眼的光芒，他就推着轮椅带我上街，穿梭在晚风习习的街道，让我"放飞"自我。看着街上的人流，我无数次地在心里想，什么时候，我能跟他们一样行走在大街上。天色黑了下来，儿子推着我回到病房，给我泡脚、敲打脚板。等我睡下了，他才有自由支配的时间，就到一楼大厅去看奥运会的足球赛。离开病房时，他还不忘把手机放在我的身边，叮嘱我有事给他打电话。

8月18日，杨医生来查房，我提出了停止输液的要求，来到省康复中心半个多月了，天天输液，护士已经找不到可以下针的地方。杨医生见我的体温基本恢复了正常，接受了我的意见，我又一次从输液中解脱出来。

手脚的灼烧、胀痛感越发强烈了，让我在白天和晚上都不得安宁。有人建议用盐水敷，儿子照着做了，但我的疼痛还是没得到多大缓解。最近一段时间，我加大了对左手的锻炼，即使手再痛，也没放弃过训练，右手扶着左手，帮助左手做抬手、弯肘、上下摇手腕等动作，尽管左手很多时候只能扮演聋子的耳朵，但我唯一能做的，只有坚持。

佛山康复医生

一天，广州佛山的康复医生来了。我看到医生胸前佩戴的名牌，知道他姓尹，更加巧合的是，他还是绵阳人。他站在床前帮我做了一次康复训练后，对我儿子说，病床靠着墙，很多动作施展不开，还是每天用轮椅推到楼下康复室去做训练吧。我有些冒昧地说，尹医生，能不能在上午和下午都给我做一次训练？他迟疑了一下，非常肯定地说，可以试试，但要有空余时间才行。我点了点头，表示赞同。

下午两点，儿子推着我进了康复训练室，所有医生已经到位。很多病人还没有来。训练场的空间很大，有近三百平方米，里面的康复设备很多，有按摩床、立式踏步器、下肢康复训练器、哑铃、偏瘫康复器、手功能训练组合箱、下肢功率车、液压踏步器、沙袋、双轮助行器、滑轮吊环训练器、台式经络导频治疗仪等。

这时，小刘自己推着轮椅来参加康复训练。他躺在软绵绵的垫子上，医生帮他揉搓大腿。过一会儿，他趴在地上，两手撑地，把身体平举起来。接着他将下肢抬起，垂直向上。按照医生的指导，他的每个动作都做得特别到位，看得我目瞪口呆。尹医生看见了我，招呼我们过去。儿子把我放到按摩床上，我开始接受正规的康复训练。从此以后，我不再像过去那样，只是简单地抬抬手和揉揉腿了，我开始接受科学系统的康复训练，这为我手脚神经的恢复奠定了坚实的基础。

由于长期血脉不通，我的左手和左脚已经完全僵硬了，手和脚的部分关节变了形。特别是手指，受伤后蜷曲在一起，如同铁钩一样。经过家人两个多月的护理，手指扳直了，却又坚硬结实得如同铁棒一样，无法弯曲。与康复医生接触后，我才认识到专业系统的康复训练真的很有必要。尹医生每次在训练我的左手大臂、小臂、手腕、手指及左脚的大腿、小腿、脚掌、脚趾等各个部位时，用力的点和力度的均匀程度各不相同。比如，训练我的左手，先要把我的各个指头的关节部位活动柔软,再一点一点地把手指的各个关节向掌心方向撤。然后握住我的左手,慢慢地把手指往手心方向捏,形成握拳状。十指连心啊,每次训练,我都疼得咬牙切齿,有时右手死死地拽着康复床,有时轻轻地哼唱歌曲,来分散注意力。我努力配合医生,咬牙坚持。尹医生把我的手指训练到一定的程度后,又开始训练我的左手臂和左腿。在训练时,他会不时地要求我保持身心放松状态,还要我跟随他的运动方向,用意念去指挥手脚。

那个时候的我,尝够了病痛的滋味,对身体康复的渴望简直到了极点,就像打了鸡血的斗士。我把康复训练的时间安排得满满当当的,每天上午和下午准时坐轮椅到康复训练室。除了肢体功能训练,还要接受诸如针灸、中频、蜡疗、推积木等其他治疗或训练。每次回到病房里我也不闲着,躺在床上给自己增加了一些自主训练的内容,很多时候我叫家人把折叠小桌放在床上,我用右手辅助左手,把书当成玩具,在桌面上推来推去。这个几个月大的孩子都会做的简单动作,对于当时的我来说也十分困难。左手没有劲,推不动桌上的书,就算给我一张纸币,我也只能看着,拿不起来。推上几分钟,我累得腰酸背痛,疲惫不堪。家人见状,赶快扶我躺回床上。我躺在床上也不歇着,用右手捏住左手快速进行大幅度的摆动。我怕自己偷懒,坚持不下来,每天就以数字为标准:甩手的次数至少不低于五百下,抬脚不低于一百下。每天晚上训练一次,早晨五点睁开眼睛再复习一次,边训练边数,必须达到基本目标。我现在都难以理解,当初的我为啥会有如此大的爆发力。我想答案不外乎有两个:小刘的影响,或者心中执着的信念——要过正常人的生活。那时候我总想为自己赌一把,学会自立,寻找一条不依赖于家人的生活之道。

大凡经历过肢体康复训练的人，都永远无法忘记那段痛并快乐的日子。刚开始训练时，我无意识地对自己施加压力，那种感觉基本上是在往死里逼自己。如果没有一点承受力和意志力，的确很难坚持下去。疼痛就像一颗剧毒的种子，撕扯着人的每条神经，时刻检验着人的承受力。来这里进行康复训练的伤员很多都受不住那样的煎熬，一把鼻涕一把泪的。有个中年男子每天训练弯腿，哭得喊天叫娘的，谁见了那个场面都忍不住落泪。但是只要坚持，不懈怠，跨过了那个艰难的坎，一定会发现身体的变化，那种成功的喜悦，真是无法用语言来形容。

在我住院的地方，有很多活生生的例子。有的病人才做了几天康复训练，就当上了逃兵。和我同组的病友，头两天很多，以至于我的第二次训练差点就排不上了。但这种情况仅仅维持了两天，不少人吃不下这种苦，直接打了退堂鼓。他们的退出对我来说一个绝好的机会，能够保障我下午有足够的训练时间。但这可把康复医生急坏了，他们不但要为病人做训练，还要抽时间到病房去做动员工作。我始终没有放弃，每天坚持上午和下午第一个到达训练室，去接受尹医生对我的康复训练。不是因为我有多"牛"、有多勇敢、有多坚强，而是生活在逼着我必须做出这个选择。我尝够了整天躺在床上、凡事不由着自己的那种痛苦的滋味。加之我的手脚表现出的疼痛感，又给我带来了神经恢复的希望，我得抓住这个黄金期，好好地接受训练。

与我同组的一个女孩是个初中生。她双腿高位截肢，戴着假肢没法走路，却从不参加康复训练。她的脾气暴躁，野蛮任性，碰到不顺心的事就扯着大嗓门喊父母，和他们闹意见，动不动就发脾气，还叫父母不要管她。她时常和一个下肢瘫痪的男孩混在一起，把自己变成训练室的旁观者，或者坐着轮椅在训练室转悠，或者嘲笑别人在训练中表现出的各种痛苦状态。尹医生每次看见她，心里急得像着了火一样。他说，小小年纪就失去了双腿，再不戴上假肢训练走路，肌肉就会萎缩，将来一辈子坐在轮椅上，那种日子怎么过呀？尹医生一有机会，总是不厌其烦地劝导她："要刻苦训练，学会用假肢走路，具备独立生存的能力。"

女孩说，康复训练太难受，一是怕疼，二是练习走路的样子实在不好看，怕别人笑话。于是，她总是以各种借口拒绝参加训练。尹医生开导她说："这点苦痛算不了什么，将来无法站起来，一辈子要靠人照顾过日子，那才是一生中最大的痛苦呢。更何况你的父母要挣钱养家，不可能像现在这样整天守着你，把心思都放在你一个人的身上，今天的痛苦是为了明天更好的生活。要做'人上人'，过幸福的日子，还是做'人下人'，过痛苦的日子，取决于你自己。"女孩很固执，总是把尹医生的话当作耳边风，没有仔细思考将来要走的路，她噘着嘴固执地说："我偏要做'人下人'，偏要折磨父母一辈子。"

我在旁边实在听不下去了，加入了劝导女孩的队伍，我说："孩子，别赌气了，那样只会害了自己。我们参加康复训练都是为了将来自己少受苦。你的父母也不容易，如果他们什么事情都不干，整天守着你，你们一家人吃什么？他们拿什么来养活你？"

女孩说："我才不会赌气呢，我心情好得很。"说完，她便头也不回地推着轮椅溜了出去。对于这种在青春期的叛逆女孩，尹医生一边为她的倔脾气感到惋惜，一边还是不放弃，一有空闲就去找女孩沟通、谈心，还动员我的儿子去做女孩的工作。儿子和女孩差不多是同龄人吧！在他的劝说下，女孩的心结终于被打开了，主动走进了训练室。那个下肢瘫痪的男孩比女孩大一点，在女孩锻炼时，故意跑来挑逗，笑女孩动作笨，笑她白费功夫。他就像一只狡猾透顶的狐狸，自己不训练，还要故意拉着女孩不参加训练。幸好女孩最终觉醒了，没有和他一同懒惰下去。

有一天晚饭后，几个学生推着轮椅聚在一楼大门口，相互帮衬着练习走路。我看着他们熟练地"使用"戴着假肢的双腿，就生出一种自愧不如的感觉。我叫老段推我回病房，开始学走路。老段抱着我从轮椅上站起来，我踩在地上，就像踩在棉花上一样，软绵绵的，感觉很不踏实。我的两手死死地抱住他，先把右脚迈了出去，抬左脚时，可就没有那么容易了，它一点都不受控制，颤颤巍巍地向外绕了一大圈，才软软地、勉强地落在地上。我怕左脚支撑不了身体，慌忙又把右脚迈了出去。我拖动着沉重的步子，一点一点地朝前挪动，慢慢地，胆子大起来，在老段的搀扶下，吃力地在病房里走了一大圈。

我的进步很大，可以走路了。老段很高兴，说我创造了一个奇迹，戏称我达到了一个里程碑，更是对我手脚的恢复充满信心。后来，我经过反复的抬脚训练，腿上有了力量，就开始独立推着轮椅在康复训练室里走来走去。再后来，我右手扶着康复室的杠杆也能挪动两三步。我的家人见我的腿可以移动，脸上露出了久违的笑容。

那时的老段，出手大方，听说什么东西能帮助我恢复健康，就急忙跑去买来。见我爱唱歌，立即给我买了一本名为《激情老歌》的书。听说气垫床很有用，又托侄儿在医疗公司给我买了一个，有什么好吃的东西，再贵也要送到我的床前，把我宠得像公主一样。

训练走路

儿子懂事了，整个假期都耗在医院里照顾我，时间过得很快，很快到了9月。由于住院期间我吃得比较清淡，对重口味的食物失去了兴趣。儿子见我这样，有天晚上，就买了一大包卤肉来引诱我。他坐在我对面的椅子上，津津有味地啃着卤排骨，边吃边吧唧嘴，声音很响。看着他吃得香，我也想吃。儿子把一小块精瘦肉放进了我的嘴里，我嚼了一口，就开始反胃，难以咽下，连忙吐了出来。我只能眼睁睁地看着儿子把手中的一大包排骨吃得精光，并听见他打了一个很响的油焖饱嗝。看着他吃得很开心，我也跟着开心。

9月2日，我到楼下去锻炼，在尹医生的指导下，开始学习把左手肘关节向里弯曲，做平举、上举、下划等动作，对于每个动作，我都做得很用心，但总是达不到很好的效果，感觉自己明明用力了，可抬起的手依然不高。尹医生对我说，不要着急，心急吃不了热豆腐，要慢慢体会各个部位的用力技巧。尹医生每次给我训练手指，都疼得我难以忍受，但不训练的时候，那种疼痛中夹杂着涨乎乎、紧绷绷的感觉，让人更难受，相比之下，我还是觉得训练起来的那种单纯的疼痛要好受点。做康复训练讲究一个"慢"字，"慢"是考验人对一个动作的坚持程度。我是急性子，总想把康复训练的每个动作都做好，但在很多时候，都不尽如人意，完成得有些糟糕。比如，尹医生刚帮我把左手放在胸前，叫我保持一下，话还没有说完，我的手就跟着放了下来。连续几次都是这样，尹医生却并不着急，一次次地指导我、鼓励我要坚持。在尹医生的帮助下，我的左手能够向上抬起五厘米。尹医生还帮我联系了中频治疗，主要针对三角肌开展强化训练。到了晚上,陈主任给我送了一大盆母鸡炖莴笋,香喷喷的,味道挺不错,我和儿子美美地饱餐了一顿。

9月4日,儿子开学了,二妹接过了照顾我的任务。儿子离开前,简单地向二妹交接,他俩头碰头,在一起小声嘀咕,时而发出坏坏的怪笑声。我自然明白,儿子在向他二姨传授一些对付我的"绝招",交换所谓的"心得"。我暗暗发笑,忍不住骂了一句:"真是一对'志同道合'的冤家。"

二妹有照顾我的经验,很快就上手了。下午,她推我去做康复训练。康复床比我的病床高些,二妹没有把握好高度,把我抱上床时,由于用力过猛,自己差点摔个狗啃屎,她不依不饶地"抱怨"我,说我没有配合好。

在省康复中心,也流传着很多故事,对我的影响很大。来自绵竹的一个高中男孩,人长得帅气,瘦高个子,面部白净清秀,他双腿高位截肢,安装了一对假肢。这个男孩是个很吃得苦的人,为了用假肢走路,他下足了功夫,天一亮就到户外去训练,每天上下楼,从来不坐电梯,全是走楼梯,戴假肢的腿练得脱了几层皮,他都忍着,决不放弃。经过刻苦训练,男孩走路的姿势跟正常人完全没有两样,谁也看不出来他是个装有假肢的残疾人。

世间的事真是无奇不有,还有个四五岁的小男孩,在地震中被落下来的砖块砸伤了头部,手术后一直昏迷不醒,全靠呼吸机维持生命体征,父母觉得他这样活着也很痛苦,和医生商量后,决定放弃治疗,取掉呼吸机,到了那天上午,医生不忍心下手,说再等等吧,哪知这一犹豫,却等来一个奇迹,小男孩当天下午就睁开了双眼。过了三四天,他居然从病床上爬了起来,牵着他妈妈的手,摇摇摆摆地走进了训练室，接受医生的康复训练。小男孩每天参加训练，因为年幼，他的身体恢复极快，过了十多天，走路很正常了。从小男孩的身上，我看到了平凡的生命所迸发的巨大能量。

还有一个小女孩，大约有六七岁，扎了一对小羊角辫，嘴巴乖巧，样子挺可爱。她的下肢瘫痪，每天都夹着尿不湿。这个女孩可舍得吃苦了，她妈妈每天带着她去参加康复训练。在医生的帮助下，女孩可以借助康复器械，拴着护腰康复器，独自走上十几步，这真是不可想象的奇迹。这件事对很多病人的震动都很大，大家对康复训练有了一个全新的认识：康复训练非常重要，是伤员必不可少的治疗环节。当年有好几个下肢瘫痪、整天躺在床上的成年男人从小女孩的身上看到了希望，开始振作精神，走进康复训练室。我看见很多病员，他们在经过一段时间的康复训练后，身体在各方面都发生了很大变化。

老段每周来成都，都会给我带来北川的许多新鲜事。他说，地震后，某人因为家人的离世，心里老是过不去，出现了精神恍惚的症状，送到外地疗养去了；某人很快从悲伤中走了出来，有了新的情感寄托，组建了新的家庭。听完这些，我在心里默默地祈祷，希望他们都能幸福安康地走完后半生。

一周岁

9月6日，正好是周末。老段提前为我张罗四十四岁的生日，这是我经历一次大难后过的第一个生日，也是我重生后的一周岁生日（虚岁）。老段非常重视，提前在附近找了一个叫"随缘"的中餐馆。

我喜欢餐馆这个名字的寓意，该来的来，该去的去，顺应机缘，任其自然发展。

妹夫带着女儿阳阳专门赶车到成都来给我过生日，这是地震后我们第二次见面，第一次是在绵阳医院，三个多月没有看到他们了，见了面后，当然有很多话想说。可侄女阳阳明显变了，沉默寡言的，没有以前那么活泼、爱说话了，问一句答一句，我逗她，她也不想多说。大家把我带到餐厅，服务员热情地迎了上来，招呼保安抬我上楼就餐。

那天，老段把我的生日搞得很隆重，叫了一大桌的菜。小刘的二舅来了，还有侄女小勇一家人。大家围坐在一起，都激动万分，为我战胜死神而干杯。说到地震，每个人的脸上都挂满泪水。说到我们什么都没有了，都不由得黯然神伤。短暂的沉默后，大家又为还活着而干杯。

生日当天，小红来看我和小杨，不仅为我们拍了许多参加康复训练的照片，还给我们带来了家乡的特产，我们高兴得忘乎所以，在病房里一起唱起了羌族祝酒歌，吸引了很多医生和病友前来围观。好久没有这样和朋友一起打开嗓门放声嗨唱了，唱歌真好，它可以让人忘记一切。从那以后，我五音不全的歌声时常在病房里回荡。

9月13日，中秋节要到了，护士来换了床单，老段用了一个上午，把病房收拾得干干净净的，还给我洗了头。接着他按医生的要领，帮我做康复训练。下午，儿子的大学同学来了一大群，给我带来了水果和月饼。大家围坐在我的床边，谈着各自人生的理想和追求，看着这群满怀热血的年轻人，我相信，他们凭着这份自信，将来走上工作岗位，一样能活出自己的风采。

晚上陈主任一家请程老师和我们全家在琴台路吃菌汤火锅，我们边吃边聊，说得最多的还是这场地震和我的病情，他们都为我能够站起来而感到欣喜。席间，程老师和中国图书馆学会汤秘书长通了电话，说了我的近况，汤秘书长希望我尽快好起来，力争参加10月27日在重庆举办的中国图书馆学会年会。

饭局结束后，老段推着我回医院，路上，他感叹道，图书馆人这个平时不被人重视的群体，还蛮有人情味呢，对你的照顾和关心胜过了一些亲人。我说，是呀，我受伤以来，每到一个医院，都有热心的图书馆人来看望，这份情意是厚重的、沉甸甸的，是刻骨铭心的，叫我今生难忘。

中秋节放三天假，医院留有值班医生。病区里有人传播谣言，说这几天要发生七八级地震，成都附近的许多病员都回家躲地震去了，病房里空荡荡的。我哪里都没去，哪里也无法去。只有乖乖地待在医院里。曲大哥和二妹的同学小蔡，专门到病房里来看我，送来节日的慰问，还有很多朋友打来电话或者发来祝福的短信。

9月14日上午，老段帮我做康复训练，还没做完，侄女送饭来了，各种菜堆了满满的一桌，鸡鸭鱼样样都有。晚上，我坐在床上写日记，恍然想起今天是小妹的生日，赶紧去了电话，放下电话却忍不住哽咽。物是人非，去年的今天，我们一大家人围坐在一起为小妹祝福生日，仅隔一年，家园没有了，父亲和大哥也离开了我们，而我还在医院里苦苦煎熬。我想给大嫂涛姐打个电话，又怕勾起她的伤心事，便心神不安地放下电话。

9月17日中午，我收到图书馆唐老师发来的短信："儿子，七斤四两。"虽然只是短短的一句话，难以掩饰他初为人父的那种激动和喜悦，我立即回了祝福的短信。那天晚上，我的脑海里总是想着身边的人和事，折腾了一夜，直到天亮。

当晨曦的第一缕阳光从窗帘中渗进病房，我已经在床上训练手脚了，完成所有的训练动作后，就催促二妹起床给我洗脸、打饭和吃饭，然后便"提"着昏昏沉沉的脑袋，提前到达康复训练室，开始了一天的康复训练。二妹笑我，说："跑这么快干吗，去抢馊稀饭么。"

我说："不抓紧时间，就完不成每天的训练科目。我在心里估算了一下，上、下午的康复训练，耗时接近两个钟头，针灸、换药要花上一个多钟头，还有包蜡、中频、玩积木、上下楼梯等，每一个训练科目缺一不可。"我接着说："如果今天落下一个科目，明天再落下一个科目，久而久之，对于训练就无所谓了，人就会变得懒惰起来，也不想参加训练了。变懒很容易，变勤快就难了，你不希望我的后半辈子在轮椅上度过嘛！你们身体健康的人，根本无法体会一个残疾人渴求健康的那份急切心情！"二妹感到有些无语，只好依从我。

医生在处理我的伤口时，我接到了程老师打来的电话，她再次问我能不能参加中国图书馆学会在重庆举办的年会，并要我提前准备在这次年会上的发言稿。我说，这是一次难得的机会，我很想去参加，但目前却无法预料伤口的恢复情况，我会尽力的，争取参会！

尹医生要走了，在结束任务的前几天，他开始培训实习生小吴。他一边耐心地指导小吴为病人做肌体训练，一边给他讲一些症状的处置办法。同时，他如数家珍地为小吴讲解了针对不同的康复病人应采取的不同手法。看着尹医生这样手把手地带学生，我暗自庆幸自己遇上了一位好医生，同时在他们身上学到了做事认真、踏实、富有责任心的工作态度。

一天，我坐在桌边练习用手推积木，旁边一个小女孩也在训练拿积木，她的手比我灵活，捡起桌上的积木，一个个地往盒子里放，又拿出来。拿了几块积木后，手就不听使唤，积木拿不起来，小女孩急得掉眼泪，很想停下来休息一下。她妈妈在旁边不停地喊："拿嘛，快拿起来。""放下去，放下去。天啦，几个月大的小宝都会做的简单动作，你却不会做，太笨了，真是太笨了，快拿起来。"女孩在妈妈的威逼下，又试着去拿积木，可怎么也拿不起来。她妈妈一声接一声地训斥，搞得女孩忍不住大声地哭了起来，旁边的一位医生正在给一个七八岁的女孩压腿，分身乏术，也没去安慰女孩。

我不由得触景生情，想起自己连推积木这个简单的动作都不会，更别提把它拿起来了。左手一点儿都不安分，整天烧疼胀痛，颇为烦人，五个指头更像是被人给捆起来一样，想使劲却使不上。有时觉得左手手指在不停地移动，牵制着诸如手臂、手掌等处关节；有时像针扎一样疼；有时麻木得就像没有手一样。这些症状，不时牵绊着我，让我的情绪坏到了极点。医生说过，神经的最佳恢复期是在受伤半年之内，距离这个期限还有一个多月，我的身体到底能恢复到几成却无法预知。想到这里，我也陪着女孩一起流泪。

到了周末，康复训练室不开门，一没有训练，我就感到迷茫、惆怅。这时候，我唯一的想法就是唱歌，恨不得把心中的所有痛苦和怒火，通通地发泄出来。我就像一头发怒的狮子不管不顾地在病房里高声地吼着歌，有个男病员也跟着一起吼，一整个上午，我们轮流吼着歌，在粗狂、厚重的歌声中，我忘记了忧愁。

尹医生本来已经将我的康复训练交给小吴负责，听说我决定回绵阳，他又亲自指导我做康复训练，并且增加了训练内容和强度，比如，手在胸前辅助抬起，用意念去控制手慢慢下落，还有手肘弯曲、伸直等。随着伤口慢慢好转，尹老师在我的脚上也增加了一些训练项目，如每天捆着沙袋训练抬脚等，但由于我的小腿没有力，大腿带动小腿抬起来的时候，脚杆打得不直，呈弓形。尹老师说，这样不行，即使左脚抬不高，也要把腿打直。

9月22日，尹医生又给我增加了一个科目，开始训练我上下台阶，他叫我站在室内双向扶梯步行健身器材的台阶下，从下向上走。健身器材的台阶只有五个，也并不高，可对我来说，爬台阶犹如登山一样难，我犹豫着，不敢向上抬腿。尹医生说，别怕，有我保护着。先抬右腿吧，一步一步地走。尹医生说完，就站在台阶旁边扶着我。我身体靠在扶梯边，右手使劲抓着栏杆，战战兢兢地抬起右脚，上了一步台阶，用力踩着，再抬起沉重的左脚。我的左脚一点都不受控制，甩了一大圈后，才软软地落在同一步台阶上，左脚使不上劲，右脚支撑了整个身体。由于右腿侧面有伤，感觉特累，腿杆直打闪闪（打战），身体失去平衡，人站不稳，就要往下倒。尹医生抓着我，我才终于站稳。我停了一下，接着走第二步台阶，右脚跟先前一样，负重感强、很累，左腿艰难地划上一圈后落在第二步台阶上，这次身体稳住了。有了前两次的经验，迈第三步台阶时，表现就好多了。走完五个台阶，我的头上在冒烟，汗水直往下淌，我胡乱地用手抹了一把汗，甩了甩劳累的右腿，开始下台阶。下台阶相对要轻松一些，左脚下右脚跟，一前一后同时落在同一个台阶上，五个台阶很快便走完了。"万事开头难"，走完一个来回后，我爬台阶就容易多了。又走了几个来回后，尹医生叫我放开扶手，他在身后保护我。没有扶手可抓，我不敢向上抬脚。尹医生说，就像刚才走台阶一样，勇敢地走上去。我心里发怵，壮着胆子抬右脚，左脚不受力，我的身体一下子失去了平衡，东倒西歪的。尹医生在背后扶着我，我没有摔倒，赶紧上右脚。就这样，我颤颤巍巍地走了几个来回，却发现尹医生不知在什么时候已经松开了手。训练了半个钟头，我像爬上一座高山一样，喘着粗气，累得走不动了，衣服被汗水彻底打湿。

那个时候，我想走路的心情非常急切，训练结束后，尹医生叫我好好休息，但我又拖着麻木的腿在康复训练室里走了几大圈。实在走不动了，我才坐在桌边，训练左手推积木。大家夸我进步很快，可他们哪里知道，为了左边手脚的恢复，我、家人、医生等，都付出了巨大的心血。

好朋友

9月23日，我仍然第一个走进康复训练室。二妹笑我像小学生一样，总想争第一名。我没有说话，只是默不作声地独自走台阶。那天我的情绪很糟糕，心里莫名其妙地难受，昨天晚上，许多往事在我的脑海里浮现，折腾了一夜。

我想起了段泽群老师和兰哥。地震前，图书馆和青少年活动中心在茅坝新区合资修建了馆舍，由于图书馆资金不到位，工程方锁住了楼房大门，不让搬迁。2007年政府成立政务服务中心，才想办法从老板那儿把新图书馆"拿"过来。为了保住图书馆，我绞尽脑汁地说服了杨泽森副县长，在二楼的一个区域，建立了文化科技惠民阵地，我和唐老师在那里上班。

当时，兰哥担任北川县政务服务中心的保安，他的爱人段泽群是北川中学新区（原茅坝中学）的老师，他们平时吃住就在政务服务中心。我就在二楼上班。我家在老城区，距离上班的地方要走半个多小时，可谓是一个在城东，一个在城西，段老师叫我中午就在她家吃饭，我因此成为他家的常客，经常在他们家混饭吃。兰哥是个勤快人，变着花样为我们煮好吃的。我生病需要吃中药，兰哥煎好中药给我端来。段老师中午休息时，就教我在电脑上养QQ宠物。她的性格活泼、爱跳舞，没有晚自习的时候，就在新城区的广场上跳羌族萨朗。地震前三天，也就是5月9日，星期五的傍晚，我在她家吃了晚饭，她带着我去政府广场跳萨朗。结束后，又和一群舞友把我送到小河湾，我们才分了手。没想到，那天的送别竟成了我们的永别，段老师星期一在学校遇难。

据新闻报道，北川中学新区（原茅坝中学）正处在山体滑坡的受害点，五百余名学生几乎全部被埋，如今学校只剩一根歪歪斜斜的旗杆和一面鲜艳的五星红旗。

当天晚上，我还遇上了在幼儿园上班的段志蓉，她是我过去的同事，我们相识于1993年，都在托儿所和幼儿园上过班，一起共事了十多年。她为人直率，没有小心眼，我们很谈得来，经常在一起讨论课程教案，讨论班上的孩子成长情况。我调到图书馆后，就很少碰面了。那天很巧，她吃了晚饭路过翻水桥，就遇上了我，我们就边走边聊，共同回忆共事时发生的趣事，比如那个"美丽"的误会，以及造成误会的人，说得难舍难分。

我们靠着翻水桥的栏杆，又说起了许多其他的趣事，说着说着，我们都哈哈大笑起来。这时，天上下起了小雨，我们在桥上分了手，约定下次搞个"托儿所人"见面会。

后来我才听说，段志蓉和她妈、她弟、弟媳和年幼的侄儿，都在地震中遇难了。可恶的地震，带走了她家五口人。当初在托儿所上班的六名职工，其中有三名永远地离开了我们。

我与段志蓉分手后，一个人沿着大街继续往家里走，过了十字口，在街左边的一家皮鞋店，遇见了徐英和黄兰，她们年龄相差不大，是一对形影不离的朋友，我们几家人走得很近，经常在一起吃饭。那天，徐姐和黄姐在逛皮鞋店，我走过去跟她们打招呼。徐姐相中了一双新款皮鞋，便掏钱买下了。黄姐似乎也想买双皮鞋，她看中了一双特秀气的半高跟皮鞋，是特价商品，标价一百元。黄姐把皮鞋穿在脚上，觉得挺合适，但始终在买与不买中纠结。她把皮鞋拿在手中看了看，不舍地放在鞋架上，又拿下来穿在脚上试了试，看来她很喜欢这双鞋。黄姐平时比较节俭，很少为自己添置衣物。她在公安局上班，习惯了穿职业服装，平常爱穿平跟鞋，这种半高跟的皮鞋很少穿。她还说，家里的鞋子多得穿不过来，这双皮鞋买回家后，只怕又成了"冷百货"。最后，黄姐经不起我和徐姐两人的劝说，还是掏钱买下了这双鞋。

仅过了一个周末，或许她们新买的皮鞋还没有穿上脚，就在星期一那天下午离开了我们。

哎，人在灾难面前，生命是多么脆弱。而我唯一的表达方式，就是流着眼泪，把她们的故事写下来，希望能告慰她们的在天之灵。

难忘的一天

9月24日，这是我最后一次在省康复中心接受训练，因为从明天起，尹医生就要回家了，我也准备回绵阳。

昨天夜里，康复医院的很多人都没有睡觉。临近半夜，雷公火闪的，令人心惊胆战。我的病床靠近窗台，闪电一来，把整个小房间照得白亮，特别刺眼，紧接着便是"轰隆隆"的雷声。雷声滚滚，一会儿大，一会儿小，似乎要把整幢楼房给抬起来一样。在雷公火闪的煽动下，瓢泼的大雨更是肆无忌惮地横扫大地，像恶鬼一样，想在一夜之间把人间给活生生地吞没，我和二妹睁着双眼，不敢睡觉，在恐惧中度过了一个可怕的夜晚。

早晨六点过，已经停下来的雨又突然发作了。天黑了下来，闪电更是毫不留情地撕裂着天空。狂风就像一个醉汉，怒发冲冠地撕扯着树梢，雨下得更急，更猛烈了。雷声中，房顶在颤抖。病房天花板上的涂料一块一块地往下掉，我们惊慌失措。大家纷纷从病房里出来会聚在走廊上，似乎想从围在一起的人群中找到"众人拾柴"的安慰和力量。

八点三十分，雨小了。康复医生陆续来到病房，动员我们到楼下去参加康复训练。很多病员被他们的敬业精神感动，即使大家一夜没有合眼，也都十分珍惜这最后一天的康复训练。尹医生在帮我完成康复训练的基本动作后，弯曲我的左手肘拐，放在胸前，要我尽量稳住，不让手落下。他松开手后，我的左手像不给力的风筝，摇晃着一头栽了下来。尹医生叫我别急，耐心地握着我的手继续加强训练。

一整天，我都在忙着"赶"各种治疗。因为我的大拇指和其他僵硬的指头并在一起了，虎口无法展开，省康复中心赵医生给我做了两个肢具，叫我天天换着戴。一个肢具的功能主要是强迫大拇指与其他的指头伸直分开，另一个肢具的功能是固定左手呈握拳状。遗憾的是，我臀部和大腿上的伤口，始终在流脓水，不愈合。

  程老师听说我要离开，背了一大包零食来看我。吃过晚饭，儿子、二妹、侄女一块儿推着我去大街上，我给二妹和侄女各买了一条方巾，作为离开这座城市的纪念。晚上我久久不能入睡，在省康复中心的一幕幕，就像电影一样在眼前闪现。

  夜很深了，窗外的月亮洒在暖暖的病床上，明天，我要回绵阳了，迎接我的又将是什么呢？

2　绵阳市中医院

回到家乡，我住进了绵阳市中医院（简称市中医院），继续接受康复治疗。由于伤口始终不愈合，我不得不再次面临留院治疗和转院治疗两个选择。对于这个问题，我再也没有先前那种坚定和果断的做事风格了。我把决定权留给了我的家人。才几个月的时间，我就变得如此的懦弱和胆怯，这究竟是为什么，我也弄不明白。

离家更近了

我做梦也没有想到，在省康复中心治疗的这批病人中，我是第一个离开的。回家的心情急切，甚至有点迫不及待。

9月25日，老天似乎在为我的伤口而担忧，总是阴沉着一张难看的脸。吃过早饭，家人推我走出病房。听说我出院了，很多认识或不认识的病友和家属，都站在病房门口或廊道上，用羡慕的眼神欢送我。我坐在轮椅上向他们挥手告别，小杨也坐着轮椅，跟在后面为我送行。

在医院门口，记者袁老师和他的搭档找到我，拍了我站在医院门口的照片，还把在北川采访后所撰写的一些纪实稿件交给我看。翻开一页页书稿，我的心里在翻腾。"5·12"汶川特大地震是一场前所未有的大灾难，不仅改变了北川的地貌，也改变了北川人民的生活。而两位记者深入灾区一线，把一些普通老百姓讲述的故事用文字记录下来，这是对一段历史最生动、最真切的再现，更能触及人的灵魂，激发人们在灾难面前发出勇往前行的最强音。我为他们能有这种快速的反应而感到高兴。

车来了，我告别了他们，走上了回家路。我靠在车窗前，看着呼啸而过的高楼大厦和人群，在心里默默地念道：再见了，省康复中心，再见了，我的康复医生，再见了，我的病友。上午 11 点，我们到了绵阳。二妹归家心切，顾不得吃午饭，就连忙赶车回禹里。朋友早就订下餐馆为我接风洗尘，我见到小妹、小李和干亲家，大家都很激动，那一顿饭我们吃得泪眼婆娑。

我住进了绵阳市中医院，这里的康复科是为地震伤员专门设立的免费治疗点。儿子当时正处于大学的实习阶段，实习单位在联系中，他就暂时承担起了照顾我的任务。康复科住着好些北川人，先前我们都认识。但我能一字不差叫出名字的，却没有两三个。很多病员和家属热情地招呼我，我却愣在那里，出于礼貌，只好"嗯嗯"地点头应着。难道我得了失忆症？我在心里问自己。

那时候，北川在申报异地重建，经过专家审定，新北川县城落户原安县管辖的黄土镇，已经陆续开始征地拆迁，落实过渡安置房，启动县城的建设规划了。当时，除了北川有几所学校在绵阳办学外，其他行政和企事业单位都临时集中在安昌镇办公。地震以后接近一年的时间里，很多单位每天有专车接送职工上下班。老段大多坐中巴车，偶尔坐接送领导的专车上下班。他每天下了班后先回医院，和我们一起吃晚饭。如果有人照顾我，他就打的回绵阳双碑家，要是没人照顾我，他就在医院里住下。

市中医院在绵阳比较有名，我住进康复科后，艾主任安排人员对我的身体进行了常规检查，然后确定了康复科目。负责地震病员肢体训练的医生是外省来的,他们的工作方式与广州佛山的医生有所不同。他们充满活力,在狭小的康复室里,有的站着聊天,有的坐着看书,有的在指导病人做康复训练,他们更加注重给病员分时段训练。我初来乍到,不知道有这种规矩,擅自闯进了肢体训练室,要求进行康复训练。

我见到了雷医生,他简要了解了我的一些情况,对我的手脚捣鼓了一番,判断我的神经受损情况。他更强调自主训练,但我觉得自主训练还是要有一定的基础,对于一个手脚没法动的伤员来说,如何进行自主训练,如果先前没有尹医生帮我打下训练的基础,我根本就无法完成他所设定的训练科目。雷医生叫我把手向外侧举起并停留一段时间,每次做十五个,还鼓励我把左手向胸前抬起来并慢慢放下,连续完成六个动作,然后叫我去抓他的手,当我的左手摇摇晃晃地向他的手靠近时,他的手突然移到了另一个地方,我伸出的左手就偏偏倒倒地垂了下来。我对准目标,再次向他的手靠近,眼看就要碰上了,他的手又绕到别处去了。我不甘心,继续用手去碰他的手。雷医生就是用这种声东击西的方法,训练我抬手的。接着,又开始训练我的脚,他叫我用力勾脚。我的脚虽然能走路,但很僵硬,脚勾不起来,练了几下也不行。他叫我自己练习,接着就"收兵"了,我被弄得糊里糊涂的,前后训练不到十分钟呢,我还以为他要开始教新方法,没有想到就这样结束了。这如同刚搭好的戏台,才冒冒失失地演了一个节目,戏就唱完了。我满腹狐疑地说:"这么短的时间就结束了?"雷医生没有回答我,用手示意我可以走了。雷医生和尹医生在康复训练方面理念不同。我暗自庆幸自己先遇见尹医生,基本功训练得扎实、到位,不然我实在很难跟上雷医生的自主训练的节奏。

下午按照规定的时间，我在儿子的陪同下，沿着楼梯来到九楼的康复训练室，我到处看，没有找到雷医生，后来发现他坐在阳台边专心地看着一本厚书，好像是医书类的书籍。医生爱学习，作为病人就不好去打扰。我看到其他病员在用辅助器械训练，也跟在后面做。我对着镜子练习耸肩、扩胸、走路，再把康复医生教的动作复习一次。做完这些后，我看见雷医生在给一个小男孩做康复训练。过了一会儿，才轮到我训练。训练动作依然是胸前抬手。训练结束，他提了提我的手指头，说我的手指训练还不到位，叫我别依赖别人，要学会自己训练。我说，早晚都在训练呢，只是达不到力度，希望在他的指导下出现新的进展。雷医生说："医生只能教给你方法，康复训练主要靠自己。打个比方，一个人被人打一下耳光和天天自己拔毛，你说哪个更烦？你就是那个拔毛的人，只要天天把手脚拔一拔，就会收到很好的效果。"

　　那天夜晚，我躺在床上，按照雷医生教的方法，在空中挥动我的左手。我想，就是一座大山，我也要把它攻下来。过了三四天，我的手在大脑的指挥下，可以上下左右小幅度地摆动，我按捺不住内心的喜悦，立马打电话把这个好消息告诉了一直关心我的尹医生和徐医生，与他们共同分享我的"进步"。

　　在康复训练室的墙上，挂着一张绿色的小网子，这张网是由无数个小方格子组成的。雷医生叫我把左手放在上面，手指头微微弯曲，攀附着小方格子，一格一格地往上爬。爬的时候，尽量让每个手指头都动起来，通过这种方式来训练手指。我按照他教的方法，循序渐进地训练。雷医生感慨道，幸好以前的康复医生训练得扎实，加上本人那股不服输的劲头很足，才使我的身体有了很大进步。

很多时候，我都在心里说：人啊，没有亲身体验过苦难的折磨，是不会明白被那种痛苦反复折磨的感觉的。再高明的作家，倘若没有经历过一段苦难，就算他绞尽脑汁地堆砌词藻，在他的笔下也找不到那种感觉。但是，没有人喜欢苦难，尤其是过于沉重的苦难，当年躺在床上不动的我，看到坐在轮椅上或拄着拐杖走路的病友，那种羡慕，是从骨子里透出来的。因此，我急切地盼望自己快点好起来。从坐起来到站起来，从迈步走路到独立生活。正是靠着这份执着的信念，我才一点一点地向前迈进，为了给照顾我的亲人减轻负担，我尽力去锻炼。过去每次上厕所，都是我的家人帮我穿脱裤子，还要帮我垫卫生巾。有时儿子照顾我，遇到这种情况，不得不硬着头皮去做。我从零开始训练自己，后来我上卫生间，基本上不要家人帮忙了。

针灸室

市中医院的康复科很有名气，既有电针，也有传统的艾草熏治。走进诊疗室，一股浓浓的中药味弥漫在房间里。每天来这里针灸的人特别多，不光是地震病人，还有很多本地的老病号和外地慕名而来的病人。

医院的针灸床位特别紧张，每天早上不到八点，大家就争着去抢占，有时还为占床位的先后顺序而争吵。我一开始有些不理解，反正整天都有针灸医生，何必赶早争先呢？后来才听说这中间的小秘密。原来艾主任每天上午会按先后床位进行一轮巡诊，他要亲自过问病人，给病人扎针，这是个十分难得的机会，很多病人都不愿放过。我知道了原因后，也跟着学样，照着别人教的方法画了几次瓢，只要看见治疗室门一打开，就去抢占床位。

艾主任是中医博士，他个子矮矮的，但他针灸技术很出色，他的手艺的确很好。我曾经感受过他的针灸，很有力道，一针下去就能点准穴位，他捻针的时候，我明显地感觉到有种穿透力极强的酥麻感。每次做完针灸，我就赶到康复室去接受肢体训练。康复室的训练场地小，重症病人不多，很多伤员不愿意去训练，在同一时间参加康复训练的只有十来个人。在这里，我仍然同在省康复中心一样，每天把训练科目安排得满满的，一个都不落下。艾主任根据我的病情，提出了输液的建议，我最初没有同意，考虑到臀部上和大腿上的伤口还没愈合，随时都有再做手术的可能，得把手背上隐约看得见的血管，留给手术后输液用。说到输液，咱得佩服中大医院的护士，技术过硬，一针就准。我的手背上有根主血管，虽然密密麻麻、整整齐齐地排满了一个个小针眼，但很少有瘀青和鼓包的现象。

9月29日，老段陪我在医院里锻炼。还不到八点，诊疗室的床位已经占满了，病员心里都跟明镜似的，来得越来越早。我没有赶上第一轮针灸，就下楼去泡手泡脚。老段成了义务换水员，将放在地上已经用过的药水全部倒掉，又换上了干净的药水。那时候他对我很有耐心，我先泡手，再泡脚，泡脚时他就忙着给我按摩手，做到手脚康复两不误。泡了手脚后，我们下楼去进行肢体训练，走进康复室，雷医生正好有空，我就跟了上去。

我对肢体训练的热情度极高，每天上午和下午都在坚持，或许我渴望身体快速恢复的心情和行动打动了雷医生，他对我的训练越来越上心。他叫我做屈伸动作，肘拐弯曲用力向后，随之伸直，我做前伸的动作还行，但叫我变动手的位置，常常有种手不够长的感觉。雷医生叫我伸左手，我的左手看似伸了出去，但把身体也跟着带了出去。这种方法不但没有达到训练目的，反而加剧了身体倾斜的毛病，纠正起来很麻烦。康复医生最注重动作的干练性和正确性，宁愿病员在这个动作上完不成，也不愿其附带其他的动作。雷医生特别强调零的突破，他常说，从零到一最难，规范地完成一个动作才是最好的开端。听了他的经验之谈，我一次次地告诫自己，宁肯多花时间完成一个标准动作，也决不附带其他不利的动作。

回家过节

国庆节医院放假五天，科室里留有值班医生。老段做了一个大胆的决定——带我回绵阳双碑家里过节。我们这个家是2003年集资修建的，有一百四十多平方米，当年买房带装修及购买家具大约花了十五万元。2006年春节入住后，我们几兄妹带着爸爸在这里过了一个春节，后来偶尔去绵阳小住几天。而让我感到遗憾的是，妈妈却不知道房子是朝东还是朝西，她2005年6月离开我们的时候，房屋正在装修。当初我们买这套房子时，手边没有余钱，我厚着脸皮向亲朋好友东拼西凑地借了十万元，虽然省去了贷款利息，但欠下了人情，同时让我们背上了沉重的思想包袱，心里老是想着，什么时候才能还清债务，做到"无债一身轻"。所以每到年底，年终奖在手中还没捂热，就赶快凑成整数还一部分，这样持续了四年多，2007年，我们还清了所有的欠债。地震后，双碑家成为我们的安身之地。

我带着喜悦的心情回到了家，家里真舒服，夜晚睡得香。国庆节当天，小妹一家从安昌过来，小哥一家从江油过来，我们兄妹坐在一起，心里好欢喜。阳阳有了一些变化，说话多了起来，更喜欢臭美了。侄儿典典用打工的钱给她买了一大堆衣服，样式新潮，符合她的风格，她便欣然接受了。那天阳阳高兴得很，乐呵呵地在房间里跑出跑进的，换上一件件新衣服，还穿上了妈妈的高跟鞋。她一手挎着妈妈的手提包，一手叉着腰，站在客厅的穿衣镜前，学着时装模特儿走"台步"，不过，因鞋跟太高，她走得战战兢兢的。

我们都十分珍惜这来之不易的团聚，但心里免不了还是有一些惆怅，我们的话题始终绕不过"5·12"地震，父亲的离世和大哥的失踪成了我们的心病。最让我们难过的是大嫂和侄儿，他们还没有从痛苦中走出来，不仅不愿和我们见面，还同我们拉开了距离，那段时间，很少与我们往来。

小哥一到家，就钻进厨房，给我们烧美味的饭菜。侄儿和小妹在沙发上轮流按摩我的手和脚，希望能通过她们温暖的手，让我快点好起来。按摩对我来说，感觉很好，有效缓解了我的疼痛。他们的手按累了，便停下来休息一下。我安静地坐在沙发上，手脚的疼痛感和强烈灼烧感夹杂在一起，那种滋味真的难受，泪水在眼眶里打转转，我不由得在心里哀叹：这样的生活，什么时候才是尽头啊。

那天晚上，他们带我到双碑中街的笑傲江湖吃火锅，那家的店堂大，估摸有四十桌，生意相当好，每张桌子都坐满了人，外面还有等候用餐的人。来这里吃饭的，大多是北川人，看着一张张熟悉的面孔，我却叫不出名字来。那个时候很多人的消费观念发生了突变，活着的人觉得自己太不容易，主张今朝有酒今朝醉，手边有了钱就带家人去下馆子，挣来的钱悉数交给了餐饮店或茶楼的老板，赶上了年轻人的时髦，变成了地道的月光族。

第二天，老段负责煮饭，侄儿和小哥承担了给我按摩手脚的任务。读二年级的阳阳学着医生的模样给我看病，询问我的病情，问我：手疼不疼？脚麻不麻？我老老实实地回答。她还给我建了病历，根据病情开出了药方，拿出五颜六色的糖丸当药分给我吃。这个小家伙太有趣了，我本来是病人，就认真地当好病人。看着她天真无邪的笑脸，我似乎忘了疼痛。

到了下午，我穿上老北京布鞋，拖着左脚在家里来回地练习走路，从客厅到寝室，从寝室到客厅。方姐眼睛尖，发现我走路的姿势不对，左脚起步画了一个大圈不说，每迈出一步，左肩还不由自主地耸了起来，而且耸得很高。脚后跟没着地，踮着脚在走路。方姐就开始纠正我的动作，她在前面示范，叫我两眼平视，身体保持松弛，不要看地面，左肩自然下垂，和右肩保持在一个水平距离。我按照她的建议，对着镜子纠正不良的走路姿势。我试着用左手贴着身体，不让肩膀顶起来，结果一迈开步子，眼睛落在脚上，左肩跟着就顶了起来。芳姐按着我的肩膀叫我走，我就不知道该怎么出脚了。家里人都不看电视，眼睛齐刷刷地盯着我，叫我对着镜子走，改正不良的姿势。阳阳在前面充当小老师，我模仿着她的姿势，跟着她学动作，却始终不对头。家人安慰我不要心急，慢慢去揣摩、领会，先做到脚后跟着地。

国庆节的第三天，天冷了起来。幸好老段单位分发了一些衣物和棉被，不然我们过冬就麻烦了。绵阳家里的好些东西都不齐全，必须买。小妹和方姐主动充当采购员，一大早就去商场，下午才回家。小妹说，方姐买东西才舍得下功夫呢，楼上楼下到处看，比价格，看质量，讨价还价。她还帮我买了两件衣物，水红色的短衣和墨绿色的风衣，两件衣服花去700多元，还是最便宜的，我很满意这个价格。要是放在地震前，我肯定舍不得。经过这场灾难，我和大多数的北川人一样，改变了对生活的态度。大家时常感慨，好不容易活下来，该吃就吃，该穿就穿，潇洒地过好每一天。

晚上大家一起看电视，方姐说，上月江油商场搞促销活动，她看中一个床上四件套，标价二百三十九元，她本想叫老板把三十九元的零头给少下来，说了半天老板也不同意。过了几天，方姐想去买床单，结果商场已经恢复了原价。她的经历告诉了我们一个简单的生活道理，人要学会把握时机，一旦错过了，就得从头开始。所以我即使再难，也要抓住康复医生现场指导的大好机会，认真锻炼。

国庆的最后一天，我们吃了午饭，各散四方。小哥和方姐回江油，小妹带阳阳回安昌，老段送我回医院。走进病房，床头柜上放了一束红彤彤的鲜花，旁边有一袋水果。听病房的人说是绵阳市图书馆送来的，他们假期里来医院看我，结果扑了一个空。我捧着这束散发着淡淡清香的鲜花，心中暖意融融，连忙拨打电话表示感谢。

老段看了看我的臀部说，已经五天没有换敷料了，应该完全被渗液浸透了。他找来值班医生换敷料。值班的是个老中医，大概很久没有打理外科了，他揭开敷料再去拿材料，让我们足足等了几分钟，清洗伤口时更是显得有点慌乱。走过这一路，我也懂了一些治疗程序。我斜靠在病床上，叫他先用酒精在伤口四周消毒，再用钳子夹出里面凝固的渗液，然后用棉签擦干，把钳子伸进伤口里搅拌，直到里面出现红色，再用酒精、碘伏消毒，用干棉球擦干里面的水分，并放上一块大敷料，最后用胶布固定。右腿的处理方法也是一样的，只是消毒后要放进一个纱布引流条，再包扎。医生的态度还是比较虚心的，在我的口头"指挥"下,完成了每个步骤。常言道:久病成良医,这话真不假,我可以当半个只说不动的医生了。

晚上,老邻居小李夫妇来看我,我们一起去吃饭。地震前我们都住在县委新宿舍。两家门挨门,经常凑在一起吃饭、聊天、烤火、打毛线,相处得非常融洽,就像一家人。地震后,我们各在一方,再也没有机会做邻居了。

滑囊炎

市中医院的张医生是我的主管医生,他见我臀部和大腿上的伤口创面快要愈合了,里面还在流黄水,心里非常着急,请来手术室的林医生给我换药。这次换药的时间很长,林老师在病房里把我的伤口进行了一次彻底清理,几个病友或许看到从伤口里流出了许多血,关切地问我痛不痛。我摇了摇头。当我转头看到手术盘中一堆纱布和棉球浸透了红红的鲜血,我一点也不慌张,甚至暗自高兴,因为这说明我的伤口没有感染。

先前在华西医院见过的袁记者和同伴,又来绵阳看我,对我进行了采访。他们对北川图书馆的过去、现在和未来都比较感兴趣,叫我提供一些材料,打算从图书馆这个小视角展示公共文化的变化和发展。我凭着记忆把我所知道的东西毫无保留地讲给了他们听。对北川图书馆目前的情况,我不太清楚,便叫他们去采访副馆长唐老师。他们说,唐老师在陪客人呢,是他叫我们来找你的。我只好把地震后,我一路走过来的艰辛讲给了他们听。

10月8日,中心医院的邓医生过来会诊,他仔细检查了我的伤口，说我得了臀部滑囊炎，里面的伤口要彻底长好不容易，因为肌肉挨着滑囊处有个缝隙。人的坐、站、行等轻微动作，都会使它过度受力，进而导致滑囊受到反复挤压、摩擦，引起化脓性水肿，要把这个缝隙填起来，仅靠自然生长估计不可能，必须尽快重新手术。听了他的诊断，我的心里如五雷轰顶，顿时变得沉重起来，一天都没有笑脸，过去的几次手术曾经把我折磨得没有人样，命运之神偏偏捉弄人，又将把我再次推向手术台。我害怕做手术，一想起走上手术台的那个场景，心里就发怵。我该怎么办？怎么办？我伤心地哭了起来。我的这种糟糕的情绪，被省图书馆程老师知道后，又通过电话转达给了一直挂念我的图书馆界同仁。

那时的我，因为被困废墟七十五小时被救出的经历，被誉为"不倒的图书馆"精神之代表，大家都把我视为图书馆界名人，成为全国图书馆乃至海外图书馆称颂的榜样。但凡我有一丁点风吹草动，都会牵动他们的心。大家纷纷发来短信安慰我，劝我听医生的话，许多人都说，过去那么艰难的日子都走过来了，更何况这一次呢，只要有利于身体健康，就要勇敢去面对。现在想来，当年我之所以有很大的决心和毅力去战胜病痛，在很大程度上都源于这个因素，图书馆学界的同仁把我抬得太高太高了，让我站在高处不敢往下跳，只得硬着头皮坚持走下去，遇到难处亦不敢懈怠。我逼迫自己一次次地向我所敬佩的英雄人物看齐，比如邱少云，为了不暴露部队潜伏的目标，在烈火中一动也不动；比如黄继光，在抗美援朝上甘岭反击战中，用自己的胸膛堵住了敌人的机枪；比如刘胡兰，在敌人威逼利诱面前，毫不畏惧，视死如归地走向刑场……一个个英雄人物事迹，同仁的鼓励和朋友的安慰，帮助我不断地调整情绪，尽量保持良好的心态去同困难抗争。后来中国图书馆学会汤秘书长联系了重庆第三军医大学图书馆馆长，请他出面对接，让我在10月赴重庆参加图书馆年会时，去重庆第三军医大学附属医院（简称三军医大医院）接受治疗。

在那个周末，我回到绵阳，小哥一家从江油过来，方姐听说我想吃肉饺和鱼，专门在江油买好带来做给我吃。我好久没有吃到这么香的肉饺了，一口气吃了十多个。大家都说我的胃口好，食量很大。我说，这都是被二妹逼出来的。当初在中大医院做完手术，我消瘦得厉害，每天处于高烧的痛苦中，几乎没有食欲。老段照顾我的时候，见我心里难受，也不好过多地强求我吃饭。他走后，换二妹照顾我，那就不同了。二妹听医生说我的伤口长不起来，就天天在外面的餐馆给我买有营养的东西，强迫我吃下去，每天变着法子让我喝汤、吃肉；她不但在肉体上"折磨"我，还在精神上"折磨"我，天天在我耳边唠叨：同来四川的某某伤员，做了手术没几天，伤口长得如何如何的好，都快拆线了；某某身体恢复得快，已经坐了起来，还能走路了；又有一批人准备出院，星期五就可以回家了；楼下的四川伤病员都走光了……或许她只是在向我陈述病友的情况，但我却感觉自己像是个"罪人"，拖了家人的后腿，唯一的赎罪方式就是"狂吃"。为了让伤口快点长起来，我不得不强迫自己多吃，吃得肚子胀鼓鼓的。我的哥嫂和妹妹听到这里都捧腹大笑，他们说，还是二妹有办法。

我喝了一口水，接着说，那个时候，我的身体消耗相当大，虽然整天躺在床上没法运动，又吃下了那么多的东西，却没有出现过胃胀、不消化的现象。有一次，二妹听说团鱼有大补的作用，就到集市上买了一条，请一家餐馆加工。那家餐馆真逗，可能从来没有做过团鱼吧，煮好的团鱼除了腥味，便没有其他味道了。二妹不管不顾地催我吃，说团鱼有营养，大补几次后，伤口里的肉芽就会长起来。看着二妹的着急相，我不想让她失望，就闭着眼睛，把团鱼当药吃，硬是往嘴里塞。当着她的面，我咬牙切齿地吃掉了一整条团鱼，现在回想起那个场面，头皮就发麻。因为我没有任何选择，不吃吧，怕二妹难过伤心，因为她照顾我太不容易了。后来二妹重新找了一家四川餐馆，那家餐馆早晚主要经营蒸鸽子，一份蒸鸽子大约只有四分之一个鸽子，她天天给我买两份。那个蒸鸽子很合我的口味，味道鲜美，天天吃都不腻。后来，朱护士叫她的妈妈江姐每天给我送早饭，营养又美味。江苏南京师范大学图书馆的陈老师，也经常炖甲鱼送给我吃。我就这样撑破肚皮地吃，吃了睡，睡了吃，体重上升了一些，伤口却长得很慢很慢。二妹把我的胃口练开了，再难吃的东西我都能搂一肚子。家人听到这里，都沉默不语，他们从我的说话中隐隐地感受到，当初我为了长伤口，是多么的艰难和不容易呀。

　　周末在家里，尽管邓医生说臀部滑囊炎要少运动，但我想反正要动手术，干脆多活动一下。家里的几间房成了我练习走路的场地，早晨一起来就在几间屋子里乱窜。我走路的样子实在是太难看了，就像大多数跛脚的人一样，一瘸一拐。身子歪歪倒倒的，左脚软软地使不上劲，右脚硬邦邦的，踮起脚尖在走路，膝盖小腿往内倾。家人叫我走路时要把手微微摆动起来。我对着镜子做动作，却越做越难看，步子也渐渐迈不开了。

　　10月11日，山东省的康复医生来了，他们的肢体训练方法又有所不同。李医生是我的康复医生。我对李医生说，不知怎么回事，我躺在床上抬左手，左手轻易就能举了起来。当我站起来，左手就抬不起来了，只能平举在胸前。同样是举手，为啥站起来举手就显得特别艰难？李医生点了点头说，由于地球有引力，人躺在床上，重心落在整个身体部位，左手举起来就很容易；人站着举手，重心落在脚上，手离得太远，左手神经就不受支配了，做举手的动作就相对要难一点。李医生说完，叫我走几步，见我走路的姿势不对，就对我进行纠正。他说，你的左脚看起来在走路，实际上它并没有用劲，只是起到了一个支撑点的作用，右脚踮着走，节奏快了半拍，承接了左脚的大部分力量，两只脚出现了用力不均等的现象，必须把右脚后跟放下去，减缓右脚起步的频率，还要增加左脚的承重力。

在训练场地，北川农办主任董云飞自杀的消息很快在病房里传开了。董主任我认识，身材高大壮实，他的儿子董壮壮是我在幼儿园教过的学生，不幸在地震中遇难。董主任在繁重的工作压力和失去爱子的悲痛之情的影响下，选择了结束自己年轻的生命。他的轻生行为引起了社会的广泛关注。很多人都说："那么大的地震都活过来了，还有啥子扛不过去的？"记者来采访，问我对这件事有什么看法，我说，人在痛苦中，最需要的是温暖、关爱，地震后如果及时疏导或改变他的工作环境，或许他能从失去儿子的痛苦中走出来。我就是一个活生生的例子，当年在华西医院接受治疗，余震让我恐慌、窒息，使我无法摆脱地震的阴影。离开四川后，由于环境的改变，这种压抑、烦躁不安的情绪，很快得到了控制。

山东的康复医生对病人总有一副热心肠，不管是哪个医生，只要手边空着，看见病人走进康复室，就主动帮助病人进行肢体训练。他们从不闲着，训练病人也不分彼此。一天，为我开展康复治疗的李医生手里有病人，陈医生看见我来了，赶紧过来帮我活动手臂，他看了看我的手说，左臂肱二头肌没有长起来，手举起来有点受限。他就把我带到墙脚边，让我靠墙站直，教我练习抬手和举手。他的手比较重，对我练习握拳的动作很有利。掌关节受限，手腕无力，是我目前面临的最大问题，如果不加快恢复，将来生活自理就难了。要改变这一现状，我必须在医生的指导下，努力训练。我是很舍得吃苦的病人，每天走进康复室，就对着镜子开始锻炼。我平时爱做快动作，自认为动作快爆发力强，能起到很好的锻炼作用。但陈医生说，这样训练很不好，动作快容易形成惯性，训练不到位。

在我们这批病员中，要数小蒲最活跃，地震后，她小腿上的肌肉腐烂了，经过治疗后，留下了一个大坑，走路摇摆不定，身体前倾。她很崇拜山东来的侯医生，时常夸他的针灸技术高超，手法不一般，银针进入穴位有一种麻麻的感觉。我听她说了，决定下午去试试。

下午，侯医生给我针灸后，又给我活动了手脚，感觉很好。回到病房，我发现同病室照顾女儿的杜姐闷闷不乐地坐在床边，一问才知道，她放在包里的项链不见了，价值四千多元，这对当时一无所有的我们来说，无疑是件非常难过的事。"挨千刀的小偷，净干缺德事，就一会儿工夫，偷走了我的东西。"杜大姐数落了好一阵。她决定回陈家坝一趟，请我帮忙看护她的女儿。她女儿叫小任，和我一个病房，平时喊我干妈。小任是北川中学高一的学生，平日里爱跟她妈斗嘴，很少在病房。我心有余悸地接受了这项任务。她妈走后，小任很听话，不在外面乱跑，白天晚上都待在病房里，一点不用我操心。

第二天，老段的侄儿带来一种叫做"透骨消"的草药，家人捣碎后包在我的关节处，有种凉悠悠的感觉。对于草药的功效，我深信不疑。当年侄儿在外地包工伐木，组织民工一年四季在野外作业，受伤的工人很多时候就靠着这些草药来应急。草药对外伤的恢复有很大帮助,对于神经的损伤,我猜也有一定的疗效。

医生又一次对我伤口进行了检查,先是拍了片,但片子不太清楚,又做了CT检查,得到的结论是:炎性骨囊,骨裂,有块碎骨。看来,不做手术真的不行了。

这样的结果,让我无言以对。

准备发言稿

时间过得好快,离中国图书馆学会重庆年会召开的时间越来越近了,重庆图书馆打来电话,要我准备发言稿。由于我一路走来十分艰难,人们给予关爱太多,感触太深,我拿起笔一气呵成,洋洋洒洒地写了十多页。老段说,发言时间只有十分钟,字数太多,必须删减,他主动提笔帮我改稿子,我不由得松了一口气。

我看了一遍老段帮我修改的文稿,觉得修改后的稿子不像我的风格,概括得多,不够生动,读起来索然无味,没有把我心中所要表达的意思说全。我决定重新梳理一次,围绕着我最初的梦想、地震救援、治病之路、北川图书馆重建的过程及林林总总的感想展开思路。定稿后,我拿到外面去打印,花了三十多元。回到病房,我再次看了发言稿,却总是不太满意。

我没有电脑,家人带我去网吧改稿子。网吧里大多是年轻人,突然看见一个左手托着纱布歪歪扭扭走进网吧的中年妇女,都好奇又警惕地盯着,以为是找学生上网的家长。我找到一个空位置坐下后,网管员连忙过来帮我打开电脑。听说我要在电脑上改稿子,就帮我插上了U盘,把鼠标定格在文档上。我低头看着键盘上的字母,用右手敲打键盘。半年没有接触电脑了，加之以前对电脑的操作程序本就不熟练，我的眼前一片模糊，找不到键盘上的字母，半天打不出一个字来，稿件改得慢。网管员很热心，自告奋勇地来帮我，我口述，他打字。但中途不时有人进出，不断有人上网或下网，网管员要忙着连接网卡和收钱。这样一来二去，就忙不过来了。我干脆摸索着自己修改发言稿。时间过得很快，文稿才弄了一小段，已经是下午四点钟了，该回医院换伤口敷料了。我保存了文档，取下U盘，决定把文稿拿回家去改，想起星期六小哥要来绵阳，就叫他顺便带上笔记本电脑。

到了周末，我吃过晚饭，小哥打开电脑，跟我一起修改稿子。我叙述，他打字。小哥做事有耐心，根据我的口头叙述，他快速地打字。画面温馨生动，让我仿佛回到了小时候，他为我辅导功课的场面。我改稿的兴趣极其浓厚，更加用心地凝练语句，用真实唯美的文字去挖掘内心细腻的情感，小哥跟着我的叙述不停地敲打键盘。

老段坐在沙发上看电视，一个劲地笑我太迂腐、太过于认真。我没有理会他，仍然专注地修改稿子，心中只有一个念头，第一次参加这种大型年会，第一次面对全国图书馆界同仁在台上发言，必须做好充分的发言准备，开不得半点玩笑。当晚过了十二点，文稿修改工作才过半。第二天吃过早饭，方姐催我们快点改稿子。我继续口述，小哥打字，我们配合得相当默契。临近中午，稿子改好了，比起先前的文稿，内容更丰满，更有血有肉。

那天晚上，记者袁老师请我吃饭，说是为我到重庆开会饯行。席间，我和唐老师对图书馆的发展聊了各自的想法。这时，我收到四川省图书馆程老师发来的一条短信。看完内容，我的心在颤抖、在跳跃，一刻也无法平静，为这突然传来的喜讯，让我激动得满脸绯红，国际图书馆协会与机构联合会（简称国际图联或 IFLA）决定资助我参加在意大利米兰第 75 届国际图联大会。我把这个好消息告诉了家人，大家为我欢呼雀跃，为我干杯。

重庆第三军医大医院

10 月 27 日，我和唐老师一起参加在重庆召开的中国图书馆年会。县政协领导考虑到我的身体状况，专门安排了一辆车护送我，并让老段陪同。老段除了照顾我的生活，还有一个重要的任务，就是要带我到重庆第三军医大医院去检查伤口。一路上，我晕车的毛病减缓了很多，几乎没有费多大周折就到了重庆。

会务组考虑到我出行不便，安排我们住在重庆图书馆的招待所。招待所里的设施齐全，有电梯，地毯，跟外面的宾馆没有两样。李馆长得知我到了，马上为我预约了检查医生。

住在招待所里，我就开始构想发言方式，最初我想采用平时聊天的方式来做好这次发言，但我怕话匣子一打开，就再也收不住了。这种正式的会议对发言者是有时间规定的，不得拖延。我思来想去，选择照着念稿的形式来完成这次发言，比较稳妥。我怕自己的普通话说不好，便一大早起床练习。

深秋的重庆，下着细雨，整个山城被白茫茫的雾气笼罩，如同蒙上了一层面纱，为山城增添了几分神秘气息。老段推着我走进会场，很多人都惊讶地看着我。在大会开幕式上，中国图书馆学会正式发布了《图书馆服务宣言（2008）》，国际图联主席克劳迪娅·卢克斯女士现场致辞，她一口流利的中文引发现场热烈的掌声。在特意安排的

"抗震救灾"报告会上,我坐在轮椅上,面对着台下的黑压压听众约700人,一点不怯场地完成了这次发言。大家被我的真情讲述感动,有很多人的脸上挂满了泪珠。的确,亲身经历过的事情,讲起来自然、生动,很有感染力。会议结束后,卢克斯主席与我合影留念,并正式邀请我和绵竹图书馆李馆长,参加明年在意大利米兰举办的第75届国际图书馆联合会大会,这样的大好事落在我们头上,我们激动不已,欣然同意。

在会场外,我像众星捧月的大明星。走到哪里,都会被一群人围着,他们叫着我的名字,嘘寒问暖,和我一起拍照。我见到了经常关心我的汤秘书长,她是那么温柔年轻,那么有亲和力,她拉着我的手说:"养好身体,有什么困难说出来大家一起扛。"我见到了用诗歌夸赞我的詹馆长;见到了浙江大学的李老师,她给我送来了一件驼色的毛衣;还见到了郭老师,她给我带来了两只北京烤鸭。他们用不同的方式,在我心中撒下了爱的种子,希望种子能够生根发芽,收获新的希望。

下午,《出版人》杂志社的一名记者来采访,我蛮有兴致地讲述了北川图书馆地震前开展读者服务、图书馆建设过程中的曲曲折折。采访结束后,李馆长开车来了,带我去医院检查伤口。

走进第三军医大医院,如同走进了闹市区,到处都是密集的人群,各种各样的口音都有,还有很多外国人。电梯口拥挤不堪,十几部电梯不停地运转,每部电梯都被塞得满满的。我们在二层地下室,等了十几分钟,才挤上了电梯。我们来到二十二层的一个宽敞明亮的房间,有电视机、沙发、饮水机等,很像是会客厅,结果是病房。

医生对我很重视,骨科、神经科、烧伤科的几位专家都来会诊,大家得出初步结论：伤口深、有渗液暂时不能动手术，先保守治疗，用负压引流器吸出渗液，帮助肉芽生长，如果效果好，或许可以免于手术。医生问我们愿不愿意留在这里治疗，如果我愿意，就马上为我办理住院手续。遇上这样好的医院，以我几个月前的性格，我会马上表态同意的。但是现在，我却犹豫不决，病情的折磨已经让我失去了原有的果敢和勇气。我和老段私下里商量了一下，达成了一致意见：回绵阳。我的伤口和手脚的恢复是个漫长的过程，如果选择在这里住院治疗，离家太远，老段无法请假来照顾我，叫二妹跑这么远的地方长期照顾我，也不现实。要是请护工来照顾，家人也不放心。还有第三军医大医院并不是国家指定的地震病员免费治疗医院，如果在这里治病，我所有的费用都得自己支付，当时我们的处境并不乐观，家里也没有多少积蓄，这一大笔医疗费和护理费又从哪里去找？李馆长希望我们留下，在回招待所的车上劝我们不要顾虑钱的问题，中国图书馆学会在想办法帮我解决。我思来想去，还是没有勇气留下来。

出来了几天，我的伤口已经不允许我在外面继续逗留。10月29日，会议还没结束，我们回到了绵阳，在市中医院门诊复诊。十分关心我的张医生请来骨科的申医生给我检查伤口，并提取伤口里的"渗液"做细菌培养，后期好针对培养情况用药。医生说，初看起来我的伤口表皮似乎快愈合了，但表皮与里面的肌肉呈分离状态，中间有个空洞，导致伤口里的渗液不断往外溢出。到了30日，华西医院专家到市中医院巡诊，看了我的伤口，专家说，没有办法预测伤口愈合的时间，只有在治疗中不断摸索。

与我们一道在医院里接受康复训练的北川病员小王运气"背"到家了，他骨折的腿可以走路了，膝盖却弯不下去。医生说，接骨错了位，还得重新做手术。在当年，这种情况在我身边时有发生，但没有哪个病员为此发过牢骚，去找医生麻烦要说法，声讨医疗事故。在那段特殊的时期，伤员多而集中，病情复杂多变，医疗条件十分有限，大家都很理解医生的辛劳和不易。骨头接错位又重来，大不了再忍一忍，没有谁会在意这些问题的。

11月5日，我又一次盼来了会诊医生，门诊骨科王牌专家林医生检查了我的伤口说，可以用珍珠麝香之类的药物来治伤，但成本很高。九楼的陈医生说，切开皮肉涉及动手术，属于骨科范畴，康复科操作起来很难。十一楼的医生说，要请到骨科的邓老福爷，真难。有人说下午香港医生来会诊，结果却是一场空。我也不知自己该怎么办。心里烦，生着闷气，就想去花钱发泄一下，我拖着没有知觉的腿，在侄女的陪同下，去商场买了一大堆吃的东西和一双皮鞋。从省康复中心回到市中医院的小杨在大门口见到了我，很是羡慕地说，李姐，你好安逸啊，可以到处溜达了，我还在轮椅上呢。但她哪里知道我的苦闷心情呀，我也不想做太多的解释，也解释不清，第一次当了康复训练的"逃兵"。

11月6日上午，医院迎来了香港的康复医生，一行专家看了我的手脚，为我做了三种康复肢具。一种是白天要戴的肢具，这种肢具很复杂，既要让大拇指张开，与其他指头保持一定的姿势，又要通过松紧来弯曲指头，增加它的弯曲度。另一种是晚上戴的肢具，这种肢具是按手形设计的，强迫手指伸直，防止手掌变形。还有一种睡觉的脚肢具，分开各个脚趾头，据说三件肢具就是两千多元。

那天晚上，朋友小李请我吃火锅，然后我们去商场购物。天冷了起来，要给家人添置毛衣，在商场我只敢买特价商品，买了五件毛衣,花去了一千三百多元,用去了我一个月的工资。那几年,很多人都说北川人很有钱,经常逛商场,出门手里提着大包小包的,羡慕得很。他们哪里知道,北川人什么都没有了,为了生活下去,怎么也要添置一些生活用品,即使家里没有那么宽裕,但那是生活的必需品,借钱也要买呀!

3　绵阳市中心医院

重庆第三军医大医院是我见过条件最好的医院,但我却不敢走进它,主要原因是护理问题,次要是钱的问题。这两座大山把我先前的那股果敢的气势给压塌了,我没有勇气再为自己选择心仪的医院。在老段的张罗下,我住进了绵阳市中心医院(简称中心医院),这是地震后我被救出后来到的第一家医院,原先的地震病员专用区已经被拆除。我在外科大楼的骨科病房住了三个多月,才结束了住院治疗的日子。

入　院

我于2008年11月24日上午重新入院,住进了中心医院外科大楼骨科病房,病房老旧,条件比较差,没有卫生间,病床摇晃破烂,墙壁涂料脱落。病房里有三张床,来了急诊病人还要临时加床。

我的主管医生是杨医生,他检查了我的臀部伤口后,忧心忡忡地说,别看伤口的表皮只有筷头大个眼,但里面是空洞,没有长拢,肌肉和表皮呈分离状态。他初步诊断的结论是:左臀部伤口感染和皮肤软组织肌肉缺失,右大腿伤口感染,两处伤口有渗液,左手和左脚神经损伤严重。由于我是以地震伤员的身份住进医院的,又是几个月来伤口不易愈合的"顽固派",无法预知我的伤情后续发展如何。中心医院怕担风险,将来被追究责任,把我的治疗方案向上级有关部门进行了汇报。

下午，市中医院的张医生来到病房看望我，叫我安心养伤，等我伤口好后，继续回去康复训练。一个医生能如此关心他过去收治的病人，实在让人感动。人在生病的时候，往往很脆弱，不管是精神和身体都需要慰藉，或许张医生自己却没有意识到，他的这个细微的举动，在我的心头倏地涌起了一层温暖的浪花，撞击着我的心房。

25日上午，医生给我抽了血，查了肝胆胰等部位，对伤口进行了处理，为下一步治疗方案的实施做好了准备。家人见我情绪低落，带我到公园附近去晒太阳。公园的人很多，大都围坐在一起打麻将，我对这东西向来不感兴趣，沿着公园绿道独自练习走路。

28日是周五，我回到双碑的家中，妹夫把一碗鸡汤送到我手中。喝着热腾腾的鸡汤，一股暖流涌上心头，在家的日子真好，舒适、安静、温馨。过了这个周末，我要很久才能回家了。医生经过手术前的指标检查，把我的手术时间安排在下个星期二。或许世人都摆脱不了一个"俗"字，住院的前几个月，我们谁都不会去在意医疗费，要自己掏钱了，每天关都不忘去翻一翻治疗费用清单，住院时预交了一万元，安排了几个检查项目和一台手术后，剩下的也不多了。

中心医院的骨科病房是一个考验人胆量的地方，随时会遇见一些意想不到的场面，吓得人心惊胆战，半天回不过神来。

皮瓣转移手术

12月2日，我的手术被安排在第三台，中午十二点进手术室，下午三点半下手术台。我醒来后，仍然是过去术后的那些症状，恶心、想吐。排气后，吃了一点稀饭，晚上吃了半个苹果。第二天精神好多了，医生说我的手术很成功。

我的主治医生说，原计划做皮瓣转移手术，结果切开快要长拢的表皮，伤口里出现了很多脓性组织，只好临时改变方案，做了清创手术，切除里面的坏死细胞。这次伤口清理干净，恢复一段时间后，再实施皮瓣转移手术。手术过后，当然又给我挂上了液体，由于我的身体对以前用过的王牌消炎药"泰能"产生了依赖性，一般的消炎药起不到多大作用。医生说，它属于自费药，价高，不能报销。老段说，没有关系，用吧，只要能消除病症，对病人的身体恢复有利就行。

12月6日，北京来的专家到了病房，打开敷料查看了我的伤口，他们认可了本院的治疗方案，又针对后期的皮瓣转移手术进行了细致指导。

听说我又做了手术，"图书馆家园"马上为我筹集医药费。12月7日，陈老师送来了三万元善款，保障了我住院的经费，我们不再为钱而发愁。

手术后，每天消毒换药。两周后，医生见我的伤口得到了一些控制，准备实施皮瓣转移手术。12月16日再次手术，下手术台后，医生说，打开伤口后，发现还有少部分脓血组织，做皮瓣转移手术的条件不够成熟，于是又对伤口做了一次清创处理。

12月30日，我又一次躺上手术台，接受医生安排的皮瓣转移手术。术后照样感到恶心，医生说，这属于正常现象。杨医生对这次皮瓣转移手术的结果很满意，他对我的家人说："手术中，切下了臀部一块活的皮肤作为皮瓣，把它移植到伤口处。皮瓣是否成活现在还不敢轻易断定，一般要经过五至七天才能确定。这期间，病人需要卧床休息，不能做任何运动，家属给病人翻身时要小心又小心，千万不要碰到伤口，病人大小便后要做彻底的消毒处理，严格保证移植部位不被细菌感染，才是手术成功及皮瓣成活的关键。"杨医生瘦高个子，戴着一副黑边眼镜，他说话实在、很直接，一点都不掩饰自己对病症的看法。

手术后，家人的护理工作十分严密又谨慎，杨医生每天都要给伤口部位换棉垫、消毒，细致观察皮瓣的血运情况，每天对伤口皮温、肤色、肿胀程度及毛细血管反应等指标进行综合评判。为避免损伤皮瓣，我躺在床上不能动，必须静静地躺着，等护士帮我翻身。为保证营养摄入，儿子的干妈每天顶着寒风变着花样给我送饭。

听医生说，由于皮瓣提取处紧挨着肛门，刀口更宽更长，稍微一用力，缝合的伤口就会流血、裂开。很多时候，我害怕引起伤口感染，每次大小便就特别紧张，不敢太用力，拉的时间很长。侄女玲玲在照顾我，她一边小心翼翼地护着便盆，一边鼓励我大胆"运作"，真是太难为她了。每次大小便后，她都要对我的屁股及周围进行消毒处理，有时累得直不起腰来。唉，不堪回首的往事，又脏又臭的护理工作，可苦了我的家人！

我在担惊受怕中数着日子，艰难地熬过了一天又一天，直到第六天，杨医生检查了我的伤口换药时，十分肯定地说，皮瓣颜色达到正常标准，皮瓣转移手术成功了。听他这么一说，我和我的家人悬着的心总算落了地。但伤口的生长还是有问题，肉芽老是不长。给我换药的两位医生都姓杨，一位是主管我的本院杨医生，另一位是进修的杨医生。本院杨医生每次给我换伤口，总是唉声叹气地说："李姐啊，你可要多吃有营养的东西，伤口怎么老是不长呢！"进修的杨医生给我的伤口换药时，总是信心十足地对我说："李姐，快了，看样子伤口好多了。"我的心情时常在他们两人相互矛盾的语言中发生变化，时喜时忧。我不知道究竟哪位医生说的才是实情，忍不住询问我的家人，但他们说得含含糊糊："医生在换药，我们看不清楚，就听医生的，他们说什么，你就听什么。"后来老段听人说华西医院有一种促进肉芽生长的特效药，叫金因肽，就托侄儿买了几瓶带回来。每天消完毒后，他就把金因肽喷洒在我的伤口上。大腿创面喷上药物后，没几天就愈合了，臀部上的伤口创面很大，愈合得太慢、太慢了。

2009年很快来了，过了元旦，1月9日这天，美国华人图书馆员协会（CALA）中国地震灾区图书馆重建工作组的负责人委托中国图书馆学会给我捐赠了五万元善款，由唐老师带回来交给老段，当时我躺在病房里，并没有记住捐赠者的名字。后来在我写的很多文章里，全部提说中国图书馆学会捐赠了五万元，直到2009年11月16日，我在邮箱里翻到美籍华人周教授写给我的邮件，才明白这笔善款是怎么回事。

> 双修女士是我们美国华人图书馆员协会（CALA）中国地震灾区图书馆重建工作组的负责人。她委托中图学会分发2万余美元。我们想请问您收到了吗？您的文字里没有提到此事，所以我们想问一下。我们可以对我们的捐赠人负责。我们感谢中图学会代表美国华人图书馆员协会（CALA）"中国地震灾区图书馆重建工作组"在图书馆重建工作中发挥的桥梁般的作用。

在邮件的附件中，她还着重列举了北川图书馆受捐的人员名单，有我、唐老师、于老师、王老师、李老师、王明文直系亲属（小周和小雍），还附了一份赈灾重建特别报道的简报。后来，我在很多文章里写道：此前在文章中提说，中国图书馆学会为我治病捐助了五万元住院费，系本人张冠李戴，错误地把委托方当了成捐款方，实际上，这笔钱是美国华人图书馆员协会捐助的，在这里我特别提出来，以纠正以前的错误说法。我想，在我们这批受捐人员中，或许没有几个人能弄明白这件事的前因后果。在此，我对美国华人图书馆员协会对北川图书馆人付出的大爱表示深深的感谢！也为自己在此前文章中的错误表述深感愧疚和抱歉。

血 泡

屋漏偏逢连夜雨，2009年刚开始，我就遇上了麻烦。春节要到了，医生给我换了药，允许我回家休养几天。1月23日下午，老段接我回家过年，儿子带着几个同学来帮我提东西。在家门口下车后，儿子自告奋勇要背我上楼。他半蹲下身子背我，由于起步时用力过猛，脚下一滑，差点把我摔翻。我的双脚重重地落在地上，当时并没有任何感觉，可是到了第二天，左脚板的后跟上起了一个又大又亮的血泡。刚开始我们都没有在意，以为它会自然好转。可是到了大年初三，血泡破皮后，脚就开始红肿、溃烂、流黄脓，我们只好提前回病房。 杨医生在给我处理伤口时，心情比较沉重，他唉声叹气地反复对我说："李姐啊，你咋个这样不小心啰，你的这只脚本来就供血不足，愈合起来就很慢，可你又一次弄伤它。一定要保护好左腿，千万不要在地上走路了。如果伤口老是流黄脓，溃烂处就会越烂越宽，你的整个脚可能就保不住了。李姐，真的，我不是在吓唬你。"

正如杨医生所预判的，我脚后跟和臀部的伤口就像难以拔掉的脓疮疮，过了很久都难以恢复，始终流脓水，我一直卧床，按时换药。一天，病房里来了一位素不相识的827部队的退休老干部，我叫他张叔，他在照顾洗澡时打滑摔断腿的老伴，看到我的伤口，张叔拿起照相机拍了下来，还洗成照片交给我。他的老伴出院时，张叔硬要塞给我八百元钱。就这样，我终日卧在病床上，周末也不能回家，送走了一批又一批病友。到了三月初，杨医生说，我臀部上的伤口还有一个缝隙，始终不能连接骨头。他建议我们到华西医院去找医生诊断一下，看看还需要采取什么治疗措施，老段辗转帮我联系到了华西医院的专家。

上午，我们坐车来到华西医院的烧伤科，医生揭开敷料，仔细检查我的伤口后说，伤口里的肉芽已经长好了，应该没有问题。老段感到很纳闷，他十分奇怪地说，明明昨天跟着杨老师在一起观察伤口时，发现靠骨头的部位还有一个小针长的缝隙，怎么过了一夜后，臀部里的缝隙就全部合拢了，这真是件不可思议、又令人欣喜的怪事。我们后来推测，可能是因为坐车的时间过长，臀部的伤口受到外力的挤压，自然合拢了。

当天下午我们回到了绵阳中心医院。第二天杨医生为我检查臀部的伤口，发现里面的缝隙果然不见了，只是表皮还没有长拢。脚后跟的伤口虽然好了一些，但还有渗液流出。杨医生说，伤口表皮要彻底好转，还需要一段时间。现在大问题解决了，剩下的都是小问题，住院部的床位紧张，还是出院回家慢慢养，在门诊部去换敷料，费用要低一些。

3月12日，我在绵阳市中心医院整整住了三个多月，终于出院了。出院前杨医生反复对我和我的家人说，病人不能走路，不然脚后跟的伤口不易愈合，后果不堪设想。我出院后，想着一路照顾我的二妹、侄女和朋友十分辛苦，就给他们各自发了一个红包，聊表感谢。

出院后，我在当时叫520的部队医院门诊，每天自费换药。我家紧挨着827部队家属楼三号门，为了走近路，老段托人办了进出827家属楼的证件。那时二妹的老公调到了永昌镇，他们在绵阳永兴租了房子，侄女玲玲也在我家附近租了房子。在工作日，二妹白天照顾我、买菜，晚上还要煮一大家人的饭菜。到了周五晚上，二妹则回永兴过周末，我的小妹周五回绵阳。我们经常一大家人在一起吃饭，那时我们家很热闹，工作日晚上和周末吃饭的差不多都有一桌人。

二妹照顾我很辛苦，从周一到周五，抱着我上洗手间，隔天背我上下楼，然后推着轮椅，带我到医院换药。医生见我脚上老是流脓水，又让我在门诊上挂了一周液体。我还花了几百块钱托老段的幺妹，从片口带来了一种很贵的药粉撒在脚的伤口上。为了安慰我，幺妹还找人给我算了一卦，说我的伤口很快会好起来。或许治疗达到了一定的"火候"，或许包来的药粉起了作用，总之，过了一个多月，我脚后跟处的伤口结了疤，臀部的伤口也全部愈合了。

4 在家里康复的日子

左臀部和脚后跟"顽固"的伤口愈合后,我们在高兴之余又多了几分担忧。由于几个月来的精力全都用在伤口愈合上,手脚没有活动,我的左腿的功能又回到了原点,没有知觉的左腿僵硬得不能走路了,只得从头练起。在那些日子里,我最大的心愿就是尽快丢掉轮椅,重新学会走路,为了实现这一愿望,我天天训练,每天上午在家完成医生交给我的训练科目,下午和家人推着轮椅去一家私人诊所,自费做针灸、拔火罐等治疗。过了一段时间,我又一次站了起来。拖着伤残的腿走路的第一天,我再次想起了中大医院王医生的鼓励:"只要坚持手脚的功能训练,日后一定能像正常人那样行走的。"

回老县城

清明节临近,家人带我去祭奠亲人。母亲在 2005 年因胆管癌病故,从那时起,我们兄妹即便工作再忙,每逢清明也要到母亲的坟前跟她说说心里话。记得 2008 年清明节,我、小妹和大哥三家人同往常一样,在蒙蒙细雨中来到母亲坟前,向她诉说我们过去一年的生活和工作。仅仅过了一个多月,父亲和大哥就在地震中离开了我们。

3 月 29 日星期天上午,天阴冷阴冷的,下起了毛毛细雨,伴随着行驶的车轮,我的心在颤抖。地震后的第一个清明节,我们踏上老县城这片满目疮痍的故土,心情比任何时候都沉重。

过了任家坪,周围一片荒凉,震后,县里的柏油马路完全变了形,车子像个醉汉,摇摇晃晃地在路面上行驶,车窗"哐当哐当"地响。从山上滚落下来的巨石,斜躺在路边,摇摇欲坠,看到眼前的情景,我的心缩紧了。

车子在通往县城的三道拐停了下来,家人把我抱上轮椅,推我来到望乡台。眼前的情景,真是让人难以置信:曾经秀丽的北川县城,满目疮痍,很难看到一个完整的建筑。老街的房屋几乎全部倾倒在废墟里,土堆里长出了杂草,开出了野花。难怪很多北川人都不愿意回到这片故土。他们心底仅存的那分坚强,很可能会被眼前的画面击得粉碎不堪。老县城还有一万多人被埋在下面,这是一座伤心的城,难以回望的故土,埋藏了多少忧伤。我再也控制不住自己的情绪,伤心的泪水就像泉水一样往外涌。

我们的家,孤零零地躺在废墟中,隐隐约约还能看到我家贴有黄色砖块的那扇窗户,老段指着家的方向对我说,一、二楼全部陷在了地下,找不到一点痕迹,三楼变成一堆废墟趴在地上。由于"9·24"洪灾的冲击,厚厚的泥石流把趴在地上的废墟盖住了,地面被抬高了,我们的四楼就变成了一楼。

老段指着远处像一座山一样高的废墟对我说,我和川局长就是在那个地方找到你的,那个地方靠近铁业社,如果从直线距离来看你埋的地方,距离李华的打印店有三百来米。我不由得惊呼了起来,天哪,这样高的废墟,真难想象我们当初在里面是怎么度过的。

老段接着说,那个地方很危险,即便手中有了工具,救援过程也特别艰难,因为你们被困在废墟的"半山腰",下面稍稍有一点动静,就会使上面的石头滚下来。营救你们对谁来说都是一场生死的较量。听他说完,我不由得深深地吸了一口气,暗自叹息:真是死里逃生。

　　天色灰蒙蒙的，纷纷扬扬的雨水混着我的泪水被雾气淹没，悲伤笼罩着整片废墟，大有"不敢高声语，恐惊地下人"的凄凉。望着眼前的情景，我在心里不断地为我的亲人哀悼，我那帅气聪慧的大哥，不知当时是怎样咽下最后一口气的？还有我那可亲的老爸，他有安身之地吗，是否被埋进了"万人坑"？

　　来纪念亲人的北川人，铁青着脸，满脸挂着泪水，即便是遇见多年的老朋友，也不愿靠近多说几句话，怕惊动废墟中的魂灵。我坐在轮椅上哭泣，泪水模糊了我的视线。几位从外地来的记者，纷纷把镜头对准了我，我有些惊慌失措，连忙用衣袖擦干眼泪。到老县城祭奠的人越来越多，我低着头，怕被熟人和朋友看到我的这副狼狈相，可偏巧又遇上了曾经和我在幼儿园一起工作的余老师，在为丈夫和其他亲人送纸钱。她回过头来看见我坐在轮椅上，远远地点了点头，我们算是打了个招呼。

　　蜡与纸钱燃烧殆尽，香灰随着烟雾在空中缭绕飞舞，"噼里啪啦"的鞭炮声，掩盖了生者的哭声，我的家人双手合拢，长跪于地，缅怀亲人。此刻，老县城的每个角落都弥漫着伤感，"清明时节雨纷纷，路上行人欲断魂"，那淅淅沥沥恼人的雨声，似乎把整个世界都织进了无边无尽的迷蒙和惆怅之中。悲痛给老县城蒙上了一层淡淡的颜色，这个颜色是灰色的。

私人诊所

　　很多医生都说，像我这种神经受损的病人，必须坚持针灸治疗和康复训练。老段打听到双碑附近有家私人诊所，说是一个名气很大的退役军医开的。老段带我去了那家私人诊所，很多远道而来的人排着长队在等候。

那时候，由于政府启动了对原黄土住户的拆迁工作，二妹丈夫的工作更繁忙了，平常很少回家吃饭。二妹每天推着我到那家私人诊所去做针灸治疗。那家私人诊所看起来还是蛮好的，主要业务是中医治疗、针灸和打针，有四个床位。我们第一次是上午去的，但快到中午才轮到了我。往后一段时间，我们都选择下午就诊。医生给我制定的方案是：打针、针灸、拔火罐、按摩，间隔三天服一服中药，私人诊所没法走社保报销，费用也不便宜，每天的治疗费都是两百多元，遇上拣中药那天，费用会更高，但为了治病，也不心疼钱了。

4月中旬，小区洒满阳光，正是练习走路的好时机。由于前期我有走路的基础，训练两周后，腿上就有劲了，我不再坐轮椅，开始试着推着轮椅在平坦的路上走一小段，然后一点点给自己加码。进入我们小区要爬一段很长的坡，每次上坡，我都要推着轮椅走，家人见我走得太慢太费力，老是想帮我，我坚决不同意。推着轮椅走路，手脚并用，对我来说，是一个极好的锻炼方式。我就这样练习，坚持了一段时间，右脚有劲了，左脚甩上一圈后，落在地上慢慢地形成了惯性，两手推着轮椅走得也比较平稳。由于路面坡度比较大，我只敢推着轮椅上坡，不敢下坡。下坡速度太快。

万事开头难，慢慢地，我开始尝试着在家里"脱手"走路（即不依靠任何支撑物独立行走）。一开始，没有轮椅的辅助，我不敢往前挪动步子，就用手扶着沙发，一点点向前挪动，左脚软塌塌的，始终不受控制，要晃晃悠悠地甩上一大圈后才落下。因为左脚不敢负重，很快迈出了右脚。一步、两步……七八步，我的胆子大了起来，终于，我做到了不依靠任何支撑物，独自行走。在练习走路时，我尽量规避以前走路的不良习惯，脚尖尽量向外侧，身体不前倾，不耸肩，脚后跟着地。就这样坚持训练了一周，在家能走上几个来回了。但每次走路，左脚在地面上停留时间还是很短，几乎全靠右脚在用力支撑。每次练习结束，左脚不晓得疼，右脚钻心地痛。

在治疗中，我发现私人医院的消毒不严格，所有病人都用同一盒银针针灸，容易交叉感染，就买了几盒一次性银针供医生使用。医生说我买的银针不锋利、没有严格消毒，拒绝使用，看见我能走路了，时常拿我做广告。我针灸了一个月，就再也不去了。

冯翔轻生的消息

在家里养伤的日子，孤独、寂寞。我托侄儿买了一台电脑，有时在QQ空间里写写日记，把身心的痛苦都埋在文字里。为了早日康复，多数时候我都扶着沙发，做甩腿训练，练习走路。我们家的房屋比较宽敞，每天走十几个来回，腿部机能得到了很好的锻炼。为了加强训练，我把商场当训练场。我经常叫家人打车带我去逛商场，商场里的各种服装、精美首饰、样式各异的摆件、漂亮的家居用品等，花花绿绿的，吸引着我，分散了我的注意力，让我忘记了手脚的疼痛，有时走上大半天，都不觉得累。

4月21日早上，老段来电话告诉我，北川县委宣传部副部长冯翔自缢身亡。接到这个电话，我又一次震惊了，那个平时胸前挂着照相机、乐呵呵的汉子，竟用这种方式长眠于大地，结束了自己年轻的生命。我含着眼泪打开他的QQ空间，凄美的文字，悲切的音乐，褪色的照片，把我的心都揉烂了。我含着眼泪，默默地读着冯翔留下的文字，从中可以真切地感受到他曾有过的幸福。而这种幸福却被可恶的地震画上了一个句号。冯翔失去了心爱的儿子，他因此变得多愁善感，工作上的压力较大，他始终无法从痛苦中挣脱出来。他在QQ空间写下了很多忧伤的诗句："站在望乡台，其实我们望不见故乡，只望得见悲伤。"从此文字中，我似乎看到了一个羌族汉子心中的悲苦和绝望。

对于冯翔的不幸离去，我能说点什么呢？我只能惋惜地说：冯翔，一路好走，希望你在另一个世界里，能够照顾好你的儿子。可是，冯翔啊，你真有点自私和残忍，你采取这种方式来结束生命，无牵无挂地走了，但你想过没有，既然你都无法从失去儿子的痛苦中摆脱，那你的父母和兄弟，妻子和朋友，他们的心里又该是怎样的悲伤？看看我们身边许许多多的北川人，有多少不是在这场地震中家破人亡、妻离子散的？还有多少个残肢瘸腿的孤儿，他们都能坚强地活着，为什么你不行，非要选择以这种方式去结束生命？

当年，北川干部董玉飞、冯翔的离世，在社会上的反响很大，很多人以多种途径呼吁："希望政府能够在干部心理干预等问题上早点出台相关的政策，帮帮那些奋战在救助他人一线的党员干部，他们也是普通人！"后来北川出台了很多关爱政策，恢复了双休日和公休假，老段有了更多照顾我的时间。

我学走路

4月22日,天刚亮,趁着家人还在睡梦中,我爬了起来,扶着栏杆,悄悄地溜下楼梯,来到楼下,第一次开始尝试离开家人的视线,在户外练习走路。我在心里估算了一下,围着整栋楼走一圈,大约两百米,我事先给自己设定了走十圈的任务。

我就像折断翅膀的小鸟,跌跌撞撞地迈开了步子。左脚仍然是老样子,一迈步,就要划上一圈才摇摇晃晃落下来。第一圈,我走得很慢。第二圈,脚下的步子稍微快点。走到第四圈,感觉特别累,满面通红,汗水打湿了头发,步子沉重起来。到了第六圈,我喘着粗气,感觉身体十分疲乏,脚上没有力气,衣服被汗水湿透了。我的速度慢了下来,走走,停停,就这样凑凑合合地挺过了第八圈。因体力消耗较大,我挪不动步子,人累得快要趴下。我扶着墙很想停下来休息,但又觉得只有两圈了,不能这样轻易地放弃。我继续迈开了沉重的步子,那光景就像背着一背篼东西,爬了几十里山路,人很累,胸口闷得隐隐作痛,好像快要爆炸似的。到了第九圈,我几乎迈不开步子,觉得体力完全透支了,胸口仍隐隐作痛,只好又停下来歇了一下。我本想就此作罢,但想了想,还是把脚迈了出去,只有最后一圈了,绝不能,绝不能轻易放弃,我在心里默默地为自己打气:坚持,再坚持,迈过这一关,就实现了预定的目标。十圈路,我整整用了一个小时四十分钟,累得站不起来了,我扶着花台坐了下来,回头望着自己走过的路,心头热乎乎的,只要能恢复身体,所有的累都不在话下。我忍不住为自己喝彩:成功了,闯过了第一关!我决定马上回家,把这个好消息告诉我的家人,但爬楼梯更难,我死死地拽着扶手,一步一挪,几乎是爬着走回家的。打开房门,就一头栽倒在沙发上。我身上穿的衣服就像刚从水里捞出来的一样,家人见了,心疼不已,立即给我换上了干净衣服。

那天晚上下了一夜的雨,我的腿和腰杆疼了一夜。第二天太阳闪着金光从寝室窗帘后露了出来,我本想在被窝里睡个囫囵觉,听到老段上班走出家门的脚步声,又忍不住爬了起来。一日不练腿杆就僵硬,必须坚持下去,我颤颤巍巍地下楼,楼房后面的地面有积水,围着楼房走圈圈是肯定不行的。

我小心地沿着楼房的屋檐绕到正前方,房屋向阳处的水泥地板上没有一点积水。我就选择在房屋前的过道上练习走路。起初担心路面滑,我走得很慢,后面发现这种担心是多余的。步子似乎比昨天快了一些。或许是因为我走路像鸭子一样摇摆的姿势别扭难看,周围来往过路的人大都停下匆忙的脚步,用好奇的眼光看着我。认识我的人同我打招呼,关切地问我是怎么受伤的,听说我是地震伤员,纷纷以同情的口吻对我说,不简单,大难不死,必有后福。

这时,肖婆婆路过这里,看到了她,我就想起了她的孙女肖秋宇。肖秋宇是我前几年在幼儿园教过的学生,她个头矮小,头上扎着两个小鬏鬏,一张开嘴说话就露出两颗小虎牙,活泼、爱笑。如果她发现一件有趣的事,就会发出"咯咯咯"的笑声,那声音清脆、响亮,十分逗人喜爱。乖巧的肖秋宇爱干净,她的衣着多为白色,白毛衣、白T恤、白裙子等。每次遇上肖婆婆,我的脑海里就自然而然地冒出肖秋宇的俏皮相。那天,我盯着肖婆婆说,肖秋宇好吗?她在哪里上学?肖婆婆低声说,她呀,再也不上学了,和她妈妈守在老县城。听到肖秋宇在地震中不幸遇难的消息,我一时语塞,为自己的冒失而感到很不安，不知该用什么语言来安慰肖婆婆。肖婆婆还挺坚强和开朗，反倒夸我说，李老师，前几天见你还坐在轮椅上，今天可以走路了，进步好大呀。一句平常的话，让我练习走路的劲头更足了。同时，我暗自告诫自己，以后说话要小心，不要随意问北川人家里的情况，因为他们可能经历了太多的不幸和痛苦。

我边走边想，人生就像一场戏，更像一场梦。命运的阴差阳错，往往让人哭笑不得。我现在的这个样子，真像我过去在幼儿园一起共事的盘老师。盘老师有年突然中风，右边身体瘫痪了，她和我同住在县委大院三单元，我家在四楼，她家在一楼。盘老师在丈夫的照顾下从轮椅上站了起来，她经常拖着残疾的身体在县委大院练习走路。那时候我在心里想，倘若某一天我变成了她那个样子，我该怎样办？我的亲人会不会照顾我？我能不能像她一样坚强？这个世界还真有轮回呢，我这张乌鸦嘴，竟然说中了自己的结局。盘老师在地震中遇难，而我却变成了她的样子，成了她的替身。这种纯属偶然的巧合，如果不是自己亲身经历过，单听别人说，还以为在"吹壳子"（吹牛），或者是小说家杜撰的故事。但它却真真切切地发生在了我的身上，在残酷的现实面前，我得静下心来，好好地捋一下自己今后的生活。我边走边想，时间过得好快，我那不听使唤的脚，在跌跌撞撞中竟然超额完成了任务，比昨天多走了一圈。

或许我的勤奋感动了老天，后来的几天，天气好像专门为我设计的一样，夜晚一场雨，白天阳光灿烂。我沐浴着初夏的晨光，在柔软的微风中，踏着被雨水冲刷洗涤过的水泥地板，呼吸新鲜的空气，在鸟语花香的陪伴下，走过了一天又一天。一周走下来，效果确实不一般，走完十二圈只用了五十分钟，这种有目标、高强度的刻苦训练，我坚持了下来，对左手左脚的恢复更有信心了。

有一天，我锻炼后回家，正在换衣服，唐老师打来电话，说图书馆的领导和重庆大学蒲公英义工社代表要来看望我，我急忙穿上衣服，到客厅嘱咐妹夫烧水泡茶，自己则动手收拾好茶几上凌乱的东西。

他们来后，谈到这次来北川的目的，带队的领导说，一是来看看我，了解一下我最近身体的恢复情况；二是想与北川图书馆合作，建立北川图书馆分馆，即重庆大学临时书库。唐老师告诉我，上次重庆大学为北川图书馆捐赠了电脑等设备和用品。他还谈到自己的深圳之行，信心十足地想以深圳图书馆为样板，在北川图书馆开展自助式图书借阅服务。听了他的想法，我当然十分赞同。年轻人有这样宏大理想，说明他在动脑筋想事情，我为之感到高兴，但觉得为时过早。据我所知，很多实力雄厚的市级图书馆都没有开放自助式图书借阅服务模式，更何况我们这个年购书经费仅有五千元的县级图书馆。我认为北川图书馆要发展，得先立足于本地实情，办出自己的特色，比如以北川地方资源为背景，以挖掘禹羌文化、地震文献及相关图片为目标，设立一个专门的地方文献展览区。同时，要有一定的书源为保障，建立一整套电脑管理图书模式，提升服务质量，吸引更多的读者。后来，我们又谈到地震，我向大家讲述了这一年多的治病过程和身体的恢复情况，表达了想尽快上班的愿望。在大家的祝愿声中，送别了朋友。望着一行人远去的背影，我坚信：有这么多人的无私关怀和帮助，北川图书馆一定会重新"站"起来的。

地震一周年

我被救出以后，念念不忘的是在废墟里相依为命的干女儿。我第一次住进中心医院时，凭着当时还比较鲜明的记忆，我把干女儿名字告诉了老段，叫他在绵阳各大医院查询，还托了许多志愿者帮我打听消息，都没有找到她。后来我几次转院，就把干女儿的名字混淆了，但"三台人""侯姓""在北川李华打印店上班"等关键信息却刻在了我的记忆里。

清明节前夕，我和家人到老县城去扫墓，无意中见到了李华的爱人，便向他打听干女儿的名字，他说，女孩叫侯静。他还给了我干女儿二爸的联系方式，我拨通电话去问，她二爸说，女孩叫侯涛，至今没有回家，家里人在到处找她呢。对干女儿的名字，认识她的人说法不一，对干女儿的去向，大家都不清楚，这真是奇了怪，干女儿不是比我先被救出吗？怎么会凭空消失了呢？难道她失去了记忆？或许她救出后出现了什么意外？

已经一年了，我的干女儿，你究竟去了哪里？一天，干女儿的父母突然联系到了我，我以为干女儿找到了，就兴奋地向他们打听干女儿的情况，才知道干女儿并没回家，她的真实名字叫侯兰。接下来的几天，她的父母在电话里向我了解情况。我把我们在废墟里的每一个细节讲给他们听。遗憾的是，干女儿被救出后，我竟然忘了询问救援者的名字，真是太糊涂了。女儿呀，在茫茫人海里，你究竟在哪里？你可知道，你的干妈在到处找你？地震发生后，你的父母一刻都没有忘记你，天天在想你，到处在打听你。绵阳的大小医院都留下了他们的泪水和足迹。他们不相信，那个活泼可爱的兰兰会离他们而去。我也不相信,那个和我在废墟中苦苦支撑、意志坚强的生命,竟然在被救出废墟后不见了。难道你真如在废墟里说过的那样,如果你的腿没法走路了,你一定要藏起来,不和任何人见面了吗?

"5·12"汶川特大地震一周年到了,我很想亲自到北川老县城为我的亲人送上一炷香。老段不让我去,他说,这几天老县城拥挤不堪,人多了会伤着我,我只好托小妹把我心中的哀思带给父亲和大哥。后来,听老段说,到北川老县城祭奠的人数竟然高达二十多万。祭祀大军如蚂蚁牵线般从老县城一直延伸到安昌镇,公路上尽是人和车,挤得水泄不通,每往前走一步都很难,更不用说喝水吃饭了,儿子早上七点出发,晚上十一点被困在安昌。老段对我说:"幸好当时很英明,没有带你进老县城,不然真要被堵在路上。我们上不得上、下不得下,那才够惨呢!"

"5·12"这天,通过电视直播,我看到了纪念现场人山人海的场景,全国人民都在悼念灾区的遇难者,四川电视台全天直播哀悼活动。进入老县城的小车一辆接一辆,一直停到了擂鼓收费站,很多人都是徒步走到老县城的。透过电视画面,我看到了北川老县城,在那片倒塌的废墟旁,人们脸上挂着泪水,虔诚地为逝去的亲人默哀、献花、送纸钱。那悲壮的场面令人十分伤感,我也情不自禁地为逝去的亲人流下悲伤的眼泪。然后打开电脑,听着阿桑的《寂寞在唱歌》,把心里无限的惆怅和疼痛藏在文字里。那天,我不断地收到朋友问候的短信,其中有一条彩信,是一张很特别的照片。那是2007年10月,我穿着羌族服装参观北京西城区图书馆时留下的照片,这是一张非常珍贵的照片,也是我留下的唯一一张老照片,让我想起了许多美好的往事,虽然再也无法回到从前。

那天晚上，曾与我父母一起工作过的黄老师打来电话，说她梦见了我的父母搬了家，搬到了擂鼓柳林，他们卷着袖子在清洗东西呢。听到黄老师描述关于我父母的梦境，我也在心里得到了一丝安慰。我决心活出精彩的人生，这是对逝者的最大安慰，也是对关心和帮助我的人最大的报答。

一天下午，老段带回了一封信，那封信是英文写的，已经有人帮我翻译成了中文。那是国际图联发出的一封正式邀请函，邀请我参加第75届在意大利米兰举行的国际图联大会，在接到邀请函的一刹那，我的心激动得"怦怦怦"直跳，声音大得连我自己都能听得到。这个我曾经一辈子不敢想的事情将成为现实。过了几天，我的心归于平静，就开始担忧，以我目前连走路都很困难的状况，怎么敢走出国门呢？正当我准备打退堂鼓时候，中国图书馆学会打来电话，叫我一定要去参加会议，尽快办护照和签证。接到电话后，我不由得陷入了沉思。我决定打开被折叠的人生，虽然我不能决定生命的长度，但可以增加生命的宽度，我渴望尽快回到工作岗位。

四　上班那些事

"5·12"汶川特大地震过去一年后，我开始盘算着回去上班，一是二妹照顾了我很长时间，她应该拥有属于自己的自由生活；二是我老是窝在家里也不是办法，得走出家门与社会接触，去尝试独立生存；三是离第75届国际图联大会召开的时间越来越近，我的护照和签证手续还没有办下来，领导在电话里催了好几次了，一听说这事没有动静，对方平缓的语气中多了一股火药味，我再拖下去的话，就有点对不住他们了；四是伤残鉴定要落实下来，我得去体检；五是荷兰克劳斯王子基金会资助北川图书馆地方特藏室建设的合同还没有签订。这些事情堆积在一起，我总得去处理。

1　重返工作岗位

上班的失落

清新的 5 月，太阳很早就挂在了天边，几只小鸟扑腾着翅膀在窗台上"叽叽喳喳"地叫着，花台里的杜鹃花铆足了劲儿，娇嫩的花骨朵展开了一张张灿烂的笑脸，红艳艳的，看起来好诱人。

上班第一天，我的心情太激动，清晨六点就起了床，吃过早饭，顾不得等老段，就迫不及待扶着栏杆走下楼，坐上县政协每天从绵阳接送职工到安昌上班的中巴车。重新踏上上班之路，我的脑海里不停地预演着与大家见面的场景：与同事来个长长的拥抱，她们拉着我的手，关切地问我的身体恢复情况；与大家共同分享一路走过来的艰辛；听到一句句关爱体贴的话语，如"你的腿不好，走路可要当心啊"……这些暖心的场面，在我的脑海中跳来跳去，我抿嘴笑了起来，坐在一旁的老段问我笑什么。我说，能上班了，心里很痛快。

不到一个钟头，中巴车在安昌镇原新华书店的楼前停了下来，老段指了指公路边的一幢楼房对我说，文化旅游局就在这里上班，图书馆也在这里上班。老段打开车门，小心地扶着我走下了车，他要送我上楼，我推开他的手说，你快上车，大家在等你，我自己上去。然后甩着不灵活的手脚，一颠一跛地向单位走去。顺着指示牌爬上二楼，从走廊中间穿过，经过左右两边的办公室，看到的都是一副副生硬的面容，还没有到上班时间呢，大家已经在办公室忙了起来。有的在装订资料，有的在敲打键盘。图书馆的两位职工在休假，我先前认识的一位工作人员正蹲在地上清理资料，对于我的出现，她没有看见。我拖着残疾的身体、失望地在过道上走来走去，从头走到尾，从尾走到头。突然感到身后有人以异样的眼光像防贼一样盯上了我，火辣辣的，像是要穿透我的后背，我有些不自在，就干脆停下来，如一尊雕像，靠在走廊的墙边一动不动。回想刚才经过的办公室，好像工作人员比原来增加了很多，但大多不认识，我不知道到底该去哪儿？我这才意识到，自己急着来上班，是不是不太合适？可是，我的腿已不容许再久站了，得找一个地方，把我这个坏身体安放下来。

我迅速扫了一眼各个办公室的门牌号上，又回想了一下刚才经过时观察到的各个办公室的场面情况，发现文化股的那间办公室好像有个空位。我急忙歪歪扭扭地走进办公室，找到门边那个空椅子，把自己沉重的身体"放"了下来。抬头却望见桌上的一大摞报纸，我猜想这个座位大概名花有主。果然，桌子斜对面是一位我以前就认识、却一时记不起名字的工作人员，或许他也忘了我的名字。他两眼不离电脑地说了一句，那个座位是罗大爷的，就再也没说话了，只当我是空气。我的心里顿时有种冰凉的感觉，说不出是什么滋味。我拘谨不安地站了起来，想离开这里，又不知道哪里才是我的"容身之处"。我想不到更好的去处，犹豫了片刻，再次坐了下来，心想：管他的，等罗大爷来了，再给他让座位。

桌上除了报纸，便没有其他东西。我傻乎乎地坐在桌边，极其不自在，我不知自己还能坐多久，该干些什么，后来干脆拿起一张报纸，佯装认真看报，借以掩饰内心焦躁不安的情绪。我看了半天，但只能看清文章的标题。面对陌生甚至有些冷漠的工作环境，听着过道上传来远近不同的脚步声，巨大的茫然和彷徨，就像一把阴冷的利剑刺痛着我，我的内心柔弱得快要破碎了。

一直以来，我的工作热情都比较高涨，甚至有点狂热，只要一进入工作状态，就全身心地投入，忘了周边的一切。而这次回来上班，我摸不着方向，整天像个木头人一样，呆头呆脑地坐着，闲在一旁没事干，这样的日子真不好受。过去的一年，无论是在医院，还是在家里，都被人宠爱着。而现在，周边的环境是那样冷漠，我突然感觉自己一下子从高处跌进了谷底。我的心酸楚得就如夏天的雨水一样滂沱不休。我的耳边不断地变换着两种不同的声音，一个声音在说，回去休养吧，你这副尊容，领导也不忍心给你分派工作。另一个说，不行，不行，再难都要坚持，许多缺胳膊少腿的人，他们都能上班，更何况你的手脚还在。就这样我无数次在上班与不上班之间艰难地挣扎，有时候心里憋得要崩溃了，就躲在没有人的角落偷偷地哭一场。

夜晚经常睡不着觉，对未来一片迷茫。我一次次地问自己：我是不是与这个社会脱节了？这是我今后要走的路吗？

护照和签证

5月底的一个早晨，我仍然去上班。下了车，风刮得很大，道路两旁的树枝被大风吹得"哗哗哗"响，我的头发被吹了起来，飘动的刘海挡住了我的眼睛。突然，包里的电话响了，是中科院国家科学图书馆的一位领导打来的，他问我的出国手续办理程序走到哪一步了，我本想实话实说，告诉他还没行动，又怕对方再一次失望。我灵机一动，巧妙地撒了个谎：交了申请书，在等领导审批呢。放下电话，我为自己的谎言而感到羞愧。这时电话又响了，我接通电话，是一个女人的声音，她介绍自己姓刘，是中科院国家科学图书馆的一名员工，负责协助我办理出国护照和签证，并要了我的QQ邮箱。我这才明白自己目前该做什么。我走进办公室，连忙动手写了申请，并附上了邀请函，请川局长签字，川局长关切地问我的身体吃得消吗，并立即指示我安排手下的人员帮我跑手续。但我坚持自己做，想借此跑跑单位，熟悉熟悉环境和人员。公务出国手续并不如我想象的那么简单，程序相当麻烦，必须请县长签字。我决定先去碰碰运气，实在走不通，再去找其他人帮忙协调。

"5·12"汶川特大地震后，北川县委、县人民政府进驻安昌镇，设立了临时办事处。后又成立"北川羌族自治县重建工作党工委、管委会"（简称县重建工委），迁至安昌镇原安县党校的地址办公。

县重建工委离我们上班的地方很近，就在公路的斜对面，过红绿灯后，向前走两三百米就到了。我重新学会走路后，从来没有尝试过离开家人的视线一个人过马路，因为我小时候差点被车撞上，对马路上来往穿行的车辆本来就有一种畏惧感，加之我现在走路这个样子，倘若遇见急速行驶的车辆，避让起来相当麻烦和吃力。

那天，我顶着白晃晃的阳光，小心地站在人行道上，面对着穿梭的车辆，不敢迈步。这时来了一路行人，我连忙混进人群中，可以想象，我战战兢兢走路的样子，很快就成为大家的焦点，我感觉身上聚集了很多道视线，这一道道视线混着灼热的太阳光，像一团喷出的火苗，炙热无比。我的心里一阵慌张，只想赶快逃走。我气喘吁吁地走进了县重建工委，累得满脸通红。一路打听，我很快找到县外事办，结果扑了一个空，经办人陈主任不在，我打了电话，他说在下乡，回来后会打电话和我联系。

下午一点半，经办人打来电话，叫我去办手续。我再次往返在那条路上。中午的太阳烈得很，路边停满了各种车辆，在路上跑动的车辆少。热烘烘的街道在阳光下浮游，反射出刺眼的光芒，把汽车的顶部烤得"哧哧"直响。我站在路边，好似被推进了热腾腾的大烤炉。我两眼盯着公路两旁，瞅准路中间没有行驶车辆的空档，急匆匆地过了街，向县重建工委走去。我汗爬水流（四川方言，大汗淋漓的意思）地走进县外事办，经办人看了我递交的申请后说，这种情况还是第一次遇见，得先问问市里的意见。他立即打电话去咨询，很快对方传真了几张申报表过来，陈主任复印了一套交给我。我又一次迎着热浪回到办公室，填好了表，请川局长在意见栏上签字，再次返回外事办，盖了章签了字，又向县重建工委办公室走去。这样几个来回，把我累得够呛，豆大的汗珠往下淌，脚下软弱无力，有点支撑不住了。

我疲惫不堪地来到县重建工委办公室，由于一路都是白得发亮的阳光，天气又很燥热，我走进办公室，眼前一团黑，隐约看见旁边有把空椅子，不管三七二十一，就一屁股坐了下来，把椅子压得"咯吱"作响。忽然耳边传来一个熟悉的声音："李姐，是你？"我定睛一看，站在我面前的，是一年多没见过面、时任县政府办公室主任的兰辉，他的面颊瘦削、黝黑，嘴角的微笑掩饰不住身体的疲倦。

兰主任一边热情地招呼我，一边拧开一瓶矿泉水递了过来。他说："李姐，喝点水吧，看你累得一脸通红，头发都打湿了，走得这么急，有什么事情要办吗？"我说，准备办因公出国护照，需要找领导签字。说完，我把邀请函和申请表递了过去，兰主任接过我手中的资料看了看，随后又问了一些情况，回头对一个年轻人说，小王，李姐走路不方便，你先去请分管文化的副县长签字，再去请县长签字。那个被叫做小王的矮个子年轻人，听了兰主任的吩咐，接过他手中的资料，连忙走了出去。

兰主任给我递上纸巾，叫我擦擦汗。然后，我们就说起了这场地震。兰主任说，"5·12"汶川特大地震发生时，他没有在老县城，带着客商在曲山镇东溪山考察项目。震后，他翻山越岭，带领一百多名被困群众安全转移。到了老县城后，他第一时间投身抢险救人。他还说，那天我在废墟里喊救命，他听到了我的声音，由于没有工具施救，就写了一张纸条，通知消防人员来救援。他又问起我的身体情况，听说我上班了，就对我说，现在虽然困难一些，但要相信，一切都会好起来的，多多保重身体，希望图书馆能在你手中"站"起来。我们说着话，小王已经把字签好了。兰主任叫司机直接送我到县政协办公地点，方便我赶车回家。

我坐在小车上，心里暖洋洋的。说实在话，这是我上班以来最开心的一个下午，虽然对当时的兰主任来说，这个小小的举动不足挂齿，可对于我这个处在低谷的残疾人来说，就像是黑夜中的一道光，既温暖了我心房，也照亮了我前行的路。

为了把荷兰克劳斯王子基金会的捐助资金落实下来，浙江大学李老师把美国的一位华人曾蕾教授的电子邮箱发给了我，我们之间就有了联系。在往来的邮件中我们不断增进了解，她经常鼓励我要坦然地面对生活。有一天，我心里伤痛得如刀割般，又不好向家人表达，就把藏着的心酸和委屈一股脑儿告诉了她。她在回复的邮件里写道：我的好春妹，你要尽快从残疾人的枷锁中挣脱出来，把自己完完全全地当成一个健康的人，尝试着去完成身边的每一件事。只要有事做了或者获得了成功，所有的痛苦都会被遗忘，而你一旦成功了，享受到的快乐总比任何健康的人幸福得多。从那以后，我们便以姐妹相称。我叫她蕾姐，蕾姐在邮件中告诉我，她是一个乳腺癌患者，经常带着引流管满世界讲学，一些和她相识几年的朋友，压根儿不知道她是个癌症患者。她发给我的一封封邮件，犹如点滴的春雨滋润了我的心。从此，我又多了一个学习的榜样，我把蕾姐当作偶像和知心姐姐，遇到伤心或困难时，我就想想蕾姐的经历。她与病魔抗争的励志故事给了我前行的动力。蕾姐在邮件中经常对我进行心理疏导，还积极帮北川图书馆牵线搭桥，以保护北川地方文献为由，申请荷兰克劳斯王子基金会的捐助资金。

当年，全国中小型图书馆联合会会长郭老师为北川图书馆争取了一台流动图书车。郭老师在电话里对我说，李春，有了流动图书车，你到各个单位办事就方便多了。慢慢地，我再度燃起了希望的火焰。我告诉自己，不管外面的人用什么眼光看待我，我都要坚定信心，坚持上班。

我根据要求，把因公出国护照的申报资料交到绵阳市外事办。接收资料的是个小姑娘，她好像对业务不太熟悉，做起事来一点儿不着调，三番五次地折腾人。今天叫我送身份证，明天叫我拿户口簿，后天又叫我去填表册，办事的态度也不好，对人爱搭不理的。每次我去办事，都得乘坐县政协早晨送职工到安昌上班的专车，在火炬大厦下车后，在广场上等一个多钟头，才到上班时间。我交了资料后，需要再赶班车到安昌。对于一个走路摇摆不定的残疾人来说，困难确实不少，其中的隐痛小姑娘是感受不到的。有些资料本来可以一次性搞定的，她非得要我连续跑几次。而更可气的是，申请资料交了快一个月，却没有一点回音，而我同时在市公安出入境管理局办的私人护照早就拿在了手里。我打电话去催问，才知道小姑娘休婚假了，递交的资料还原封不动地躺在文件柜里。我忍住不满的情绪，又跑到市外事办去问询，还说我同一天办的私人护照，已经拿在手中了。外事办马上重新指派了一名办事人员，这次他们效率很高，一周之后，我就拿到了护照。

因公签证办起来可不是一件容易的事，需要提供的资料更多，如中英文邀请函、经济担保函、会议日程、住宿旅馆订单、往返机票预订等。这些资料大多是由协助我们办签证的刘老师提供的，我只草拟了一个经济担保函。这些上交资料，必须是中英双语版本。我对英文虽然一窍不通，但找到了解决办法。我找了两位英语老师来帮忙，一位是北川桂溪中学的赵老师，另一位是绵阳小岛学校的刘老师。英译汉由刘老师负责，汉译英由赵老师负责。如果有的内容在某个老师那里卡了壳，我就找另一个老师来补充。我像一个传话筒，通过邮件转发各种信息。现在打开我的邮箱，还能清楚地看到当年办理签证所走的流程。

拿到签证后，我的伤残鉴定也有了结果，工伤分为十个等级，我被评为四级；伤残鉴定分为四个等级，我被评为二级，得知上述结果，我的心情自然有点沮丧。当年七一节，县领导来慰问"5·12"汶川特大地震的伤残病员，我被列为重点看望对象，这是我第一次，也是唯一一次接受北川当地政府部门的关怀。从那以后，好像我被排除在外了，再也没有人来问过我，以至于这以后的十多年，我身边的很多同事、领导甚至朋友，不知道我是一个残疾人，或者忘了我是个残疾人。因为在他们眼中，李春聪明，悟性强，很能干，是个踏实做事的人，至于我的行动方便不方便，那都是无关紧要的事了。但他们哪里能够想到，我做事完全是靠着一个愚笨的脑袋一只右手和一只右脚，所做出来的成绩都是用大量的休息时间，一点点慢慢地磨出来的，人家休息，我在做事；人家翻二觉，我还在做事。这就是我，一个笨拙，又傻得出奇的可怜人。

记忆中的文化人

上班后的一个周末，北川县文化旅游局组织职工到三台县去开展文化交流活动。因为我出行不方便，便断了外出的念头，静坐在家里，想起地震前的一些人和一些事，心里突然萌发了写东西的冲动。于是，我在电脑前敲打键盘，用文字寄托穿越时空的思念。

2007年10月，淡蓝色的天空投射下玫瑰色的光芒，连空气都变得甜美起来。北川文化系统的工作人员在彭晓红副局长的带领下，一起到相邻的茂县去学习参观，考察当地的民族文化与旅游融合发展状况。

彭局长这位新上任的女领导，性格随和、大方。我们一行人坐上中巴车，她就拿起话筒，操着熟练的普通话和我们聊了起来。她讲了这次活动的目的和具体安排，也谈到她来到文化旅游局所见到的新鲜事。她提议整车人都行动起来，一同参与文化互动活动。在她的鼓励下，我们丢掉了拘束，一一发表感言，给沉闷的旅途带来了很多快乐。能说会道的祝老师，率先用流利的普通话，满怀激情地讲了自己从教师改行到局机关的感受；平时不露声色的徐光辉，绘声绘色地模仿三台口音，讲述诙谐经典的笑话故事；就连初来乍到、不善言谈的杨艳也亮起了金嗓子，唱起了婉转动听的羌歌，那高亢甜美的嗓音点燃了我们的激情；一向爱说笑话的张会，用精彩的民间幽默段子把活动推入了高潮……一车人笑声不断，溅起在公路旁流淌的小溪，惊飞了树上的小鸟。我们在愉快的说唱中忘记了旅途的疲劳。

我第一次去茂县，就被当地的民族文化吸引，浓郁的民族元素建筑群、色彩鲜艳的羌藏服饰和大街小巷涌动的人潮，把整个县城渲染得热闹非凡。茂县的文化之花绚丽多彩，民间艺术团把民族文化带出了国门，参加过好几场国外邀请的大型演出；羌族博物馆展览厅陈列了很多价值连城的文物；图书馆的电子阅览室启动了文化共享工程，五十个座位的绿色网吧，给图书馆带来了不菲的经济收益。茂县在文化发展方面走出了自己的特色道路，对我们的冲击很大，触动了我们奋起直追的炽热情感。

在返程途中，大家结合自己所看到的，主动谈起了自己心中奋发的那首歌。我的心里也有了新蓝图，决定拿出勇气，收回图书馆外租门面房，建好图书馆各个阅览室，让更多的人徜徉在书海，享受不一样的文化生活。车上的每个人都争先恐后地发言，气氛热烈。最后，在彭局长的提议下，我们进入了"赛歌"的环节，大家激情满怀地唱起了羌歌。后来不知道谁提议，来一场拉儿歌大赛，车上的人都不约而同地响应，很自然地形成了两个比赛阵营——前四排和后五排，进行唱歌对决：在互相干扰的情况下，看谁能坚持把整首歌曲唱完，先唱完一首歌的，接着唱出另一首歌曲来"压倒"对方，所有歌曲不得重复。后五排集中了大批年轻人，他们的嗓门高，又是唱歌能手，占据了极大的优势。前四排的中老年人也不示弱，我们都是唱着儿歌长大的，又唱着儿歌抚养了下一代。彭局长和我们在同一个阵营，我们底气很足，完全变成了一群快乐的老小孩，拉开了不服输的气势，率先唱起了"路边有颗螺丝帽……"，年轻人唱起了"让我们荡起双桨……"，我们又唱起了"小松树快长大……"我们的歌声盖过了年轻人。两队各自形成了统一战线，一首接一首，谁也不服输，谁也不落后。"红星闪闪放光彩……""学习雷锋好榜样……"我们仿佛回到了率真的童年时代，跳皮筋、玩弹珠、踢鸡毛毽、扇纸片、丢沙包、打雪仗、爬树、捉鱼、掏地牯牛、滚铁环、跳格格、玩陀螺……歌声连续不断，一浪高过一浪，久久地在车窗里回响。在快乐的歌声中，汽车就像刚加满了油似的，跑得更欢了。直到车子驶向浓浓的夜色，到了县城，歌声才渐渐停止。这次文化交流活动把我们藏在心底的那分文化热情点燃了，大家都有一个共同的感受：各文化单位要打破过去那种各自为政的壁垒，以宽广胸怀，拧成一股绳，为北川特色文化的传播、交流和融合开辟一个新天地。

2008年的4月,我们听说广西的文化旅游事业办得红红火火。由张艺谋等执导的《印象·刘三姐》在国内外享有盛名,"桂林山水甲天下"的美名和中西合璧的阳朔西街,更是吸引了广大游客的注意。在彭局长的争取下,局里给了几天时间,我们决定自费组团到广西去考察学习,借鉴先进经验,把北川文化旅游事业搞起来。这次考察的人员名单很有趣,局机关只有女同胞参加,文化馆除了徐老师被抽调在局里上班,男女齐上阵。图书馆只有我和唐老师,电影公司和川剧团各有一男一女,我们就这样出发了。

4月21日,我们一行人登上飞机。我的位置正巧靠窗,可以看到机舱外的景色。飞机穿过浓浓的白雾,我的眼前出现了大片云海,晴朗湛蓝的高空,浮现了一尘不染的云彩,如玛瑙般晶莹透明,就像人间仙境。我真想走出窗外,站在云端尽头漫游。我是土生土长的四川人,见惯了灰蒙蒙的天空。下了飞机,突然眼前一亮,犹如扒开了云雾。蓝天就在眼前,那种蔚蓝,蓝得没有一点杂质,让人心醉。路边的桂花、小叶榕树等迎风招展,为远道而来的我们接风洗尘。

对于桂林的山水,所有人都不陌生,我们在小学课本中读过,在二十元面额人民币上见过,但当我看见它的真面目时,心里不觉为之一振。小巧玲珑的山脉高高耸立,一座连一座,有的像马,仰天长啸;有的像夫妻,相拥轻吻;有的像大象,低头饮水……薄薄的云雾如面纱般在山间缭绕,时隐时现。过一会儿,强烈的阳光穿透云雾,映衬着五光十色的光环,山影倒映在水中,如神奇的海市蜃楼。桂林的各个景点,相隔不远,自然景观和民风民俗融合在一起,让观光者深切地感受到"桂林山水甲天下"的厚重和神秘。

刘三姐是我们从小就熟悉的传奇人物，关于她的电影和歌剧我们不知看了多少场。那些优美动听的山歌，在我们心里留下了很深的印象。我们游览了风景宜人的刘三姐景观园，重温了电影《刘三姐》，体验广西壮、侗、苗、瑶等民族的民俗风情，我们穿着壮族服装，坐在慢悠悠的小船上，学着刘三姐的腔调与划桨的渔民对唱山歌，但很多歌曲我们只唱到四五句，就因对不上歌词而引来阵阵笑声。只可惜时间不够，我们急着到阳朔西街，没有时间观赏刘三姐景观园极致的夜景，听导游说，园内的大水幕、喷泉、蓝月亮、梦幻歌圩、踩月小径、踩月洞、激光塑像等，幽雅恬静的山村月夜风情，更能让人一饱眼福，流连忘返。

阳朔西街是一条古老、繁华的具有东方情调的小街。由于旅游业的发展，这条街受到国内外游客的追捧。阳朔西街全长约八百米，宽约八米，两旁的商铺都是中西合璧的产物，手工艺品、酒馆、旅馆、咖啡吧、小吃等店面一家连一家。在这条小街上，人流如织，夜幕下的西街景色迷人，热闹繁华。这是我第一次逛这种古朴典雅的步行街，我就像刘姥姥进大观园，看得眼花缭乱，仿佛置身于万花丛。

这次广西之行，我和彭局长住在一个房间。那天晚上，我们意犹未尽地坐在阳朔西街街头的露天茶座，畅谈北川文化未来的发展之路。第二天返程中，在机场，我们遇到了一段乌龙。在办理登机手续时，电影公司的董明轩突然找不到身份证了，所有人都紧张了起来，大家围着他，把他的行李搜查了一遍又一遍，都一无所获，正当他失望地准备去派出所办理临时身份证时，我从他抱在手中的外套内包中掏出了他的身份证。原来是虚惊一场，大家松了一口气。我们一行人顺利地登上了飞往绵阳的飞机。

坐在绵阳回北川的大巴车上，彭局长带头把这次文化考察的印象较深之处和大家进行了分享，接着车上每个人都谈了谈感想。谁能想到，仅仅半个月的时间，与我们一同到广西考察的彭晓红、彭小华、徐光辉、张会、王霞、杨艳、董明轩等，就在地震中离开了我们。这些有着文化情怀的北川追梦人猝然离世，留下的只有深深的遗憾和无尽的思念。我把这两段故事写下来，不为别的，只为过去那不能忘却的记忆。

体　检

"5·12"汶川特大地震中，北川是受灾较为严重的区县之一，绝大多数的家庭不再完整，幸存者遭受了难以想象的痛苦和磨难。针对这种情况，北川成立了县关怀办，以暖人心、提供真情服务、当好群众贴心人为目标，出台了一系列关爱政策，专门对遇难或失踪人员家属进行心理安抚，宣传解释各项政策，督促各类抚慰金、救助金的落实，我们由此搭上了全县工作人员免费体检的这艘客船。

2009年7月14日，轮到我们文化系统职工体检了。由于昨天听岔了集体出发的准确时间，我磨磨蹭蹭地走到事先约定的集合点，却发现错过了专门接送体检人员的大巴车。成局长和他的妻子小张虽比我先到一步，但也没有赶上大巴车。我们等了好一阵，也不见有熟悉的车辆从这里经过。成局长打电话喊来一辆小车，我们在十字路口一起上了车。

坐在车上，我打开车窗，一路上都能见到新建的小洋房，一幢接一幢，漂亮、有特色。进入北川地界，在河对岸的群山下，一幢幢羌族风情的民宅安静地矗立在阳光中，给人一种岁月静好的舒适感。我惊奇地问，这个地方好像是擂鼓的猫儿石村吧。

成局长说，对，是猫儿石村，它现在叫吉娜羌寨，被誉为北川第一村。接着，成局长向我讲述了它的建造过程。说话间，我们到了县医院。地震后的县医院是临时搭建的，设置在擂鼓镇板房区，医护人员几乎都是生面孔。在地震中，县医院近两百名医护人员不幸遇难。板房里现有的医护人员，大都是新招考、从外地调来或对口支援单位派来的。

除了体检人员，医院病员并不算多。我见到了许多北川老熟人，大家互相打听内科、眼科、口腔科、妇科等科室的具体位置，奔走在各个体检科室间，依次接受检查。我抽血化验时，几乎找不到可以下针的血管。过去一年的治疗使我手上多处血管破裂，好些血管已经看不见了。抽血的医生听口音是外省人，他动作很轻，反复揉捏我的右手，最后发现手背上有一条稍微清晰一些的小血管。他的技术过硬，下手准，一针下去，鲜血便顺着导管流进了采血管。

我的左脚经过康复训练后，虽然走路比以往有了一些好转，但依然甩来甩去，动作很迟缓，加上不熟悉周边的环境，什么检查项目都落在别人的后面，特别是妇科超声检查。开初小便胀不起来，遵照医生的吩咐，灌下了两袋纯奶和两瓶矿泉水，感觉腹部胀得难受，但医生坚持说尿还没有胀起来，B超图像看不清楚，要求我喝水时，不能断断续续地喝，要一口气喝完。与我有着同样境遇的几位朋友，眼见大巴车要走了，便打消了复检的念头，乘车返回安昌。

眼看医生快要下班了，我情急之下便自作主张打了一支呋塞米针，很快就过了检查。然而，这下给我带来了更大的麻烦——一次又一次地跑厕所。有一次蹲完厕所,我刚站起来,突然头晕目眩,差点晕倒,幸亏成局长的爱人小张在身边,她扶着我,从厕所中走了出来。这下,我又"赖"上了这对夫妻,跟着他们一同去擂鼓吃午饭,又一同回到安昌。至今,我对他们一路的悉心照顾,仍记忆犹新。人在困难时候,哪怕是得到别人一丁点帮助,总在心里念着、挂着,用一生的时间去守护着这份最真的情意。

时间过得飞快,不知不觉我已经上了一个多月班了。时间是治愈伤痛的良药,刚来上班时的那种自卑、焦虑、迷茫的情绪慢慢消失了,我不在意别人异样的眼光,把自己当成健康的人,开始尝试不同的工作和生活方式。这段时间的收获真不少,所有事情都顺理成章地向前推进。

在蕾姐的帮助下,北川图书馆得到了荷兰克劳斯王子基金会工作人员的信任,我们收到了他们寄来的捐助协议,签了字,盖了章,按照信封上的地址邮寄了一份,过了一段时间,信件被退了回来,说地址不对。我只好把它拍成照片,发到蕾姐的邮箱,由她把签好的协议转发给荷兰方的工作人员。

7月22日,我国出现了五百年一遇的日全食奇观。擂鼓镇是观测日食的最佳位置,专门设置了一个观测点。早晨八点半,天空分外晴朗。安昌镇的很多人都跑了出来,有的扎堆站在一起,有的还端上板凳坐在街边,大家按捺不住内心的激动,静静地等待天文奇景,后来流动车在街头宣传,观察日食直接用肉眼去看会伤及眼睛,人们才纷纷散去。

我本想到沙汀纪念馆去办事,担心在街上走着,一旦月亮遮住了太阳,四周可能一片黑暗,给我的行走带来一定的困难,就只好乖乖地待在办公室里，抬头透过窗户观看天空。九点一过，阳光慢慢减弱，太阳被月亮完全遮挡。天空瞬间暗了下来，变成了靛青色，仿佛夜幕降临约莫不过六七分钟，天又亮了起来，恢复了先前的光亮，我按捺不住心中的好奇，朝外瞄了几眼，发现太阳光好刺眼，眼睛真的有疼痛感，就不敢再向天空观望了。我打心眼儿佩服天文学家，他们能把遥远的星球轨迹预测得非常清楚，连星球运行的时间都掌控得如此精确，这是多么伟大的举动啊。我不由地想，假如发生地震的时间也能如此准确地预测，数万条生命，或许就不会在瞬间被葬送在废墟里，我的父亲和大哥也不会这么早就离开我们。

忙　碌

我的腿走路不稳当，遇上下雨天，基本上不敢出门，就只有在家里办公。7月底，局领导做出了一个决定，局机关和下属单位分开上班，文化馆和图书馆搬到安昌公园原沙汀纪念馆的二楼上班，一楼是博物馆的办公室，他们早就在这里上班了。图书馆的四名在编人员被分得七零八落，一人固定在民生服务窗口上班，另两位分别在局里的两个科室上班。我上班的时候，两名职工在休假。那一周的事情特别多，搬迁图书馆办公室的任务就直接落在了我的头上。

我一大早就开始忙起来，写好采购办公室设备的经费预算请示，找领导审批后刚到财务室去准备领取备用金，支票还没有拿到手上，办公室主任就通知我去接待大学生志愿者，我便把借款的事拜托给文化馆的徐馆长。

这是我重新上班后接待的第一批大学生志愿者，他们是四川大学的学生，一行七人来到图书馆开展暑期文化志愿者服务活动。图书馆没有独立的办公场所，即将搬迁的办公室还是一张白纸，要把志愿者安顿下来，还需要一天的准备时间。看着大学生想为图书馆干点事情的急切模样，我不好推辞，当即和县博物馆联系，先暂时安排他们在那里服务。当年，县博物馆正在搞文物普查，正好需要人手。

下午，我和徐馆长一起去购置办公桌椅，我们先到永兴板房去办事，在永兴社区办公室，遇到了一位地震前老县城图书馆宿舍的租户，他过去在蹬三轮，如今是社区的工作人员。他提到退还租金的问题，称自己震前向图书馆交了一年的房租，结果只住了几个月就地震了。我当即表态，请他帮忙联系其他两户租房户，一起打个领条，图书馆将全额退还房租。他听了后，很是感动。

直到五点，徐馆长才把手边的事情做完。我们赶到花园小区，逛了几家销售办公桌椅的家具店，但都不如意，价格高不说，质量还差。后来，又遇到徐馆长的一位熟人，他带我们去了另一家门店，我们用外行人的眼光对照比较后，觉得这家的桌椅质量还行，价格也不太贵，就定了下来，晚上七点才回家。

晚饭后，我收到郭老师发来的邮件，她问了我的身体情况，还说香港祖国出版社要为捐赠的图书流动车购买一年的保险费，需要提供图书馆的对公账户，我回复了邮件，向她汇报我的身体恢复情况和上班情况。

第二天上午，我准备联系购买文件柜，遇到过去在县川剧团工作的苏经理，她告诉我们，地震后她在代理办公设备，问我们有没有这方面的需求。这正好对了我的心思，反正要买文件柜，买谁的还不都一样。苏经理带来了图样，我们谈了价格，定好样式，很快货到验收，省去了许多麻烦。前一日购买的桌椅下午全部到位，几位志愿者协助工人安装好后，帮忙打扫布置了办公室。

下班回到家，看到蕾姐发来荷兰克劳斯王子基金会捐赠事宜的补充合同，我又给她回了信。当年，我虽然还没有和蕾姐见过面，但我们之前的邮件交流早就成了我生活的一部分。我生活中的点滴，蕾姐都很关心，她甚至在一般人不会触及的地方帮我找到了人生的平衡点，让我能坦然地面对人生，不再关注别人的异样目光。

星期三上午，炽热的阳光透过窗户照进了办公室，屋里一片明亮，卷起了一股热浪，办公室的确很热，急需购置电风扇和饮水设备。这对我来说就有点犯难了，上班以来，我活动的范围很小，除了去过重建工委、局机关和公园后门的餐馆，其他地方都没有去过。对于安昌的街道和商店，我一点都不熟悉。但为了添置这些东西，我只得硬着头皮上街。走进主街闹市区的商店，看到的商品价格令我瞠目结舌。那年安昌猛然增加了上万人，而且绝大多数都是北川人，吃喝拉撒都在这里消费，导致物价飞涨。租房或者买房，一下集中在一起，震前一百二十平方米的二手房卖五万元都没人过问，震后一下飙升到二十万元左右，还成了抢手货，当然房租也在成倍增长。购房或租房的人们都要添置家用设备，商店老板不愁销售，只愁货源，把物价抬得老高老高，还是一口价，我遇到的几家商店都是这样的。最后我才找到一家新开张的送水点，老板为了笼络顾客，在价格上做出了让步，我如愿订了饮水机和电风扇，对方要求付现钱才拿货。但我带的钱不够，那时人们大多使用翻盖手机，没有微信和支付宝的功能。钱在徐馆长身上，我好说歹说，老板才同意暂时送货到单位。

刻章和办公用品不知道在什么地方买，我边走边打听，走到一个巷子口，才找到刻章的地方。刻章的是个医生，我拿不准他的手艺，看了他的样品，觉得还算过得去。只是他的要价有点高，一个不过普通的木头藏书章，被他喊成了两百多元。跟他讨价还价，最后以150元成交，虽说有点偏贵，但确实没办法，找不到另一家可以刻章的地方。今非昔比，我们得换个思维去思考问题。医生似乎猜透了我的心思，他说，放心吧，这个价格算是最便宜的了，如果你发现哪家比我的价格更低，我立马给你退钱。刻章只是我平时的一个爱好，看病才是我的主业。他说的有些道理，我也不好再为价格而纠结。医生刻章的水平的确不精，不是把字弄丢了，就是盖下的印泥有点花，连续返了三次工，才基本达到我的要求，他后悔不迭地说不该接这单生意，不但没有挣着钱，反而把自己的手艺说差了。我认真地"回敬"道：这样也好，只当你真枪实弹地出了一次手。

　　我拿到刻好的章已经到了中午，本想在附近的小食店吃点东西。但要解决内急，只好走进一家餐馆。恰好遇见老段的同学，她们硬拉着我一同吃饭。席间大家问到我的身体情况，还不断说我坚强、乐观，夸得我都不好意思了。午餐结束后，我走错了路，拐进了一个偏僻的小巷，却意外地发现了一家小文具店，办公用品齐全，而且价格也不算高。我在挑选办公用品的时候，几位志愿者恰好路过，我便有了帮手。这时，徐馆长送钱来了，我们付完钱开好发票，把东西搬回了办公室，路过那家新开张的商店，徐馆长付了我买东西的欠款。

　　志愿者按照我的吩咐，对照清单验收完办公用品，就开始登记整理图书。他们分工明确，有的登记图书，有的盖章，有的打包装箱。这时，我收到蕾姐发来的邮件，她回国参加第六届数字环境下图书馆前沿问题研讨会，听说我们在搬办公室，就与华中科技大学图书馆会务组进行沟通，为我们图书馆争取了一千多元钱，叫我购买一台打印机。当时我对打印机不太了解，蕾姐给我提供了信息，帮我选了一款经济实惠的惠普打印机，设备到位调试好后，一缕阳光直射进办公室，像一束亮闪闪的金线，把办公室照得透亮。我抓住这一瞬间，拍下了美好的画面。我把办公室的照片传给蕾姐，与她分享我们的劳动成果。成局长来督查搬迁办公室的进展，对我们的工作大加赞赏，叫我们再安装一幅窗帘。送走领导后，我立马联系了老北川县城做窗帘的杨老板，杨老板主动表示可以上门服务。谈好价格，选好窗帘布料，我们说好在本周星期五安装。

星期四，我走进办公室，屁股还没有坐热，就接到绵阳市文化局打来的电话：由两辆大卡车运送的"文化共享工程"设备已经出发了，阅览桌和书架共有十四套，每套配有四张桌子、五组书架、六张椅子，价值约十五万元。接到电话后，我连忙坐上三轮车，找到库房原安县图书馆的库房钥匙，打开了大门等候在那里。拉运货物的车到了，设备装得太高，车开不进库房，只好停在路边。我在街口找了几个蹬三轮车的，谈好钱，安排他们把设备分门别类地搬进库房放整齐。那天，我在库房守了一整天，没喝一口水，左腿站肿了，第二天迈步都很困难。

星期五上午，我和志愿者一起动手，把办公室旁堆得乱七八糟的杂物间规整好后，腾出了小半间作为图书馆的临时库房，志愿者把打了包的报刊，整齐地放在临时库房内。下午，工人安装了窗帘，我们有了像模像样的办公室，当然，最开心的人是我！虽然我们和文化馆在同一间办公室，但至少有一半的空间属于图书馆，我也有了固定的座位，不再为每天东奔西走找空座位而发愁了。坐在干净、整洁、精

273

心布置过的办公室,我心里乐开了花。

我和大学生志愿者拍了合影作留念。下周他们将去竹林社区图书室开展服务。我梳理了本周的主要工作,完成了图书馆的工作日志。看着自己的劳动成果,我抑制不住内心的喜悦,晚上回家后在QQ空间里写道:

> 这周事情太多,幸好有大学生志愿者帮忙。尽管我很累,心却是甜蜜和充实的,至少发觉我不是个废人,可以做事情,而且做起事来还是那么有条不紊,并不比原来差,我对自己充满信心。

板房图书室

图书馆有了办公室,我如鱼得水,找到了自己该干的工作。我和唐老师一起开着图书流动车去服务。这台图书流动车是郭老师为图书馆争取过来的,由香港祖国出版社捐赠。流动车的外形看起来像是一辆小中巴,最上面有个顶,比一般的中巴车要高一些,车子侧面上喷有"图书流动车"五个大字,车内的左右两边全是书架,书架下是两排简易座凳,可供读者坐着看书,中间是过道。这辆图书流动车很实用,核定了六个座位,前排连司机在内可以坐三个人。我们经常开着它跑乡镇,建立板房图书室和农家书屋,在安昌西河桥集市、永兴板房、竹林板房、卓羌寨、沙金书屋、吉娜羌寨等地开展图片展览、送书下乡等活动。

7月初的一天,川局长打来电话说,新县城的建设要开工了,山东援建工程队即将大规模地进场,要我们找一间板房建个图书室。听到这个消息,我们异常兴奋。唐老师开着流动车,我们一起来到新县城。那时,新县城征地拆迁工作已经全面结束,一望无际的黄土地到处都是坑坑洼洼的。流动车只能停在路边,我们在泥泞的土堆里行走,鞋上沾满沉甸甸的黄泥,走起路来很费劲,我的左脚本来不听使唤,一迈步,沾上黄泥的鞋子就掉了下来,有几次差点摔在地上……下班后,家人见我这个样子,觉得很辛苦,心疼不已,叫我别去上班了。可是我想,大难都挺过去了,这点苦算什么!况且只有多活动,才有利于手脚的恢复。

当年,永昌镇的第一届书记姓赵。先前我并不认识他,很长一段时间,我都把他的姓氏搞错了,叫他宋书记,并在多篇文章里这样提及。有天上午,我和唐老师走进他的办公室,谈到了建板房图书室的事。他十分赞同和支持,当时就拍板同意了,永昌镇负责落实场地、调配管理人员、网络布线和提供电脑桌椅,我们提供阅览座椅、书架、电脑、图书和放映设备。这是我第一次遇见这样耿直、重视基层文化的乡镇干部。赵书记还叫来了黄连长,安排黄连长和我们对接相关事宜。

不费一点工夫,就谈妥了建图书室的场地,我们高兴得忘乎所以。那天下午,唐老师提议到唐家山堰塞湖去看看,我欣然同意。他开着流动车,我坐在旁边,来到"名气很大"的唐家山堰塞湖,站在山岩上,只见湖面很宽阔,湖水平静如镜,唐家山倒映在水中,浸染着山的青翠,我怎么都无法把它与当年波涛汹涌的惊险场面联系起来。

唐家山堰塞湖位于曲山镇境内，是当年苦竹坝水电站大坝截拦江形成6公里的人工湖。"5·12"汶川特大地震，造成山体出现多处滑坡，滑坡体堵塞了河道，形成16处堰塞湖，其中最大、最危险的是唐家山堰塞湖，长约803米，横河宽约611米。不但淹没了漩坪乡场镇，还逐渐向上游的禹里乡靠近。由于受唐家山堰塞湖排险泄洪和沿河泥石流的共同影响，堰塞湖大坝以下数十公里湔江河床不同程度抬高，造成北川老县城湔江河段改道，部分河水直接从龙尾公路隧道穿山流向下游。

更可怕的是，唐家山堰塞湖随时都面临着溃坝的危险，一旦发生决堤，后果不堪设想，严重威胁着下游的数百万群众的生命财产。为处置地震造成的灾害，时任国务院总理温家宝两次乘坐直升机，亲临坝体现场视察，研究部署抢险工作。国务院副总理回良玉亲自到唐家山堰塞湖现场指导抢险工作。国家首次为救灾设立专用空中通道，负责施工设备运输。水利部调集了爆破、机械等方面的专家二十多人，组成排险工作组赶赴堰塞湖。武警水电部队紧急调集一千多名官兵，昼夜兼程开赴唐家山堰塞湖。2008年6月10日，经过工程队的紧张排险，唐家山堰塞湖终于成功泄洪。当年，中央电视台、四川电视台等媒体对抢险过程进行全场直播。那时，我在中大医院治病，每天病房里的电视都在直播排险实况，这场争分夺秒的险情大战，直到安全顺利地泄了洪，大家悬着的一颗心才落了下来。

谁会相信，此时碧波荡漾的湖面下埋着一个场镇。起风了，风敲打树木发出"沙沙沙"的声音，这种感觉愈加强烈，让人心中不免产生一种阴森森的感觉。我有点害怕了,催促唐老师赶紧往回走。汽车从高低不平的小道上磕磕巴巴地驶向了公路。我们顺利回到了安昌,唐老师这才告诉我,他是最近拿到驾驶证的,这是他第一次开这么远、走这么危险的路,车子在堰塞湖狭窄的路边上行驶时,他紧张得脚趾头都抠紧了。听他说完,我才感到有些后怕,我们的胆子真是太大了。

我做事情不喜欢拖沓,说干就干。黄连长腾出永昌镇会议室,派出三名民兵配合我们布置图书室,还联系电信公司安装了互联网。有乡镇干部的大力支持,我们干起工作更有信心了,针对当时新县城网络、电视、电影等公共文化服务薄弱的情况,我们把永昌镇板房服务点确定为集内阅、外借、网络、放映为一体,颇具规模的文化服务阵地。接下来的几天,我们天天驻扎在永昌镇板房服务点,用图书流动车拉运捐赠设备,不仅指导图书馆布置,安装书架和桌椅,将捐赠图书登记上架,连通电脑网络等,还教会三位民兵如何做好图书室的管理和服务工作。每个环节我们都做得很细致,围观的群众见我们忙上忙下,有人小声说:"白忙乎,这年头,谁还有心思去看书。"听到这番话,我的心里也在不断地打鼓:这个基层服务点能发挥多大的作用?会受到灾区群众的欢迎吗?疑问如同脚下泥泞的道路,让我觉得这副担子分外沉重。

黄连长似乎知道了我的顾虑。几天后在永昌镇板房服务点竖起了高高的宣传牌,还在各个路口插上了指示牌。我们倾注的心血没有白费,服务点对外开放了以后,到这里来看书、上网查资料的人很多,有灾区群众、干部警察、建筑工人、山东救援人员……遇到下雨天,阅览的座位还要预约,六台电脑更是成了抢手货,每天晚上,电影放映场挤满了密密麻麻的民工，意见簿上留下了一段段感言和建议。现在回想起这段经历，我心里还留存着满满的成就感，虽然永昌镇板房图书室随着县城的发展已经成为过去，但它给人们留下的记忆，却刻骨铭心，永远珍藏在心灵深处。

那年的8月1日，我们四十多号人组成的"文化大军"聚集在寻龙山会议室，据说这是自地震后召开的人员最多、最集中的一次职工大会，大家戏称此次会议是八一文化会。

会议结束后，已经是中午一点多了，大家在寻龙山下的餐饮店就餐。我扶着楼梯扶手摇晃地走出会议室，所有人都不见了。寻龙山的台阶很多，我独自慢慢下台阶，心里感触颇深：做灵活的健康人真好。

我刚走下台阶，迎面来了两位年轻人。原来她们发现我迟迟未到席，就跟着寻了过来，带我到餐厅吃饭。这是我上班以来第一次聚餐，大家围坐在一起，低头吃饭。旁边雅间里的退伍军人唱起了嘹亮的军歌，排山倒海的歌声响彻整个餐厅，敬酒、喝酒，气氛热烈，与我们低头吃饭的沉闷气氛形成了鲜明的对比。这时，我才想起今天是"八一"建军节，连忙怀着十分崇敬的心情，默默地祝福他们节日快乐。去年的这一天，我怀着对亲人解放军的感恩之情，举起右手献上了我最深切的敬意，并在这一天离开了中大医院，转院回到了四川。而今我这个被医生预判为终将瘫痪、与轮椅为伴的人，却站起来走上工作岗位，与大家坐在一起分享节日的快乐，这是一件多么令人难忘又高兴的事呀。

北京录节目

  我一直念念不忘的是我在废墟里相认的干女儿侯兰，我很想找到她，兑现当初对她的承诺。我到处打听她的消息，但她就像人间蒸发了一样，杳无音信。干女儿究竟怎么了？难道真像她说的那样躲起来了吗，还是失去记忆了？我好想见到在废墟里陪伴我，与我相依为命的干女儿啊。

  记者袁老师了解到我的心思，把我推荐给了"5·12中国·爱——中国娇子·爱心行动"大型公益活动栏目组，想借助该活动帮我实现寻找干女儿的愿望。接到北京记者曹老师的联系电话，刚开始我很犹豫，不想把心中那个隐痛的地方亮出来给大家看，更不愿让大家从视频中看到我狼狈的模样。但袁老师对我说，为了找到干女儿，为了让更多的人关注北川，了解北川图书馆，你一定要勇敢地站出来。想着一直以来很多人对我满怀期望和关爱，我最终放下思想包袱，接受了栏目组的邀请，勇敢地面对媒体镜头。

  8月5日，按照摄制组的要求，我穿上羌族服装，和老段一起去北京录制节目。飞机在云端前行，我没有晕机，坐在靠机翼的窗边，机翼挡住了我的视线，外面的景色看得不太真切。坐着坐着，两眼迷糊起来，醒来时飞机已经降落在北京机场。

  下了飞机，我接到栏目组接机人员小王打来的电话。首都的机场宽大无比，一眼望不到头，我如果走路的话，不知要走多长时间，幸好我们事先带了轮椅。老段推着我走出机场，一眼就看见了穿蓝色短袖、举着接机牌的小王，他热情地招呼我们上车，带我们向和平西桥的如家酒店驶去。

一路上老段精神很好，扯着听起来有些别扭的普通话，与小王聊着北京的名胜风景区。忽然一阵风吹来，窗外下起了大雨，公路两旁低矮的树枝被吹得东倒西歪的。老段指着摇摆不定的树木对我说，还记得《白杨礼赞》这篇文章吗？这个就是茅盾笔下的白杨树。我凭窗望去，公路两边的植被单调，没有低矮的花花草草，全是密集的白杨树，它几乎成了公路两边的主打风景。白杨树的树干很细小，长得高而笔直，枝丫紧紧挨着，宽大的叶子片片向上，几乎没有斜生的，更不用说倒垂了。老段说，白杨树是一种普通常见的树，只要有土的地方，它就会生长。你看，暴雨侵袭时，白杨树不躲不藏，紧紧地靠在一起，挺直腰杆与风雨抗争。听他说完，我若有所思，这种精神不正是我所需要的吗？我要像白杨树那样，勇敢地面对困难，乐观向上，绝不向命运屈服。

我们在酒店休整到六点，小王来接我们去录制节目。来到北京光线传媒的办公大楼。编导和我们沟通了节目的程序后，就带着我们进入了摄影棚。在摄影灯光的照射下，面对观众和摄影镜头，我的心紧张得像正在弹奏的琴弦一样，颤个不停。著名影星徐帆作为现场客串人物，跟着节目主持人的节奏对我和老段进行了访谈，而一切的内容都要按编导的路子走，让人感到特别拘谨，想说点什么又担心出错，节目录制了三个多小时。在访谈现场，我和侯兰的父亲见了面，侯兰的父亲说，家里至今没有找到侯兰。我非常难过地在心里默念：女儿啊，你到底去了哪里？假如你看到了这段电视录播，一定要联系我们，我们都很想念你。

6日上午，我们同侯兰的父亲一起乘车游览了北京水立方和鸟巢。鸟巢由巨大的钢架组成，灰色的钢网看上去就好像织成的鸟窝，场地内部没有一根立柱，看台上是一个完整的、没有任何遮挡的椭圆形造型，如同一个巨大的容器，可容纳九万人。水立方是由无数美丽的泡泡组成的巨大的长方形盒子，矗立在鸟巢旁，与圆形的鸟巢相互呼应，看起来颇为壮观。

由于天气太热，我感觉很累，自己行走一段路后，对附近景观没有了观看的雅兴。下午，我们回到宾馆，待在房间里休整。

晚上，曹记者带我们来到大宅门品尝北京的名小吃，我们一边看演出一边聊天。吃完饭后，曹记者的爱人开着私家车带着我们游览北京夜景，七星楼、国家大剧院、中央电视台、故宫、鸟巢、水立方……从四环到三环再到二环。曹记者的爱人虽然是四川人，却是地道的北京通。他边开车，边介绍，带我们穿梭在北京的大街小巷。我们回到宾馆已经是晚上十一点。

7日早晨，我们乘坐飞机顺利返回。11日，电视台播放了一条新闻：在四川境内发现了一例疑似甲型H1N1流感的感染者。他乘坐的是9号从北京到成都的班机。好险啊，幸好我们没有在北京逗留，提前回了家。

高校图书馆人

建好永昌镇板房图书室后，我接到了超星集团有限公司（简称超星）工作人员小张打来的电话，邀请我到成都参加西南地区全国高校图书馆"共建图书馆家园暨数字图书发展研讨会"。最初，面对他的诚挚邀请，我回答得模棱两可，一是我还不敢断定自己能否独自出门，二是我的知识面狭窄，认知水平太低，没有把握去面对高校的图书馆人,他们很多都是带研究生的教授。

8月初,小张再次来电,说大家都很惦记我,想知道我的近况。对于小张的邀请,我不好拒绝,更何况一直以来,超星作为"图书馆家园"的一分子,对四川灾区的图书馆人给予了极大的帮助。在我住院期间,"图书馆家园"更是鼎力相助,我也想借此机会代表四川灾区图书馆的同仁表达我们的谢意。当小张得知我将要和绵竹图书馆李馆长一起出国参加国际图联大会,就马上联系了李馆长,请他一同前来参加会议。

8月10日下午,我打车到绵阳市图书馆,西南科技大学图书馆王馆长也要参加会议,我坐他的车一起去成都。我们来到会务组安排的宾馆。在晚餐时,我见到了广州中山大学图书馆程馆长。我在绵阳住院时,他来看过我,这是我们第二次见面。意外重逢让我惊喜不已。程馆长有一种特别的亲和力,我们就像老朋友一样,谈得很开心,他看到我的身体恢复情况比当初预想的还要好时,更是夸赞不已。

会务组安排程馆长与四川灾区高校的馆长共进晚餐,可见其用心良苦。大家对程馆长充满敬意,真诚地感谢他对灾区图书馆人所做的努力。李馆长更是急切地邀请程馆长到绵竹图书馆去指导工作。晚餐后,会务组的小张把我和程馆长带到了离会场最近的芙蓉宾馆,并通知我明天下午发言。这是我早就预料到的事,便欣然同意。或许经历生死,练就了一副胆量,我没有因为明天的发言而感到困扰和焦虑,一觉睡到天亮。程馆长很照顾我,陪着我一起吃早餐,又陪着我进入会场。

程馆长是广州中山大学知名博士生导师,他的学生和同行都挺多,招呼他的人自然也多,他带上我,把我介绍给大家认识。大家对我熟络了起来，但我却像得了健忘症，记忆力特差，特别是对人名和相貌，见过面就记不得了。

整个上午，我几乎没有听报告，集中精力准备发言稿，以"地震中的图书人和图书馆精神"为主题展现人间大爱。下午我站在台上，面对台下来自各个高校图书馆的馆长或骨干分子，开始了我的讲述。那时的我，生着一张厚脸皮，没心没肺的，站在台上发言就像拉家常一样，滔滔不绝。我把脑海里不断浮现的许多感人的画面，像竹筒倒豆子一样，不停地往外倒。一年多以来，我心里堆积了太多要说的话，便忘记了所在的场合，脱离了准备好的发言稿，自由发挥。当我想回到原稿时，密密麻麻的字体已经变得模糊不清，根本无法找到我需要的内容。没办法，我只好继续按照真实想法发言，离开了稿子，说起话来一点不受约束。或许是触景生情的自然流露，感染了与会者的情绪，大家听得很认真，很多人都在抹眼泪，程馆长为我竖起了大拇指。发言结束后，清华大学图书馆杨馆长、复旦大学图书馆葛馆长、超星集团总裁史总与我握手致意，大家共同为我们的健康而祝福。而让我追悔莫及的是，我居然忘了在那一天给在废墟中救援我的王参谋、帮我治病的李医生、给我送饭的江姐、为我康复治疗的尹医生、一路关心我的程老师和陈主任打电话，更忘了把那天开会的照片和我发言的内容保存下来，和大家分享。

参加国际图联大会

人的一生会遇到许多意想不到的事。我，一个生活在四川偏远山区小县城的图书馆人，竟然有那么一天，会作为国际图联的特邀代表，参加在意大利米兰举行的第75届国际图联大会。此行我的所有费用由国际图联资助。

临行前，省市图书馆领导一行专程到安昌镇来看我，关心我的身体状况。当得知我能够站起来，并回到了工作岗位，都说我不简单。听川局长介绍我6月中旬搬迁了办公室，7月与唐老师建好了板房图书馆，8月参加高校图书馆的会议并进行了发言，更是赞叹不已。他们说，这次参加国际图联大会机会难得，叫我好好珍惜。同时他们也对我表达了牵挂和担忧，毕竟我才重新学会走路，还是一副战战兢兢的样子。第一次出国，路程远，不懂外语，什么经验都没有，我将面临的困难是难以想象的。

我和绵竹李馆长的行程，都是国际图联委托中科院国家科学图书馆安排的。刘老师是联系人，从6月起她就开始帮助我们做出国前的准备工作。由于我们来自四川灾区，容易引起外界的关注，中科院国家科学图书馆张馆长非常重视，专门写了一封关于参会注意事项的邮件，由刘老师转发给我和李馆长，让我们学习。我在收到邮件后，叫老段给我兑换一些外币，他通过中国银行，用一万元人民币兑换了一千欧元。当年欧元和人民币的兑换汇率大概为1∶10。当年我很大意，对国外会议不太了解，也没有通过网络去做这方面的功课，以为国外开会就像国内一样，每天有固定的会议餐提供。我没有准备任何吃的东西，只带了一套换洗衣服，买了照相机和摄像机，拉起行李箱就轻装出发了。

刘老师为我们预订了国际航班，她把往返的电子行程单通过邮件发给了我们，为了确保绵阳—北京—法兰克福—意大利米兰的行程顺利进行，我们计划提前到北京，先在北京住一夜，次日出发。李馆长家住德阳，从成都乘飞机到北京对他来说更方便，但为了照顾我，他特意来绵阳和我一同乘机。

我们准备登机了，刘老师来电话要我们马上核对签证编码，发现我和李馆长的签证编码竟然和张馆长是一样的，这就意味着我们将要面对和张馆长一样的问题。张馆长在德国法兰克福转机的途中，发现他手中的签证是不能从法兰克福飞往意大利的。张馆长精通英语，当即就改签了航班，先从法兰克福飞往另一个国家，再转机到意大利米兰，途中费了很多周折，这一路的艰辛可想而知。他连忙把自己遇到的麻烦告诉了刘老师，叫她立即联系我们。刘老师马上为我们改签航班，让我们当天先从北京飞到上海虹桥国际机场，再连夜赶车到上海浦东国际机场，直飞意大利米兰。这个行程虽然安排得比较紧凑，乘坐飞机的时间也较长，但确保了我们顺利到达米兰。

我们这一路的确很累。我和李馆长从绵阳出发时，飞机晚了一个多钟头。然而，这次我乘坐飞机的精神状态蛮好，晕机的毛病好像也不太严重，吃了简易午餐后，我就在飞机的颠簸中睡着了。到了北京，已经是下午一点过了。刘老师一直在机场等我们，我们见面后，才知道刘老师还没有吃午饭。我们催她赶快回家，但她不放心，拿了我们的身份证领了登机牌，把我们介绍给负责带路的小刘，才放心离开，临走时还反复叮嘱我们注意安全。我们刚刚认识的小刘，是一位漂亮的女博士，还不到三十岁的她，在中国科学院文献情报中心工作，这次将和我们一同前往意大利米兰开会。在这次国际会议上，她将在这次论坛上做交流发言。望着这位年轻又能干的图书馆人，我满眼都是羡慕和敬佩。

下午6点过，我们从北京起飞，到达上海虹桥国际机场，已经是晚上九点过了，但我们不能休息，得抓紧时间赶往浦东国际机场。虹桥国际机场的旅客吞吐量大，出站的人很多，我们随着人流走到一楼出站口，通过弯弯扭扭的回字形护栏走廊。人们前胸贴着后背一点点地向前移动，高个子还能看见头，矮个子则被淹没在人海。我被夹在拥挤的人群里，每走一步都很困难，最后身不由己地被挤到护栏边，便赶紧扶着护栏，跟着人流向前慢慢挪动。小刘怕我被人群冲散或挤倒，快步上前挽着我的另一只手臂，李馆长则拖着我的行李，寸步不离地跟在身后。

走出站口，只见机场外灯火辉煌，到处站着人，到处都是接送旅客的车辆，有私家车、的士、大巴等。小刘看了下时间，对我们说，来不及赶大巴车，我们坐出租车吧。机场外的出租车像一条河，缓缓地流在夜晚的风里。叫车真难，我的腿杆站麻了，好不容易才赶上了一辆。小刘要我坐在前排，车轮一动，我就感到疲倦，眼睛睁不开，但想到挎包里的证件和欧元，又强迫自己提起精神，把挎包贴在前胸，两手搂着包。就这样，我时而迷糊，时而清醒，每惊醒一次，就用手悄悄捏捏钱包和证件，不时提醒自己提高警惕。一路还算顺利，因为是晚上，车流量相对要小一些。过了很久，远处出现了一片恍如白昼的灯海。司机说，上海浦东国际机场到了。下了车，被晚风一吹，我的脑袋清醒了。

浦东国际机场不愧为国内顶级的机场，宽敞、明亮、繁华。机场候机大厅，灯火辉煌。夜很深了，这里却犹如白昼，滞留的旅客仍然很多。机场的航站楼二十四小时开放，供旅客休息。有的旅客搭乘凌晨航班，就干脆在这里过夜。在我们排着长队领取登机牌的地方，尽是一些金发蓝眼或者皮肤黝黑的外国人，他们个个拉着胀鼓鼓的大箱包。队伍后面还有那么一群人，拖着几个比我还高的、快要胀破的蛇皮口袋办理货物托运。小刘领着我们在柜台办理登机手续。我们拿着登机牌过了安检，向登机口走去。浦东国际机场大得惊人，我们快步走了半个多小时，才到达登机口，休息片刻后，在凌晨一点半，登上了直飞意大利米兰的航班。

飞机上的空姐全是外国人。从其他乘客的肤色来看，这架飞机上好像除了我们三个中国人，其他的都是外国人。那是一架很大的客机，我第一次看见那么大的飞机，不但两边有座位，中间还有座位，飞机上坐满了人。登机后，乘客都很困倦，有的盖上毛毯，仰头闭眼，有的埋头，伏在前面的座椅靠背上睡觉，也有几个打开夜灯看书报。机舱里很安静，飞机起飞后，机舱内的灯光关闭了。我坐在后面靠窗的座位上，却没有一丝困意。白天坐了两趟飞机，晚上又赶了一趟出租车，我早把瞌睡给睡完了，再加上坐了一整天的车，臀部伤疤部位疼痛起来。想着还要坐十多个小时的航班，我心里越发地不安，不停地在椅子上扭动。为了缓解心头的焦虑，我拉开遮阳板，把脸贴在机窗上往下看。地面是一片灯海，随着飞机的快速上升，地下的灯光在一点点变小，最后消失在我的视线里。机舱外的航灯一闪一闪的，天空漆黑一片。当我的眼睛完全适应了窗外的黑暗后，才发现天空并非纯黑色，而是从黑中透出一望无垠的深蓝，一直伸向远处……

过了一会儿，窗外繁星满天，天空变成了淡蓝色，洁净得没有一丝杂质。那一刻，我的内心感受是难以言表的，只觉得这个世界真美。飞机在匀速地前行，突然一道刺眼的阳光射进机舱，我收回了目光，拉下遮阳板，才觉得颈部、背部和臀部上的伤疤都疼得难以忍受，脚下麻木不仁。我在椅子上不停地翻动，一会儿斜靠在座椅上，一会儿侧着右边臀部坐,一会儿在椅子边站着,我就像刚钻出泥土,在水泥地面上伸展弯曲身体的蚯蚓一样,不停地变换着各种姿势,却怎么坐都不舒服。后来实在难以忍受,就学着飞机上的外国人,解开了安全带,迈着肿胀的腿,在机舱里的过道上,慢慢地走来走去。

一会儿,空姐走了过来,示意我坐下。飞机很快陷入了黑暗,在颠簸中摇晃,外面下着大雨。这时我感到有些疲倦,就靠在座椅上睡着了。醒来后,发现已经是早晨,飞机上的乘客都醒了,我扭了扭酸痛的脖子和疼痛的臀部,把脸贴在窗上。天空中洒满了云彩,将蓝天点缀得格外漂亮。经过十多个小时的飞行,飞机在意大利米兰马尔彭萨机场降落。

对马尔彭萨机场,我的印象并不太深,因为下飞机便马上要入境,我整个人处于一种高度紧张的状态下,哪有什么心思去观察周边的环境。出入境的窗口附近,气氛异常森严,就像我们在电视上看过的黑色恐怖片那样,让人的整个毛孔都竖了起来。过道两边站着执法人员,他们背枪持弹,看上去吊儿郎当,站得东倒西歪,我生怕他们的枪支走火,向我们扫射过来;还有的人牵着警犬,那几只警犬更可怕,鼓着圆溜溜的双眼,龇牙咧嘴,疯狂地叫着,好像随时都要向我们扑来一样,吓得我大气不敢出,心"怦怦"乱跳。在入境排队时,小刘给我们讲了一些安全知识,叫我们千万不要帮别人提行李,万一对方的行李或包里藏有毒品,就会给自己惹上麻烦,到时候浑身有嘴都没法辩解。她还帮我们恶补了英语,教给我们几句常用口语,要我们保持微笑,因为我们不懂英文,所以只有通过笑脸,给入境官留个好印象,希望能顺利入境。

我是第一个入境的,安检人员检查了我的身体和行李后,示意我前往验证窗口，戴着眼镜的入境官用英语与我交谈，开始我还能回答几句，"China""yes"，后来就听不懂，也回答不上了。小刘排在我的后面，叫我拿出邀请函。她用英语和入境官进行沟通。当入境官知道我是来开会的，就看了我一眼，低头签字盖了章，叫我按上手印。接着，他竖起大拇指，用中文说了"中国"两个字，示意我可以进入了。我回了一句："谢谢！"直到我们三人都顺利地通了关，我悬着的一颗心才落下来。

走出机场，我们去找乘车地点。小刘告诉我们去找停车场"Parking-lot"标识，我们说看到了"Taxi"。她说，这是出租车的标识，米兰出租车都统一停在固定的位置上，在国内招手即停的打车方式，这里根本用不上。米兰的出租车费很贵，如果电话叫车，先要支付司机从起点到叫车点的费用，下车再支付车费。小刘拿着地图，边寻找停车场，边给我们讲解。我们根据指示牌找到了机场停车点，车子大都集中在这里，有大巴、中巴，还有很多出租车。出租车司机不停地招呼我们上车，但我们不赶时间，就站在原处等待路过宾馆的大巴车。不一会儿，来了一辆大巴，正好要经过宾馆，我们上了车。

到了宾馆，小刘在前台办完住宿手续，带我们找到各自的房间。我住得最近，就在上楼的左侧，他们住得比较远。宾馆的房间干净，房内是张双人床。走进房间，我才发现，原来宾馆里不提供牙膏、牙刷和拖鞋，而我什么都没有带。于是，我从包里掏出一张五百欧元的钱币，请小刘带我去买洗漱用具，走进附近一家小商店，店主说钱找不开，小刘给我垫付了钱。我想把大额币换成小额币，决定去找银行。那时我们使用的翻盖手机，没有定位功能，小刘遇见路人，边走边用英语咨询银行的具体位置。路人不懂英语，小刘拿出包里的钱，

289

边说边比划，最后有个人听明白了她的意思，指了指远处，我们顺着他指的方向，往前走近了才发现，银行的周六周日是不开门的，即便周一到周五也只营业到下午四点就关门了。

没办法，我们只好又回到宾馆。会务组听说我们到了，马上给我和李馆长每人送来二百八十欧元，说是我们这几天吃饭的费用。我这才知道，原来在国外开会，吃饭都是自己找地方去解决，不像国内有会务餐提供。我有了零钱，立即归还了小刘垫付的钱。

见到张馆长，他买了一些水果，算是我们中午的用餐。说到这次行程，我在欣喜之余又多了几分后怕，幸好张馆长想得周到，提前安排小刘与我们同路，幸好他提早发现签证的问题，让刘老师改签了我们的航班。如果不是他提前出发替我们扫了"雷"，后果不敢想象，如果没有他们帮助，我们如同瞎子摸象，分不清东西南北。

下午两点，我们步行到米兰国际交流中心一楼 A 会场报到、注册、领取资料。细心的张馆长用中文列出了我们参会的具体时间和详细内容。张馆长在国内外很有名气，出席过多种国际会议，结交了国内外许多图书馆同仁。他带我们熟悉会场，遇见了来自韩国、日本、美国、意大利等国家以及许多我无法分辨国籍的图书馆同仁，他们都热情地和他打招呼，张馆长与他们交谈后，也把我们引荐给大家认识。

我是穿着羌族服装去参加这次大会的，特别引人眼球，国外图书馆同仁看见我，嘴里不停地称赞"Beautiful"，有的主动与我拍照留念，有的向我了解羌族文化习俗，张馆长帮我做翻译。下午四点，张馆长带我们去和即将卸任的国际图联主席克劳迪娅·卢克斯博士见面，她看见我们，非常热情。时光像一块试金石，去年10月在中国图书馆学会重庆年会上，我是坐着轮椅和她见面的。这次我们又一次见面，是在异国他乡。她非常高兴地拥抱了我，还用熟练的中文和我们交流。我把北川羌绣工艺画和"5·12"纪念册、纪念章赠送给她，她十分高兴地说，这份礼物太珍贵了，亲笔签名题词表示要将其珍藏，并与我合影留念。

我们住着的地方，离附近唐人街要走很远的路，距离米兰市区更远。傍晚，张馆长做东，带我们到唐人街的餐馆去吃了晚餐。然后步行回到会展中心，参加晚上六点到七点召开的中国代表团预备会。来自中国大陆及国外的一百余名华人代表参加了会议。会议由国家图书馆国际交流处严处长主持。上海图书馆吴馆长、中国国家科学图书馆张馆长和北京大学图书馆朱馆长等分别讲了话。在预备会上，提前公布了北京大学图书馆朱馆长即将当选为国际图联管理委员会委员，任命将在这次会议期间正式生效的消息。克劳迪娅·卢克斯参加了预备会，她说，今天很高兴，在米兰看到了很多老朋友，希望在未来，有越来越多的中国同行能够站出来承担国际图联的工作。后来，负责本届国际图联大会服务同声传译的工作人员和中文《快报》组工作人员全部亮相。我和李馆长作为四川灾区图书馆人代表和大家见了面，蕾姐也来参加会议，大家置身于米兰国际交流中心，感到分外亲切和自豪。

8月23日举行了盛大的开幕式，在可容纳六千人的主会场，坐着来自一百四十多个国家的四千四百三十九名代表。这次会议以"图书馆创造未来，建立在文化遗产之上"为主题，要求图书馆人不仅仅要为社会提供公益性文化服务，还要注重开展存贮、保护脆弱的地方文化遗产，实现文化传统的数字化。尤其是东道主图书馆，为展现历史文化和音乐文化做出了巨大贡献。开幕式活动搞得很特别，每位嘉宾发言后，中间就穿插一段意大利话剧表演，讲的是图书馆人为保护文化遗产而奉献的故事。开幕式的讲话内容，通过同声传译耳机翻译成中文，传到了我的耳朵，让我受到了启发，我对收集和传播保护地方文献有了新认识。

开幕式结束后，已经是中午十二点了，张馆长介绍我们与荷兰克劳斯王子基金会的工作人员认识，还把来自美国肯特州立大学的蕾姐介绍给我们。我笑着说：蕾姐是我们争取荷兰"文化紧急响应行动基金会"援助的联络员，我们过去经常通过邮件交流，昨天在预备会上见了面。张馆长见我和蕾姐熟悉，十分高兴，他有事要先离开，叫我们在一起详谈。

荷兰的两名工作人员邀请我们去一家西餐厅吃午饭。她们拿来菜单要我们先点菜，我不认识英文，挑了一份最便宜，只有四欧元的菜，李馆长点了一道十二欧元的菜，蕾姐和荷兰工作人员也各自点了一道菜。在国外用钱，我老爱拿人民币和欧元换算。我在心里面估算了一下，我和李馆长点的菜相当于一百六十元人民币。我有时脑袋不开窍，尽出洋相，以为我们吃饭就像在昨晚唐人街一样，把所有的菜放在一起，大家随意挑着吃。服务员把菜端来，我往中间推，示意大家一起吃。蕾姐告诉我是分餐吃饭，一人一份。我的菜是一根很小的烤茄子，蕾姐用刀叉帮我切成小块，我叉了一块放进嘴里，除了茄子的本味，便没有其他味了，在嘴里味同嚼蜡，我怕外国人说我浪费，只能假装吃得有模有样。蕾姐自己点了一盘水果沙拉和一盘面包，还特意给我点了一盘水果沙拉。我第一次吃水果沙拉，觉得味道不错，便合着沙拉，硬撑着把茄子咽下肚。李馆长点了一盘分量很足的烤牛肉他不断把烤肉往我盘里挑,要我替他分担一些。牛肉硬邦邦的,嚼起来特费牙齿,味道真不好吃。

我们边吃饭,边交流,谈了三个多钟头。他们先听了我对地震及灾后重建情况的介绍,然后荷兰方就基金援助的背景及项目的推进做了一些介绍。蕾姐当翻译,在交流中我们增进了友谊,荷兰方比较支持北川保护羌族文化项目,愿意为北川图书馆捐建特藏室,我们签订了合同。蕾姐是这顿饭吃得最累、最辛苦的人,荷兰方说了什么,她要用中文翻译给我,我回答了什么,她又要用英文翻译给荷兰方。最后,荷兰方给我们送了一个青花瓷的像碗一样的小花盆和郁金花种子,它们说,郁金花是荷兰的国花。我欣喜地收下了这份漂洋过海的珍贵礼物。

吃完饭,我和李馆长去了附近一家商店。我买了一件水和一大袋面包,作为每天的午餐和晚餐。李馆长提前做了准备,在国内买了一些食品。这里的早餐不用愁,由宾馆提供,而且食物种类很丰富。从宾馆到会场要经过一条公路,路程不远,一般走十多分钟就到了。我走得很慢,差不多要半个多小时,每天往返一趟,路上很少见到行人,远处的住宅区,排列着一眼望不到头的小车,就是看不到人。听说意大利人很悠闲,7—9月几乎不上班,都去外地度假。这里找不到中餐馆,吃饭要到很远的唐人街。会场周边有两三家冷饮店和便餐厅,但拥挤不堪。到了下午五点,小卖部和餐馆就不营业了。国外的消费水平挺高,在国内挣的钱,拿到国外去花,犹如鸡蛋碰石头,每次花钱买东西,我都会不由自主地在心里对比一番,汇率之差让我更加心疼。最糟糕的是喝水,找不到一杯热水,天天喝凉的,胃肠难受。当天晚上,有人在唐人街请张馆长吃饭。李馆长不去,张馆长叫上了我。我们走了很久，才到了唐人街的饭馆，饭馆是一个华人开的，菜品接近我们的口味，至少可以不挨饿，能填饱肚子。

8月24日上午，国际图联举行记者招待会。其中，安排了五分钟的发言，我作为受捐方代表发言两分钟，荷兰方发言三分钟。吃完早饭，我草拟了一个简短的发言稿交给张馆长，张馆长在现场临时充当翻译。主办方的时间观念很强，按照会议议程，九点十五分一到，活动准时开始。

主席台上坐着几位外国人都进行了发言，他们说的什么，我一点儿都听不懂。克劳斯王子基金会的工作人员讲完话，示意我上场。我担心发言延时，就照着稿子念，张馆长跟着翻译，我利用这短短的两分钟，讲述了地震后，图书馆利用捐赠的图书和设备，整合资源建起了板房图书室，积极探索灾后公共文化服务。会议结束后，我接受了会场记者的采访，主要话题仍是关于地震。

中午，李馆长做东，在附近餐馆请我和小刘吃饭。他点了一个比萨和三杯冷饮，我们三个人没有吃完一个比萨，旁边的几个外国人食量很大，一个人吃掉了整个比萨。

下午一点，我接受了意大利记者的采访。记者不懂英文，因而整个采访绕了个大圈圈：我根据他提出的每个问题，先用中文进行陈述，比如，什么时候参加工作的，为什么喜欢图书馆，对图书馆什么感兴趣，谈谈在地震中的情况……张馆长把我的陈述内容翻译成英语，会场的工作人员再将英文翻译成意大利语。那位记者听后，又用意大利语提出新问题，工作人员再将意大利语翻译成英文，张馆长又将英语翻译成中文。我们在汉—英—意、意—英—汉的三种语言环境中循环，交谈得挺费力，会场的工作人员和张馆长更受罪，累得直冒汗。在采访中，我除了回答记者提出的问题，还不失时机地把我们国家重视公共文化的发展，以及北川图书馆将以羌族文化的保护及灾后文化重建等为主的计划做了一个比较全面的介绍。

采访结束，我独自一人回宾馆。路上没有行人，我顺着公路往宾馆走。突然，公路对面冒出一个外国人，叽里咕噜地向我说着什么，还不停地向我招手，那挥手的动作像是在示意我到他身边去。我吓得脸色煞白，第一反应是自己遇上了坏人。我担心他追上来，只好拖着一条坏腿，拼命地往前走。这时，前面的岔道上开来一辆车，我就像找到了救星，站在路口上，做好了求救的准备。我回头一看，那家伙没有追上来，我才放心下来。车上的人示意我先过马路，我就过了马路，顺着公路快步走进了宾馆。张馆长一行站在宾馆门口，见我走得慌里慌张，脸色不好看，问我是怎么回事，我就如实讲了情况，吓了他们一跳。张馆长说，国外秩序不太好，叫我没事就待在房间里，千万不要一个人出门。

8月25日是小组讨论日，张馆长叫我在宾馆里休息。我窝在宾馆里，哪里都不敢去，电视也看不懂，我就像个傻子，饿了啃面包，渴了喝矿泉水。国外的面包坚硬得很，不像国内那样松软，难以下咽，水也只有凉的，宾馆里不提供开水壶。用凉水下面包，搞得我的肠胃气鼓气胀的，明明感觉饿，肚子却很胀，想吃东西，又吃不下。幸好宾馆里的早餐种类丰富，肉、蛋、水果、面包、蔬菜等样样都有，还能饱餐一顿。早餐也不提供开水，后来，我才发现有咖啡，咖啡是热的，可以勉强暖暖胃。在米兰的几天时间里，我很是怀念四川的白米干饭加回锅肉，如果有一盘回锅肉放在我的面前，我一定会把它吃个精光。在这以前，我曾听身边的人说，国外怎么怎么的好，我也很向往。但当我真正出了国，才发现国外并不像有些人炫耀的那么好。我跟家人通电话，不由得感叹："金窝银窝，不如自己的狗窝。外面的世界千好万好，不如自己的家好。"

实在太无聊了，我站在窗口向外看，街对面在修建楼房。过一会儿，宾馆楼下来了许多车子，路边上热闹起来。原来楼下是流动商贩的集聚地，他们每个星期有两天固定时间集中在这里出摊，卖各种熟食、水果、蔬菜和小商品，就像我们中国的地摊，方便附近住户采购。我下楼花了十欧元，买了十二把指甲刀。这时有个商贩对着我不停地叫喊起来"Beautiful！"一开始我不明白是什么意思，后来才很快反应过来，原来他是在夸赞我的羌族服装漂亮。

那天晚上，有人做东，请我们到米兰市中心去吃饭。张馆长提前买了票，带我们乘坐有轨电车到米兰市中心，那里很热闹，人流如潮。有一家中餐馆，吃饭的方式跟国内一样，菜肉放在桌子中间，大家在一起挑。餐馆里挤满了吃饭的人，这里的菜很合我们的口味，蛋炒饭看起来黄灿灿的，勾人食欲，我挑点了一些，吃了一大口，就吃不下去了。米饭硬邦邦的，就像我们过滤后待蒸的饭，还有一些夹生味，我们都吃不惯。倒是意大利的空心面比较爽口，我吃了一大碗。当天晚上，张馆长告诉我们，他们半夜要出发，坐火车到威尼斯去考察那里的城市文化，由于我的腿走路不方便，我和李馆长就不再同往了。张馆长拜托了他的学生小顾夫妇陪同我们，带我们第二天上午在市中心转转，下午参观达·芬奇科技博物馆。张馆长还说，明天中午的伙食费、小顾夫妇带路的小费及28日小顾夫妇送我们过关的车费，他都提前预付了，叫我们不要操心。

8月26日，我们按计划去米兰市中心观光。10点，我们准时从会展中心门前乘坐有轨电车。小顾夫妇带我们边走边聊，热情地给我们介绍意大利这座神秘的城市。走进市中心，我们被眼前的建筑风格吸引：精细古老的雕刻，高大结实的半圆走廊门庭。天主教堂的辉煌气势，无不彰显着这座西方城市的神韵。米兰是个时尚之都，皮革、首饰、服装等都十分有名，商店里摆放着高档商品，价格昂贵，我们只能饱眼福，不敢掏钱买。

我们在教堂的钟声中漫步，把意大利米兰的建筑风格尽收眼底。看着城中心街道铺设的铁轨，坐着摇晃的老式有轨电车，仿佛一下子穿越到了另一个年代。逛了一天，我给自己和小妹各买了一件衬衫，价格不算贵，两件衣服花去了二十多欧元。虽然样式一般，但衣服质地很好，已经十多年了，我还在穿，可能小妹早就把它扔掉了。

晚上七点半，小顾夫妇带我们参观达·芬奇科技博物馆。博物馆是1953年建造的，馆内展出了达·芬奇的两百余件个人物品，包括他的画作、小发明、笔记、手稿等，让我看到了一个不一样的达·芬奇。我过去的认识很片面，以为达·芬奇只是在绘画和天文领域中取得的成绩惊人。参观了博物馆后，我才明白，它们仅仅代表了达·芬奇的小部分成就。达·芬奇在人类历史上是绝无仅有的奇才，展厅里展出的各种复制实物，足以说明达·芬奇在科学、机械、医学、考古、建筑、军事、水利、地质、艺术等各个领域所取得的巨大成就。

参观完毕，我们在博物馆的走廊上共进晚餐，有冷盘的肉，水果、糕点、面包等。这是我有生以来吃得最浪漫的一次晚宴，在雪白的桌布上，撒满了玫瑰色的花瓣，高脚的玻璃杯中倒有小半杯红葡萄酒，桌子上摆着餐盘和刀叉。我端起餐盘，夹上自己喜欢的食物，花中有酒，酒中有食。红葡萄酒和丰盛的西餐，在绚丽的灯光下，烘托出了别具一格的情调,给人一种如梦如幻的感觉。我和蕾姐坐在一起,一边吃西餐,一边看演出,慢慢地品尝红葡萄酒。浪漫的异国情调,让人陶醉。九点钟晚宴结束后,会务组的大车接我们回到宾馆。

8月27日下午一点,我们来到电子图书分会场,听六位图书馆人用英语阐述电子图书的编目、采购、发展等。小刘作交流发言,我们到会场为她鼓掌助威。幸好这次报告的发言有中文同声传译,不然我又只有听天书。

下午四点闭幕式召开了。这是我见到的最热烈、最壮观、最有感染力、最狂热的一次闭幕式。黑压压的会场座无虚席,大家都静静地听主席台上的人发言,国际图联主席克劳迪娅的卸任讲话一结束,雷鸣般的掌声经久不息,震痛了我的耳膜。接着,主办方颁发年度通讯奖、海报奖、IFLA奖,气氛空前热烈。会场上人们对荣誉的追捧达到了"极端"的地步,雷鸣般的掌声和欢呼声接连不断。当主办方宣布2010—2012年瑞典和芬兰将承办国际图联大会后,主会场的大屏幕上,马上轮流播放两座城市的文化和旅游景点。气氛更加热烈了,有的人拼命鼓掌,有的人狂舞,有的人欢呼呐喊……在激情到达高潮时后,大屏幕上出现了一组组精彩的会议视频,其中有我穿着羌族服装的特写镜头。视频画面结束,当选为新一届国际图联主席、来自南非的埃伦·塔尔丝进行了讲话,宣布了2010年在瑞典哥德堡举行的第76届国际图联大会,主题为"开放知识获取唯一推动可持续发展进程"。在欢快的歌声中,落下了本次会议的帷幕。大家依依不舍地离开会场,我和克劳迪娅·卢克斯博士相拥告别,我真诚地邀请她来北川看看。

28日,我们准备返程。早上,我们和小顾夫妇在宾馆大厅等车,

IFLA组委会的工作人员赶了过来，送来了五十欧元打车费，我们坚决不要，但工作人员执意要我们收下。原来IFLA组委会昨天下午安排了送我们去飞机场的车，并且已经预付了相应的车费。后来，考虑到四人的行李可能会超载，就重新换了一辆大车，打车费也因此增加了一部分。于是，他们一大早就赶过来补付增加的车费。五十欧元，不仅仅是IFLA组委会对我们细致、周到的关怀，更代表着一段暖心的故事。我们把钱交给小顾夫妇，由他们转交给司机。在小顾夫妇的照顾下，我们顺利地出了境，并登上了返程的国际航班。

那一班飞机上的中国人很多，给我留下印象最深的是，有位中国男子，带着他姐姐在国外生下的婴儿回国，婴儿只有一个月大，不吃奶瓶，哭闹不止，把飞机上的每个旅客的心都哭碎了。

29日下午五点，我安全到了家，第一件事就是慰劳饿得咕噜噜叫的胃，和家人一起，美美地饱餐了一顿火锅。

广西年会上

"5·12"汶川特大地震过去一年多了，图书馆学界的同仁仍然没有忘记我，专门发来邀请函，邀请我参加11月2日至6日在广西南宁举办的2009年中国图书馆学会年会暨30周年庆祝大会，唐老师陪我一起去参加了这次年会。

11月3日上午，大会举行了开幕式，由国家图书馆陈副馆长主持，国家图书馆詹馆长致辞。中国图书馆学会荣获了两个奖项：一个是文化部颁发的第三届"全国图书馆志愿者行动"创新奖，另一个是中宣部、中央文明办、新闻出版总署授予的"全民阅读活动先进单位"。这两个奖项，是中国图书馆学会收到的最珍贵的贺礼。

这次年会以"中国图书馆事业：科学·法治·合作"为主题，北京大学吴教授作了题为《中国图书馆学的发展与新一代图书馆人的使命》的报告，对三十年来的图书馆学术研讨进行了精彩的回顾。十六个分会场也围绕"科学""法治"与"合作"等命题陆续展开讨论。在分会场上，国家图书馆首先提出建立"中国政府公开信息整合服务联盟"的构想，并围绕"图书馆服务标准和图书馆评估"等进行了深入思考与探讨。从这次年会中，我嗅到了一个重要信息：北川图书馆作为一个县级公共图书馆，应该着眼于图书馆未来的发展，立足于图书馆服务信息的公开和阅读推广。

让我们感到很欣慰的是，广州中山大学图书馆的程馆长主办了"不朽的图书馆精神：汶川地震与家园重建"特别分会场，这个主题很契合四川地区图书馆当时所面临的实际问题，我又一次感受到程馆长对地震灾区图书馆的重视和关心。在讨论环节，大家踊跃发言，气氛热火朝天，来自四川灾区的二十八位图书馆人都有相同的感受，对程馆长充满了敬意。大家都毫无保留地介绍了各自图书馆灾后重建的经验：有的对图书馆建筑、藏书、人员和设备等震后现状进行了全面的总结和分析，对灾后文化重建提出了具体建议；有的针对灾区图书馆的工作，介绍了自己独特的服务经验；有的对灾后图书馆的规划和重建过程中所遇到的难题提出了经验之谈……我围绕北川图书馆现有服务模式、争取资助的经验等展开了分享，并将时任中央政治局常委李长春同志于2009年2月11日视察北川卓卓羌寨图书室的具体情况，与大家进行了分享。

通过讨论，我了解到更多的灾后图书馆重建和发展的应对措施。

在心与心的交流和碰撞中，我们和程馆长拉近了距离，同时也为他今后长期支持北川图书馆的发展奠定了很好的基础。我很乐意参加这种会议，自始至终都在现场，因为这样的会议不仅能激发大家的工作热情，还能帮助大家开阔眼界，学到更多的先进经验。

那年，我最高兴的是，我为了分享经验写的一篇题为《在地震中崛起的北川图书馆》的论文，被选入了中国图书馆学会主编的《不朽的图书馆精神》一书，由国家图书馆出版社公开出版。在这次学习中，我还见到了北川的老乡。我的好朋友小红把我在南宁开会的事，告诉了她在南宁政府部门工作的三妹。有一天晚上，三妹专程来看我，还请我和唐老师在一个很大的餐厅里吃巴西烤肉，令人印象最深的是，整个大厅坐满了吃自助餐的食客，价格不贵，人均三十八元，菜品有几十种，多得吃不过来；很多都是我们没有见过的海鲜。谁能想到，在南宁这个开放的城市，吃的东西比我们小县城的还便宜。

荷兰 RTL 国际新闻电视台

北川图书馆与荷兰克劳斯王子基金会签订捐助合同，很多人以为是水到渠成的事。其实不然，在我的印象中，国外对援建项目的投入，谨慎又小心。我在意大利开会期间与荷兰方工作人员谈了三个小时，签订协议后，她们还是不放心，明确表示要派出荷兰电视台到北川实地考察后，捐助合同才会正式生效。

过了不到一个月，一个风和日丽的上午。我们在新县城工地上开展图书流动车服务，有人通知我们，来了外国记者，要采访北川图书馆。我们走去一问，才知道是荷兰 RTL 国际新闻电视台派来的记者。领头的是个中年女性,她介绍自己是荷兰记者玛莱雅,跟她一同来的,还有两名中国人,一个姓郭,一个姓郑。我们带着他们去老县城看了地震遗址,实地拍摄老县城新城区图书馆。在安昌镇的临时办公室,还拍摄了我们收集的羌族资料以及建好的竹林板房图书室等,玛莱雅很高兴来到这里,频频竖起大拇指,对我们在环境艰苦的条件下,积极开展公益性文化活动,把先进的精神食粮带给了灾区人民的行动给予了较高的评价。

玛莱雅是土生土长的荷兰人,资深驻华记者。她长期在中国生活,能讲一口流利的中文。她是个很随意的人,很有亲和力,不注重外表。她告诉我们,她从小就爱读书,她的童年几乎是在家乡图书馆度过的,对图书馆"情有独钟"。

玛莱雅来到新县城永昌镇板房图书室,看见读者在看书,马上就打开摄像镜头进行采访,还实地察看了北川图书馆灾后重建工作的推动情况。她特别希望北川图书馆能够利用现有的资源,给灾区群众在精神上带来更多的安慰,帮助大家走出地震的阴霾。同时,希望图书馆收藏更多有价值的禹羌文献,挖掘和保护脆弱的文化遗产,实现传统文献的数字化。

送走了荷兰记者,接下来的一段时间,我们利用全国文化信息资源共享工程捐赠的设备和山东省文化厅捐赠的图书,在香泉乡黄江村、青片乡小学、安昌镇沙金村、桂溪乡桂溪村和甘溪板房等地,建起了图书室。

10月中旬,省图书馆的领导陪同台湾大学的代表来到北川,向灾区图书馆捐赠了图书,当年的接待点就选在永昌板房图书室。我们带台湾同胞去看了老县城,到新县城指挥部了解文化中心的建设规划。

过了一个月，文化部督导组刘处长一行，前来验收北川图书馆共享工程的建设。通过听汇报，看现场，检查场地硬件设施，了解各个基层点活动的开展情况，实地考察和收集读者意见等，督导组对北川图书馆开展的工作给予了较高评价，顺利地通过了验收检查。

当年，我们不断思考和总结灾后公共图书馆服务模式和重建措施。那个夏天，成都理工大学的老师来到安昌，和我一起交流灾后文化重建的经验，形成了文稿。12月初，我们合作的课题"四川地震灾区图书馆恢复重建的典型案例"，获得了四川省文化厅颁发的结题证书，合著的经验文章被选入了四川省文化发展"十二五"规划研究成果汇编，同时，我的另六篇文章，分别被《中国文化报》《川图导报》等刊物采用。这些小小的成绩，更坚定了我对生活和工作的信心，我也渐渐发现，每天忙于工作，就能够忘记手脚的疼痛，天天步行上下班，走路姿势比以前好看多了，迈出的脚步更有力、更稳当了。

2 图书馆在我心中

著名诗人博尔赫斯说:"如果有天堂,那里应该是图书馆的模样。"是呀,图书馆不仅是知识的海洋,更是人们探索知识,追求精神文化的宝库。它不仅可以浸润一座城市,测量一座城市文明的温度,更是共享资源、交流思想、传递智慧、安放心灵的家园。地震后,重建好图书馆是我的梦想,我时常告诫自己:只要努力工作,付出比别人更多的时间和精力,北川图书馆一定会"站"起来。当清晨的阳光透过淡淡的云层,照射在新县城的土地上,我呼吸着新鲜的空气,加快脚步,开始了新一天的工作。

山东援建

"5·12"汶川特大地震后,党中央、国务院及时作出"举全国之力,加快恢复重建"的决策,按照"一省帮一重灾县"的方案安排工作,力争实现"三年目标任务两年基本完成",民政部同意将原安县的安昌镇、永安镇,黄土镇的常乐、红岩、顺义、红旗、温泉、东鱼六个行政村划归北川管辖。北川新县城异地重建,被命名为"永昌镇",蕴含"永远繁荣昌盛"之意。原安昌镇的六个村所属行政区划归为永昌镇,永昌镇中部为平坝,周边是低山丘区。

当年"再造一个新北川",犹如奋起的号角,吹遍了山山水水。2009年6月,山东省负责对口援建工作的十七个单位进入了北川,灾后重建全面展开,新县城破土动工。在建设工地上,焊花四溅,援建人员日夜奋战，挥汗如雨。塔吊林立，工程车彻夜轰鸣。山东德州市建设集团负责援建北川文化中心，在工地旁边搭建起了板房。

北川文化中心经过前期的选址和规划，位于58号地块，地处城市中轴线东北端，是城市中央景观轴的重要组成部分，由文化馆、图书馆、博物馆组成的三个单体建筑，形成相互融合的建筑群。北川文化中心开始动工后，我们作为业主单位之一，经常去建筑工地，主要负责跟进项目，全力协助援建单位办理建设项目中的施工手续。

这一年的冬天，天气格外寒冷。在新县城的建设工地上，天灰蒙蒙的，平坦开阔的黄土地上，矗立着长短不一的塔吊，援建人员在寒风中施工。凛冽的寒风吹在脸上，如刀子刮过一般生疼。我站在工地上，风直往我的衣领里灌，冷得人直打哆嗦。我把羽绒服的帽子戴在头上，却还是不顶事。受过伤的左脚和左手，冷得像冰棍一样，透彻的凉意，渗入骨头里。受伤的腿走起路来本来就不稳当，被狂风一吹，更像是要被刮倒了一样，我急忙钻进工棚里躲起来，才稍稍好点。

临近春节，工地上依然没有停工，山东援建人员不分昼夜地轮班施工。为了安全起见，北川文化中心的工地围上了护栏，经过守门人员的许可，我们戴着安全帽进去，只见房屋的基脚处挖了一个巨大的坑，坑里扎满了钢筋，十几名工人正在寒风中加班加点地浇灌水泥。看着他们在寒风中一丝不苟工作的样子，我心里是满满的感动。这一年春节，侠肝义胆的山东汉子们，硬是放弃了与家人团聚的机会，大年三十，他们围成一团吃了饺子和汤圆，在北川这个他乡过了一个除夕夜。大年初一，我们还在暖暖的被窝里酣睡，新县城已经响起了一阵阵鞭炮声，工地又开工了。

日子像翻书一样，过得特别快，不知不觉，路边的树枝发出了新芽，安昌河水开始回暖，大地脱去了臃肿的冬装，换上了轻盈娇艳的春装。大自然还没来得及向人们呈现明媚的春光和艳丽的百花，就被工地上一派繁荣的建设景象、往来穿梭的忙碌人流、敞着大嗓门吼叫的机器，以及嘈杂的人声给压制住了。很快，不为人注意的春天过去了，夏日的风已从远方徐徐吹来。

红火的夏天来了。不过红火的不只是夏天，也不只是工地的人们，还有一些不请自来，成天"嗡嗡嘤嘤"的尖嘴蚊和无声的"蠛蠓蚊"，它们像赶集似的蜂拥而来。过去这里大多是水田，潮湿闷热，是蚊虫繁殖的最佳地带。别看"蠛蠓蚊"比芝麻粒还小，咬起人来一点不逊色，它狡猾得很，来去没声音，不容易被人发现，专叮着露在外面的皮肉，被它叮咬过的地方，很快就生出一个个疙瘩，痒得人心慌。当年来新县城的建设者，即使夏天顶着太阳晒，也不敢穿短衣短裤。他们说，那个"蠛蠓蚊"，小得丁点大，叮起人来厉害得很。白天干活，抓几把被它咬过的痒处，在皮肤上留下一道道白指印，吐一泡口水抹一抹，忙着干活也不知道疼和痒了。"蠛蠓蚊"喜好阴暗的环境，晚上熄灯后屋里黑暗，那就是它们的天下了。人躺在工棚里睡觉，"蠛蠓蚊"寻着人的汗味，就从门缝或窗户的缝隙钻了进去，贪婪地在人的手脸、胳膊、腿杆上狠命叮咬，被咬的人睡不着觉，心里发慌，就拼命地用指甲抠挠，然而又抠又挠还是不过瘾，有时就用剃胡刀片或小刀去刮擦瘙痒处，但稍一用力，就刮伤了皮肤，弄得被咬处鲜血直流。为防止伤口感染，有的人会抓一小撮盐巴抹在伤口上，在盐巴的作用下，虽然被咬过的地方疼得很，但比起皮肤痒又要好受点。在这样的环境中，哪还能睡上几个安稳觉？

有个山东来的建筑工人对我说，我们什么苦和什么累都不怕，就怕被"蠛蠛蚊"叮咬。他挽起衣服袖子，看着他手上的一道道伤疤，我感动之余，更多的是心疼，关心地问："你现在最大的愿望是什么？"

"我只想更好更快地完成援建任务，然后回家好好睡个觉。"他的回答让我差点落泪，当年山东援建人员就是在这种情况下，为我们修起了一座座楼房，建起了美丽的新家园。

启动仪式

2010年，文化部启动"县级数字图书馆推广计划"灾区援建行动，当年的启动仪式，就是在北川新县城的建筑工地上举行的。

3月中旬，我收到省图书馆小周转发给我的两个压缩包文件，她叫我根据文件内容，为国家图书馆主办的图书数字资源捐赠仪式做一个实施方案。我哪里见过这样的大场合，就拿着文件去找县接待办。那个时候人们工作起来雷厉风行，事情来了一起扛。接待办的小胥看了文件后，连忙与县市领导衔接，负责活动实施方案的具体安排。

第二天，省图书馆来了几个人来踩点，当时新县城正在建设中，工作人员食宿统一安排在安昌。22日下午，大批国家图书馆和省图书馆的工作人员来到了北川，把新县城指挥部作为活动现场。我们临时成立了工作组，并进行了分工，国家图书馆的工作人员负责在指挥部大厅前的室外布置会场，省图书馆的陈主任和我一起落实接待方案的各个细节，并把永昌镇板房服务点、文化中心建设场地、老县城地震遗址定为启动仪式后的参观点。

当天傍晚，我们完成了准备工作。国家图书馆的工作人员将场地布置工作做得非常细致，检查了又检查，每一个环节都安排了具体人员负责。活动现场采用投影设施，大气而简洁，很有现代特色，吸引了附近很多看热闹的群众。但因为领导临时有接待任务，原定于23日召开的活动，向后延了一天。

到了24日早晨，天空下起了针尖般的细雨，等到领导要进场了，大雨如注，穿雨衣在室外举办活动的原计划已经不行了。这场大雨把我们事先准备好的一场别开生面的数字启动仪式给全部打乱了。情急之下，我们临时决定把户外活动场地改到指挥部的大厅。但场地太小，到处都站满了人。

这次活动由国家图书馆主办，为县级图书馆赠送的1TB的各种优质数字资源，包括图片、电子图书、电子期刊、影视、讲座等类。当时来参加活动的有文化部杨副部长、国家图书馆周馆长、四川省黄副省长、省文化厅郑厅长、绵阳市委吴书记、北川县委陈书记等领导，郑厅长亲自主持了这次会议。启动仪式上，各级领导分别发表了重要讲话。

随后，国家图书馆就向四川、甘肃和陕西受灾的各个县级图书馆赠送了数字资源。向汶川、北川及都江堰图书馆赠送了国家图书馆收藏的地方志。我代表受赠的县级图书馆发了言。

最令我们哭笑不得是天气的变化，活动仪式结束后，大雨就停了。我们带着各位来宾参观了新县城的总体规划、永昌镇板房图书室和文化中心图书馆的建设工地。走进永昌镇板房图书室，领导们都很感兴趣，大家围着图书管理人员，不停地问这问那，工作人员是个年轻的小女孩，一下子见到这么多领导，紧张得说话都有些结巴。省图书馆李馆长见情况不妙,把我带到领导面前,要我作具体介绍。

那个时候,我不知从哪里来的胆量,一点不怯场,把图书馆设备的来源、人员的管理、资源的利用、我们的具体做法等,原原本本地讲了出来。我边说边指着各种设备进行介绍,领导们见板房图书室内整洁明亮,各类设备齐全,图书编目上架规范,有财产登记,有借阅记录,有管理人员。活动现场井然有序,大家都一脸兴奋。这时,李馆长指着我对大家说,她叫李春,北川图书馆馆长,她是图书馆界的名人,在"5·12"汶川特大地震中被埋75小时救出后,送到多家医院治疗,历时一年,经过了十多次手术,刚学会走路就拖着残疾的手和脚回到了工作岗位。她是个非常敬业、有情怀的图书馆馆长,去年还被邀请到意大利参加国际图联大会。他的话音刚落,领导们就走了过来,把我团团围住,拉着我的左手问我痛不痛,看我走路歪歪斜斜,又叮嘱我在工作的同时,加强营养,好好锻炼。随后,文化部的领导说,这个基层服务点办得好,对四川灾后文化重建很有借鉴作用,值得好好地总结经验。领导的话既肯定了我们的成绩,又给我们提出了要求,我们都铭记在心。

这天中午,所有参会人员在县重建工委伙食团自助用餐。下午去老县城参加祭奠活动。而最值得欣慰的是,当年文化活动的所有开支全部由国家图书馆承担,没有给县财政增添一点负担。这次活动结束后,我记住了领导的话,平时留意观察工作方法,把好的经验记录下来。由于图书馆还在建设中,我们当时的工作重心在流动图书馆上,制订了服务计划,利用新型的文化宣传工具到各个安置点、羌寨等,开展图片展览、电影放映、图书借阅等文化活动,让北川图书馆在灾后传播先进文化中起到了一点点作用。

4月28日,第二十届全国图书交易博览会"九洲杯"在绵阳设立了分会场,我们以"感恩祖国人民,建设美好北川;弘扬禹羌文化,重建精神家园"为主题,在绵阳参加展览活动,展示了北川新县城的规划、北川地方文献等资料,吸引了一万多名群众观展,赠送地方文献资料三千多册,并在其他一些展团中"淘宝",收集了近三十种地震文献。

11月份,我和局机关邓红书记,参加了在深圳举办的第三届中国公共文化设施建设管理论坛会。我们将点滴的经验做成PPT,由邓书记在大会上进行交流发言。在那次活动中,北川图书馆被评为"公共文化管理先进单位",我被评为"先进个人",在大会上接受奖牌。

后来,由于重建任务重,乡镇启动了文化建设项目,局机关成立了工程建设项目组,唐老师被抽调到局机关负责乡镇发行网点项目的建设工作,图书馆只剩下了我和老职工李老师。

图书馆建设

我在家里养伤的时候,就听说新图书馆开始规划了。起初,我听说新图书馆规划建筑面积为四千五百平方米,心里暗自高兴了好一阵。后来,关于新图书馆建筑面积是多少平方米这个问题,就没有任何消息了。

我上班后,被邀请到指挥部参加文化中心设计论证会,当看到投影屏幕上显示图书馆的实际建筑面积只有二千九百平方米,我顿时蒙了。因为国家一级图书馆的评估定级标准是不低于三千平方米,这意味着我们图书馆永远也别想踏进一级图书馆的大门。不行,这绝对不行，必须去努力争取。可是用什么理由才能说服那些专家呢？我有些犯难了。我突然想起，荷兰克劳斯王子基金会在捐赠合同中提出了对单体建筑物面积的要求。根据这个要求，我连夜赶写了增加图书馆建筑面积的请示报告。指挥部充分考虑了我的建议，在组织相关单位进行研讨后，最终同意增加图书馆的面积。

图书馆工程建设启动后，我们从来没有把自己当局外人，主动和山东德州援建集团协调，积极配合工程的推进。为了避免项目工程停工，我拖着残疾的身体，经常跑相关单位，办理选址、预审、环评、施工许可证等证件。因为涉及荷兰方捐建资金的单体建筑，我们必须把图书馆拆分成两个项目来办理资料，走两个同样的流程。因此每次去不同的单位，我都要反反复复地给经办人解释。每个单位的经办人对待工作都很认真，要把他们说服可不是一件简单的事，得费不少口舌。由于白天上班走路太多，我每天回到家里，手脚都钻心地疼。为了早日建好新家园，大家拧成一股绳，齐心协力干大事。艰苦的环境反而提高了大家的合作意识。当年荷兰捐建方提出的许多难题，只要我找到相关单位的领导和经办人，大家都会伸出援助之手，热心地想办法、出主意，帮助我走完各个流程。

我清楚地记得，那时北川县发改局和建设局忙得不可开交，重建项目又多又集中，交来的科研报告和规划书堆了半个屋子。我至今都十分佩服和怀念那时候人们的工作干劲和激情，不管是领导还是办事人员，个个都舍得干。为了同一个目标，大家不分白天黑夜拼命地干，熬出了黑眼圈，第二天依然有精神。当年的县发改局在路边的一排板房里上班，夏天顶着太阳晒，热得透不过气。冬天小火炉不管用，工作人员冷得直打哆嗦。大家就是在这种艰苦条件下坚持办公的。领导们经常蹲守在这里，共同讨论项目报送中遇到的难题。图书馆要办的两套证件，就是在这个环境中落实的。在所有重建项目中，可能只有我们图书馆报送的项目有点特殊和难办，办事员小曾连着跑了好几趟，才说服绵阳市发改局同意立项。

为了让图书馆的工程建设跟上重建队伍步伐，我经常拖着残疾的身体跑工地，用照相机记录新县城的变化，看到楼房一点点从地平线上爬起来，一天天长高，我满怀希望。

山东德州集团承建三个馆，每次办证总是我们图书馆打头阵，等我们成功了，援建单位工作人员再跟进办理其他两个馆的手续。因此我与援建单位接触最多，相处得最融洽。事后为了表达感激之情，我叫老段代表图书馆志愿者，写下三十多幅书法作品，送给援建人员。时至今日，我和工程部的小李仍然有联系，我们讲起这段经历，都非常动情，很怀念曾经在一起奋斗和拼搏的日子。

当年图书馆在装修上也遇到了一些麻烦：外借室的书架设计太高，架框太宽太大，浪费了很多空间。我就又厚着脸皮去找设计单位、援建单位、县指挥部等，一次一次地反馈我发现的问题，甚至还给一位设计大师写了一封电子邮件，虽然我的反馈起不了多大作用，但我觉得，只要自己曾经努力过，即便没有成功，心里也不会有所遗憾。

有一天，山东援建人员对我说，图书馆的设计结合了大英图书馆的特色和羌族的文化元素。我马上通过网络搜索，发现在原来的图纸上，书架前有一圈内廊，方便读者拿取书籍，而因为后期建设预算超标，设计人员修改了这个细节，导致外借阅览室的固定书架因为过高而不好用。幸好后来在做期刊阅览室的木质书架前，工程人员听了我的建议，及时对书架内框的高度和布局进行了调整。

　　2010年9月29日，太阳出奇地亮，照射出的光芒，耀得人眼睛发花，透过淡薄的云层，给这座年轻的城市镀上了一层金纱，我们的心情如阳光般灿烂，大家聚集在图书馆门前，举行了交接仪式。在庆功宴上，不会喝酒的我举起了酒杯，用香醇的美酒和羌歌表达了我们对山东援建人员的感恩之情。我在QQ空间里写道：一定不辜负山东人民的无私援助，要用勤劳的双手，为读者营造打造一个资源丰富、环境简约舒适、服务便捷的阅读空间。

　　为了解决外借室书架过高的问题，在设备采购过程中，我特别注重对外借阅览室底层书架的改造，在书架框内增设了两层隔板。此外，在新馆的室内装饰上我也费了一些心思，在高层书架的上方放置了几排精装本书盒，还叫老段写了一些书法作品，精心装裱并悬挂在水泥柱上。通过这些改造，点缀和装饰整个图书馆看起来更有文化氛围了，充满了独特厚重的书香味。

新家园

　　上班后的前两年，我每天早上从绵阳赶车到安昌上班，下班再回到绵阳，这种两头跑的上班方式，我一点也不习惯，感到很累。每天去"蹭"其他单位的车，得约好时间，有时没赶上，又要去找车。特别是到了冬天，早晚两头摸黑，根本没有时间买菜、煮饭，回到家里冷锅冰灶的，长期吃饭店，肚子又受不住。当年我最大的心愿就是赶快结束这种工作状态，迫切想找一个能安置自己的地方。

　　2010年9月25日，对北川人和山东人来说，都是一个终生难忘的日子。那天下着雨，巴拿恰站满了人。下午，时任山东省委副书记将一把挂着红花的巨大钥匙，郑重地交到了北川县委书记的手中。县委书记接过钥匙，面向广大援建人员鞠了三个躬。他动情地说：感谢山东人民！山东人民对北川的无私援助，留下了不可磨灭的功勋，将永远激励北川人民铭记恩情砥砺奋进……当年的交接仪式简朴庄重，现场氛围热烈。新县城安居房落成，整个北川都沸腾了。大家都急切地盼望着能够分到安居房。12月18日，在新县城体育中心进行了首批公开摇号分房。在所有人的见证下启封摇号，原安县黄土镇三千九百八十四户征地拆迁失地村民，率先分到了安居房。因为他们是拆迁户，分得的房屋不花钱。

为了让北川老县城的幸存者有房住，政府先后成立了十八个工作组，组织六百余人参与安置工作，对有房有户、有房无户、有户无房的三类居民进行了核实登记和公示，并率先对有房有户居民进行第一轮摇号。12月23日，北川人的脸上都洋溢着鲜花般的笑容。高音大喇叭敞开大嗓门，不停地播放分房信息，一大早，原有产权住房的受灾群众，带上一家老小从四面八方，赶往县城体育场去见证分房摇号。听说那个场面就像赶庙会一样，人山人海，拥挤不堪。只是我这个拖着一条腿走路的人，的确没有胆量站在拥挤的人群中。

安居房是小高层楼房，大多五楼一底，少部分四楼一底。当年，很多北川人不喜欢底楼和顶楼，有的觉得一楼采光不好，地面潮湿，夏天蚊虫多。有的觉得顶楼太高，不愿爬楼。在这次分房之前，政府出台了一个比较好的政策：一、二级肢残、盲残的居民有分房"优先权"，直接锁定在一二楼内摇号，并提前对这类人群的信息进行了统一登记和公示。也有一些残障人，不愿登记，结果摇号被分到了顶楼。对于腿脚不方便的人来说，上下楼梯极为艰难，常把自己整得叫苦连天。为了减轻我的痛苦，老段登了记，我们家已经做好住一楼的准备，只是希望运气好一点，能摇上一套大房屋。在分房之前，不少人也有一些顾虑，担心弄虚作假。当人们去了摇号现场，亲眼看了摇号分房的整个过程，他们的顾虑被打消了。老段从摇号现场回来，兴奋地对我说，我在体育馆见到了很多北川人，摇号分房作不了假。在摇号前，武警人员把摇号机、摇号软件等相关设备押运入场，送到主席台前现场拆封，摇号的过程就跟福利彩票抽奖一样，全凭个各人运气。我家的运气比我们预先想的要好，虽然在一楼，但面积大，分到的房子有一百二十二平方米。

听老段讲完，我虽然没有在现场心里却激动无比，当年的分房方案之所以做到了公平、公正，没有引起群众不满，全靠好的政策和高端的科技。过了一段时间，又分批次对老县城有户没房、有房没户的居民进行了公开摇号分房。后来，公开摇号出售了剩余的房屋。

当年，北川的福利购房坚持"官民一致，城镇户口和农村户口一致"的原则，确定了低、中、高三个购房档次的价格。一是有房有户口的，人均30平方米，按低档支付购房费，超出部分面积按中档补足购房款；二是有房没户的，按中档购买房屋；三是有户没房的，按高档购买房屋。我家属于第一种，支付了十万五千二百万元购房费，拿到了新房钥匙。

那段时间，熟识的朋友见了面，第一句话就问：分在哪个小区？在第几层？有多少平方米？其实，不管分到的房子是高是低，面积是大还是小，大家都感到非常满足。

我们家拿到房屋钥匙的那天，全家人都去看房。老段打开房门，边看边说:"不错,不错,房屋宽敞,四室两厅呢,墙壁粉刷了,地板砖、水槽、马桶和房门等都有,房屋用不着装修,买了家具搬过来就能住。"我边看边说:"好高兴呀,终于有了自己的房子,我们赶快搬家吧。"但老段考虑到一楼比较潮湿,不利于长期居住,决定铺上木地板,便找朋友设计了精装方案。

  人在忙碌的时候,日子跑得最快,一眨眼工夫就到了年末。这段时间图书馆招聘的几个新员工都很勤奋,忙着整理图书。这些图书是地震后捐赠的旧书,大多是课本教材,有一部分还在运输途中被雨水浸泡过,清理起来比较烦琐。2010年的最后一天上午,我把职工集中起来,和有图书管理经验的老职工一起探讨了图书归类的便捷办法,中午抽时间填好个人总结,对这一年的工作进行了简单回顾。下午收到武汉大学燕馆长发来的邮件,看到邮件后,我的心里乐开了花。前几天我壮着胆子给武汉大学图书馆、深圳图书馆、中国国家图书馆、北京大学图书馆等几所图书馆发了邮件,表达了北川图书资源匮乏,希望能得到援助的意愿。武汉大学图书馆在邮件中明确回复,同意给北川图书馆捐赠五万元的新书,这真是一件天大的好事。我恨不得马上把这个好消息告诉身边的所有朋友。我急忙开始写感谢信,还没有写完,采购办来电话通知我去签字,说要向社会发布公开采购设备的信息。刚挂电话,山东德州市援建来电,要我派人去拉运他们留下的一些办公设备。好事接踵而来,我分身乏术,恨不得把自己劈成两半。遗憾的是,我们去晚了一步,被县文化馆抢了先,他们把援建人员留下的办公桌椅、柜子、电脑、打印机和空调等全部拉走了,我们只能空着手回来。

  下班回到绵阳与家人吃饭,我才记起那天是我和老段结婚二十五周年的纪念日，心里顿时生出一种对不起家人的情感，身边朋友拿了新房钥匙后，为办理证件、装修房屋而忙个不停，我却整天泡在图书馆，没有时间和心思去琢磨自己家的事，全部交给老段去打理。

那年图书馆在年终考核中被评为先进单位。领奖的那天，川局长要我上台，我嫌自己的样子难看，就叫其他人替我领奖。总结会议结束后，川局长就把我叫了过去，狠狠地训了我一顿，他说："李春呀，你神戳戳的（四川方言，指行为很奇怪），叫你上台去领奖，你为啥不去，还嫌自己样子难看了？当初我们救你出来的那个样子就好看了？那天你就像塑泥人像，让我难受了好几天。你能上班了，付出了常人难以想象的艰辛，得到了大家的充分肯定，对你来说那是多么多么的重要啊，我们都为你感到高兴，你却不愿意面对摄影镜头，辜负了我们的一片心意。"听了川局长的话，领会了他的心意，后悔不已。

我们家的房屋装修好，已经是 2011 年了。记得那年 5 月 11 日，我们图书馆举办了开馆仪式，当天晚上我回到绵阳，第二天在超市买了炊具，破例叫了出租车拉回新家，虽然才装修过的房屋存在甲醛超标的可能，但我已经等不及了。当天晚上，我和我的家人就在新家住了下来。这天是 2011 年 5 月 12 日，刚好是地震三周年纪念日。从此，我们住进了新县城的家。结束了每天远距离通勤的日子，即便是节假日，也懒得再回绵阳。

揭牌开馆

我们拿到了新建图书馆的钥匙，我至今都无法形容那几天是怎么乐呵过来的。平静下来后,才感到肩上的担子沉甸甸的。

图书馆的人手不够,我向主管部门打了报告,得到领导的书面同意后,就着手招聘人员。每月四百多元的工资,没有几个人愿意干,只招聘了三名有家庭的员工。后来我的几个侄儿大学刚毕业,正处在找工作阶段,我说服他们来图书馆干。新招聘的人员,个个都顶用。有家庭的人,踏实、肯干,对工作很上心;农村家庭来的侄儿,劲儿大,手脚快,是搬书和编目的好帮手;工人家庭出身的侄儿,懂电脑,语文基础好,对电子阅览室和各个岗位电脑的布局起了很大的作用。那时,我新招收的十一名临聘人员参与图书馆的建设。新员工初来乍到,缺乏工作经验,就委托老职工李老师手把手地教,当时的主要任务是清理堆积如山的图书和建设馆内的各个功能室。

地震后,北川图书馆接受捐赠的图书很多,如山东省图书馆捐赠了五万册图书,中华慈善总会和全国政协捐赠了一万册新图书,其中一套《四库全书》,有五百余册,等等。这些图书当年都是由地震后升为副馆长的唐老师接收的,堆放在安昌西河桥原安县图书馆库房。唐老师被抽调到局机关后,图书馆招聘了一名女司机和保安人员,大家一趟又一趟地把西河桥的图书搬运到新图书馆,在外借室内进行清理,为即将公开招标图书专业编目公司进场做准备。

为了保证员工中午有饭吃,新北川宾馆最先启动运作时,我托熟人找到宾馆负责人,说服他们同意我们中午在他们的员工食堂搭伙。我们的职工很努力,为了争分夺秒地完成工作,吃了午饭就马上接着干,加班也是常事,从来没人叫过苦、喊过累,更没有人计较个人得失,每一个人心里都只有一个念头:北川图书馆聚集了全国乃至世界人民的目光,一定要全力以赴,让这座年轻的现代图书馆在新北川这片土地上涅槃重生。

那年，我的身上就像背了一座大山一样沉重，上级部门要求图书馆在几个月的时间内完成建馆任务，代表四川灾区图书馆举行开馆仪式。这个硬任务压下来，我只感到时间不够用，那些日子里我的脑海中只有"图书馆"三个字。起草文件，购买各类设备，筹建少儿阅览室，布局网线建电子阅览室，争取设备和资金等，不管是图书馆的大事还是小事，都要认真考虑，想出周全的办法有序推进。为了把一件件事情落实下来，我们周一上班先开半小时例会，总结上周的工作，接着布置本周任务，全馆十三名工作人员，除了我，全部去突击期刊、少儿阅览室的图书编目加工。我包揽了图书馆各个设施布局的指导和所有文案工作，不断落实图书的采购项目，如图书管理系统软件、图书溯回加工、书架、阅览座椅和办公设备、电子阅览室的电脑和桌椅、纸质图书和期刊、电子图书和电子期刊、安全防护设备等采购招标文件实施落地，所有公开采购设备到位后，还要组织县上相关部门进行验收。灾后重建的文案工作重，而我只能用右手敲打键盘，花费时间更多，一坐就是几个小时。由于左腿血液循环不佳，人坐久了，站起来的时候，右腿发麻，左腿僵硬，不敢向前移步。只有用手撑着桌椅，先揉一揉左腿，再缓慢地抬腿甩一甩，才敢慢慢起步。

时间就像脱缰的野马，攥都攥不住，日历很快翻到了2011年5月。政府采购的所有设备全部到位，我们就积极配合中标方安装设备，集中精力布置期刊阅览室、少儿阅览室、电子阅览室、报告厅、办公室等，服务大厅确定了专门的前台服务人员。

侄儿典典是网络高手，它不仅很快掌握了2000型图书管理系统的操作流程，以及维护电脑网络的技能，还跟专门的局域网络技人员学习，建立了电子阅读管理模式，开发和安装了电子阅览室的"上网登录"的界面和限制学生上网时间的模块，还为图书馆编写了《馆志铭》。老段用毛笔把《馆志铭》抄下来，由广告公司雕刻在木板上。很多外地人来参观北川图书馆，都喜欢去读一读我们的《馆志铭》，它形象地描绘了我们图书馆绝妙清幽的环境及社会各界援助图书馆的大爱精神：

汲羌乡之灵秀，扬禹王之遗风，博览之圣地，惟北川一馆。馆计三层，层中绕厅，左右多室。书架盘旋如九天之龙，其书盈盈若龙之鳞甲。旧册翻，陈香陶陶；新卷喜阅，浓香幽幽。意会千年之师，神交万里之友。架前徜徉者，皓腕轻择卷；桌旁凝思者，聚神竞驰骋；劲笔疾行者，浓眉渐微舒。侠若未名，便可退而磨剑；才若未用，即可静心读书。

长廊上下，诸室瞬息可达。微机检索，书目即时可得。网络音像，汇天下之奇闻。报纸杂志，集信息之精华。百尺羌堡耸立馆旁，逢欲狂之喜登斯堡也，处之坦然；怀忧愁之隐登斯堡也，宠辱皆忘；遇冲冠之怒登斯堡也，心平气静；含莫大之哀登斯堡也，得失随缘。

忆往昔之岁月，地裂天崩，骤起祸殃。幸有党和国家、华夏儿女，后盾坚强；赖我山东同胞，千里驰援，晴吞扬尘，雨趟泥浆；兼有荷兰王子，心系羌乡，慷慨解囊，助建特藏；更有图林同行，倾其肝胆一副，热血一腔。终见高楼平地起，羌山处处书飘香。嗟夫！患难见真情，大爱最无疆。

喜哉！壮哉！北川图书馆也。

当年，我最愧疚的一件事，就是侄儿典典请了两个月的假备考，我还扣了他的工资，现在回想起来，才觉得我在岗位上时总是对自己的亲人要求很苛刻，但又不得不那样做。

2011年5月11日，开馆仪式当天，阳光不经意地透过薄薄的云层，化作缕缕金光，洒遍大地，留下款款热情，真切而温润，我们穿着羌族服装，欢乐的情绪洋溢在脸上，准备迎接那个最美好的时刻。因"5·12"汶川特大地震关闭了三年的北川图书馆，由四川省委宣传部揭牌开馆。三年了，我们在苦苦等待和艰难跋涉中盼望，图书馆重新"站"了起来，即将以一种崭新的姿态，成为这座城市的文化橱窗，不仅可以丈量社会文明的尺度，更是检测北川城市发展的精神厚度，这是一件多么值得骄傲的大事。

图书馆开馆后，我们为了做好期刊阅览室、少儿阅览室、电子阅览室对外免费开放的工作，决定延长工作时间，中午不闭馆。我们优质的硬件设施和服务，吸引了各个年龄阶段的读者，形成了上午以退休人员为主体的阅读需求，中午以单位职工为主体，下午以社会青年为主体，节假日以学生为主体的服务局面，还有到访游客。在干好服务的同时，我们还投入了大量人力和物力建设图书外借阅览室。

那时候，我一到办公室就开始忙碌起来，写各种汇报材料，参加各种会议，迎接各种检查，做荷兰方需要的各种资料……所有事务我都得去应对。有事干就忘了手脚的疼痛。晚上回到家里清闲下来，疼痛便如魔咒一样紧紧地缠绕着我，有时整夜整夜地睡不着觉。手脚烧乎乎地胀痛，那种滋味非常难受。北川县残疾人康复中心把我列入免费接受康复治疗的名单，几次动员我去参加训练，但由于新馆建设任务紧，我一次也没去过。

去北京培训

　　2011年5月底，我的论文得了奖，受邀参加在贵州遵义举办的全国中小型图书馆年会。我乘坐便车来回，往返一千多公里的路程，回到家里以后，全身的骨头像是散了架，疼痛不堪，我甚至因此对出远门产生了惧怕感。可是回家第二天，我又接到四川省文化厅社会处发来的会议传真，通知我于6月初去北京参加由文化部组织的为期一周的全国基层文化队伍示范性培训，还说这次学习机会难得，四川只有两个名额——分配给我和资中县图书馆的刘馆长，并催我马上订购往返北京的机票。

　　接到电话通知后，我的心里一开始焦躁得发毛，我不想出门，况且我和刘馆长出发的地点各不相同，无法结伴而行。没有人陪伴我，我是不敢出远门的。踌躇之时，我突然接到北京一家为我们提供图书系统管理服务的工作人员打来回访的电话，就"顺其自然"地麻烦他来接机。落实了接机人员，我心里才稍许有了出远门的底气，连忙订了机票。

　　出发的那天早晨，天下着小雨。飞机准时出发和着陆。下了飞机，我随着人流往机场出口走，竟意外地发现了北川县长也在人群中。好巧哦，我和县长在同一个航班，我正要上前打招呼，一股人流涌了过来，像浪头一样把我们打散了，县长消失在人海中。我在机场A出口的候车大厅找到了接机人员，坐上了来接我的车。

　　小车驶出机场，我说去大兴村。接机人员说，那个地方太远，家里有客人，送我去大兴村已经来不及了，叫我去乘坐地铁。我从来没有坐过地铁，担心上下车打不着方向，更担心地铁拥挤，带着行李麻烦，便决定打的去。可是在北京打的不像我们那儿，看到有空车过来，挥挥手就能坐上。在北京半路上打的很受限制，我们在岔路口站了近十多分钟，都没有空车，好不容易遇到一辆，司机说这个地方路途太远，不去不去，要交班了。说完，就把车开走了。接机人员也着急回家，指了指前面的地铁站，叫我去赶地铁。

我拖着行李，在心里埋怨起来：这人也太不厚道了，怎么把我丢在半道就不管了？我孤单地站着，看着来来往往的车辆，不敢轻举妄动，甚至觉得，今晚我可能要流浪在北京街头了。

太阳闪着白光，晒得人只想找个地方躲起来。我还是不死心，站在路口等的士，来往的的士很多，但等了半天就是打不着，看来只有坐地铁了。我从来没有坐过地铁，只在电视上见过它疾驰的样子。我顺着接机人员指的方向，朝地铁站走去，到了入口处，我的额头全是汗，也顾不得擦拭。看着从地铁里走出来的几名乘客，就连忙拿着通知单上的路线图，去打听坐车的路线，他们热情地告诉我，沿着石梯往下走就可以乘车了。我拖着行李慢慢地下了石梯。到了地铁站，里面人很多，我打不着方向，边走边问，按照热心人的提示和地铁站里的标识行动。哈，终于看出了一点道道来，自动售票机前排着队，我学着其他人的样子，拿出钱来换了一张磁卡。

在工作人员的指点下，我站在二号线站台等地铁，耳边传来"轰隆隆"的响声，地铁被猎猎风声裹挟而来。一开始，它的速度很快，到了二号线站台，速度慢慢地减了下来，只听见"哧"的一声，地铁停了下来。门开了，我的心怦怦直跳，身体却不敢动，我怕自己上错了方向，更不知道在哪里下地铁。旁边的工作人员提醒我赶快上车，我咬咬牙，踏进了车厢。

323

上了地铁，只听见车内响起了"嘀嘀嘀"的声音，门自动关上了。接着，广播里传来了女播音员温柔的声音：亲爱的乘客，欢迎乘坐北京地铁，下一站东四十条站。接着，又用英语说了一遍。地铁的速度实在是太快了，我扶着护栏站着，窗外隧道上的红灯，飞快地从我的眼前闪过。但是车厢里很平稳，也没有闷闷的感觉。乘坐地铁的人很多，有的坐着打盹，有的站着聊天，有的斜靠在一旁，有的在看书。车厢里的挂式显示屏，播放着各种广告。过了一会儿，随着报站声和门铃声响起，地铁在东四十条站停了下来。我这才发现地铁门的右上角有个电子线路图，就在心里默默地数了数，我在宣武门下车，还要经过十一个站。第一次坐地铁，心里始终不踏实，莫名其妙地紧张，尽管有播音员在报站，我的眼睛总是离不开电子线路图，生怕坐过站。地铁上的人流量很大，每到一站都会涌出涌进很多乘客。地铁在鼓楼大街站行驶时，我的行李竟然摇晃着身子，在车厢里大摇大摆地走了。慌乱中，我用残疾的左手抱住扶手，用右手去把行李拽了回来，眼睛仍旧死死盯着电子路线图。后来我才弄明白，二号线是环状线路，如果不小心错过了站，过一段时间又会绕回来。

宣武门到了，我跟着人流下了地铁，换乘四号线，这条地铁是通往天宫方向的。地铁上的乘客不多，我上车就找到了座位，经过了十多个站，我在黄村下了地铁，在C口出了站。在北京坐地铁真的很划算，几十里的路程只用了两元钱。难怪人们在北京出门喜欢坐地铁呢。第一次坐地铁的感觉真好！不过，乘坐地铁的年轻人如果对残疾人多一分关爱，那将是一道更美的风景线。

出站后，我拿出路线图边走边问，沿着林校北路向东行，在第一个十字路口，向南走了100米，就找到了中央文化管理干部学院。我刚走到门口，就遇上了在遵义一起开过会的陈馆长。走进楼道口，又遇见了管馆长，管馆长是我在2007年认识的，我们同期在国家图书馆参加过培训。几年不见，她还是那么热情、年轻，她带着我去服务台登记，帮我领取了房间钥匙和学员手册，还提着行李箱帮我找到了308房间，又带我一同去吃晚餐。

中央文化管理干部学院的大楼，外观很普通，不怎么起眼，可是一走进去，却是另一番景象：装饰别致、典雅，很有文化气息，感觉特温馨，餐厅的饭菜更是丰盛可口，我美美地饱餐了一顿。晚餐后，接到班委通知，晚上七点在四号楼一会议室开班会。

我还没有从赶路的疲惫状态中缓过气来，这个班会活动就开始了。我们的班主任是孙老师，初看手册上的名字，我还以为她是男老师。见了面才知道是位文雅的女老师，她是培训学院部的副主任。孙老师召集我们开会，对中央文化管理干部学院的概况、本次培训目的、班委组建情况、管理纪律等做了全面的介绍。结束后充满朝气的杨老师，带着我们上四楼开展班级活动。先是叫我们做自我介绍，然后带我们开展"记忆大王"游戏，吉林图书馆的梁馆长记性最好，听了大家的自我介绍，一口气说出了五位同学的名字，打破了这个游戏的"最佳"记录，获得学院颁发的纪念奖品。活动中我们这帮学员，在欢快的笑声中消除了疲劳，似乎回到了快乐的学生时代，学员之间的距离迅速缩短了。最后，大家在"团结就是力量"的歌声中结束了第一次班会活动。

我们的这批学员大都来自全国各地的基层图书馆。老师说，这样高级别的学习培训活动对县级公共图书馆来说是首例，加之我们培训的地点在黄村，大家把这次培训戏称为"黄埔二期"，并用这个诙谐的名称建了一个QQ群。

第二天早上八点三十分，学院举行了开学典礼，拉开了"黄埔二期"培训的序幕。文化部和中央文化管理干部学院等领导在开班典礼上发表了讲话，强调公共文化服务体系是"十二五"文化发展的重要阶段，需要一批高素质文化人才，县级公共图书馆是新时期文化发展的支撑点、起着承上启下的作用等。在过去的工作中，我也思考过类似的问题：公共图书馆究竟怎样搞好文化建设和服务？创新服务到底需要采取哪些措施？答案始终不明朗。专家们的讲座打开了我们的视野，让我们对图书馆未来发展的方向有了更清晰的认识。

在培训中，大家非常都珍惜这次难得的学习机会，课堂上专心听讲，认真做好学习笔记，讨论时结合自身工作情况踊跃发言。培训内容涉及的范围很广。几位授课专家从公共文化服务体系建设、免费开放、图书馆人肩负的社会责任和使命、资源建设等方面出发，进行了细致的讲述。哎，这个世界真的是太小了，我遇到了浙江大学的李老师，她向我们展示和推广了许多优秀的案例，把近五年深入基层一线参与志愿者行动所获取的重要经验向我们进行了展示和推广。她要我们"不择手段"地让读者走进公共图书馆，给我们带来了很多启示。这次培训安排得十分丰富，不但有机会聆听资深专家的专题讲座，还能与专家们近距离地沟通，我增长了许多见识，了解了更多解决问题的方法。通过参观故宫和国家图书馆、开展小组讨论、举办联欢晚会等活动，让我们感受到图书馆人这个职业是多么的有趣和充满活力。

可别小瞧我们这群来自全国各个图书馆的文化工作者，在我们中间，有为图书馆事业奋斗终身的葛馆长和管馆长，有义务捐助的肖馆长，有西部放歌的王馆长，有跳舞女王昂青拉毛，有经历地震生死考验的我，有开心果小广东，有助人为乐的小王、陕北赵馆长、班长杨馆长、学习委员小阿杜……来自四面八方的基层图书馆人融合在一个班级里，把重庆打黑、义乌商贩、面堂看相、地震故事、遵义模式、志愿者行动、读者义务讲座等精彩的故事深深地镌刻在我们的记忆里，都希望在未来五年的时间里，经过不懈努力，真正实现葛馆长最"牛"的一句口头禅"我们的图书馆，一般不要钱，要钱花不完"的新格局。那年我到北京学习的收获最大，不仅见到了我的老师，还结识了更多的同学。

有一天，在小组讨论中，我认识了北京东城区第一图书馆的肖馆长，当他听了我的故事和了解到我们馆图书资源紧缺的困难后，当即表示要为北川图书馆捐赠新书，而我更没有想到的是，捐赠图书来得这么快。7月初的一个早上，一辆邮车停在图书馆大门前，那可是一万册的新书，来自首都北京！"千里送书上门，书香传递温情。"北京市东城区图书馆人用无私的真情谱写了人间大爱，他们送来的图书寄托着他们对北川图书馆绵绵的情意和浓浓的牵挂。这是一件多么的感人又多么值得称颂的事。我看到这一车珍贵的图书，激动地拨通了肖馆长的电话，感谢他们的默默奉献。时至今日，每当我想起这些触动心灵的人和事，一种别样的温暖如丝般萦绕，久久地荡漾在我的心头。

中规院捐赠

山东援建的文化中心交付后，图书馆第一个搬迁，我们艰辛的付出感染了更多关心图书馆的人，很多人前来参观，如北京十四中的学生、海峡两岸学者、美籍华人、周边县市图书馆工作人员、建筑设计师……但我印象最深的还是中规院。在我的潜意识里总爱把中规院（即中国城市规划设计研究院）说成中建院，中规院的孙总不知纠正了我多少回，我愚笨的脑筋总是转不过弯来，一张嘴就说错。很长一段时间里，我都错误地认为图书馆那位顶尖的设计大师来自中规院。

记得那年的某一天，李院长带着客人来参观图书馆，我才弄清了图书馆设计者的真实身份，他是某建筑设计研究院建筑师、副院长。这下我可傻眼了，这样高级别的人物，为啥要把书架设计得那么高大呢？书架的层板之间为什么要相距那么远呢？是因为木质书架的承重量不够，还是为了使书架更气派？或者对图书馆的功能了解得不够多？

大凡是去过我们图书馆的，都会对此产生类似的疑问："书架这么高，怎么拿书呀！"那天，李院长带来的客人，同样说到了这个问题。

"用升降机吧。"李院长向客人介绍道。

"好贵呀，我们可买不起。"我在旁边插话。

"我们来捐赠。"李院长说。

我看着他和蔼可亲的样子，竟然没有礼貌地和他开起了玩笑，试探着反问了一句："是真的吗？"

"真的，小李，我看你这人很不错。你的身体都这个样子了，却还在努力工作，文化中心的三个馆，图书馆最先开馆。大家都挺佩服你，冲着你的工作热情和态度，我们都愿意帮帮图书馆，过几天，你去找孙总联系一下！"李院长说得认真，几句夸奖的话，反倒把我弄得很尴尬。

当时，我以为李院长说的是客套话，没有当真，也没有去找孙总。

几天后，孙总主动打来电话询问安装升降机的图纸，这下我可慌了手脚，开始认真地对待这事，和侄儿典典在网上找图片查资料。网上都是一些户外建筑用的升降机，又高又悬，样式笨重，价钱还贵，安放在图书馆内不伦不类的。我始终觉得不合适，于是，便如实将想法回复给了李院长。

过了一月，看着整理出来堆积如山的图书，再算算书架的实际数量，我明显地感到书架严重不足。外借室固定的木质书架很多，但绝大部分高不可及，无法使用。我犹豫再三，拨通了李院长的电话，说了我们急需书架的问题。几天后，出差在外的孙总回到北川，就立马到图书馆与我一起讨论增加书架的方案。两天后，中规院叫来了定做书架的厂家，厂家派来的李工从北京来到北川，和我们一起讨论书架布局。按照最高量设计，图书馆还可以增加可容纳十一万册图书的书架，李工很快就定下了书架的个数。

在孙总、李工的建议下，中规院敲定了捐赠设备预算，不但捐赠了移动升降梯书架、书梯等设备，还为期刊阅览室的玻璃顶增加了电动遮阳布，为少儿阅览室玻璃顶部贴了膜，可以遮挡强烈的阳光。这次捐赠的设备达四十多万元，解决了我们馆设备严重不足的问题。

这一年，我通过各种渠道，获取到了近四万册捐赠图书。重庆大学设立的北川图书馆分馆的图书也到了位，又争取到价值六十八万元的文化共享工程配套设备，以及县人社局公益性岗位资金和数字地方文献收集资金共十三万五千元。我因此被同行封为"讨口子馆长"。

这一年，我汲取去年评职称时答辩论文失败的教训，带着新时期图书馆的功能定位与发展策略思考等问题，与四川大学图书馆的姜老师进行了探讨。我们抓住提升公共文化服务体系这根主弦，围绕图书馆功能定位，结合实践进行了全面总结。与她合作的以"北川新图书馆功能定位初探"为主题的论文，被刊登在核心刊物《四川图书馆学报》上；在参加由四川省文化厅组织的职称论文答辩中，我终于过了关，晋升为副研究馆员。

这一年，我被推选为绵阳市第六届政协委员，在列席北川县政协的一次讨论会上，我提出图书馆目前仅有四个编制，人手不够的问题。后来，经过相关部门考察，北川图书馆新增加了两个编制。

这一年，我动员老段继续当好图书馆志愿者，免费为图书馆室内外书写宣传招牌，为各个功能室的座椅编上数字标记，给图书馆墙上装饰书法挂件。

这一年，在四川省新闻出版局下发的"农家书屋"配套设备到位后，我指导工作人员往返于各个乡镇，新建了八十个农家书屋，安装书架四百个，上架图书十万册，为基层书香文化建设写下浓墨重彩的一笔。

涅槃重生

2011年图书馆重新开馆后，我们的事情便多了起来，馆内文案工作、环境布置、设备和经费争取等，花费了很多精力，我只感觉时间不够用，节假日也很难休息，差不多每天早晨七点到岗，有时很晚才回家。

为了让图书馆环境更舒适，我与绵阳老年书法协会和北川书法协会合作，收集了一些书画作品，在电子阅览室的过道上建起了书法画廊；争取阿坝藏族羌族自治州图书馆余老师捐赠的羌族生活照，挂在通往报告厅的廊道上。休闲厅也张贴了一些本土特色图片，这些图片来得不太"光彩"，它是我从一个垃圾堆里刨出来的，那是一个部门举办展览后扔掉的图片，我路过那里，看见这些图片很有北川特色，就把它捡了回来，擦了上面的尘土，挂在休闲室里。访客们都说那组图片很有灵气，却不知道它有着这番不平常的来历。同时，我们还加快了外借室的建设，招标落实专业团队负责图书编目、建立数据库、打印书标和条形码。馆内工作人员负责对图书进行加工，盖藏书章、粘贴条形码、加装磁条、贴书标、典藏上架等，在一年的时间里，编目加工了图书近十八万册。图书分类上架后，2012年5月12日，外借阅览室就对外开放了。接着，我们建起了盲文阅读室，安装了文化共享工程配送的设备，同时，工作人员分批到乡镇村组新建了两百一十五个农家书屋，让当时全县三百一十一个行政村，村村有了农家书屋，实现了全覆盖。

2013年，全国县级以上公共图书馆迎来了第五次评估定级，我们图书馆根据评估标准，建起了地方文献室，还培养了自己的编目人员。这一年，是我最忙、最累的一年，评估定级从设施与设备、经费与人员、文献资源、服务工作、协作协调、管理与表彰、重点文化工程七个方面来考核。既要看纸质档案资料，又要实地查看现场，还要对群众进行满意度问卷调查。我们过去是三级图书馆，我这次大胆申报了一级图书馆。对我们来说，最大的困难是资料不齐、经费不达标。人员变动也是个问题，原来招的年轻临聘人员，有的离开图书馆考上了事业编制，有的跳槽到其他单位。新招考的带有编制的年轻人，有的不熟悉情况，有的不安心工作，干不上几个月就跳槽了。

那一段时间，我一心想把北川图书馆建成理想中的一级图书馆，就把所有心思全部放在创建工作中，家里什么事都不管，天天泡在图书馆。我收集和整理了所有缺轶资料，做了三十多盒档案，写评估申请，评估汇报材料，分析不同年龄阶段读者满意度调查及统计，做评估定级标准建议说明书，自查评估报告，做PPT汇报材料。争取相关的配套经费……也是在那时，各个制度上了墙，每个服务窗口安排了A角和B角的工作人员。

记得有一次，我忙完手边的一个资料准备工作，已经是晚上11点了，在回家的路上，四周安静得吓人。那时新县城还没有开发商品房，到处空荡荡的，一度被称为"冷美人"。我在路灯的陪伴下朝家走，为了给自己壮胆，就小声地哼着歌。这时，一个朋友听说我这么晚了才回家，就打来电话问我怕不怕。我回答说，有啥怕的，朋友继续说，连个人影都没有，四周的树林如人形，身着青黄色外衣，在微风中弯着腰，闪着绿幽幽的光，就像鬼怪一样，你不觉得可怕吗？

她这一嘴提说，真是把我的胆子给拈住了。我朝四周一看，路上什么都没有，公路两旁的绿化带，看上去黑洞洞的，路灯投下一片光亮，撕开了黑沉沉的夜幕，照着幽灵似的我走在路上，与我形影相吊。空空如也的道路像阴森森的大舞台，吓得我出了毛毛汗，我加快了脚步，赶紧打电话叫老段来接我。从那以后，我给自己定下时间，晚上加班一般不超过九点。

记得还有一次，到了下班时间，我有个汇报材料还没弄完。趁着好兴致，我决定把它写完才回家，便打电话叫老段别等我吃饭，话还未说完，电话那头就挂了，我知道老段肯定生气了。我想反正在做正事，他抱怨也好，黑脸也罢，就当没听见、没看见。我继续埋头写东西，不觉过了八点，他再次打来电话催我回家。我只好把汇报材料存在邮箱里，决定回家吃了晚饭再接着写。

推开图书馆后大门，天已经黑定了。我顺着景观河的人行道走在回家的路上，新县城笼罩在蒙蒙夜色中，两旁的路灯似乎怕我一个人走路寂寞，睁大明亮的眼睛坚守在公路边。天下起了零星小雨，一股冷风吹来，我打了一个寒战，别看已到了春天，早晚还是有些清冷。这时，从我身后冷不防冒出一个人影，吓了我一跳，这个人影很快超过了我，渐渐远去。四周一片寂静，路上见不到一个人，看不见一辆车，像是一座没有人的城。小雨点调皮地躲在我的衣领间，悄悄地落在我的颈窝，冰凉冰凉的。"啪嗒、啪嗒"，我踩着轻柔的光线，加快了脚下的步伐，周围静得只听见树叶摇摆发出的"沙沙沙"的声音和我急促的呼吸声。这时候，我感觉县城寂静得有些可怕，好像整个城市就剩下了我一个人。我的脑海里突然跳出一个奇怪的念头，假如这个城市真正只有我一个人了，那会是怎样的结果呢？我选择的答案只有一个：活着也会被吓死。回到家里，丈夫正想抱怨我，我立马把刚才的想法说了出来，要他给出一个答案。老段"扑哧"一笑说："你好傻，好自私哦，大家都没有了，你还活着，有意思吗？"

我的这个想法后来成了我们家的一个经典笑话："地球上没有人了，只有李春还活着呢。"后来的一段时间，我都不敢太晚回家，看到天快黑了，就赶紧往家走。有时忙着做事难免会忘记时间，保安就会记着上楼来提醒我。有时做事正在兴头上，时间耽搁久了，就叫保安用摩托车送我回家。当年图书馆的杨保安和唐保安，经常同我开玩笑，他们说，李馆长，我看你不是党员，但比党员还党员，干起公家的事来，简直在玩命。两位保安说归说，但对我很敬重。杨保安虽然嘴上说钱厉害，但做起事情来一点不含糊，让人很放心，这样的保安也难得，我只好每月给他增加一百元。唐保安虽然从来不谈钱，但做事比较懒散，没有多大主见，得有人盯着，当然，这个任务就交给杨保安了，只可惜杨保安后来得癌症去世了。

在归纳并整理档案的过程中，我学到了不少东西，对图书馆今后的发展方向也有了新的思考。本来四川省鉴定组在挑选必查单位时，考虑到我们的实际情况，暂时没有把北川图书馆列为必查对象。在我的要求下，评审专家陈主任一行人来到北川图书馆，通过查看档案和现场，陈主任感慨地说，真没有想到在一年的时间里，图书馆有了如此大的变化。陈主任说的是事实，没有一句虚夸，因为去年她来过北川几次，对我们馆过去的样子非常清楚，更知道我们一路走过来的艰辛。

为了满足读者的需求，我们不断丰富各个阅览室的资源，服务前台购买了超星数字图书阅读平台，还有龙源期刊和报刊的电子阅读平台，墙上安装了电视，滚动播放图书馆的借阅信息。不定期开展图片宣传和展览，比如：连环画图片展、文津图书展等。期刊阅览室每年保持订阅杂志四百多种、报纸六十多种。少儿阅览室增加了纸质期刊、空调和趣味十足的座凳。电子阅览室安装了八十台电脑。外借阅览室分四个区域整齐地排列着二十二大类图书。走廊上的书法作品、羌族非遗图片和墙上的励志书法笔墨，散发着浓郁的书香气息。编目室的工作人员埋在一大摞书堆里，把新采购的图书和合订期刊录入图书管理系统。

"梅花香自苦寒来"，我们的艰难付出终于得到了回报，11月，在文化部公布的第五次公共图书馆评估定级的名单中，北川图书馆连升两级，成为国家一级图书馆。在得到消息的那一瞬间，我的心无法平静，颤抖着，跳跃着。我的情绪十分激动，为这无法预知的成功和喜悦。拿到文化部颁发的"国家一级图书馆"牌匾的那天，我立即叫人把它挂在服务大厅的墙上。

一天，我的脑子里突然心中冒出了一个想法：图书馆始终离不开贴近读者这个主旋律。只有很好地为读者服好务，才能提高图书馆的利用率。过去，很多同行都羡慕北川图书馆的资源丰富，其实我们的馆藏资源和设备，有很大部分都是我利用外出学习交流的机会，厚着脸皮到处"化缘"要来的，我们把这些资源全部集中起来，利用它开展阅读推广活动，不断尝试采用多种服务模式，吸引广大读者走进图书馆。但我发现，图书馆在每周五下午、双休日或节假日，可谓门庭若市，但周一至周四到馆的读者仍然不大多。如何把图书馆的人气提升起来，推进全民阅读？为了解决这个问题，我们说服县委宣传部发文，号召机关干部每人每月至少读一本书，但"书香机关"读书分享活动开展得仍然不够理想。由此看来，全民阅读的宣传与推广，依然是一个沉重的话题。

为了发挥北川图书馆的特色和魅力，让更多的读者走进图书馆，我们不断思考，摸索出以读者活动带动图书馆服务发展的方向，在探索的实践中不断营造良好的学习氛围，降低服务门槛，坚持全天候开馆，还推出了"你看书，我买单"、送书下乡、流动车服务、图书宣传周、"4·23"世界读书日、图片展览、校园书香建设、新书推广等活动，让更多的人知晓图书馆，主动走进图书馆。我们还和各个部门进行合作，例如，与县电视台联合开辟了"青少年读物"的推介栏目,与科技局共同开展"三下乡"活动,组织电脑培训,特别是每年春节,我们都推出"有奖谜语"游园活动,看着人们自发投入文化活动的热烈场面,我越发感觉图书馆所开展的这些工作是多么重要。

这一年的8月,北川成立了作家协会。有人认为我是与书打交道的人,一定读过很多书。说来好笑,我整天忙工作,哪有时间读书,我甚至连一篇文学作品都没有写过,就被赶鸭子上架地推选为北川作家协会秘书长。我原以为当个秘书长只是挂个名,有时干点跑跑腿的差事,上任后才知道,秘书长不仅要主动干好协会的一些事务,还要有自己的作品。这下我就没辙了,被逼上了梁山,只好提起笨重的笔,连着熬了几个夜晚,写了一篇自己觉得比较满意的散文交给征稿组。大家审阅稿件后对我说,这个不是文学作品,像新闻稿。我根据他们指出的问题后进行了多次修改,但修改后的散文,仍然过不了关。我并没有因此放弃,我这人有个最大的优点,就是在困难面前从来不放弃,喜欢接受别人的意见。我根据大家指出的问题,一次次地读,一次次地改,又把改好的稿子拿给他们看。县作协的任主席或许被我这股不轻易认输的劲头感动了吧,就像教小学生一样,针对我的这篇稿件,逐字逐句地讲,这个地方用词不当,那个地方着力点不够,中间没有细节描写,语句浮在面上……他告诉我,作品没有生动的内容是无法感染读者的。看着满篇的红色杠杠,我才知道原来写一篇文学作品,确实不简单,需要反复地阅读和推敲。任主席还说,文学创作要沉下心来,讲好一个故事,还要多看、多写,不断地打磨语言。因此,在后来的一些作品中,我就养成了花时间去琢磨文章的习惯。那年,北川作家协会编辑刊物《北川文艺》,我负责收集文稿,刊物封面上标注了北川图书馆协办的字样,这又给图书馆带来了一个宣传机会。那年底，文化机构进行改革，我们的主管单位由北川文化旅游局变成了北川文化广播电视新闻和旅游局，管理机构职能越来越大，但人们始终对图书馆这个机构重视不够，全靠我们自己想办法去耕耘这块文化阵地。

2014年，图书馆在编人员达到了六个，唐老师回到了图书馆，负责示范"农家书屋"和乡镇电子阅览室项目的建设。再加上七个临聘人员、两个保安和一个清洁工，图书馆的工作人员队伍在不断壮大。我们进一步规范了图书馆管理制度，整理了图书库房，重新布局地方文献室，实现了阅览室 Wi-Fi 全覆盖，搭建了图书漂流等平台。还抓住安昌的部分退休人员喜欢读书的特点，在安昌鼓楼村建立了图书馆分馆，派出工作人员在分馆坚持服务，实现了与安昌分馆通借通还、远程管理的服务流程。同时我们还扩大了服务对象，全面规范建设了26个社区图书室，在北川县看守所、残疾人康复中心、安昌戒毒所、武警中队、两个乡村学校等建立了流动图书服务站。

2015年，我争取到了西南民族大学的支持，建立了国学图书馆专架；争取到了西南科技大学的支持，建立了数学地方文献数据库；争取到了重庆文化出版社的图书捐赠，为北川中学建立了图书阅览室；争取到了文化部、财政部捐赠的流动图书车一台以及图书馆房屋维护改造资金六十万元。针对图书馆出现的问题，花大力气对各个阅览室进行规范整理，在几个月的时间内，把全馆近十八万册库存图书进行了一一对应盘存、清理，整理书架，按类别排架。在全馆人员的共同努力下，图书管理井然有序，逐步走上正轨，宽敞的阅览室、种类繁多的图书和安静的学习环境，让所有到馆的读者在书香中沉下心来，感悟人生，心灵得到了慰藉，我们由此感到十分满足。

那年，我的文学种子在心中发了芽，我想腾出更多的时间，书写《北川图书馆志》和我的"5·12"地震经历。于是我写了请示报告，申请增加一名副馆长，帮我分担一些工作，我才有更多的时间和精力来写东西，但领导没有思考就一口回绝了我。他说，一个小小的图书馆，哪能配两个副馆长。在他的眼里，或许完全没有把图书馆打上眼，又或许过于相信我的能力。在当年图书馆评估定级中，个别领导不但不主动帮助图书馆争取名誉，还给我们泼冷水。我们完全靠着自身的力量，勇往直前，拿下了"国家一级图书馆"的称号。

后来县城创建全国文明城市，才扭转了一些人对图书馆的偏见，因为全国文明城市创建工作中有一条硬杠子——图书馆必须达到二级馆或以上的等级，才有资格申报。可见图书馆在精神文明建设中起重要的宣传和教育作用。

两位老人

2014年，那个春天来得格外早，刚到大年初五就立了春。温暖的阳光跑来凑热闹，把围着火炉的人们赶出了家门，图书馆有了很高的人气。本以为天气就这样暖和了，谁承想到大年十五那天，冷空气铺天盖地袭来，十年难遇的倒春寒把整个县城的温度降到了零点。

走在上班路上，周围笼罩着灰茫茫的雾气，能见度不及一百米，公路两旁的树梢穿上了雪做的衣裳。我没有带伞，大片大片的雪花从昏暗的天空飘洒下来，落在我的头上、衣服上，还有颈窝里，我打了一个冷战，迎着大雪继续向前走。路面结了冰，有些滑，我走得很小心。到了图书馆，头上和身上全是雪，俨然成了雪人，我抖了抖身上的雪花，推开大门，工作人员已经全部到岗，在忙着整理报刊。

图书馆仍旧像往常一样，八点四十准时开门。在这个大雪天里，馆里没有空调，冷得要命，明晃晃的灯光照在空荡的阅览桌上。我缩着脖子站在服务大厅，心里默默地祈求老天，赶快让这股寒流早点离去。看看书架上排得整齐的图书，却没有一个读者，我心里有些低落，脑海里浮现出一张可笑的面孔。

几天前，在一次朋友聚会上，我沾沾自喜地炫耀春节到图书馆看书的读者比往年多了几倍，一位分管文化的领导半开玩笑地说："别把你们图书馆说得那么好，现在还有几个人爱看书，尤其是这寒冷的冬天，除非他的脑瓜子有问题！"他的一句玩笑话，犹如一根冰冷的钢针，深深地扎在我的心上。每次回想起来，就觉得胸口好痛好痛，不免有些惆怅。

"哐当"一声，自动感应门开了，"读者来了。"我精神为之一振。只见两位老人顶着一头雪花，一前一后地走了进来，一个高个子，一个矮个子。

进门的两位老人，黝黑的脸上写满皱纹，看样子都在六十岁上下。高个子老人穿着皱巴巴的皮夹克，背着一个胀鼓鼓的牛仔包，右手捏着半块冷馒头，边走边啃。矮个子老人跟在后面，他走得很慢，手里提着旅行包，腿上裹着黑色绷带，一双军绿色的胶鞋沾满了黄泥。

他们走进大厅，高个子老人把牛仔包放在阅览桌上，指着一把椅子对旁边的矮个子老人说："你坐在这里休息吧，我到前台去问一问。"说完，将剩下的馒头塞进嘴里，大步向服务台前走来。

看着两位老人的这身装束，听着他们说话的口音，我推断他们是外县过路的。心里想:"两位老人或许迷了路,可能是来问路的吧。"接着,十分好奇地把老人多看了几眼。

高个子老人站在服务台前,很有礼貌地对工作人员说。"你好!我们是叙永县人,刚从禹穴沟过来,听说贵馆收藏了许多大禹史料,能不能借给我们看看?"

说出这一番话,着实让我有些惊讶,看来他们不是问路的,是来借书的?听他说话,不像是普通的读者,我不由得在心里警觉了起来。

"的确,我们馆收藏了很多这方面的书,如《大禹史料汇编》《禹生北川》《大禹及夏文化研究》等文献,有好几种呢……老人家,请问你需要的是哪一种?我尽快帮你查找。"工作人员一边在电脑上检索图书,一边细心地回复。

老人急切地说:"有关大禹的图书,我们都需要,怎么才能借出来?"

"提供身份证原件,填写读者信息表,交一百元押金,办了读者卡就可以借书了。不过,外借的图书最多不能超过四本。"工作人员耐心地说。

"哦,我们从摩尼镇过来的,前几天去过禹穴沟,主要收集黄河沿线一带的大禹史料。"他拿下挎包,对工作人员说:"能不能想想办法,把这些图书全部借出来,我们拿到打印店去复印一份,再把图书归还过来?"他边说边拿出了身份证和相关的介绍信。

我坐在旁边,听了老人和工作人员的对话,心里有了一丝暖意。我没想到,在这样寒冷的大雪天里,两位老人远道而来,只为借阅图书。而更让人佩服的是,两位老人居然在这冰天雪地里,徒步前往禹穴沟寻找大禹踪迹。

我十分敬仰地望着两位可敬的老人,心里热血沸腾。还没等工作人员做出反应,就迫不及待地走进了服务台,对老人热情地说:"大叔,您先坐下休息一会儿,我马上想办法。"因为我心里清楚,老人需要这些图书,库房的书架上还有很多复本,与其放在那里无人问津,还不如拿给他们派上用场。

我没有半点犹豫,迈开双腿,走进特藏文献室,决定为两位素不认识的老人无偿地赠送两套齐全的大禹史料。我抱着一大摞图书吃力地走了出来,又在每本图书的扉页上,加盖了"北川图书馆捐赠"的字样,再叫工作人员登记上册。

当我把这些赠送的图书交到两位老人手中,他们惊讶得有些合不拢嘴,就像小孩得到了宝贝似的,满心欢喜地笑了。高个子老人双手接过我赠送的图书,激动地说:"谢谢!谢谢!真是太感谢你了!"这时,坐在椅子上的矮个子老人站了起来,变戏法似地从旅行包里拿出了两张大报纸,小心地接过图书,用报纸严严实实地把书包了起来;再从包里掏出了一个干净的塑料袋,把包好的图书放进袋子里。包裹严实后,他似乎还是不放心,又拿出了一个大布袋,把装着图书的袋子放进布袋里。他双手捧着布袋,递给高个子老人,轻声说:"小心点,别弄湿、弄脏、弄丢了!"高个子老人坚定地点了点头,两手接过包了三层的图书,小心翼翼地装进了牛仔背包里,神情凝重地背在肩上。突然两位老人像预先商量过一样,一同面向着我,深深地向我鞠了一躬。

我有些不知所措,惊慌失措地说:"大叔,别这样!"我从来没有想到,自己一个小小的举动,居然赢得了如此尊重,我感动得一塌糊涂，激动的泪水溢满了眼眶。

我和两位老人道了再见，矮个子老人一瘸一拐地走出大门，高个子老人连忙跟上去，搀扶着他说："慢点走，赶车的时间还早呢。"我这才发现，难怪老人腿上打了绷带，原来是他的腿受伤了。我目送着消失在风雪中的两个背影，鼻子一酸，两行滚烫的泪，顺着脸颊流了下来。

这件事虽然过去了好些年，但在我心里就像发生在昨天一样。每次想起两位老人，脑海里总是反反复复地回忆他们在图书馆的每个细小动作，而他们对待图书的那份虔诚的挚爱，却深深地、深深地留在我的脑海里，一直感染和温暖着我。原来图书馆的工作可以如此精彩，我突然想起博尔赫斯说过的一句话："这世上如果有天堂，天堂应该是图书馆的模样。"

兰辉走了

2014年初夏，对于北川图书馆来说，是很特殊的日子。由著名作家谭楷创作的《让兰辉告诉世界》图书的捐赠仪式在北川图书馆举行。这是一部记述兰辉生前先进事迹的长篇报告文学。全书正文由上篇禹里、中篇灾难、下篇重生三部分组成，书中用大量真实鲜活的事例，展现了这位地震重灾区基层干部的形象。我拿着书，看着书页上兰辉的照片，一段往事涌上了心头。

2013年5月的北川，天空弥漫着一团团乳白色的浓雾，潮湿的雾气中飘飞着绵绵细雨，"滴答——滴答——"，温柔的音符，很轻，很轻。公路两旁绿化带里的一簇簇黄色的迎春花，被雨水浸润后，尽情地舒展着娇嫩、鲜艳的小花朵。绚烂的喇叭花踩着轻盈柔情的舞步，在微微的夏风中摇曳、翻转。

刚要下班，天色忽然暗了下来。不一会儿大风呼呼地刮了起来，天上乌云滚滚，突然一道闪电划破了天空，紧跟着一声惊雷在头顶上炸开，粗大的雨点"噼噼啪啪"打了下来。

下雨了，我只好乘坐同事的顺风车回家。

打开房门，屋里不像往日那样灯火温暖，只见老段坐在黑洞洞的客厅里，两眼无神地盯着电视，一副心事重重的样子。这样反常的举动，我猜他一定藏有什么心事，便紧挨着他坐了下来。良久过后，他终于从嘴里慢悠悠地吐出一句话来："唉，恐怕凶多吉少了。"

"发生了什么事？！"我被老段这句没头没脑的话吓了一跳，从沙发上蹲了起来，盯着表情依旧僵硬的他，一股不祥的预感涌上心头。

"听说兰辉坠入堰塞湖了。"他点了一支烟，深深吸了一口。

"发生了车祸？"我急切地问，脑海中不禁浮现出地震后形成的唐家山堰塞湖，那里四处悬崖峭壁，湖水深不见底，还淹没了漩坪乡场镇。

"据说是在检查道路安全工作时，旧疾复发，在下车换药的过程中不慎坠入悬崖，跌入了唐家山堰塞湖中，听说还在抢救，恐怕没有什么希望了。"素来刚毅的老公，此时两眼竟然也有些湿润。天啦！这是怎样的一个噩耗，我简直不敢相信会是真的！我的脑袋在"嗡"的一声后，就成一片空白了。

这时，图书馆唐老师打来电话，老段的消息得到了证实。片刻后，小妹打来电话告诉我说："兰县长因伤势过重，抢救无效，殉职了。"

这一切竟来得这般的突然，一个熟悉的人就这样猝然消逝了？十几天前我与兰县长互通过电话，昨天晚上我还翻看手机，发现兰县长几天前发来的一条短信，没有想到，这条短信竟定格在永恒的记忆里。这一刻，我再次打开短信记录，那朴实的一字一句，令我十分感动，眼泪忍不住滚了出来。

我不知用什么语言来表达此刻心中的痛楚与震惊，也不知用怎样的方式去告慰兰县长的英灵，只有让无声的泪水从脸上划过。这个年轻鲜活的生命，竟在他人生的第四十八个夏天，就这样匆匆停下了脚步。我无力地瘫软在沙发上，眼前晃动着兰县长那瘦削，却很有亲和力的笑脸……

1996年冬天，我认识了兰辉。那年县委大院新宿舍楼竣工落成，我们被分在三单元，他在五楼，我住四楼。虽然同住一个单元，还是楼上楼下，但我们却很少碰面，他很忙，每天早出晚归的，留给我的印象很好，没有一点架子，偶尔遇见，他总是"李姐长，李姐短"地主动和我打招呼，细心地询问我的工作和生活。我的个子很小，每次遇见我提着沉重的菜或者大米口袋，他都要主动帮我捎带上楼。那时候，北川的条件远比现在艰苦，工作也烦琐，但他总是一副笑眯眯的样子，对每一个人都和蔼友善，也正是如此，县委大院所有认识他的人，都很喜欢这个戴着眼镜、永远挂着笑脸、略显瘦弱的斯文青年。

人的命运有时真难预料，2006年，我从幼儿园调到了县图书馆，当时图书馆的环境糟糕透顶，发黄的书籍，破烂的桌椅，脱落的门窗……一副揪心的破落像。第二年，我被任命为北川图书馆馆长，那时，兰辉已经在县政府办公室担任主任了。

"您好,兰主任,我在国家图书馆联系了四千册捐赠图书,需要政府的公函。能不能做个文件?"

"这可是一件好事情啊,李姐放心,我们马上起草一份文件,找领导签字后,你下午就来拿文件。"电话那头,他兴高采烈地对我说。

"兰主任,这次成立政务服务中心,我们想要一百平方米的场地建一个电子阅览室,你帮我们把文件请示转交给杨泽森副县长,帮我们说说话,行吗?"

他态度明朗地说:"好的,明天讨论方案时,我可以提出这个建议。"

我感激地说:"谢谢兰主任,给你添麻烦了。"

"李姐,您太客气了,建立电子阅览室也是政府的一项文化惠民工程,我们本来就应该积极支持嘛。"那年5月,我们和科技局共同建起了文化科技惠民阵地。

我的运气坏透了,一桩又一桩的苦差事不断地落在我的头上,躲都躲不过。老城区图书馆要改造,可不是一笔小数目。一说到经费,又得去找县领导。我把请示报告递给兰辉,他仔细看过后对我说道:"李姐,图书馆老馆改造预算有十四万元,超过了十万的基数,这样大的数额得书记点头才行。你能否把图书馆这几年的状况,如实地写一个汇报材料,听听领导的意见。"

我马上说:"行,我立即去写。"

几天后,我的调研经验文章《走出困境的图书馆》被县委情况内参登载,县委宋书记的一段题词以及"学习北川图书馆"的亲笔批示在各个单位传遍。财政局局长马上通知我,不但解决了一万元捐赠图书的托运费,还同意拨付十万元资金改造老城区图书馆。正当我喜滋滋地在打印店做改造图书馆公开招标后的公证书，一场突如其来的大地震向北川袭来……后来，兰主任带着小分队发现了在废墟里呼救的我，立刻做好标记，写下了"北川图书馆李春在此"的纸条压在旁边，并火速联系救援部队。

地震后我一直辗转各地治疗。2009年5月，我回到工作岗位，面对陌生的工作环境和一个个素不相识的面孔，我惶惑过，迷茫过，身心疲惫沮丧。恰好在这时，中科院国家科学图书馆领导催促我去办理参加第75届国际图联大会的出国签证。那也是一个5月，刚重新学会走路的我，走进县重建工委办公室，看见了一年没有见过的兰辉。他把一瓶矿泉水递到我的手中，吩咐秘书帮我找县领导签字，鼓励我要坚强，还让司机送我，我感受到了久违了的温暖。那一年，他被提拔为副县长，我经常在电视里看见他忙碌的身影：在擂禹路的冰天雪地中，他帮助车辆抛锚的司机推车；在关内隧道施工现场，他叮嘱工人要注意安全；在农家院落里，他和孤寡老人拉家常；在汽车美容店，他鼓励可乐男孩艰苦创业不要气馁……

新图书馆对外开放后，兰辉有空就来图书馆看书，他夸我有想法，把图书馆办得很好，还给我提了不少的建议。

"轰隆隆……"阵阵惊雷把我从回忆中拉回到现实，我这才意识到，兰辉离我们远去了。一道道闪电肆意地撕扯着天空，窗外的雨越来越密，连老天似乎也在为我们失去了这样一位好县长而伤心地哭泣。

5月25日上午九点，在兰辉的遗体告别仪式上，阴霾的天空又下起了淅淅沥沥的小雨。新县城清真寺门前，挤满了为他送行的人群，有北川本地的，也有外地的；有机关干部，更有普通百姓，他们自发地赶到新县城，胸前佩戴白花，两眼挂着泪水，怀着同一个目的——送兰辉最后一程。送行的队伍向前缓缓地移动，悲伤的哭声连成一片。有位老人一边抹着泪水，一边向新闻媒体讲述关于兰辉的点滴记忆。

跟随着黑压压的送行人群前行，我在兰辉遗体前停留了下来。他静静地躺在那里，温和，安详。我再一次忍住了眼泪，却没有抵挡住汹涌而来的悲伤：兰辉，你喜欢看书，一有空闲就泡在图书馆，还给我提了那么多好的建议。你说，图书馆要做好读者的意见收集，要购买读者喜欢的书籍，还要保证上班族读者的看书时间……这些建议我都记着呢，也按你的意见落实了，可你，却再也看不见了。在我身后的一位高大的中年男士，满含热泪不停地念叨：可惜啊，我们失去了一位好干部。

灵车启动了，我深深地鞠了一躬，向他做最后的告别。追悼的人群陪伴着他的灵车缓缓前行。哭泣中的老天不知何时收住了细雨，片刻之后，红彤彤的太阳竟从乌云背后慢慢露出了灿烂的笑脸，洒下万道光芒，把大地染得一片金黄。

5月的天空雨过天晴，雨后的北川寄托着我们深深的哀思：安息吧，我们深深爱戴的兰辉县长！你生前常被干部和群众称为"车滚子县长"，在当副县长的三年里，你总是驰骋在大山深处的峭壁、桥梁、泥泞的沟壑里，二十万千米！从今以后，你终于可以安心地休息了。

中山大学志愿者

北川图书馆对外开放后，大学生志愿者成了我们馆一道亮丽的风景线，他们来自广州中山大学。提起这些志愿者，还得从揭牌开馆说起，那天我们有幸邀请到了广州中山大学的程馆长。他看到北川图书馆发展过程中的困难，看到图书馆堆积如山的图书，主动伸出了温暖的双手。那年暑假，中山大学连续两次派大学生志愿者来到北川，和我们一起建设新图书馆。

此后每年暑假，北川新县城都会出现大学生志愿者的身影，他们在图书馆各个窗口开展日常工作服务，如新书编目加工、电脑培训、文明知识讲座、课题调研等，可以说，新北川的每一寸土地上，都留下了他们的足迹。中山大学不但在北川图书馆建立了大学生实践活动基地，而且每年暑假都要组织学生来北川开展志愿者活动，从开馆后没有间断过，一直坚持到2018年。在他们的影响下，有不少其他大学的学生也加入了这个队伍，但都没有坚持下来。

记得2011年的夏天，蝉在树枝上叫个不停。当听不到它的叫声时，便是一场暴雨。在这种恶劣的天气变化中，中山大学前后集结了两批大学生志愿者来到北川图书馆开展志愿者服务活动。当年北川新县城落成不久，县城内的基础设施还在建设中，很多新建房还没正式投入使用，周边餐馆少，没有宿舍。图书馆揭牌开馆只有两个多月，馆内的许多设施还在完善中。那天傍晚，太阳的余晖洒在墙角边，广州中山大学程馆长带着八名志愿者来北川图书馆，经过简短的交谈，我们合影后，程馆长晚饭还没来得及吃，又风尘仆仆地连夜赶回成都开会。

志愿者来到北川，首先在生活上就遇到了大麻烦。新县城内除了新北川宾馆暂时对外营业，其他的宾馆还没有开放，周边也没有餐饮店。面对食宿极其不方便的情况，志愿者没有丝毫犹豫或退缩。他们选择了在安昌镇住宿和就餐，每天要搭乘四次一路公交车。有时顶着烈日晒，有时冒着风雨行。上午在图书馆开展电脑培训、文明知识讲座，中午回安昌找餐馆吃饭，下午来到图书馆，跟着我们一起开展图书编目加工，晚上再回到安昌宾馆，总结当天工作并准备第二天的培训方案。

那年，正赶上我们建图书馆外借阅览室。我们招标了做图书数据库的编目团队，但图书加工却需要大量人手，每天最繁杂、最枯燥乏味的工作便是给图书加工。我们的工作人员和志愿者担起了这项艰巨的任务，给图书盖章、贴书标、放磁条、贴书号、覆膜等，这些工作看似简单，要真正做好却不容易，得有耐心和加倍的细心。志愿者的到来，加快了图书编目加工的进度，人多心齐好干事，那个暑假我们编目加工了近两万册图书。

中山大学志愿者除了做好图书编目加工，还主动挑起了公益培训的大梁，根据图书馆当时的实际需求，开设了成人电脑和文明礼仪培训。从培训大纲的编写到课程的确定，再到精彩绝伦的课堂讲解和互动，志愿者都收到了很好的培训效果，扩大了图书馆的影响力。志愿者们收集了大量图片，出色地帮助图书馆进行网站设计，做介绍入馆流程的PPT，滚动播出图书介绍，还抽出时间到绵阳市县区各大公共图书馆走访，深度访问灾后图书馆的重建成果，并在召开的周前会上，和我们一起共同分享其他公共图书馆的先进经验，帮助我们不断更新服务观念。

第二年，新县城有了一些变化，志愿者来到北川，吃住都在图书馆旁的教育宾馆。一部分志愿者白天在图书馆开展学生暑期美术、英语、计算机、农民工电脑基础等培训。另一部分志愿者做图书推介服务，张贴图书馆指示牌，做开馆音乐和闭馆音乐。有时晚上和我们工作人员开着图书流动车，一起在新县城放映电影，开展居民信息行为问卷调查。

就这样，一年又一年，每年的盛夏，北川图书馆里总有一群可爱的大学生，用热血的青春，就像勤劳的园丁一样，精心耕耘，撒播文化的种子。他们不离不弃，一做就是八年，硬是把散发着温度的志愿者接力棒一代一代地传了下来，从生根、发芽到长出幼苗，一起见证了北川图书馆慢慢成长的过程。

回忆过去，心中总会涌动无限的感慨。每当我回想起这段经历，心便久久无法平静，感动的泪水在脸颊上肆意流淌。

荷兰克劳斯王子基金会

最磨人的要数荷兰克劳斯王子基金会的这笔捐赠金。为了申报这笔资金，很多人在前期做了大量工作，浙江大学李老师收到蕾姐传来的喜讯后，在题为《关于曾蕾报告喜讯》的博客文章中这样写道：

> 我写这篇博文时，曾蕾应该还在台北返回美国的航班上，我知道漫长的旅途对她来说是辛苦的，所以在心里默默祝愿她旅途能够轻松一些。
>
> 她临上飞机前发来邮件，告知北川图书馆向荷兰文化应急基金会申报的项目已经成功，这意味着，北川图书馆将获得12万欧元的资助。12万欧元合人民币是多少大家伙儿心里都有数啦，这笔钱对北川图书馆，不，对北川人民，真是从天上掉下来的那

什么呀。从该基金会给曾蕾的邮件中得知，这么多钱远远超出了该基金会以往的最大限度（The total grant far exceeds the normal funding capacities of our CER programme），其中的理由我不说大家都知道，他们在信中认可这场灾难是空前的（the unprecedented scale of the disaster），看起来这次报项目的过程使他们对北川图书馆人颇有好评，这意味北川图书馆人已经显示了迅速向社会提供服务的勇气和毅力。

我立即把喜讯告知李春、唐成以及川图的王嘉陵馆长和程歌，还有我的学生沈福玉。他们的回复我就不转述了，情理之中的事。

我相信此时此刻我们每个人都在心里感念着曾蕾，可以这样说，如果不是她，就没有这个机会，虽然"北川"本身就是一个理由，但这是专门基金会的项目，不是单纯的慈善款，项目是要走程序才能启动和成功的，从提供信息到准备申报文件以及其间反复的增补、修改文件，我基本上知道曾蕾付出了多少。

去年年底上交大的数图培训班，我专程赴上海与曾蕾约会，我把李春送给我的手工绣鞋垫儿送了一双给她，就是曾经在博客里卖的一个关子。

蕾姐回复道：

这是大家的努力，很多人参与了申报过程，主要有：

超平的"煽情"——最早对李春和北川的报道，以及后来长期地负责联络工作。超平还亲自让她的学生直接参与，使得图书馆重建能够在北川得到重视。没有超平此时万事都不会有开头。

唐成也及时高效、不懈地工作。他从头到尾主要在省馆王嘉陵馆长和李春馆长的指导下准备详细资料，写成中文申请材料。最后寄来的关于北川20个板房乡村图书室的照片和材料更加打动了基金会的董事们，又成为关键一笔。李春馆长在治疗期间亲自参加了计划的准备。后来焕文第二次的探访是在医院，当我将这些材料整理转给荷兰那边时，他们很是吃惊，没想到李春还在治疗，更佩服她这样的情况下还直接参与图书馆的重建计划和工作。

王嘉陵馆长从头到尾一直为全面规划的具体实施做全面领导，日理万机却总是有信必复，非常感人。

陈焕文的两次大规模实地采访活动以及热情和执着，还有他的杰出的领导和号召能力。他的"图书馆家园"活动、大量的图片和文字报道、他对唐成的具体帮助和指导，以及给我回答的很多具体邮件和大量有针对性的照片都起了关键的作用。云影的图文并茂的报道以及与唐老师电话联系使得此项工作能快速而有效地进行。省学会程歌老师从多方面给予支持和指导。还有很多幕后的无名英雄啊：张甲参与了早期的英文报告的翻译，Keven刘炜和槐师常常在做通讯员的工作。在美国这边有很多校友和朋友也以其他方式为汶川、北川的恢复做了很多的工作，特别是徐鸿、梁弈、焦书勤、高青、葛耀良。

李老师的博客和蕾姐的回复，真实而全面地记录了一群钟爱图书馆事业的文化人为北川图书馆做出的贡献。无论他们生活在什么地方，都始终有一颗火热的中国心，合力为北川图书馆干大事，为项目的申报做出了不懈努力。

当年我拿着与捐赠方签订的合同去找援建单位帮忙。荷兰方签订的合同条件十分苛刻，单体建筑项目、经费分四次汇款，援建单位劝我们趁早推掉这个项目，但我觉得有些为难，为争取这个项目，很多人在前期做了大量工作，倘若这个项目在我手中丢失了，那是一件多么难堪、多么耻辱的事。蕾姐不计任何报酬帮助北川图书馆，怎么说都不好推脱，况且捐赠合同已经签下了。如果我们毁约，还会给国外基金会留下不好的印象，认为中国人不讲诚信。我反复对他们说，没有退路可走，再难都得上，不能给国人丢脸！

经过多方协商，我们终于找到了解决办法，与图书馆援建单位签了合同。正如援建单位所预料的那样，项目推进需要办理的手续很复杂，对方每提供一笔经费，我们都必须提供相应的资料，而那些资料是无法凭空编写的，必须花心思和精力，一次次跑建筑工地，一次次找相关单位落实。有时为准备资料，我压力很大，睡不着觉，就躲在一旁哭一场，接着擦干眼泪，想办法继续干。因为在我身上不仅背负着让北川图书馆重新"站"起来的责任，也不能让无偿帮助我们的蕾姐难堪，更不能给荷兰方留下不好的印象。

当年这个捐助项目把蕾姐弄得苦不堪言，经常在邮件中心急火燎地催我交资料。可是，有些资料不是一时就能办好的，有时候我找不到合适的晚交理由，蕾姐就被夹在中间，工作很难开展。当年为这个项目能落地，我和蕾姐光是沟通验收资料细节而写的邮件就有76封，在她的指导下，我绞尽脑汁地找援建单位做资料，荷兰方终于把前三笔钱，每笔三万欧元、共九万欧元的经费转入了援建单位账户。最后一笔钱的手续最难，必须拿出资金的结算报告书。这时援建单位工程已经移交，人员全部撤走了。我和蕾姐进行邮件沟通，请荷兰方把最后一笔钱汇入图书馆账户，经过协商，荷兰方只同意支付三万欧元的一半，并提出分两次汇入图书馆账户，先汇入一半，另一半必须等交齐资料后再支付，而这个资料落实起来就难了。援建单位离开了北川，他们虽然积极协助我们准备各种资料，但由于距离较远，事情办起来力不从心。我一次次地厚着脸皮与援建单位联系，打电话、发邮件、写信等，经过无数次的沟通，终于做好了工程结算审查书、经费结算报告、工程结算表、"人材机"（人工、材料、机械）汇总表、特藏室建设资金明细等。然后我写了资金使用报告书，找人把以上资料全部翻译成了英文，得到荷兰方的认可后，整个捐建项目才宣告结束，我和蕾姐终于松了一口气。合同里约定好的十二万欧元的捐助资金，实际到账十万五千欧元，折合人民币近百万元。

资金全部到位后，我的工作并没有结束，荷兰方捐赠的钱还在援建单位的账户，这笔钱在最终转入图书馆账户之前，还需要按规定走完审计的流程。

2015年，北川图书馆的运行完全进入正轨阶段，荷兰方捐赠的钱到位了，扣除相应的税款后，剩余的钱全部汇入图书馆账户。我的心终于放了下来，看着自己满头的白发，我决定辞去图书馆馆长一职，去追寻心中的另一个梦想。

那年，我上班后第一次休假，老段带着我去了中大医院。走进曾经住过的病房，病房已经改建，找不到当年的影子，我们在旁边的一座新建高楼，找到了当年给我治病的李医生，李医生看见了我，不停地说："身体恢复得很好，恢复得太好了。"马上打电话召集曾经照顾我的医护人员一起聚餐，大家看见我，都惊讶不已，叫我走走看，我在餐馆里走来走去,迈着稳健的步子,左腿也不再绕圈圈了。

随后,我们去了江姐家,江姐热情地招待我们,带我们去了南京长江大桥,坐了渡轮,去了雨花台烈士陵园、玄武湖和秦淮路,感谢江姐,了却了我当年藏在心中的愿望。

3　兜兜转转一大圈

时间过得真快，掐指一算，我已是五十多岁的人了。走过这段路，心中积攒了一些想法，我希望把它记录下来。为把埋藏在心中的愿望变成现实，我做出了一个"奇葩"的举动，千方百计说服领导，毅然辞去了馆长职务。退下来以后，本来腾出更多的业余时间，静下心来写作，却被迎面而来的其他事儿彻底打乱了计划。

辞去馆长职务

荷兰方捐赠资金打到北川图书馆账户后，我的心安稳了下来。在灾后这几年，我对自己可谓非常残忍，全年无休，把所有的心思和精力都投入了工作。在我的努力下，北川图书馆"站"了起来，管理到位，深受读者好评，成为县级图书馆中为数不多的国家一级馆，几年来，共建了三百一十一个农家书屋、三十二个社区书屋。由于花的心思多，又经常加班，我的身体长期透支，无法继续从事高强度的工作了。此外，在利用业余时间开展北川县作家协会工作的过程中，我对文学产生了浓厚的兴趣，这种喜好如同烈焰一般炙烤着我，让我产生了把地震经历写下来的冲动。但写作这东西不比其他工作，它是一场孤独的旅行，必须沉下心来，在寂寞中去找寻最触动内心的那部分，用心去挖掘生活素材，从什么角度去写，需要写些什么，我还没有时间考虑。我决定利用业余时间，多读点书，把内心的想法变成文字，把藏在心中的梦想变为现实。经过一番激烈的思想斗争，我决定辞去馆长职务，并很快提交了书面申请。局长把申请书拿在手中大概瞟了一眼，就随手丢在了一边，对我说，不要东想西想，干到退休吧。

我的性格有点倔，凡是自己决定了的事情，就要朝着这个目标去努力，几头牛都拉不回来。我开始寻思着用什么理由说服局长。有一天，局长叫老段帮忙写旅游标识，我觉得这是个好机会，叫老段在局长面前提说一下。或许局长会看在他帮忙做事的份儿上，为他卖个人情。但事情并非我想的那样，老段不但没说服局长，反而被局长的几句话给劝服了，回家劝说我继续干下去，气得我直叹气。我觉得他的力度不够，又动员县政协的副主席去帮我说情，局长以找不到合适的接班人为理由回绝了，我辞去馆长职务这事就被搁置了下来。

一天，我去参加中层干部会，局长自信满满地对我说，李春，不管你找什么人来说，我都是不会同意的。你工作能力强，希望你能带领图书馆再创辉煌。他的语气很坚定，我却感到有些委屈，泪水在眼眶里打转，开会的人都不约而同地看向我，觉得我的举动有些不可思议。有人劝导我说，领导这么信任你，别再给他添麻烦了。

我是一头犟驴，别人怎么劝，我都不回头。组织部领导来单位考核班子，希望中层干部提意见。我提笔在调查表上写了一条意见，并再一次提交了辞去馆长职务的申请。

辞去馆长一职后，我有一种重新获得自由的感觉，满以为自己可以把肩头的担子和忧心一起卸下来，在完成本职工作之余干自己想干的事。但事情的发展真是难以预料，新任馆长说我熟悉图书馆工作，要我继续发挥余热，在工作上挑大梁。一会儿叫我每周检查图书排架，一会儿叫我完善图书馆管理制度，一会儿叫我对接中山大学志愿者，这些过去都是我在干的工作，仍然安排给我。本来当初辞去馆长，是为了寻找一种平静，业余时间安静地写东西，但事与愿违，辞去馆长职务的我仍然忙得像不停旋转的陀螺。

一天，县委宣传部文明办要组建创建文明城市小组，点名抽调我去，开初我还有点犹豫，觉得图书馆就像我呵护长大的孩子，要离开它真有点不舍，后来我想通了，做创建资料工作单纯，或许还可以抽出业余时间写作，没过几天，我被借调到县文明办上班。

文明办

时间过得真快呀，离开了图书馆这个我钟爱的地方，重新适应新工作，虽然过程艰辛，但心中依然被收获的果子填得满满的。

2016年8月，我被抽调到文明办负责创建资料的收集、整理和组卷工作，面对繁重、艰巨的任务，我没有被吓倒。由于三年前曾经做过图书馆评估定级资料，有过一些工作经验，虽然内容和要求各不相同，但方法总是相通的，我很快就上手了。创建全国文明县城是全县的大事，需要提供近三年的活动照片、红头文件和说明报告等资料，经常要与大大小小的单位打交道，由于一些单位人事变动频繁，很多资料交接是脱节的，提供的资料参差不齐，有时候打电话落实起来比较困难。但真上门去联系，大家又都能积极配合。在各项类别资料的汇总统卷中，说明报告必须按三段论的格式去写阐明，事件、措施和成绩，不超过八百字，但很多的单位都没有按要求去做，交来的说明报告就是一个地地道道的工作总结，洋洋洒洒有几千字。每次我在统卷归档时，都要认真去检查，一旦发现这个问题，就抽出时间按格式要求去调整修改，再把弄好的说明报告反馈给原单位，得到他们的认可后，才把它放进归档卷宗里，这样就花去了我的大量时间，很多时候晚上和双休日都在加班。正因为我的态度好，做事不分彼此，每次我需要找资料，大家都会二话不说地积极配合。资料包罗万象，各大类中有如若干个小类，建立了两百四十个文件夹，每个文件夹分别有一千一百二十个文件，储存流量达到551.2Mb。由于资料做得扎实，提交的电子送审资料完全合乎要求，很快就通过了验收检查。

在县文明办的这一年，我和老段发生过一场激烈的冲突。10月9日这天上午，我通知了各个乡镇人员下午来办公室领取宣传资料，突然接到老段打来的电话，说怀孕的儿媳提前发动了，被送进了县医院。经过检查，儿媳要求转院到绵阳生产。亲家母和儿子护送儿媳去了绵阳市人民医院，老段叫我赶快回家吃午饭，收拾婴儿要用的东西，立即动身去绵阳。

我回家吃过午饭，想起下午各个乡镇要领取资料，就对老段说，我还得耽搁一下，必须赶在下午上班之前，找到一个帮我代发资料的人，我才能放心地离开。老段是个急性子，觉得家里的事已经火烧眉毛了，我还提说去上班，气得满脸通红。他对我说，这都什么时候了，你还惦记着单位的事，真是不可理喻。我小声地说，事情发生得有些突然，偏巧我已经通知了乡镇人员下午来领资料，别人从远处赶来拿资料，找不到领东西的人，这样干事要不得。况且我这一走，要耽搁好几天，我要抓紧时间找个可靠的人，帮我把资料发下去。话音刚落，老段气得发抖，怒气冲冲地对着我吼了起来：你的眼里没有这个家，平常不管家里的事也罢，今天遇到大事情你也不上心，你"滚"，"滚"出这个家，你的工作最重要，家里不需要你。

我抹着眼泪走出了家门，幸好，很快找到了接替人员，把工作交接好后，向领导请了假，这才回家收拾婴儿用品赶到绵阳市人民医院。那天晚上八点过，儿媳妇顺利地生下一个皮肤很白、眼睛很大的小子，小脸粉嘟嘟的，逗人喜爱，我们都放下心来。老段对我说，对不起，我当时心里急得很，幸好你冷静地做好了交接工作，让公家的事和家里的事两头都没有耽搁。听他这么一说，我反倒自责起来，这事我干得确实有点欠妥，特别后悔自己头脑太憨，眼里只有工作，没有考虑过后果，儿子送媳妇去医院生产走得匆忙，什么东西都没有带，如果孙子生下来以后啥都没有，那该多麻烦。

年底，根据文明县城创建的细则，各县文明网站也要接受检查。10月20日，我接替了北川文明网站的维护工作，在不到十一天的时间里，其中有九天放羌历年大假，我忙着学习网络维护，没有休息一天，每天坐在电脑前与四川省文明办的网站维护人员联系，一点一点地学习网站更新技术，收集北川相关新闻一百多篇，硬是把这个原先一潭死水的"僵尸"网站重新激活了。

过了春节，我除了协助县文明办做好创建文明县城工作的宣传，还不断浏览其他县市的文明网站，潜心学习网络后台的操作技能，调整版面，增加新栏目。在第一季度公布的各市县区的采量稿件中，北川文明网的采稿量达到了六百多条，从以前的最后一名上升到第二名。

2017年3月底，在县文联承办的四川省非虚构文学的培训活动中，我主动当好东道主代表，协调会务组做好来自省内各市州县学员的报到、参观、采风、联系解说人员和收集创作稿件等工作，召集北川致富能手讲述北川脱贫致富的故事，使整个培训活动顺利推进，受到了作协领导的高度赞扬。

4月底，创建文明县城工作告一段落，我离开了文明办，在家静心撰写《北川图书馆志》，完成了初稿的编写工作。在国庆节大假中，我与向老师合作完成了《废墟上的图书馆》纪实散文的创作任务。

国庆假期一结束，局长打电话要我回机关，他罗列了一长串的目录，要我在四天时间内把所有资料收齐。我在图书馆要了图书流动车，顶着雨水去跑各个单位，仅仅花了两天的时间，就将局长所需的资料摆在了他的办公桌上。这一件小事，却改变了我的命运，局长对我刮目相看了。后来，我听别人说，局长找过几个职工去收集这些资料，大家都觉得难办，而我恰好把他们认为难办的事干了下来，这让局长感到有些意外，我一下子成了他经常挂在嘴边的能人。其实，我并没有他说的那么好，真的很笨，只是舍得花时间，觍着一张老脸去四处求人，尽力把事情干好。从那以后，我被局长召回，安排在局机关一楼办公室上班。

这一年，全县的工作重心是脱贫攻坚。领导安排我负责整理扶贫资料，我用了近十天的时间，入驻联系村蹲点调研，掌握了一些情况材料，并着手编写了联系村的总体规划和扶贫攻坚的工作计划，收集整理局机关和第一书记的帮扶资料。做好的资料要检查合格后，才能在村上放一套，单位放一套。

我除了做单位资料，还蹲点在村上，因为我们抽调的第一书记不熟悉电脑，我还得根据他的工作记录，协助他整理资料，并对照标准查缺补漏。在一对一的结对帮扶中，我发现有一户贫困户和两户非贫困户没有帮扶人员，就主动承担了帮扶任务。根据相关要求，我每月坚持两次入户走访，帮助贫困户发展产业和规范家庭环境，看望罹患肺癌的村民，主动为村民办理老年证和申报县级非遗传承人，对个别问题户开展耐心细致的沟通、谈心工作。因为工作突出，我被评为脱贫攻坚的积极分子。

2018年"5·12"汶川特大地震十周年，我以残疾人的身份接受了中国香港、中国台湾、韩国等电视台的采访。还利用双休日，协助国内外媒体做好外地作家对地震后重组家庭和地震伤残人员的采访工作。撰写了《十年，图书馆站了起来》《老县城的家》《茶香》《薛叔》等文学作品被多家刊物登载。其中，我和向老师合作写成的《废墟上的图书馆》，刊登在《四川文学》第五期。我试着申报了北川"羌山英才"，居然通过了专家评审。这十多年来，爱的种子在我心里生根发芽，我参与各种捐款累计金额已上万元。而我给自己定下了写作任务，仅仅开了一个头。

大哥还活着？

地震前，我常常被噩梦缠绕。地震后，我就很少做梦了，要么难以入睡，要么一觉睡到天亮。但有一场梦，却特别清晰留在了我的记忆里，就像真的发生过一样，连细节都真真切切，甚至比现实还要鲜明。这个梦让我长时间困在自己的世界里，并一度陷入深深的迷茫，我对大哥是否活着产生了很大疑问。我清楚记得，那是地震十周年的梦境：

"嘭，嘭，嘭"门外传来了敲门声，"是谁呀？"我从沙发上爬了起来，打开房门。一张熟悉的脸映入我的眼帘。我顿时惊呆了，是他，我的大哥呢！他竟然站在我家门前，还是那么高大、帅气。只是眼神里多了一分疑惑，像是不认识我一样，很有礼节地问，这是李春家吗？

我愣了一下，大哥怎么了？难道他不认识我了。这个念头一闪而过，我没有再多想，不管不顾喊了起来："大哥？你还活着？我是李春呀。"这意外的相逢让我激动不已。十年了，每当清明节、"5·12"纪念日和春节来临，我们都站在望乡台，面对着远处长满杂草的废墟，为大哥点燃纸钱，如今大哥却活生生站在了我的面前，天呐！我不敢相信自己的眼睛！在我的记忆里，我依稀记得大哥在地震中被埋在了老县城。

我控制不住激动的情绪，两手颤抖地拿出电话，哆哆嗦嗦地给小妹和涛姐打了电话，没头没脑地对他们说，快来，快来，大哥回来了。

电话打完，我一把抱住大哥，流着眼泪说："大哥，这十年你都上哪里去了？我们找不到你，还以为你在老县城遇难了呢！"

大哥似乎没有我那么激动，他眼睛死死地看着我，看了我好一会儿。时间一点点地流逝，我的心渐渐地平复下来，我也不解地看着他。大哥看着我的脸，对我说："你真是李春吗？我怎么没有一点印象？"

我说："大哥，你不认识我了？我是你的大妹子呀。我们家有四兄妹，我是老三呀，这几年你都去了哪儿？"大哥面色略为暗淡，低下头，惭愧地说，以前的事情我都记不清楚了，有人带我去了深圳，在一家工厂的子弟校教书，后来我结了婚，还有了一个小孩。

　　我听他说完，顿时惊叫了起来："有孩子了？"大哥肯定地点了点头。事情怎么变成了这个样子？大哥过去不是很爱涛姐吗，怎么就私自结了婚，还养了一个孩子？这样的坏消息，差点惊掉了我的下巴。这可怎么办？要是让涛姐知道了，那她该多么伤心啊，她怎么能接受这个残酷的现实？十年了，涛姐心里始终挂着大哥，跟儿子住在一起，大哥的生日和祭日来临时，她总是不忘买上一大包纸钱，到老县城去祭奠大哥。涛姐为想念大哥熬白了头发，得来的却是这样的结局。

　　我在心里后悔自己太过冲动，不该急着打电话给涛姐。但是，心里又想知道原因。于是，我抹着眼泪问："大哥，你是怎么去深圳的？"

　　大哥对我说："我也不知道是怎么回事？好像在地震中受伤了，一个志愿者把我救了出来，带我去了深圳，我的身体康复后，以前的什么事情都不记得了。她帮我找了工作，后来我们生活在一起，还有了一个小孩。前不久，她突然告诉了我的身世，说我是北川人，叫我回北川去找我的亲人，我也不知道，北川究竟有我的什么亲人，他们住在哪里。我到了北川新县城后，有人认出我，给了你家的住址，我才找到了这里。"

　　我们说着话，涛姐、妹妹和侄儿等都赶了过来。大家看见大哥，所有人都惊呆了，然后抱在一起失声痛哭起来。特别是涛姐，见到了日夜思念的大哥，更是悲喜交加，眼泪瞬间决堤，搂着他大哭起来，哭得撕心裂肺，竟然没有一点力气了，跪在地上半天起不来。大哥不知所措地抱起她，我心里也挺着急，如果涛姐知道大哥结了婚，那该是件多么难过和悲伤的事呀，我真不敢往下想。

梦里我哭得很伤心，为涛姐的命运，为她和大哥十年的重逢出现的另一种结局而哭得天昏地暗，直到把自己哭醒了，才发现是一场梦。我睁开红肿的双眼，半天都回不到现实生活中，一直在梦境中云游，以为这一切都是真的。让我感到更不可思议的是，后来，同样的梦境，我竟然反复做了几次，这场梦成了我抹不去的记忆，难道仅仅只是一种巧合？以至于很长一段时间，我的思绪都在清晰与模糊间不断游离，反复回忆梦里出现的每个细节，梦境中所发生的事，情节居然环环相扣，没有一点可质疑的地方，难道大哥是在用一种特别的方式，告诉他的亲人，他还活着？

大哥，我们可以告慰你，经过地震后三年多的日夜煎熬，因为要办你们的儿子明明的婚事，涛姐从痛苦中走了出来。灾难和无法割舍的骨肉亲情，分不开我们对彼此的牵挂和信任。涛姐依然是我的涛姐，侄儿依然是我的侄儿，我们是相亲相爱的一家人。后来的一年，我们在一起过春节，谈到这场地震，涛姐带着歉意对我说，没有想到当年你伤得那么严重，我对你的关心太少了。我说，你也难，我能理解你当年失去大哥的心情。亲人之间血浓于水，没有隔夜的仇，什么事情说清楚就过去了，没有解不开的恩怨。

到了2014年，我们一起策划了明明的婚礼，次年涛姐有了可爱的小孙子。新生命的降临，让涛姐脸上多了一些笑容。我和妹妹动员她重新组建一个家庭，涛姐摇了摇头，她始终不愿迈出这一步。她说，她心里只放着大哥，装不下其他人了。当年妈妈把大哥的生日搞混淆了，说是国庆节，又说是元旦节，到底是哪个节日母亲已经记不清楚了，但在每年的这两个日子里，涛姐和明明都要到老县城去祭奠大哥。

大哥呀，你在天堂里找到爸爸和妈妈没有？爸爸胆小，妈妈体质弱，你可要好好照顾他们啊。前段时间，我接到妈妈的老朋友黄老师打来的电话，说她梦见了我们的父母，看见他们搬了新房，在忙着洗衣服呢，可是没有看见你，难道你没有跟父母在一起？如果你还活着的话，怎么不来找我们呀？

2018年8月6日，一个记忆犹新的日子，我好想把大哥留在梦里，陪着我的家人们痛痛快快地大哭一场。

退 休

时间走进2019年，我将面临退休或继续上班的选择，按照相关政策，我这个副研究馆员，可以延迟五年退休，工作到六十岁。

3月初，在局长的动员下，我交了延迟退休的申请。等我扎实忙完两个月的工作，又协助创建组把天府旅游名县、全国文明城市创建、卫生城市复验等资料收集整理完成后，由于成天盯着电脑，眼睛看花了，背也弓疼了，腿也变麻木了。回过头来看，曾经有过的梦想依然停留在原地。我不得不重新考虑到底要不要延迟退休，毕竟五年时间对于我来说，实在是太漫长、太漫长了。我不想把心中仅有的梦想老是放在记忆里，况且我的身体越来越差。为了有充裕的时间学习写作，我到社保局收回了申请，决定放弃每年至少可多为家庭收入近五万元的机会，决定五十五岁按时退休。当然，我家第一个为此感到不开心的是老段。因为我退休后，又为北川作家协会的工作而忙碌。

拿老段的话说,过去天天在单位上班,现在天天在家里办公,还是无偿的,与其这样,倒不如继续在单位上班。对于他的不满和抱怨,我只好装傻,充耳不闻。

做好退休的决定后,我的上班时间只有六个月了。虽然时间短,可对于我来说,站好最后一班岗这是我的责任。4月,局机关进行工作调配,我被安排在综合办公室上班。尽管还有几个月就要退休了,我的工作热情依然高涨,早晨不到八点就到办公室拖地、抹灰。这是我长期养成的工作习惯,很多来单位办事的人,看见洁净的环境,都说办公室来了个勤快人。

我上班时闲不住,见局里的档案资料由于长期没人管理,混乱不堪,就主动把柜子里的资料全部搬出来,按类别进行清理,比如文件类,分别按国家级、省级、市级、县级、部门等归类整理;其他单位发送的文件,按文号或时间的先后排序,找齐后登记目录装入档案专用盒里,再在盒子棱角和封面做好标记,便于查找;对于本单位需要长期存放的档案,按档案局的模板标准,以文件号类编号、登记,及时规范整理了2008年到2012年所有档案,并及时移交档案局保存,接着,又着手清理了2013年到2017年的档案资料。而我最主要的任务是上报文旅动态信息,即针对历年来上报信息滞后的现状,及时跟踪各个部门的一系列活动动态,收集和撰写各种信息,再转发给同在一个办公室的小唐审阅。小唐对行政工作比较熟悉,公文底子好,文思敏捷,我们都属于同一种类型的人,工作起来闲不住,不分彼此。上报信息的使用是要打分的,每周我们认真分析各类信息,及时上报主条信息,主条信息分值为三分,其他信息为一分,主条信息被采用很难,必须要有新亮点、新观点。尽管这样我们还是坚持,每周报一条主条信息，尽可能多上报一些的其他信息，一点一点地积累。8月底，我们上报的信息共获得八十五分，取得了历年来的最好成绩。同时，我再次对去年撰写的《北川图书馆志》的部分内容进行了修改补充。还根据县扶贫办的要求，每月两次走访帮扶对象，鼓励他们扩大产业的种植面积。同时，对帮扶资料进行梳理、归档，达到了相关的要求。

9月初，我如愿以偿地退了休，进入了另一种生活状态。我时刻牢记自己作为北川县作家协会秘书长的职责，不断激励作协会员主动创作，精心策划各种活动，编辑出版《北川文艺》，推出北川本土作者及优秀作品等。在做好这些工作的同时，我把写作当成我生活的一部分，虽然在一天天变老，但依然没有放弃心中的梦想和追求。我的退休生活仿佛插上了翅膀，在温润的文字中轻舞飞扬，安放心灵，分享生活的潮起潮落。

蕾姐

俗话说无巧不成书，遇到蕾姐是我的缘分和福气。

蕾姐是美国某大学的教授，我认识了她，还和她结为好姐妹。这主要得感谢浙江大学的李老师，没有她的牵线搭桥，我和蕾姐是不会认识的，我们图书馆更不会得到荷兰克劳斯王子基金会的资金援助。我和李老师的认识纯属一次偶然，那是2007年，她作为图书馆志愿者行动的老师，来成都开展基层图书馆员培训，在她晚上组织召开的一次互动交流活动中，谈到免费开放图书馆的话题，我被请上了主席台，在即兴发言的讨论会上，我的发言赢得了大家热烈的掌声。李老师由此认识了我，不仅把我写的经验文章推荐给《图书与情报》，还把我讲的故事说给了蕾姐听，蕾姐因此对我有了初步的印象。

"5·12"汶川特大地震后，北川县城在瞬间全部崩塌，我在地震中受了重伤，后辗转至东南大学附属中大医院接受治疗。李老师得到我的消息后，来医院看望我，并与蕾姐取得了联系，请她帮助我们为北川图书馆争取国外捐助，建设地方特藏文献室。

我上班后，李老师把蕾姐的电子邮箱告诉了我。从此我和蕾姐（当时我称呼她"蕾教授"）通过电子邮件有了联系。在上班的那段时间，由于我对残疾的身体失去了信心，无法适应身边的环境，心理落差极大，我的精神状态处于崩溃的边缘。我向她诉说了苦闷的心情，她对我倍加关心，帮助我化解消极情绪，鼓励我要坚强起来。后来我们结为姐妹，我叫她蕾姐。

2009年我到意大利米兰参加国际图联大会，第一次见到了蕾姐，她完全没有大教授的派头，就像老朋友一样，热心地给我当翻译，帮助我与荷兰克劳斯王子基金会工作人员沟通，达成一致，签订了援助合同。后来，在她的全力帮助下，荷兰方这笔捐助资金顺利到位。再后来她回了国，来四川大学讲学，我们又见过三次面，有两次在北川，还有一次在成都。

那是2011年，蕾姐被邀请来成都，为高校图书馆发展论坛暨数字图书馆前沿问题高级研讨班讲课，在培训活动结束后，她和秦老师一行五人抽时间来了北川。最让我感动的是，蕾姐身体本来就不好，还从国外买来了一大摞英文版图书，无偿捐赠给北川图书馆。参观了新落成的北川图书馆，蕾姐对图书馆的整体布局提出了很多建议，尤其是地方数字特色馆的建设。那天成都医科大学（今成都医学院）的学生来图书馆参观，带来了不少人气，让我们同时看到了图书馆应有的模样。

那年还发生了一个小细节：我带她们去参观，但走路很吃力，左脚迈步时要画上一个圈才能落地，右脚也拐得厉害，一迈步就痛。蕾姐边走边问，你的伤不是在左脚吗？怎么右脚也迈不动了？我说，这段时间忙着开馆，可能路走多了，右脚承重力过大，大脚趾被鞋子磨破了。蕾姐心痛地对我说，你的左脚本来不好，右脚又出了问题，再忙也要上医院嘛，身体健康才能更好地工作。我听了后，决定下午去看医生。那天吃过午饭，蕾姐坐上了车，还是不放心我，她打开车窗，反复叮嘱我马上去医院，还让我必须把检查结果告诉她。

送走了蕾姐，我立即去了医院。医生检查后发现，我右脚大脚趾上的指甲扎进了肉里，引起了流脓性感染，引发了甲沟炎。医生要我马上住院，拔掉了大脚趾的指甲，还挂上液体消炎，叫我暂时不走路。我每天躺在床上，输了几天液，一点没好转，医生只好换上自费的"泰能"。过了一个星期，流脓的地方才干了疤。我的家人说，幸好当时问题出在右脚上，如果在左脚，愈合起来就更难了。我心里也在后悔：要不是蕾姐及时催促我上医院，再这样熬下去，我的右脚不知会变成啥样子？蕾姐不但经常关心我，还随时惦记着北川图书馆，后来几次回国讲学，她都从国外带回一些英文版的少儿图书，一次请湖北省图书馆馆长帮忙寄给图书馆，还有两次是托范老师送来的。

2019年10月，蕾姐又一次来四川讲学，她的计划到北川图书馆看一看。那时我刚好退休，得到消息后便筹划陪蕾姐到处转转，先去老县城遗址和地震博物馆，再回新县城看看草编、羌绣、水磨漆等非遗产品。

可是天公不作美，蕾姐来北川的那天，下起了丝丝细雨。范老师开车送她过来，带来了一些图书。这次蕾姐见到的图书馆，已经不是八年前的样子。她着重看了由她申请荷兰捐助资金建好的地方文献室和我们与西南科技大学共同建设的羌文化数字资源平台，非常满意，不停夸赞我们会想办法，办出了县级图书馆特色。然后我们去了布满忧伤的老县城，还在破损的新城区图书馆遗址前拍了照。照片上我和蕾姐相拥在一起，她的穿着朴实大方，散发着女知识分子特有的气质，胸前挎着当年我们在意大利开会时赠送的单肩黄布包，脸上带着淡淡的忧伤。在参观地震博物馆时，蕾姐看了馆内陈列的图片和播放的视频，泪水溢满眼眶，表情非常凝重。

走出博物馆，蕾姐拉着我的手，神情凝重地对我说："惊心动魄的'5·12'汶川特大地震虽然过去了十几年，但那份伤痛却永远刻在中国人的记忆中，你的书稿写完没有？"

我为难地说："刚开了一个头，大约写了三万字。"

她说："计划写多少字？什么时候完稿。"我说："大约十万字，力争三年完稿。"蕾姐听后缓缓地说："春妹啊，你的经历特殊，能在地震废墟里坚持七十五个小时活下来，说明你是个勇敢坚强的人；转到各个医院治疗，你得到了很多人的关爱；病情有了好转后，你拖着伤残的身体走上工作岗位，让北川图书馆从废墟中'站'了起来，而且建设得那样好。走过这一路，虽然艰辛，但你收获了更多，你要用文字把它记录下来。当年地震带给人们的不只是身体上的痛，还有精神上的。尤其是那些遇难者家属，以及身体残疾和不幸患上心理疾病的人，他们需要一种力量的支持。你是亲历者，又有一定的文字功底，一定要把你内心真实的情感用文字写出来，让读者产生共鸣，激励他们奋发向上。"听她说到这里,我不由得点了点头。

蕾姐抬起头,眼睛直直地注视着我,慢慢地对我说:"还记得2001年美国发生9·11事件吗?虽然它过去了二十多年,至今为止,人们还在寻找经历过这次事件的亲历者。你要相信,记录这段历史是相当重要,你一定要用心去写,把文字变成有生命的东西,去鼓励更多需要帮助的人。你是图书馆人,更应该懂得这段历史的意义所在。这样吧,我有个想法,你好好写作,文稿完成后,我帮你出书。"

听到这里,我在心里一震,出书?这可是我心里有所想又不敢做的事呀!我知道自己几斤几两重,就红着脸说:"我的写作水平差,也不敢保证自己能坚持下去。"蕾姐听了后,没有责备我,而是非常诚恳地对我说:"你要相信自己,你完全有这个能力,我在QQ空间看过你写的作品,已经很好了,坚持写下去吧,我等着你的好消息。"蕾姐说完,根据我对作品的构想,和我进行了一次长谈。

在返程途中,蕾姐介绍了她的家庭,进一步拉近了我们之间的距离。原来蕾姐高中毕业后,就顶替了当工程师的父亲,在武汉汽轮发电机厂当电焊工。后来国家恢复高考,她考上了大学,接着读了硕士研究生,在武汉大学教书三年后,通过自学,获得了美国一所大学的博士研究生录取通知,毕业后留在美国某大学任教。听了蕾姐人生经历,我对她锲而不舍的学习精神,尤为敬佩。

来到餐馆,已经过了正午,餐馆里已经没有食客了。我坐在蕾姐旁边,刚啃了一块鸡肉,头就发晕,恶心想吐,眼前的房屋在转圈,我不敢抬头,更不敢睁眼,便将头埋在餐桌上。坐在一旁小李,拉着我的手,使劲地掐我的人中,大约半个钟头后,我才觉得旋转的房屋停了下来,慢慢地把头抬了起来,一场难得的饭局被我搅得稀粑烂。

蕾姐着急我的病情，一直为我担忧，没有心思吃饭。眩晕这种病来得快，去得也快，只要头不晕了，就像好人一个。蕾姐见我能走动了，才放心地离开北川。这次我们加了微信，沟通起来就更方便了。

时间很快到了 2023 年，在酷热的 7 月，蕾姐又一次来四川大学讲课，这是 2019 年后她第一次回国。二妹陪我去成都与蕾姐见面。一见到蕾姐，我们就像久别重逢的亲人一样，紧紧地抱在一起。这次我们相聚，主要是商定书籍出版的事。蕾姐说，要把书稿出版这事当着一件大事来抓。她还进行了简单的分工，我负责和编辑对接，签订图书出版合同，做好稿件的修改工作；范老师负责联系出版社，和蕾姐一起筹集资金，对图书进行宣传营销。年轻活泼、很有爱心的范老师，建了一个微信群，迈开了"三人行"的匆匆脚步。那一刻，成功的喜悦写在我的脸上。

回到北川，我对家人说：我一生很幸运，遇到不少好心人。蕾姐是我最亲密最真诚最知心的朋友，她虽然住在地球另一端，却用朴实、善良、真诚的语言和行动，给了我温暖、自信和勇敢。当我读着自己写下的文字，胸腔里总会发出一种声音——

谢谢蕾姐，一路的陪伴。

后 记

退休后,我本以为自己可以单纯地读书和写作,结果被一些事务缠绕。一是忙北川作家协会工作,二是协助编辑《北川文艺》。为了工作方便,我掏钱购买了电脑和打印机,收稿登记,打印文稿,做协会活动方案,填这样那样的表格,配合年检审计,完善网络平台的填报,推送优秀作品,组织会员参加各种活动等,把家里书房当办公室。在编辑《北川文艺》的过程中,我学到了很多东西。县作协主席是该刊物的执行主编,他做事严谨,对稿件选用、文字排版、图片处理、版面校对等环节,要求极高,经他指点修改后的作品,有了某种耐人寻味的东西。

在做好这些工作的同时,我没有放弃写作,依然把刻骨铭心的记忆和一路走过来艰辛、幸福和对生活的感悟,汇集成文稿。写作对我来说,本是一件非常艰难、严肃又伤脑筋的事,尤其是我这个书籍读得少、肚里没货、刚开始写作的人,要花大量精力去琢磨、去学习、去思考。有时感到孤独寂寞,整个人像被掏空一样,我就在心里问自己,这样辛苦到底有多大意义?每当我有了懈怠的想法,远在地球另一边的蕾姐像猜透了我的心思,在微信里留下一些话语,比如:坚持写作,期待你的佳作。有时发给我一些她 80 岁大哥发表的文学作品,有时给我讲她 98 岁母亲每天坚持看书和写作的事迹。蕾姐还告诉我,她关于元数据(Metadata)的图书已经出到第三版了。对于我写的东西,她抱有无比的宽容和巨大的兴趣。为了书籍的顺利出版，她还接洽了四川大学信息资源管理系主任范老师帮我联系出版社。在她的热心推动下，我不敢半途而废，单凭一股热情和冲劲，一次又一次被自己打动。我还想起了2015年，我在绵阳市"图书馆大讲堂"为西南科技大学的学生们讲述这段经历后，一位学生给我发来一条短信，他说："李老师，你的故事很感人，也很励志，希望你把它继续讲下去……"过往的点点滴滴，就像潮水，在我心里卷起了朵朵浪花，时刻敲打我，叫我不得不坚持写下去。我的作品内容在不断增加，从计划的十万字到二十多万字，再到三十多万字。其间，我的丈夫老段看我每天坐在电脑前忙活，尽管心里极不痛快，但还是用行动在默默支持我：他把带小孙子的任务承担了下来。我家七岁多的小孙子，更像一个严厉的监工，见我停歇下来，便马上催我去写文章。还有原北川人大常委会李主任、我的好朋友小红、赵同学等，他们从头到尾看完了我写得粗枝大叶的作品，并提出了修改意见。尤其是蕾姐，对我每次修改的稿件，她都认真阅读，站在读者和当事人的角度，和我一起做了很多交流。根据她的建议，作品中涉及的部分人物，尽量不采用实名。准备交稿之际，我无意间联系上了邻居家四十多年不见的小弟，那个小时候形影不离的小胖墩跟班，长大后成了一名优秀教师。他的逻辑思维缜密，这正是我所缺失的。或许是由于一种天生的信任感，小弟十分乐意读我的作品。于是，我们围绕书稿展开了马拉松接力赛，我在前面修改，他在后面阅读。小弟做事细致，对每个章节的内容、使用不当的词语和标点符号，都提出了很好的建议。他说，从我的作品中看到了一个立体的、有血有肉的姐姐。我说，这一切都来自朋友的帮助和自己的坚持。

今年春节起，蕾姐、范老师为我发起了书籍出版的募捐活动，我不断收到来自全国各地及海外人士的无私赞助，让我曾经期盼的美梦变为现实，这是我最大的幸运。在此，真诚地感谢所有人的支持和关心，希望我的书籍能够得到大家的喜爱。

　　再次谢谢。

2024 年 4 月 17 日深夜一点半于北川永玺府